W0279168

10
18

12, AVENUE D'ITALIE. PARIS XIIIe

Sur l'auteur

Diplomate, historien, Jean-François Parot vit aujourd'hui en Bretagne. Pour écrire les aventures de Nicolas Le Floch, commissaire au Châtelet dans la France de Louis XV et de Louis XVI, il s'est appuyé sur sa solide connaissance du Paris du XVIIIe siècle. Il a reçu le prix de l'Académie de Bretagne pour *Le Sang des farines*. *L'Inconnu du pont Notre-Dame* est le treizième volume de cette série au succès sans cesse grandissant. Son œuvre est traduite dans de nombreux pays et est à l'origine du grand feuilleton de France 2, *Nicolas Le Floch*.

Site web de l'auteur : www.nicolaslefloch.fr

JEAN-FRANÇOIS PAROT

L'INCONNU DU PONT NOTRE-DAME

Les enquêtes de Nicolas Le Floch, commissaire au Châtelet

10
18

Grands détectives

créé par Jean-Claude Zylberstein

JC LATTÈS

Du même auteur
aux Éditions 10/18

Les enquêtes de Nicolas Le Floch,
commissaire au Châtelet

ISBN 978-2-264-06890-3

À Gérard Boivineau

LISTE DES PERSONNAGES

NICOLAS LE FLOCH : marquis de Ranreuil, commissaire de police au Châtelet
LOUIS DE RANREUIL : vicomte de Tréhiguier, son fils, lieutenant aux carabiniers à cheval de Monsieur
AIMÉ DE NOBLECOURT : ancien procureur
MARION : sa gouvernante
POITEVIN : son valet
CATHERINE GAUSS : sa cuisinière
PIERRE BOURDEAU : inspecteur de police
BAPTISTE GREMILLON : ancien sergent du guet, son adjoint
PÈRE MARIE : huissier au Châtelet
TIREPOT : mouche
RABOUINE : mouche
GUILLAUME SEMACGUS : chirurgien de marine
AWA : sa gouvernante
CHARLES HENRI SANSON : bourreau de Paris
LA PAULET : tenancière de maison galante et devineresse
SARTINE : ancien lieutenant général de police et ancien ministre
LE NOIR : ancien lieutenant général de police, bibliothécaire du roi
AMIRAL D'ARRANET : lieutenant général des armées navales
AIMÉE D'ARRANET : sa fille
TRIBORD : leur majordome
COMTE JEAN DE MEZAY : maréchal de camp retiré
JULIE DE MEZAY : sa fille

THIROUX DE CROSNE : lieutenant général de police
LA BORDE : fermier général, ancien premier valet de chambre du roi
THIERRY DE VILLE D'AVRAY : premier valet de chambre du roi
FERDINAND DE FEDERICI : gardien des Champs-Élysées
ANTOINETTE GODELET, LA SATIN : mère de Louis de Ranreuil, agent du Secret français à Londres
DUC DE CHARTRES : prince du sang, de la maison d'Orléans
LORD ASCHBURY : chef du Secret anglais
LORD CHARWEL : lord de l'Amirauté
MONSIEUR, COMTE DE PROVENCE : frère du roi
PIE VI : souverain pontife
CARDINAL DE BERNIS : chargé des affaires du roi à Rome
THOMAS HALLUIN : garde, conservateur au cabinet des médailles
GERMAINE Bareuil : sa portière
TRISTAN LESSARD : garçon perruquier
MAÎTRE GERVAIS : marchand gantier parfumeur
MAÎTRE PASTEL : graveur des sceaux du roi
JEAN LEVAIL : marchand d'antiques, receleur
HENRI BOUCHÈRE : maître limonadier
MARGUERITE BROUSSAIS : tenancière de jeu clandestin
BERNARD de TARVILLIERS : escroc
GALLAUD D'ARENNES : lieutenant de vaisseau
JEAN LAMEUR : pêcheur
DU MOURIEZ : colonel, gouverneur de Cherbourg
PHILIPPE DELEUZE : assistant au Muséum

I

ROME

« Rome n'est plus qu'un spectre, une ombre en Italie. »

Crébillon

Nicolas se tenait immobile, soucieux de ne pas effrayer un petit lézard vert qui se chauffait au soleil. Demain, il regagnerait la France. Il avait voulu revoir le Forum une dernière fois. Jamais il n'aurait imaginé se trouver en ce lieu qui appartenait à un passé lointain, celui de ses études chez les jésuites de Vannes. De Rome, seules subsistaient pour lui la beauté et la force de la langue latine. Le reptile, intrigué, le considéra, balança la tête, puis disparut dans un interstice de la pierre.

Il s'assit sur un bloc de marbre et contempla les vestiges d'un monde disparu. Dégradé, ce haut lieu n'était plus qu'un chaos de monuments en ruine qu'animait parfois, lui avait-on dit, un marché aux bestiaux. Le centre d'un empire n'était plus qu'un champ de décombres et de débris qui montaient à l'assaut des arcs et des colonnes. Sous la voûte d'un monument, enterré jusqu'aux corniches, un barbier tenait boutique. Une chaude lumière dorée contrastait par sa splendeur avec la mélancolie du paysage. Il en éprouva une angoisse renouvelée, celle ressentie un jour d'hiver dans un Versailles minéral et glacé. Son cœur s'était serré dans la certitude que toute chose finirait et que toute splendeur disparaîtrait. Pourtant le bouleversement effondré qui l'entourait n'effaçait pas l'écho des discours fameux prononcés en ces lieux. Ils continuaient à retentir et à évoquer les prestiges enfuis. Cette conviction lui fut une amère consolation.

Que faisait-il à Rome ? Il remonta le temps jusqu'à cet entretien avec le roi dans son atelier, au-dessus des petits appartements. Le moment était dramatique. Quelque temps auparavant, le cardinal de Rohan, grand aumônier de France, convaincu d'escroquerie, avait été arrêté, en habits pontificaux, dans la galerie des Glaces juste avant l'office du 15 août. Abusé par la comtesse de la Motte-Valois et ses complices, le prélat avait acquis un collier inestimable destiné à lui gagner les faveurs de la reine.

Louis XVI, après avoir à son habitude évoqué d'autres sujets, lui avait demandé son avis. Ce n'était pas la première fois que le souverain requérait son conseil, mais chacune de ces consultations plaçait le fidèle serviteur dans le dilemme d'avoir à contredire son maître ou de trahir son sentiment propre.

— Ranreuil, que pensez-vous du cardinal de Rohan ? Le connaissez-vous ?

— Non, Sire. Je l'ai croisé à la cour comme tout un chacun. En revanche, j'ai eu affaire à son âme damnée, l'abbé Georgel. Un bien méchant trublion.

— Qui s'agite beaucoup au service de son maître. Et Cagliostro ?

— Un escroc de haut vol, séduisant et insinuant.

— Ses prétendus pouvoirs sont-ils avérés ?

— Point, Sire. Votre Majesté doit savoir que c'est par la persuasion et l'illusion qu'il subjugue. Il promettait de l'or et des diamants au cardinal… et un glorieux avenir.

— Et la dame de la Motte ?

— Une intrigante de mauvaise vie qui faisait tout pour approcher la reine.

Le roi marmonna des propos indistincts et déploya une carte marine qui concentra toute son attention. Il releva la tête et posa un doigt sur le pourpoint de Nicolas.

— Parlez-moi net, dit-il d'un ton rogue. Peu, hormis vous, osent s'y risquer. Que faut-il faire du cardinal ? Fallait-il le déférer devant le Parlement pour un procès public ? Il l'a lui-même réclamé…

Il y eut un temps de silence. Le roi jouait avec un compas, mesurant avec une feinte application des lieues marines sur la carte.

— La reine le veut, la reine l'exige. L'outrage est tel qu'elle est en droit d'exiger une éclatante réparation. Considérez l'injure… son énormité… Et cette réparation, elle la veut publique. Votre avis, Ranreuil ?

L'inquisition était si brutale qu'il était hors de question de s'y soustraire.

— Ah ! Sire. Votre Majesté m'oblige à lui dévoiler ma pensée au risque de lui déplaire. Le mal est fait. J'estime, pauvre sujet que je suis, que dès l'instant où un nom auguste était mis en cause, que dis-je, prononcé, et quelles qu'en puissent être les suites prévisibles, il fallait étouffer l'affaire dans l'œuf. Au besoin, jeter les complices médiocres dans des *in pace* et le cardinal au fond d'un monastère. Le roi est le détenteur suprême de toute justice. Car que voyons-nous, Sire ? Une grande famille sur le pied de guerre pour défendre l'un des siens, un Parlement rétif à condamner celui qui s'en remet à son jugement. Le royaume est scandalisé, l'opinion divisée et les puissances trop satisfaites d'une affaire qui abaisse le nom français à l'extérieur. Le mal est fait, hélas ! Comment y pourvoir désormais ?

Le roi n'avait rien répondu. Il soupirait et froissait jusqu'à la déchirer la planche qu'il feignait de consulter. Il avait congédié sans un mot un Nicolas navré.

Les mois qui suivirent furent difficiles pour le commissaire. Conséquence de l'animosité que lui portait Breteuil, ministre de la Maison du roi, Le Noir fut déchargé de ses fonctions de lieutenant général de police et se cantonna à ses fonctions de bibliothécaire du roi. Ses relations avec Calonne avaient sapé sa position auprès de la reine qui s'était détachée du contrôleur général après l'avoir d'abord apprécié. Breteuil lui avait suggéré que Le Noir la faisait espionner. Thiroux de Crosne s'était installé le 13 août 1785. Il avait supplié son prédécesseur de faire un mois d'apprentissage à ses côtés. De fait, ce fut Nicolas qui hérita assez vite de ce rôle de mentor, ingrat s'il en fut. Le nouveau lieutenant général avait quitté à contrecœur son intendance de Rouen au profit, disait-il, « *d'une magistrature si compliquée, si variée, si difficile* ». De prime, il regarda Nicolas comme l'unique sauveur capable de lui éviter les faux pas d'une position nouvelle pour lui et qu'il n'avait pas ambitionnée.

Nicolas n'appréciait guère cette situation ; un soir il s'en était ouvert à M. de Noblecourt.

— Je demeure prudent devant les ouvertures suaves de mon nouveau chef. Il est réputé austère, de mœurs irréprochables et d'un esprit doux et conciliant. Au reste, mes relations avec lui se sont nouées aisément.

— Mais… mais ? Je vous sens réticent.

— J'aime qu'on ordonne et l'homme n'en possède pas la capacité.

— Allons, nous voilà à bon compte ! Plaignez-vous d'être trop bien servi ! Le nouveau lieutenant général est bénin et circonspect. La belle affaire ! Avez-vous assez supporté les avanies et algarades de Sartine, et j'omets l'affreux Albert. Oubliez-vous une chose ? Vous n'en avez toujours fait qu'à votre tête !

Nicolas éclata de rire.

— Riez donc, mais considérez, je vous prie, la crainte que peut éprouver ce nouveau venu confronté à un adjoint tel que vous. Une longue et glorieuse carrière, une réputation à laquelle s'ajoutent des relations à la cour et dans la famille royale, peste, ne pensez-vous pas que cela le peut intimider ?

— C'est étrange, dit Nicolas, poursuivant son propos, sa figure sévère peut tromper son monde. La douceur de grands yeux noirs et le dessin d'une bouche marquée d'une certaine mollesse démentent la première impression de fermeté. Cependant, mon souci demeure. D'expérience, j'ai vite pris conscience que Crosne est dans l'incapacité – sinon dans l'impuissance – de décider. Il hésite et tergiverse sur chaque chose. Et toutefois il approuve tout ce que je tranche à sa place, sans jamais regimber ou en prendre ombrage.

— Je compatis en effet ! Allons, il faut lui laisser le temps de se faire à la place. Prenez garde au premier mouvement. Souvenez-vous, mon ami, des débuts de Le Noir. Ce Crosne, qui fut jadis félicité par mon contemporain Voltaire pour son rapport dans l'affaire Calas, ne peut être entièrement médiocre. Mes amis le pensent…

Nicolas supposa que c'était là l'avis des loges.

Ce fut pour le commissaire aux affaires extraordinaires une période d'intense activité. Alors que se poursuivait l'interminable instruction de l'affaire du collier, au cours de laquelle il fut interrogé sur la rencontre étrange de la fille Oliva vêtue comme la reine l'été précédent à Versailles, il dut affronter quelques crises majeures. Au début de 1786, la création d'une compagnie destinée à assurer le transport dans la ville des paquets, meubles, ballots et marchandises de toutes sortes, avec comme réclame « *Sûreté, modicité, célérité* », mit le feu aux poudres. Les portefaix et les crocheteurs qui, depuis des siècles, emménageaient et déménageaient les meubles ou les fardeaux du commerce s'insurgèrent contre cette nouveauté. Ils avaient coutume, appuyés sur les bornes, le crochet à la main, d'attendre qu'on leur donnât du travail. Tout ce monde se mit en ébullition et se dressa contre une initiative qui leur ôtait le pain de la bouche. C'était là un nouveau combat entre les anciens et les modernes. Peu à peu de graves incidents éclataient. Au début de 1786, un combat général ouvrait les hostilités rue des Noyers, près de la place Maubert.

Nicolas fut aussitôt informé par ses mouches que l'émotion prenait une ampleur inusitée. Des commis qui faisaient la collecte avaient été attaqués et chaque parti avait appelé des renforts. Un charroi empli de bûches avait malheureusement fourni les armes nécessaires aux combattants. Nicolas courut prévenir le lieutenant général de police de la tournure fâcheuse prise par les événements. Il ne put en tirer que d'incertaines considérations et l'ordre à mi-voix murmuré « *de pourvoir au nécessaire comme il l'entendait* ». Muni de ce maigre viatique, Nicolas se rendit sur place. Là, aidé par l'inspecteur Bourdeau, Gremillon et les sergents du guet, il dressa un plan de bataille pour ramener l'ordre.

La police, le guet à pied et à cheval investirent le quartier Maubert, repoussant les belligérants dans les rues adjacentes. Il convenait de diviser pour vaincre. Ce ne fut pas sans difficulté. La colère et l'indignation de ceux qui participaient à cette émotion les conduisirent au bord de l'émeute. La violence fut telle que plusieurs y laissèrent la vie, au grand chagrin de Nicolas. Qui étaient les responsables de ces morts ? Sans doute les deux partis en présence, mais, le commissaire en était conscient, les hommes du guet pouvaient n'être pas innocents, ayant eu affaire à des agresseurs si menaçants que la poudre avait dû parler, ultime et funeste argument d'un ordre menacé.

Dix jours plus tard, crocheteurs, savoyards, portefaix, commissionnaires, souvent accompagnés de femmes ivres, auxquels s'étaient joints des figures patibulaires sorties des faubourgs et d'étranges agitateurs, se rassemblèrent place Louis XV au nombre de deux mille. S'étant ébranlée, en dépit des mises en garde, cette masse vociférante avait gagné le pont de Sèvres. Là, derechef, des défenses leur avaient été signifiées. Mais, vu leur nombre croissant, on leur avait cédé le passage. Des émissaires avaient couru à Versailles prévenir qu'on fermât au plus vite les grilles du château. Sur place, la foule menaçante avait fini par se calmer lorsque le prince de Poix, capitaine des gardes du corps, lui en avait imposé et avait accepté de recevoir un placet destiné au roi.

Nicolas paraissait toujours aux chasses. Son absence aurait déclenché des rumeurs dont il se serait moqué si elles n'avaient pas risqué de compromettre l'autorité qu'on lui prêtait et, surtout, la crainte bénéfique que suscitait le caractère particulier et quelque peu mystérieux de ses fonctions de commissaire aux affaires extraordinaires. À la fin de l'hiver 1786, l'occasion se présenta d'une nouvelle rencontre avec le roi. La longue théorie des chevaux menés à train d'enfer à la poursuite du gibier s'était peu à peu débandée. Le roi, à son habitude, avait pris le large au grand galop. Seul Nicolas, centaure émérite, était parvenu à le suivre. Il l'avait rejoint près d'un étang où s'était embourbé un cerf accablé par la meute. Le roi avait sauté à terre, était entré dans l'eau à mi-taille et avait *servi* le noble animal. Sa monture, excitée par la course, cabrée et bottant comme un démon, menaçait de s'enfuir. Nicolas l'avait calmée et présentée désormais docile au roi qui riait en nettoyant la dague ensanglantée avec de l'herbe.

— Ah ! Ranreuil, toujours présent quand il le faut.

— Au service de Votre Majesté, toujours.

— Mes gens et la suite se sont perdus et égayés. Médiocres cavaliers que voilà !

— C'est que Votre Majesté marche comme l'éclair.

Le roi passa le bras dans les rênes et avança à pied. À chaque pas l'eau jaillissait de ses bottes.

— Nous voilà tranquilles. Causons un peu. Au Château, tout fait événement ; ici nous sommes libres.

Il soupira.

— Crosne m'a appris votre utile conduite lors des violences de la place Maubert.

Nicolas s'émerveilla de voir le roi aborder la question de but en blanc.

— Sire, que Votre Majesté permette à son serviteur d'évoquer les suites de cette émotion, la marche de ces mécontents sur Versailles qui en a résulté.

— Bon, la belle affaire ! Ils sont repartis comme ils étaient venus. Le prince de Poix a heureusement réglé la chose.

— Je crains que cela ne soit pas aussi simple.

— Qu'est-ce à dire, Monsieur ?

Il s'était redressé. Dieu qu'il était grand[1], songea Nicolas. Pourquoi ne se tenait-il pas toujours ainsi ?

— Que cette colère n'était pas dirigée contre Votre Majesté comme en 1774 lors de la guerre des farines. Le débat opposait une compagnie et une troupe de crocheteurs de Paris. Il suffisait de paraître pour les écarter. Mais, Sire, c'est la seconde fois qu'une quasi-émeute vient battre comme la mer les murs du château. Qu'adviendra-t-il la troisième fois ?

— Les grilles seront fermées et résisteront. On recevra les doléances.

— Un temps, Sire, un temps. Versailles occupe une surface considérable. Il est aisé de trouver des issues par où s'introduire.

— Qu'on les garde étroitement. Et dans le cas contraire, que faire, selon vous ?

— Mon avis, Sire, l'avis de votre serviteur, chargé aussi de votre sûreté, est que cela impose des ordres formels. Jamais une émeute ne doit franchir la Seine et marcher sur Versailles. Si par malheur l'événement se produisait, que le roi prenne aussitôt la décision de se replier à Rambouillet entouré de ses gardes du corps. En aucun cas Votre Majesté et sa famille ne doivent être pris au piège, au risque d'y être séquestrés et menacés.

— Allons, allons, Ranreuil, votre imagination vous égare ! Jamais pareille occurrence ne saurait advenir. La Fronde appartient à un temps révolu, quand nos bons Parisiens se révoltaient. Le peuple a des coups de sang qui passent. Il aime son roi. Je connais votre sollicitude, marque de votre fidélité, mais en cette circonstance…

— J'essaye d'être fidèle au serment que je fis entre les mains du roi, à Saint-Rémi de Reims, la nuit précédant son sacre.

Ému à cette évocation, le roi avait hoché la tête, puis s'était lourdement hissé sur sa selle et était parti à grand train dans les profondeurs de la forêt, laissant Nicolas, Cassandre désolée de n'avoir su le convaincre.

Le 20 mars 1786, Nicolas fut mandé chez le lieutenant général de police qui lui indiqua, sans oser aller plus outre, d'avoir à se rendre le lendemain à Versailles dans le cabinet du roi. La manière de cette convocation donnait une piètre idée de l'influence de M. Thiroux de Crosne. Au Château, il fut immédiatement introduit dans le cabinet du conseil. Silencieux, debout de part et d'autre de la table centrale, Vergennes et Breteuil attendaient en se toisant sous les regards des bustes de Scipion l'Africain et d'Alexandre, l'un de bronze et d'argent, l'autre de porphyre. Les deux ministres répondirent sans un mot au salut de Nicolas. Au bout d'un certain temps, un huissier ouvrit la porte de la chambre parée[2] du roi et annonça le souverain qui entra, vêtu de son habituel habit gris. Il s'appuya des deux mains sur la table.

— Messieurs, j'ai tenu à vous voir tous les trois pour recueillir des avis et conseils auxquels j'attache, vous le savez, le plus grand prix.

Ce disant, il fixait Nicolas de ses yeux myopes. L'intéressé en éprouva une sorte de soulagement.

Le roi, en se dandinant, regarda ses ministres comme s'il ne les voyait pas. Nicolas se demandait comment il allait aborder la question sans doute urgente qui justifiait la tenue de ce conseil. Il était rare qu'il abordât de front le principal.

— Vous me voyez, Messieurs, plus qu'heureux. Apprenez que M. Dombey, médecin botaniste, nous est revenu du Pérou où il a passé de longues années. Il en a rapporté quantité d'objets précieux d'histoire naturelle dans les trois règnes. Il en a rendu compte à l'Académie des Sciences et se propose d'enrichir mon cabinet de ces trésors. N'est-ce pas là un résultat prodigieux ? Au fait, Vergennes, a-t-on des nouvelles des escales de M. de La Pérouse ? Il devrait désormais faire voile vers le sud du Pacifique.

— Permettez, Sire, dit Vergennes sans répondre à la question, de rappeler le fond de l'affaire qui nous rassemble.

Le roi fit la moue comme un enfant pris en faute, alors que, sans attendre l'assentiment du souverain, le ministre poursuivait :

— Le cardinal de Rohan a été déféré devant le Parlement. Reste qu'il a estimé indispensable d'être au préalable jugé par un tribunal ecclésiastique et cela avant l'audience du tribunal séculier. Il en résulte un grand désordre dans l'Église de France. Ainsi l'assemblée du clergé par la voix de l'archevêque de Narbonne a rappelé « *qu'un évêque devait être jugé par les évêques* », que le vicaire du cardinal, l'abbé Georgel…

— Cette détestable engeance ! s'écria Breteuil.

— Voilà une opinion, dit le roi avec un gros rire, que partage le marquis de Ranreuil !

Vergennes subit cette interruption avec agacement.

— L'homme est ce qu'il est. Sachez qu'il a rédigé une supplique au pape. Il a même voulu la porter en personne à Rome. J'ai négocié…

— Négocié ? Négocié ! dit Breteuil, pourpre d'indignation. Avec ce petit frappard hypocrite !

— Que vouliez-vous que je fisse ? Je l'ai convaincu de nous laisser transmettre le document par Bernis, notre ministre au Vatican, qui a eu ainsi le loisir d'en contrebattre les arguments.

— Lui laissant de la sorte le champ libre par une parole portée officiellement !

— Justement ! Dans le cas contraire, nous l'aurions laissé plaider sa cause auprès du pontife avec les fallacieux prétextes que l'on peut imaginer. Au reste, le pape a estimé « *injuste, fatale et irrégulière* » la décision du prince Louis de se faire juger par le Parlement de Paris. Un consistoire a suivi qui a privé Rohan de sa dignité et de ses prérogatives cardinalices. Nous avons envoyé l'abbé Lemoine, docteur en Sorbonne et éminent casuiste, afin de prouver le bon droit de la couronne. Ses raisons ont-elles été reçues ? Jusque-là nous l'ignorons. Il faut doubler cette démarche. Sa Majesté a décidé d'adresser un second message à Pie VI.

Nicolas s'interrogeait. La décision venait-elle du roi ou Vergennes l'avait-il suggérée ? Conscient de l'habituelle indécision qui faisait souvent agir Louis XVI à contretemps, le ministre avait-il choisi de lui en imposer, sachant que par timidité celui-ci ne le contredirait pas ?

— Et qu'avons-nous souci, jeta Breteuil qui se contenait à peine, de voir Rohan dégradé ?

Vergennes soupira, levant les yeux au ciel d'agacement.

— Comprenez que cette dégradation pourrait par la suite justifier la mise en cause des décisions du Parlement. Déjà que nous sommes à la merci de ces robins frondeurs, allons-nous y ajouter l'agitation des clercs ?

Tout cela, songeait Nicolas, n'était que faux-semblant et n'appartenait qu'à l'écume des choses. Au-delà de l'outrage à la reine et du déshonneur du cardinal, une partie plus compliquée se jouait.

Breteuil voulait se venger de Rohan[3]. Il n'hésitait pas à intervenir grossièrement dans la procédure. Quant à Vergennes, il n'était guère apprécié par la reine, qui lui reprochait son hostilité à l'Autriche et d'aider en sous-main la puissante famille des Rohan. Calonne s'étant rapproché de Vergennes, l'acquittement du cardinal lui permettrait d'affaiblir l'influence de la reine et sans doute de se débarrasser de Breteuil. Dans cette perspective, calmer l'irritation du pape et obtenir la réhabilitation religieuse du cardinal était essentiel. Au-delà de son irritation de surface, Breteuil l'avait bien compris, lui à qui on avait imposé la nomination de Thiroux de Crosne, cousin de Vergennes, comme lieutenant général de police. Le roi, que la longueur de la discussion fatiguait, leva la main pour y mettre un terme. Son peu de participation au débat montra à Nicolas que cette réunion n'était que d'apparence et que la décision avait déjà été prise en accord avec Vergennes. La suite lui prouva qu'il avait raison.

— J'écrirai au pape et nous chargerons le marquis de Ranreuil de lui porter ce pli et de lui rappeler les raisons qui ont imposé le recours au Parlement, d'ailleurs choisi par le cardinal lui-même. Avez-vous, Messieurs, une objection à ce que le marquis soit mon plénipotentiaire dans cette délicate mission ?

— Il a fait ses preuves auprès de Marie-Thérèse, dit Breteuil. J'ai mesuré sa valeur à Vienne.

— Et auprès de Paul, fils de la tsarine Catherine[4], ajouta Vergennes.

— La chose est donc décidée ! s'écria le roi, ravi de s'en tirer à si bon compte.

D'un geste il retint Nicolas qu'il entraîna jusqu'au cabinet de travail des appartements intérieurs. Il ouvrit le grand secrétaire à cylindre du feu roi et en sortit un large pli scellé et une feuille volante.

— Ranreuil, Vergennes m'a rapporté votre talent si singulier. En 1774 vous lui avez transmis la teneur de dépêches de Breteuil, notre ambassadeur à Vienne. Dans la crainte de tentatives des autorités autrichiennes de les traverser, vous les aviez apprises par cœur. S'il advenait, car on doit tout redouter dans ces circonstances, que ce pli vous soit subtilisé ou qu'il s'égare, pénétrez-vous de ce texte et, en cas de danger imminent, détruisez-le sans hésitation. Ainsi serai-je assuré que votre mission sera remplie quoi qu'il arrive. Pour vos pouvoirs de plénipotentiaire, Bernis, notre ambassadeur à Rome, les aura reçus. Pour le reste, l'affaire vous est connue et vous parlerez au pape en mon nom.

Il sortit ensuite d'un tiroir plusieurs rouleaux de louis qu'il tendit au commissaire.

— Voilà pour le voyage.

Il s'assit, chaussa ses besicles, ouvrit un registre de maroquin, le feuilleta et porta dans une colonne le montant de la sortie. Il releva la tête.

— Je fais mes comptes comme un bon père de famille. Si chacun autour de moi en usait de la sorte, les finances du royaume s'en porteraient mieux. Hélas !... Ah ! Autre chose, Ranreuil. Vous irez au Carmel de Saint-Denis et vous demanderez à parler à ma tante Louise. Je crois savoir qu'elle vous estime. Vous bénéficiez de son indulgence, ce qui est rare. Elle ne me pardonnerait pas de lui dissimuler votre voyage à Rome. J'ignore comment, mais elle finit toujours par tout apprendre. Vous l'informerez et m'éviterez ainsi une de ses saintes colères et une acrimonieuse et interminable missive !

Il se mit à rire.

— Dieu me pardonne, parfois elle peut être... Enfin, vous la verrez de ma part.

Il se leva et marcha, semblant hésiter.

— Une chose enfin, il n'y a d'ordres que de moi… Demeurez dans l'équidistance entre… vous savez qui. J'oubliais, la goélette l'*Aricie* vous attendra à Toulon pour vous mener à Civita Vecchia. Quelle chance vous avez, vous allez naviguer ! Je vous envie…

Nicolas vit le roi perdu dans ses pensées. Soudain, il sortit de son habit un petit médaillon en galuchat qu'il ouvrit et considéra tristement le portrait qui y était contenu.

— Des nouvelles de votre fils, Ranreuil ?

— Il sert.

— Hélas, mon ami, la santé du dauphin me soucie. Trop de fièvres et des faiblesses. Ma femme…

À ce moment-là, ce n'était plus qu'un pauvre homme accablé. Nicolas en éprouva un grand déchirement. Qu'un monarque aussi retenu l'appelât « *son ami* » et s'ouvrît ainsi sur son angoisse privée l'émouvait à un point qu'il n'aurait pu imaginer.

— Demandez au pape de prier pour mon fils. Allez, et prenez garde à vous.

Nicolas s'inclina et se retira à reculons. Sur le chemin de Paris, l'émotion continuait à le tenailler. Il était reconnaissant au roi de sa simplicité et de l'ouverture qu'il manifestait à son égard, et d'abord en ne lui tenant pas rigueur de la franche sincérité de ses avis. Il savait le roi soucieux de l'état des finances et du développement de l'opinion dans l'affaire du collier. À tout cela s'ajoutait son anxiété de père au sujet de la santé déclinante du dauphin.

Les jours suivants, Nicolas prépara en hâte son voyage. Il allait vers le sud et en tint compte pour le choix de ses hardes. Il retint une malle-poste réservée à lui seul pour rejoindre Toulon. Il informa aussi le lieutenant général de police de son absence. Celui-ci ne dit mot, mais sembla inquiet de se retrouver en première ligne. Nicolas désigna l'inspecteur Bourdeau pour le remplacer dans ses fonctions. À son habitude, ce dernier se montra soucieux des risques encourus au cours de ce long périple. Il dut être rassuré.

Rue Montmartre, on se montra plus serein. M. de Noblecourt qui, dans son jeune âge, avait fait le *grand tour*, accabla Nicolas de conseils et de recommandations diverses. Il dut affronter Aimée d'Arranet qui prit très mal l'annonce de son départ. Elle aurait voulu l'accompagner à Rome. Il lui fit valoir en riant, ce qui mit le feu aux poudres, que leur situation lui semblait peu opportune pour une visite au pape et que d'ailleurs Madame Élisabeth requérait ses soins. Rien n'y fit et il s'ensuivit une scène conclue par un flot de paroles injustes. Elle se retira furieuse à l'extrême. Il demeura navré de cet esclandre, mais l'excitation que suscitait sa mission calma sa déception de n'être pas mieux compris par sa maîtresse. De son côté, Mouchette miaula de désespoir à la vue des préparatifs. Il se tint plusieurs heures isolé dans sa chambre pour se pénétrer de la teneur du pli du roi, puis il détruisit la feuille volante.

À Saint-Denis, Madame Louise, en religion Thérèse de Saint-Augustin, prieure du couvent, le reçut à merveille. Nicolas la trouva grossie, le visage cireux, empli d'une mauvaise graisse. Comme de juste, elle était déjà informée de sa visite et de la raison qui la justifiait. Elle ne manqua pas de s'enquérir aussitôt des dernières nouvelles de la cour et de la ville, manifestant son habituelle curiosité, fort inattendue de la part d'une religieuse retirée d'un monde dont elle avait fui volontairement les prestiges, mais dont elle connaissait parfaitement les arcanes. Elle marmonna ses coutumières imprécations contre l'éventuelle reconnaissance des protestants et lui remit un pli destiné au pape. Le guichet de la clôture se referma sans que Nicolas ait pu éclaircir l'origine du mystérieux présent qui lui avait naguère sauvé la vie. Il espérait qu'un jour, peut-être, il aurait la joie ou la tristesse d'en apprendre davantage.

Dès qu'il fut installé dans sa voiture, il eut l'impression de respirer plus librement, une sorte de libération d'être seul et de rouler vers des contrées inconnues, vers cette Rome qui, jusque-là, n'existait que dans les rêves suscités par son éducation. Il allait traverser le royaume et renouveler son goût des choses de la mer. Au premier relais, on lui demanda de bien vouloir accueillir une vieille dame qu'une urgente affaire de famille appelait à Valence. Malgré la déconvenue de voir compromise sa délicieuse solitude, il accepta de bon cœur.

Il observa avec attention la visiteuse tout enveloppée de voiles qui dissimulaient entièrement son visage. Quelle étrange créature ! Était-elle ce qu'elle paraissait, la question pouvait se poser. Il se mit sur ses gardes et posa son tricorne sur ses genoux, la main sur le pistolet miniature que, jadis, lui avait offert Bourdeau. Avant son départ, l'inspecteur avait tenu à le démonter, à le nettoyer et à le graisser. Il feignit de s'endormir et, les paupières mi-closes, en profita pour examiner plus attentivement sa voisine. Plusieurs détails le troublèrent. Au bout d'un certain temps, la vieille s'agita et sortit d'une bourriche un pâté en croûte, une bouteille de vin et deux gobelets d'argent armoriés. Elle toussa et s'adressa à lui d'une voix chevrotante.

— Monsieur, puis-je vous inviter à partager un modeste en-cas ? Me ferai-je ainsi pardonner d'avoir troublé votre tranquillité ? Croyez que ma reconnaissance est extrême.

Nicolas ouvrit grand les yeux et d'un mouvement de tête accepta l'offre. La saveur du pâté et le goût du vin lui parlèrent.

— Ce mets est délicieux, et ce nectar qui l'accompagne lui convient à ravir. Cuisinez-vous, Madame ?

— Mademoiselle, Monsieur, mademoiselle. Oui, j'en ai pétri la pâte de mes mains.

Elle les agita. Elle n'avait pas quitté ses gants de filoselle noire.

— Mademoiselle, puisque mademoiselle, voici un intéressant *pétrissement*. Du coup, j'ai une furieuse envie d'ouvrir cette portière et de vous jeter sur le chemin. Pour quel benêt me prenez-vous donc, Madame ? Êtes-vous cantinière pour faire ce pâté dont a coutume de me régaler une vieille amie ? Quelle coïncidence que vous goûtiez ce vin d'Irancy, tout droit sorti de la cave d'un vieux magistrat ? Et que dire de ces pieds si mignons qui auraient affolé mon ami Restif et de ces mains si soigneusement dissimulées ? D'évidence ce sont ceux, n'est-ce pas, d'une vieille fée ! Et cette fragrance de jasmin qui flotte dans cette caisse depuis que vous y êtes entrée, elle me rappelle étrangement ce fossé du bois de Fausses-Reposes où une innocente jeune fille avait chuté. Quels sont ce complot et cette chienlit ? Ah, vous voilà découverte, belle Arranet !

Il tendit le gobelet.

— Et vos armes gravées le prouvent !

Et joignant le geste à la parole, Nicolas dévoila sa voisine, fit valser pâté, vin et vaisselle, la prit dans ses bras et étouffa ses cris sous sa bouche. S'ensuivit un plaisant désordre avec quelques délicieux entractes jusqu'au prochain relais de poste qui permit aux acteurs de rectifier leurs tenues et de rassembler leurs esprits. Aimée échangea ses oripeaux contre des atours plus conformes à sa beauté et à sa jeunesse. L'attelage changé, la malle-poste repartit.

— Ne comptez pas, Aimée, m'accompagner à Rome. Et que va dire votre princesse de cette soudaine désertion ?

— Rassurez-vous, mon ami, quittez cet air sévère et ne rallumez point une querelle oubliée. Pour Madame, elle m'a gentiment accordé un congé. Pour le coup, il y a une vérité dans tout cela. J'ai profité de votre voyage pour aller visiter ma vieille tante, sœur de ma défunte mère. Elle habite Valence. Ingrat qui…

Nicolas étouffa ces propos sous de nouveaux baisers.

Ce voyage favorisa un renouveau de leur amour. Ils se redécouvrirent l'un et l'autre, libérés pour un temps des entraves de leurs charges respectives. Aimée retrouva ses émois de jeune fille. Pendant ces quelques jours que dura le trajet, tout leur fut bonheur et plaisir. Parfois, ils faisaient arrêter la malle-poste et se perdaient dans des champs fleuris. Il fallait bien dormir et chaque relais leur offrit de nouvelles distractions. Nicolas apprit à Aimée sa méthode pour échapper aux piqûres de punaises : se transformer en momie. Ils inventèrent de doubles embrassements qui redoublèrent encore des désirs qui ne s'apaisaient pas. À Valence les adieux n'en furent que plus déchirants.

À Toulon, Nicolas rejoignit la goélette *Aricie* qui devait le conduire en Italie. Il monta à bord avec les honneurs dus à un chevalier de l'ordre de Saint-Louis, ancien du combat d'Ouessant. Le capitaine, d'évidence dûment chapitré sur les qualités de son passager, l'installa dans sa cabine. Il lui donna quelques précisions, lui expliquant en particulier que la forte différence du tirant d'eau entre l'avant et l'arrière et un étambot très incliné permettaient à son navire d'échapper avec une remarquable rapidité aux pirates barbaresques toujours menaçants en Méditerranée. Le péril était réduit sur le trajet envisagé qui autorisait un cabotage en vue des côtes. Nicolas goûta sans mesure la traversée. Assis à la proue, le nez au vent, il fixait les lointains. Il regretta pourtant de ne pas retrouver sur cette mer inconnue l'odeur iodée de son libre océan. Favorisé par un aimable vent de travers arrière, le navire aborda sans encombre le port de Civita Vecchia où une voiture frappée des armes du cardinal de Bernis l'attendait.

Les surprises alors se succédèrent : les cris et la gaieté du peuple, la chaleur de ce printemps précoce, les odeurs des plantes, fleurs et arbres dont il ignorait les noms. Sur la route de Rome, il croisa des théories de galériens enchaînés. Çà et là, il remarqua les sentinelles qui montaient la garde sous des parasols. Au fur et à mesure qu'il approchait de Rome, tout lui semblait mêler le moderne et l'antique. Partout cette ville lui apparut bâtie sur des débris de la cité disparue. Il remarqua des façades de logis modestes où le torchis enveloppait des éléments de colonnades de marbre. Les âges s'enchevêtraient et se chevauchaient à l'instar d'un paysage où la campagne pénétrait la ville.

Il fut conduit sur le Corso, rue du centre bordée d'églises et de magnifiques demeures, et découvrit le palais Carolis, résidence du ministre de France située en face du palais Mancini, siège de l'Académie de France. Le bâtiment était récent et somptueusement décoré de peintures et de dorures. L'appartement dans lequel il logeait participait de cette splendeur. Le cardinal de Bernis le reçut sur-le-champ.

L'homme était en habit court d'intérieur sans que rien n'indiquât sa haute dignité. L'allure générale ne payait pas de mine. Le prélat était petit et rondelet, le visage empâté par un double menton que relevaient une bouche spirituelle et un regard brillant d'intelligence. Il portait une perruque poudrée à trois rouleaux. Il tendit la main à Nicolas, qui s'inclina pour lui baiser l'anneau.

— Monsieur le marquis, il m'est agréable de recevoir l'envoyé de Sa Majesté.

La conversation s'engagea d'abord sur le passé. Ils évoquèrent avec nostalgie le feu roi et Madame de Pompadour. Jadis, elle avait fait la carrière de Bernis, son ancien précepteur, avant de s'en éloigner. Il lui gardait néanmoins une reconnaissance sans illusion. Abordant la mission de Nicolas, ils se retrouvèrent pour déplorer le choix du Parlement pour juger le cardinal de Rohan.

— La période est cruciale. Le pape hésite et ne s'est pas encore prononcé sur la réhabilitation de Rohan. J'ai demandé audience pour vous et…

Il sourit.

— … pour moi. Vous verrez que cette cour respecte une étiquette encore plus rigoureuse que celle de Versailles. Sachez que le pape me doit son élection au conclave de 1774. Enfin… Moi et l'Autriche que j'avais convaincue.

Il n'y avait nulle arrogance chez Bernis. Nicolas le trouva tel qu'on le lui avait décrit : aimable, disert, judicieux, plein de cette mesure si française qui n'excluait pas la fermeté. Une vraie confiance s'établissait entre eux avec facilité.

— Au reste, Braschi a le cœur français. C'est un grand seigneur libéral et magnifique. Il est tout à l'opposé de son prédécesseur Benoît XIII, simple et modeste, il aime la pompe de la représentation. Il souhaite redonner à Rome son éclat de la Renaissance. À cet égard il a retrouvé les habitudes des papes de cette époque. Il a commencé l'assèchement des marais pontins, œuvre des plus malaisées qui profite surtout au duc Braschi, son neveu. Pour le reste, vous devez savoir qu'il hait les philosophes, nos philosophes, en particulier mon ami Voltaire, et la pensée moderne lui fait horreur. Laissez-le aller s'il aborde le sujet. Dans ce cas-là il ne faut ni l'interrompre ni le contredire.

Il joignit les mains en fermant les yeux.

— Quant à notre affaire, Sa Sainteté appréciera que le roi ait souhaité à nouveau lui écrire en faisant porter son message par un de ses proches. Cela devrait peser sur sa décision dans le bon sens.

Il hocha la tête.

— Puis-je vous ouvrir mon cœur ? Savez-vous que j'ai bien connu votre père et… Quelle mouche a piqué Breteuil de conseiller au roi de recourir au Parlement ? Depuis près d'un siècle, le jansénisme campe dans cette institution et sape l'autorité du trône. Le feu roi s'en désespérait. Pourquoi se précipiter dans ce piège ? Hélas, nous ne le savons que trop !

Nicolas répondit avec ouverture aux questions du cardinal qui d'ailleurs, parfaitement informé, saisissait tout à demi-mot. Bernis lui révéla un aspect secret de l'affaire. Les Rohan étaient proches des jésuites dont l'ordre était pourtant dissous. Ceux-ci œuvraient en sous-main auprès des cardinaux pour assurer à l'accusé un triomphe qui en constituerait un pour eux. L'abbé Georgel, lui-même ancien de la compagnie, était le maître d'œuvre rusé de cette conjuration à laquelle le pape et son secrétaire d'État résistaient tant bien que mal.

Pendant les quelques jours de son séjour au palais Carolis, l'envoyé du roi put constater avec quelle grandeur Bernis illustrait le nom du roi et le prestige de la France. Aidé par sa nièce, la marquise du Puy Montbrun, il traitait chaque soir avec magnificence tout ce que la ville comptait d'important. Ses soupers étaient réputés. Il les présidait avec une exquise urbanité, se contentant de quelques légumes et fruits. Pourtant les délices les plus raffinés de la cuisine française s'y déployaient. Bernis affirmait en riant « *tenir l'auberge de France au carrefour de l'Europe* ». Ses cuisiniers couraient les marchés romains pour disputer à leurs confrères des grandes maisons et des membres du Sacré Collège les produits les plus fins. On parlait encore d'une querelle célèbre au sujet d'un esturgeon de cent cinquante livres, finalement emporté par le duc de Braschi. Lorsque ses invités se retiraient, Bernis entraînait Nicolas dans sa bibliothèque. Le prélat se complaisait à entendre la chronique de Paris. Les sujets étaient variés, portant sur la poésie, la musique et le théâtre, mais aussi sur la crise que connaissait le royaume, et Bernis ne cachait pas que *l'avenir lui faisait peur*.

Un jeune peintre, pensionnaire de l'Académie de France, lui avait servi de cicérone pour visiter la ville. Il avait fait le tour de tous les monuments et avait eu le privilège d'admirer la bibliothèque du Vatican et le Muséum que le pape ne cessait d'enrichir. Nicolas avait aussi goûté à la cuisine populaire et aux petits vins du Latium. Il interrogeait les taverniers et grâce à son truchement notait des recettes dans son petit carnet noir. Il avait erré dans les quartiers populaires, frappé par la joyeuse indolence du peuple. Sous ce climat, le travail paraissait limité par la sieste traditionnelle. Le souhait général était de *fare niente*. Il suffisait d'ailleurs de quémander pour obtenir. Les mendiants étaient innombrables. On les rencontrait devant tous les monuments. Rome était la ville de l'assistance. Une politique étendue de la charité semblait favorisée par un gouvernement paternel.

L'homme de police remarqua que n'existait pas cette classe dégradée qu'on nommait en France la canaille. La sûreté des rues était grande et les Romains, ayant en horreur le vol, prenaient en chasse le moindre filou. En revanche on assassinait, essentiellement pour des questions d'honneur, de rivalités ou d'injures. Nicolas estima que si le meurtre était aussi répandu, c'est que l'impunité était assurée au coupable en raison de l'inaction et de la quasi-absence d'une police ferme et efficace.

Vint enfin le jour de l'audience papale. Bernis avait revêtu sa *cappa magna* qui semblait l'engloutir. Nicolas, en habit noir, portait ses ordres. Ils partirent en cortège de plusieurs voitures, accompagnés d'une multitude de valets de pied, de suisses, de quatre gentilshommes et de deux chapelains. Sur leur chemin, les soldats portaient les armes et la foule applaudissait. Face à l'étonnement de Nicolas devant cette parade, Bernis eut un sourire et lui confia : « *Ce n'est pas pour moi, c'est pour la France et c'est comme cela depuis Louis XIV.* » Ils se dirigèrent vers la colline du Quirinal, ancienne résidence d'été des pontifes. Le Vatican, immense et malaisé à parcourir, avait peu à peu été délaissé.

Le palais rutilait d'or. D'une manière étrange et en dépit du formalisme du protocole, une foule bariolée s'entassait sans distinction dans les immenses salons. Valets, paysans, commensaux, palefreniers et vendeurs s'agitaient comme dans la galerie basse de Versailles. Les deux visiteurs furent conduits dans la salle d'audience, précédés par des gardes nobles et un homme à la tenue chamarrée que Nicolas supposa être l'équivalent d'un introducteur pour la conduite des ambassadeurs.

Le pape, assis dans un grand fauteuil de brocart, ouvrit les bras d'un air bienveillant alors qu'ils approchaient. Bernis esquissa un agenouillement que Pie VI arrêta d'une main tendue afin que le prélat embrasse l'anneau du pêcheur. Nicolas s'agenouilla, baisa la mule du pape et présenta au pontife les plis du roi et de Madame Louise qui furent aussitôt ouverts et lus. Cette pause lui permit d'observer le pape. L'attention qu'il portait à sa lecture accentuait encore la sévérité d'une expression qu'on pouvait juger, au premier abord, empreinte de bienveillance, mais que démentait la ligne mince des lèvres. Un grand aristocrate, un souverain, tout empli de sa charge, tel il apparaissait. Aucune émotion n'agita Nicolas devant le pontife ; il avait encore en mémoire les propos gallicans du chanoine Le Floch. Pie VI étudia les lettres, les replia et les enfouit soigneusement dans sa mozette rouge. Il croisa les mains et considéra ses visiteurs.

— Je constate, Éminence, et vous, Monsieur le marquis, que le roi me marque toute la peine que l'affaire qui nous soucie lui fait éprouver. Il me renouvelle sa requête. Il faut comprendre que le Siège apostolique est également touché par la situation scabreuse d'un membre du Sacré Collège. Notre éminentissime frère Rohan a été suspendu de ses dignités et honneurs, et cela à notre grande tristesse. J'entends bien que certains dans le royaume prétendent que cette sanction porte atteinte aux libertés de l'Église gallicane. Mais il n'y a d'Église que du Siège de Pierre où elle prend assise.

Sous le regard inquiet de Bernis, Nicolas prit la parole :

— Plaise à Votre Sainteté de considérer que le maintien de cette sanction, au reste légitime, ne peut que susciter le trouble dans la mesure où elle condamne le recours au Parlement, voulu par le cardinal et accepté par le roi. Le cardinal de Rohan est un sujet du roi de France. Sa Majesté, mon maître, supplie filialement le Saint-Père de ne pas repousser ses instances.

Bernis prit la relève et développa, avec la douceur et la finesse qui le caractérisaient, le même thème.

Le pape, les mains sur sa croix pectorale, réfléchissait.

— Malheur à celui par qui le scandale arrive ! s'écria-t-il soudain, il offre des armes à ceux qui prônent l'athéisme qui bat nos consciences de ses passions destructrices. Nous sommes environnés de loups dévorants dont la pestilence s'accroît. Ces orages sont, hélas, précurseurs. La pensée pernicieuse des philosophes nourrit une entreprise inspirée par le diable. Mon encyclique les dénonce. Oh, Seigneur ! Tes ennemis vomissent des injures. Ils nous servent des visions de tromperie, de mensonges et séductions.

Il baissait la tête, accablé.

— Que le Saint-Père veuille bien examiner, dit Nicolas, que le maintien de la sanction serait, en apparence seulement, défavorable au cardinal. De fait, cela ferait le jeu du parti janséniste si influent au Parlement de Paris. La maintenir s'opposerait au vœu de Votre Sainteté de favoriser l'unité des catholiques et la primauté de l'Évêque de Rome.

Il poursuivit son discours avec cette élégance de langage et ce don de persuasion qui avait jadis séduit le feu roi.

— Je donnerai réponse au roi très vite. Veuillez, Monsieur le marquis, lui transmettre mes sentiments paternels et ma bénédiction pour lui, sa famille et la France, avec une particulière pensée pour le dauphin dont vous venez de m'informer de la mauvaise santé.

Il sortit d'une de ses manches deux petits paquets enrubannés qu'il tendit à Nicolas.

— Remettez ces deux médailles à notre sainte fille qui, au Carmel de Saint-Denis, témoigne pour le Seigneur. L'une lui est adressée, l'autre est destinée à une personne qui vous est chère.

Alors qu'ils se retiraient et traversaient la grande galerie du palier, Bernis manifesta sa satisfaction.

— Je connais le pape. Je suis persuadé que votre mission sera sous peu couronnée de succès. Vos propos l'ont d'évidence frappé. Vous lui avez parlé très ouvertement, sans ces détours qui trop souvent rédiment la force d'un propos. Vergennes a raison, vous honorez la diplomatie.

Nicolas sourit, c'était sa fâcheuse habitude de parler net aux grands…

Le cardinal l'accompagna à la basilique qu'il n'avait pas encore visitée. Saint-Pierre l'impressionna. Levant la tête pour admirer la coupole, il eut l'impression d'un vertige à l'envers ; il lui sembla qu'il tombait vers le ciel. Il éprouva en ce lieu plus d'émotion que devant le pape. Une telle accumulation de splendeurs le pénétrait de la futilité du monde. La grandeur du sanctuaire écrasait et vidait l'âme. Il ne restait qu'à s'agenouiller pour prier. On commençait à installer les milliers de pots à feu qui illumineraient le monument et la place du Bernin le soir de la Fête-Dieu, toute proche. Bernis lui décrivit la procession du *Corpus Domini* quand le pape, recouvert d'une chape de drap d'or et porté sur la *sedia gestatoria*, présentait à la foule agenouillée l'ostensoir contenant l'hostie.

… Le petit lézard vert, toujours aussi curieux, avait reparu. À la méditation sur la fragilité des empires avait succédé chez Nicolas le désarroi au sujet des derniers propos du pape. Qu'avait-il voulu dire au sujet des médailles à remettre à Madame Louise, l'une étant destinée à une personne qui lui était chère ? De qui s'agissait-il ? Une autre religieuse ? Une fois encore il ne parvenait pas à approfondir une réflexion qui le touchait sans doute de trop près, au vif.

Il quitta Rome le lendemain avec deux certitudes, celle d'une mission accomplie et celle d'un nouveau mystère à éclaircir.

II

LE PASSÉ RESURGIT

« Le passé et le futur rentrent continuellement l'un dans l'autre et ne donnent jamais que le présent. »

Dom Deschamps

Lundi 15 mai 1786

Si le voyage sur mer avait été rapide, le retour fut laborieux par les rudes chemins italiens. Sa durée autorisa la rêverie et le regard curieux sur des cités et des paysages inconnus. Il y avait près d'un mois qu'il avait quitté Paris et son apparition soudaine rue Montmartre, au petit matin, s'apparenta au retour de l'enfant prodigue. Si le veau gras ne fut pas sacrifié, Catherine entreprit à l'improviste des prodiges pour célébrer l'événement. Nicolas distribua des présents qui furent reçus comme autant de témoignages de son affection. Dans sa joie, Pluton faillit renverser son maître tandis que Mouchette, après s'être roulée sur elle-même, commençait une course endiablée à travers l'office. M. de Noblecourt, comblé d'une édition rare de l'Arioste, essuya une larme, confiant à Nicolas qu'à son âge il n'était jamais assuré de le revoir. Après le dîner et en dépit des protestations générales, le commissaire remit à plus tard le récit de son voyage et annonça qu'il se rendait sans désemparer au Grand Châtelet. Poitevin s'empressa de seller Sémillante qu'il convenait d'aérer après une trop longue claustration. Cette perspective mit en joie la jument qui célébra à son tour l'apparition de son maître par mille facéties et de joyeux hennissements. Nicolas lui flatta l'encolure et reçut en échange de soyeuses caresses des naseaux.

Au Grand Châtelet, le père Marie fut le premier à accueillir Nicolas avec des bougonnements, marques de son contentement. Quant à Bourdeau, sans un mot, il étreignit Nicolas.

— Ma Doué ! s'exclama l'intéressé. Depuis que je suis revenu à Paris, j'ai l'impression, nouvel Orphée, de sortir des Enfers. Après tout, ce ne fut qu'un petit tour plein de plaisirs et de découvertes.

— Surtout à l'aller, dit l'inspecteur en clignant de l'œil.

— Ah, peste ! Il y a de la mouche dans tout cela.

Hilare, il s'enquit des événements survenus en son absence, et d'abord comment s'était conduit M. de Crosne.

— Peuh ! Il a sans doute estimé que j'étais ton ombre portée.

— Un autre moi-même, plutôt. Il a raison de le croire, mon ami.

— Il semblait que la statue du commandeur ne fût pas loin. Il s'est donc multiplié en bénévolence, sollicitant mon avis et mon conseil sur tout et sur rien, pour l'important et le médiocre, sans aucun discernement.

— Plains-toi ! Aurais-tu préféré qu'il te contrarie ? Je suis heureux de cette conjoncture et que tout se soit bien passé. Outre cela ?

— Le procès du collier se poursuit. Sous peu le Parlement siégera pour l'audition des pièces de l'affaire. Le premier président d'Aligre…

— Je lui ai rendu naguère quelques services…

— Les pamphlets ne l'épargnent guère. Il serait avare et excellerait à faire fructifier son or au taux le plus avantageux.

Bourdeau s'approcha de Nicolas pour lui parler à l'oreille.

— De plus, il est établi qu'il entretient avec Mercy-Argenteau, l'ambassadeur de Vienne, des liens étroits et le tient informé du déroulement de l'instruction. Pour le reste, vu la pression qu'exerce la famille de Rohan sur les parlementaires, on estime en général que le cardinal pourrait être acquitté.

— Sauf qu'il peut y avoir des nuances dans cette décision. S'il était déchargé d'accusation, le cardinal serait complètement innocenté et entièrement réhabilité. Mais il pourrait seulement être mis hors de cause.

— Et cela changerait quoi ?

— Cela signifierait que les preuves seraient insuffisantes pour asseoir l'accusation. Dans ce cas, l'honneur du prélat n'en sortirait pas intact. Nous verrons bien. Rien d'autre ?

— Le cardinal, malade à la Bastille, se bourre de quinquina et l'on chantonne à l'accoutumée :

Le Saint-Père l'avait rangé
Le roi de France l'a noirci
Le Sénat le savonnera.

» Tu as une invitation.

Bourdeau sortit un billet du tiroir de la table et le tendit à son ami qui en prit aussitôt connaissance.

— *Son Excellence*, lut-il, *Sa Grâce le duc de Dorset, ambassadeur plénipotentiaire de Sa Majesté britannique, prie Monsieur le marquis de Ranreuil de lui faire l'honneur d'assister à la réception qu'il offrira en son hôtel, faubourg Saint-Honoré, près la barrière du Roule, le lundi 15 mai à partir de huit heures de relevée.*

— Que me veut-il, celui-là ? Allons, nous irons.

— Il y a un autre pli.

Nicolas reconnut aussitôt la fine écriture de Sartine.

— En voilà bien une autre ! Il m'intime « *d'assister sans faille à la réception de l'ambassadeur anglais* ». Il hocha la tête.

— Je me pose deux questions. Comment a-t-il appris que j'étais rentré et que je suis invité ce soir ?

— Venant de lui, rien ne peut nous surprendre ; il est toujours au fait de tout avant les autres. C'est l'universelle araignée !

— C'est vrai ! Mais que peut-il encore manigancer ? Je suis par trop intrigué pour ne pas déférer à son souhait.

— Tu en avais déjà décidé avant que de lire son billet. Je voulais te parler de la destruction du pont Notre-Dame, mais rien ne presse.

Nicolas consulta sa montre.

— Je n'ai plus beaucoup de temps. Je dois me changer. Sémillante me portera rue Montmartre. Envoie-moi une voiture, je ne veux pas fatiguer Poitevin qui se fait vieux. Ah ! Encore un point. Aurions-nous quelques informations sur le duc de Dorset ? Je ne le connais que de nom.

— J'avais prévu la chose. J'ai une fiche sur lui.

Voilà bien Bourdeau, songea Nicolas. Il a toujours su prévenir mes demandes.

— Quarante et un ans, lut Bourdeau après avoir chaussé ses besicles. Célèbre en Angleterre comme amateur de cricket. Il a d'ailleurs organisé des parties aux Champs-Élysées. Réputé arbitre des élégances et homme à femmes. Entretient depuis des années une liaison avec une danseuse vénitienne, Giovanna Baceli, qu'il a d'ailleurs installée chez lui à Knole House dans le Kent. Ils s'écrivent souvent. Correspondance amoureuse et politique, à ce que nous en savons... Hé, hé...

— Le cabinet noir, je vois !

L'inspecteur sourit.

— Fréquente le salon de Madame de Polignac. Pourtant on le dit très critique à l'égard de la reine. C'est un ami proche du duc d'Orléans et un peu de Calonne. C'est à peu près tout.

— Mais c'est beaucoup !

Nicolas rejoignit la rue Montmartre aussi vite que le lui permettaient les embarras de la circulation. Aussitôt arrivé, il fit quérir un perruquier pour le coiffer et le poudrer. Par ce temps printanier, il ne souhaitait pas s'embarrasser d'une perruque. Il revêtit un habit gris surbrodé d'argent sur lequel tranchaient ses ordres français et russe. Sous les yeux admiratifs de la maisonnée, des mitrons de la boulangerie et de la petite Farnaux, sa filleule, il monta dans la voiture envoyée par Bourdeau.

Devant l'hôtel de l'ambassadeur britannique, les cris, les hennissements des attelages, les portières claquées et la poussière soulevée créaient une confusion et un désordre extrêmes. Nicolas pesta devant cette situation. Déjà en février, Madame de Vergennes, femme de l'intendant des impositions, avait offert un bal à l'hôtel de Mesmes, rue Sainte-Avoie. Faute de précautions, le guet n'étant point suffisant pour établir l'ordre dans la circulation, tout avait dégénéré dans une cohue affreuse et très mélangée. Prise dans ce chaos, la voiture de Calonne avait été bloquée ; d'impudents jeunes gens qui sortaient de la réception avaient reconnu le carrosse du ministre et lui avaient imputé la cause de tout ce désordre. Informé, Nicolas, de permanence ce soir-là, avait eu le temps d'accourir pour éviter un drame alors que le peuple, attiré par l'incident, menaçait et huait le contrôleur général dont le carrosse peinait autant à reculer qu'à avancer. Le commissaire, usant de son prestige, avait calmé cette colère. Une telle situation, s'autorisant de la licence du carnaval, aurait pu susciter les excès les plus condamnables. Là encore la situation pouvait dégénérer et Nicolas sortit de sa voiture, envisagea un sergent du guet, s'en fit reconnaître et lui intima d'employer son autorité pour rétablir l'ordre.

Le duc de Dorset accueillait ses invités à l'entrée des salons éclairés *a giorno*. Nicolas fut frappé par l'apparence du personnage que rehaussait encore la splendeur de sa tenue. Il était grand, mince et offrait dès l'abord l'impression d'une majestueuse distinction. Le visage répondait à l'ensemble avec son profil antique. Un marbre, par la pâleur et la fixité. Était-ce de l'arrogance, de la hauteur, de l'orgueil ou la certitude d'appartenir à une caste supérieure, ou tout simplement une illusion que renforçait l'éclat de la soie blanche de son habit ? Sous une chevelure libre, mais savamment agencée, brillaient, sous des sourcils bien dessinés, des yeux de rapace qui s'adoucissaient, soudain languides, pour saluer chaque invité. Alors, ce sourire séducteur, plein d'une aimable aménité, emplissait d'agrément celles et ceux qui en bénéficiaient.

Lorsque l'introducteur annonça Nicolas, l'ambassadeur le considéra avec curiosité.

— Ah ! Monsieur le marquis. Je me félicite de vous rencontrer. J'ai si souvent entendu parler de vos talents. Vous connaissez mon pays, je crois ? Et assez bien, si j'en crois ce que m'a confié l'un de vos vieux amis.

Il fit un geste et un vieil homme, appuyé sur une canne, s'approcha, en qui Nicolas reconnut Lord Aschbury, chef du Secret anglais.

— Je vous laisse à vos retrouvailles.

— Je remercie Votre Grâce de les avoir favorisées.

La main du vieillard lui crocha le bras ; elle lui rappela celle du maréchal de Richelieu. Ce n'était plus le petit homme rougeaud et bedonnant de jadis. Depuis leur dernière entrevue, il avait encore vieilli et s'était décharné. La perruque de guingois dissimulait mal un crâne chauve et recouvert de croûtes et mangeait une figure aux joues rentrées. Il tremblait sur ses jambes grêles.

— Je m'interroge, dit Nicolas, ironique. Est-ce M. Sefton, M. Calley ou mon vieil adversaire Lord Aschbury que j'ai l'avantage de saluer ?

— Point d'inquiétude, mon ami, c'est le vrai, le seul, l'unique, celui que vous avez si bien joué lors de votre dernière incursion à Londres[1].

— Ah ! Milord, c'était de bonne guerre et vous m'en avez réservé bien d'autres. Votre présence à Paris signifie-t-elle que vous ouvrez une nouvelle partie ?

— Point, point. Nous sommes résolument en paix. Je réponds seulement à une invitation du duc de Dorset, mon ami.

— Ce n'est jamais une bonne raison entre nous. Même quand nous sommes sincères, il peut y avoir doute.

Une voix se fit entendre derrière Nicolas.

— Aschbury, peut-on savoir qui est ce gentilhomme ? Nous connaissons peu de monde à Paris.

— Monsieur le marquis, dit le vieil espion, permettez-vous, puis-je vous introduire… Oh ! Non, vous dites présenter, n'est-ce pas ? Lord et Lady Charwel, de vieux amis. Lord Charwel est l'un des lords de l'Amirauté.

Nicolas se retourna et faillit fléchir sur ses jambes tant l'émotion qui le saisit fut grande. Il trouva son salut dans une profonde inclination. Il reprit souffle et composa son visage. L'épouse de ce petit vieillard, dans sa robe magnifique de soie blanche à motifs floraux, cette jeune femme parée de diamants, c'était la Satin. Antoinette Godelet, la mère de son fils et son premier amour. Pétrifié, il n'osait analyser les sentiments mêlés qui le submergeaient.

— Le marquis de Ranreuil est un très vieil ami depuis dix…

— Plus de dix ans, milord, avec des hauts et des bas et des interruptions. Connaissez-vous Paris, Madame ?

Antoinette fixait Nicolas avec une telle intensité qu'il en frémit. Elle s'éventait avec nonchalance.

— Ma femme est française, dit Lord Charwel, mais elle a quitté ce royaume depuis si longtemps qu'elle est désormais tout à fait britannique.

La situation devenait gênante quand surgit Sartine qui, après avoir salué Aschbury et s'être fait présenter les visiteurs, entraîna sans façon Nicolas dans l'embrasure d'une croisée.

— Peste, mon ami, il était temps que je parusse. Vous aviez l'attitude imbécile d'un benêt qu'on stupéfie ! Que diable, reprenez-vous ! Notre amie a plus de maîtrise et j'ai admiré de loin son impassibilité. Aucun trait de son visage n'a bougé. C'est un magnifique instrument, et il faut l'être pour avoir tenu si longtemps et sans la moindre anicroche un rôle si délicat.

— Cessez de la traiter ainsi, ce n'est pas un objet.

— Vous voilà soudain bien délicat. N'êtes-vous pas un peu responsable de son départ pour Londres ?

— Et vous, de l'avoir jetée dans ces périls en usant d'un répugnant chantage, menaçant de révéler le passé au risque de détruire l'existence et l'avenir de son fils, de mon fils ! Et d'abord, que fait-elle ici ? Vous le savez sans doute, vous qui dénouez toute trame.

— Candide question, mon cher Nicolas. Elle accompagne son mari, Lord Charwel, l'un des messieurs de l'Amirauté anglaise.

— Signifiez-vous par là que cette union participe de sa mission ?

— Ah ! Il a enfin compris. Que pourriez-vous y voir d'autre ? Une idylle ? Avez-vous envisagé le bonhomme ? Le mariage est d'apparence. Le seigneur en question est fort âgé et souhaitait quelqu'une qui tînt sa maison, une femme décorative. Ne me dites pas que vous êtes encore amoureux de la dame ?

— Et quand cela serait, l'amour, vous n'avez jamais su ce que c'était.

— Peut-être, mais je m'interroge : quelle est la plus *aimée* des deux ? Posez-vous la question. Mais je vois Breteuil.

Et sur cette dernière pointe, Sartine pirouetta sur lui-même et se précipita vers le ministre.

Nicolas ne parvenait toujours pas à démêler les sentiments qui l'assaillaient. Il s'appuya à la muraille. Antoinette était plus belle encore que dans son souvenir. Il essaya de porter un jugement clair sur lui-même. Pourquoi cette émotion qui le faisait trembler ? N'y avait-il dans son état un fond de ressentiment et, pour dire le mot, de jalousie ? Ce vilain mouvement, qui parfois l'avait torturé à l'égard de Mme de Lastérieux et même d'Aimée d'Arranet, le ressaisissait par bouffées. Pourtant Sartine l'avait rassuré, le mariage n'était qu'apparence. Pourquoi le prenait-il pour une offense personnelle ?

Au fond de lui, une autre voix s'élevait, celle d'une conscience malheureuse. Qui es-tu pour avoir le droit de juger cette femme ? Toi qui l'avais chassée du palais des rois par esprit de caste, pour ta tranquillité personnelle, vilaine action peut-être dissimulée derrière l'intérêt de ton fils. N'est-ce point ce mouvement premier qui avait jeté la pauvre Antoinette dans un monde de périls ? N'a-t-elle pas avec courage chaque jour servi son roi et la France, environnée de dangers ? Combien de marins, grâce aux renseignements qu'elle fournissait, avaient eu la vie sauve ? Et voilà que tu la juges et la condamnes par orgueil et égoïsme. Que crois-tu qu'elle ait pu ressentir en te voyant soudain devant elle ? T'es-tu jamais demandé ce qu'elle avait éprouvé lors de ton lâche abandon, soudain séparée d'un fils qu'elle avait élevé sans te le dire, soucieuse de ta réputation et de ton honneur ? Et mesure, enfin, la dangereuse conjoncture dans laquelle pouvait la jeter ton émotion si perceptible. Qui sait si Aschbury n'a pas ménagé cette rencontre pour mieux vous observer, car, âme tordue, il serait bien capable de nourrir des soupçons ?

— Je vous trouve bien sombre, mon ami, dit Breteuil qui se tenait devant lui depuis un moment. Sachez que chacun chante vos louanges à Versailles. Le roi le premier. Sa Majesté m'a demandé de vous transmettre sa satisfaction. Les dernières dépêches de Bernis montrent que votre mission sera sous peu couronnée de succès et que le pape va réintégrer Rohan dans ses prérogatives, ce qui nous enlèvera une épine pour le procès.

Il hocha la tête d'un air mécontent.

— Encore une fois Vergennes n'est pas là. Il estime sans doute que ces réunions n'ont pas d'intérêt. Ce en quoi il se trompe. Heureusement, moi, je suis là… je suis là ! Mais, mazette, que vois-je ?

Il pointa du doigt la poitrine de Nicolas.

— Ma foi, c'est bien la croix de Saint-André, la plus haute décoration impériale russe. Par quel miracle en êtes-vous honoré ?

— Il m'est arrivé de rendre un service particulier au tsarévitch Paul Romanov lors de sa visite à Paris[2].

La physionomie de Breteuil se figea en sévérité.

— Le roi vous a-t-il autorisé à recevoir cet ordre ?

— La requête en a été faite et Sa Majesté m'a libéralement donné son accord. C'est même, s'il m'en souvient bien, le prince Paul qui s'est chargé de le lui demander.

— Eh bien, vous êtes le seul dans cette brillante assemblée à en être honoré. Savez-vous que cette éminente distinction est d'ordinaire réservée aux seules têtes couronnées ?

Sans être désagréable, le ton témoignait d'une certaine forme d'envie.

— Enfin, vous le méritez sans doute. Reste que tous vos succès, comme l'a encore prouvé votre mission à Rome, remontent jusqu'à votre ministre.

— Lorsque l'on a l'heur de servir le roi sous votre haute autorité, on ne peut viser qu'à de parfaits achèvements.

— C'est vrai, c'est bien vrai ! dit Breteuil, se rengorgeant. Je vous remercie de le reconnaître.

Il s'éloigna et Sartine reparut.

— Prenons garde à Lord Aschbury. Ses venues en France ne sont jamais sans conséquence. Et veillez par-dessus tout à ne point chercher à joindre Lady

Charwel. Cela lui ferait courir un grand danger. Au fait, j'ai oublié de vous dire que Le Noir souhaite votre conseil sur une affaire qui le tourmente.

— En connaissez-vous la nature ?

— Non, quelle que soit la prescience que l'on m'attribue, je ne sais pas toujours tout.

— Une humilité inhabituelle, Monseigneur.

— Raillez, Monsieur, raillez. Mes compliments pour le succès de votre mission à Rome. Vous finirez ambassadeur.

Savourant cette ultime saillie, il quitta Nicolas. Celui-ci s'engagea dans la foule qui se pressait dans les salons et s'agglutinait autour de somptueux buffets. Ce spectacle l'écœurait, tout comme le mélange des odeurs de vins et de nourritures auquel s'ajoutaient les remugles des corps transpirants, insuffisamment masqués par d'entêtants parfums. Les déchets qui tombaient sur le sol lui paraissaient sur le point de se décomposer. Il ne pouvait en supporter davantage et il aspira à la fuite. Il ne revit ni le duc de Dorset, ni Aschbury, ni le couple Charwel. Il se retrouva dans la rue du faubourg Saint-Honoré et respira l'air frais de la nuit. Le guet était enfin parvenu à établir un peu d'ordre. À la lumière des torches brandies par les valets, il repéra sa voiture et regagna la rue Montmartre.

À peine était-il entré dans l'office de l'hôtel de Noblecourt que de violents coups de canne se firent entendre, signal convenu de toute éternité que le maître de maison souhaitait le voir. Catherine venait de lui monter la sauge du soir. Le vieux magistrat jeta un regard pénétrant à Nicolas.

— Mon ami, dit-il, vous n'êtes rentré que depuis ce matin et la fatigue marque vos traits. J'aurais aimé vous entendre me parler de votre voyage à Rome, mais vous me paraissez accablé. Y a-t-il autre chose ?

— Hélas, j'admire votre perspicacité. Certes, la soirée chez l'ambassadeur britannique... En fait, je suis égaré... perdu.

— Allons, dites-moi tout. Que vous arrive-t-il ? Je ne vous ai jamais vu aussi ému... depuis la mort de Mme de Lastérieux.

— Hélas.

Avec des mots hésitants et des interruptions d'émotion, Nicolas raconta sa soirée et ses retrouvailles inattendues avec Antoinette.

— Quelque chose m'échappe, remarqua doucement Noblecourt. Ce n'est pas la première fois que vous revoyez la mère de Louis depuis son départ pour l'Angleterre. Pourquoi aujourd'hui en ressentez-vous une si particulière et pénible impression ?

— C'est de la voir au milieu de nos ennemis. J'y songe depuis des années, mais la réalité était lointaine. Là, je l'ai vue dans les fers, prisonnière du rôle qu'on lui a imposé. Ma responsabilité est grande dans cette situation et j'en éprouve aujourd'hui le poids et le remords.

— Nous savons tous les deux que vous ressassez ce tourment depuis des années. Laissez votre vieil ami vous guider. Vous me décrivez là l'écume des choses. C'est un bien autre objet qui vous tourmente. Ce qui vous affecte au plus haut point, c'est qu'Antoinette soit mariée. Allons, reprenez-vous, vous n'étiez pas son maître. Elle n'est pas votre propriété comme un fief dont on dispose à son gré. En fait vous paraissez offensé et, pour vous dire le vrai, c'est la jalousie qui vous étreint. C'est un défaut dont il est malaisé de se départir.

Cette rude assertion recoupait avec une telle acuité le propre sentiment de Nicolas qu'il ne put qu'acquiescer.

— Que puis-je faire, c'est un mouvement qui s'impose malgré moi.

— Il n'y a pas que cela, je vous l'affirme. C'est l'amour-propre qui l'emporte dans ce sale sentiment. Le mouvement qui vous entraîne vers Antoinette en est lui-même souillé. La Bruyère disait bien que la jalousie tenait plus à la vanité qu'à l'amour.

— Hélas !

— Encore ! Et dans ce débat intime, que devient Aimée ? Songeriez-vous, enivré de l'air du temps, à collectionner les amours comme un chasseur de papillons ? Pour finir par les épingler sur le blason de votre orgueil ? Je vous crois incapable d'une semblable turpitude.

— C'est que je les aime toutes les deux.

— Ah, la belle affaire ! Et vous vous interrogez : peut-on concilier les contraires et écarter les incompatibilités ? Vous m'agacez, cher Nicolas. Mme de Lastérieux serait-elle encore de ce monde que vous accepteriez un jeu en trio ? Vous avez laissé partir Antoinette, elle revient et, les vieux souvenirs resurgissant, vous vous enflammez. Repart-elle à Londres avec son vieux mari, peu importe, il vous reste Aimée. Ah, oui vraiment, quelle heureuse et commode position que la vôtre ! Vous jouez et gagnez à tout coup. Un atout remplace l'autre.

— Ne me parlez pas comme Sartine, ce sont des femmes.

— Certes ! Mais vous-même, comment les entendez-vous traiter ? Réfléchissez à mes propos. Assailli par tant de passions, apprenez à les dompter. Faites retour sur vous-même, et songez que l'orgueil vous accable et vous trompe. Puisse la nuit vous porter conseil. Bonsoir, cher Nicolas.

Cette sévère admonestation éprouva l'intéressé qui, tête basse, regagna son appartement. Il se sentait bourrelé de remords. Il se dévêtit et, pensif, s'étendit sur son lit. Toujours sensible à l'humeur de son maître, Mouchette se coula sur lui. À la lueur de la veilleuse, il observa les yeux verts qui le regardaient avec intensité, mais aussi avec adoration. Il posa sa main sur la douce fourrure. La chatte pelota et se mit à ronronner. Ce murmure l'apaisa et il entra dans un profond sommeil.

Mardi 16 mai 1786

Il galopait sur le haut d'une falaise, contemplant une mer agitée qui pourtant le remplissait de félicité. Il ne comprenait pas pourquoi cette onde sombre pouvait lui procurer une telle impression. Au détour d'une pointe, l'océan changea d'aspect. Il s'était calmé, aucune ride n'en troublait la surface. Les flots avaient changé de couleur. Désormais limpides, ils laissaient deviner le fond. Cependant ils lui semblaient menaçants. Le sable gris était agité d'ondulations. Intrigué par ces mouvements, il avait mis pied à terre et s'était approché du rivage. Il se sentait attiré sans pouvoir résister. Soudain un tourbillon se forma, s'élevant peu à peu sous la forme d'une colonne. Il y distinguait des silhouettes et des visages sévères qui criaient sans qu'il les entendît. Une vague se forma qui le submergea et, après un choc violent, il perdit conscience.

— En foilà-t-y pas un maladroit qui roule du mauvais côté et tombe sur le barquet ! Ne te voyant pas, je suis montée pour t'aborter ton chocolat et ta brioche. Engore que, sais-tu l'heure ? Il est bas loin de onze heures !

Catherine fut secouée d'un grand rire que suscitait la vision de Nicolas à terre, entortillé dans son drap.

Il s'apprêta, tout en essayant de deviner quel sens il devait donner à son rêve. La clarté était-elle plus redoutable que l'ombre ? Il ne savait. Les propos taoïstes de M. de Noblecourt déteignaient-ils sur lui ? Il passa outre et réfléchit aux obligations de la journée qui commençait. Après ce que lui avait dit Breteuil, il pouvait se dispenser d'aller rendre compte à Versailles de sa mission. Il n'était pas de ces courtisans qui eussent sauté sur l'occasion pour se faire valoir. En revanche, il se devait de répondre au souhait de Le Noir de le consulter. Enfin, il était urgent de se rendre au Carmel de Saint-Denis afin de remettre à la prieure les présents du pape. Il suffisait que Madame Louise vînt à apprendre son retour à Paris pour qu'en toute bonté elle tempêtât de son irrespectueuse désinvolture. Il se décida à gagner d'abord la Bibliothèque du roi, rue de Richelieu. L'ancien lieutenant général de police était de nature très matinale. Sémillante serait derechef de la fête. Quand elle comprit la chose, elle entama une sorte de gigue à quatre fers et poussa de joyeux hennissements. Soudain, les souvenirs de la veille le frappèrent comme un coup de poignard. Les paroles de Noblecourt lui revinrent en mémoire et il tenta de maîtriser le débat qui se réveillait en lui. Incidemment il s'interrogea sur la présence de Lord Aschbury à Paris. Chacune de ses précédentes incursions avait été le prélude à de dangereuses trames de son service.

Nicolas décida finalement de se rendre à pied à la Bibliothèque du roi que dirigeait Le Noir et où il habitait. Par la rue Coquillière, la place des Victoires et les Petits-Champs, il gagna la rue de Richelieu. Le plein du printemps transformait la ville. Ses brouillards et ses frimas semblaient dissipés. Une pureté inhabituelle de l'air précisait les contours des maisons et en rehaussait les couleurs tout en accentuant les nuances. Des parfums insolites témoignaient que Paris pouvait n'être aussi qu'un jardin semé de constructions. Un peu partout des lopins de terre ou des recoins de cours exhalaient la fragrance des lilas. À cela s'ajoutaient les chants, cris et pépiements d'un peuple d'oiseaux que le soleil mettait en gaieté. Dans ce concert dominaient les serins dans leurs petites cages suspendues aux fenêtres. Parfois le cri rauque d'un mainate ou la parole nasillarde d'un perroquet interrompaient la rapsodie et déclenchaient les aboiements des chiens errants.

Les chalands qu'il croisait offraient également la fraîche nouveauté de leurs tenues printanières. Il flottait çà et là comme une joie retrouvée. Nicolas observa cependant des mendiants, toujours plus nombreux, sortis sans doute de leurs refuges hivernaux. La foule bigarrée qui emplissait les rues leur permettait d'échapper plus aisément aux arrestations par le guet et à l'enfermement dans les dépôts de mendicité. Certains d'entre eux frappaient par leur mine patibulaire. Nicolas ressentit la haine contenue dans les regards qu'ils lui jetaient. Étaient-ils étonnés de voir un homme de sa condition, en bas blancs, appartenant d'évidence à un ordre supérieur de la société, arpentant les rues parisiennes ?

Il s'arrêta un moment près de la place des Victoires pour écouter un chanteur des rues. Une grande toile était tendue derrière lui sur laquelle étaient peints les personnages dont il relatait l'histoire en s'accompagnant d'un violon. Il recueillait ainsi quelques liards que les auditeurs jetaient dans une sébile qu'un gros chien dressé tenait dans sa gueule. Un vendeur de tisane profitait de l'attroupement. Fasciné, un petit garçon regardait l'équipement et la tenue de ce fournisseur ambulant, qui étincelaient au soleil. L'homme portait sur le dos une fontaine de fer-blanc. Son remarquable couvre-chef attirait les regards de la pratique : il était garni de plaques de métal et de plumes de héron. Deux gobelets d'argent, usés à force d'avoir été astiqués, étaient enchaînés à la ceinture de son tablier blanc. C'était, pensa Nicolas, la précaution nécessaire afin d'éviter qu'un buveur indélicat ne les emportât avant de se perdre dans la foule.

Le soleil éclatant tombait dans les gorges des voies. Nicolas fut frappé par la multiplication récente de hautes maisons percées d'innombrables croisées. Les vieilles demeures à chevrons de bois disparaissaient peu à peu. Adieu le pittoresque et la fantaisie. Adieu les hauts pignons, les couvertures d'ardoises, les galeries et perrons en saillant, et la diversité des grandes enseignes qui pendaient à des potences de fer forgé. Sartine, jadis, les avait interdites, arguant qu'elles faisaient peser un danger sur les passants lorsque le vent soufflait trop violemment.

Par à-coups, comme autant de blessures rouvertes, les événements de la veille resurgissaient avec acuité. Le regard indifférent d'Antoinette lui revenait en mémoire. Mille raisons lui venaient à l'esprit. Il se félicitait du sang-froid de son amie : toute émotion perceptible de sa part aurait pu donner l'éveil à un homme aussi délié que Lord Aschbury dans le cas où il aurait eu quelque soupçon du double rôle que jouait depuis tant d'années la récente Lady Charwel. Antoinette trouverait-elle un moyen de communiquer avec lui ? Il le souhaitait tout en le redoutant. Pour sa part, il renoncerait à toute tentative de ce genre, mesurant trop bien les dangereuses conséquences qui pouvaient en résulter.

Nicolas pénétra dans la Bibliothèque du roi par le grand escalier dont il admira le plafond peint à fresque. Le bâtiment semblait désert. Il s'enquit auprès d'un commis attablé à un petit bureau de l'endroit où il pourrait trouver M. Le Noir. Il lui fut répondu de grimper dans les étages et d'emprunter l'arcade qui passait au-dessus de la rue Colbert ; il rejoindrait ainsi les appartements du directeur. Le logis neuf avait été décoré au dernier goût de la mode qui privilégiait les couleurs pastel. Un valet s'enquit du visiteur et l'invita à pénétrer dans un salon qui sentait encore le plâtre frais et la peinture. Le goût nouveau y dominait. Tout était à l'antique. Le papier peint répétait à l'infini les armes, les lyres et les cartouches à tête de bélier. Ses rayures alternaient avec des minces guirlandes de fleurs. Les mêmes symboles ornaient la cheminée de marbre turquin. Des soies peintes multipliaient gaiement les feuillages et les oiseaux sur les chaises et les fauteuils. Des rideaux de taffetas, chinés à la branche, créaient par leur teinte écrue un heureux contraste avec l'accumulation générale des couleurs et des thèmes.

— Mon bon Nicolas, que je suis aise de vous voir ! Je pense que Sartine vous a transmis mon désir.

— Qui est pour moi un ordre, Monseigneur.

— Allons, abandonnez le monseigneur. Le titre se dégonfle quand le sac est vide…

Nicolas trouva l'ancien lieutenant de police rajeuni, le visage plus plein. Adieu les soucis et les insomnies que lui procuraient naguère les angoisses et les responsabilités de sa charge. Pourtant, pour quelqu'un qui le pratiquait depuis longtemps, un souci préoccupait Le Noir ; deux rides éloquentes sur le front le prouvaient.

— Comment avez-vous trouvé Sartine ?

— Égal à lui-même, cynique et virevoltant.

— Hé, hé, l'esquisse est parfaite. Il dissimule donc sa peine. Vous n'ignorez pas ses liens avec M. de Choiseul, mort l'an passé.

— Il m'avait courtoisement reçu à Chanteloup et aurait sans doute souhaité m'atteler à son clan. Sans succès.

— Cette fin avait fait événement, une foule avait assiégé son hôtel plusieurs jours. On avait établi une sorte d'étiquette pour les visiteurs, suivant leur importance : première antichambre, deuxième, salon et enfin chambre à coucher. Onze médecins se sont relayés autour de l'illustre patient. La reine envoyait un page chaque jour prendre des nouvelles et à la fin jusqu'à quatre à la fois.

Le Noir sourit.

— Il n'en fallait pas moins pour l'expédier ! Enfin, je parle des médicastres. Notre ami avait longtemps espéré que le duc reviendrait aux affaires et lui-même en conséquence. Restait l'obstination du roi qui haïssait Choiseul comme ayant insulté son père. Il prêtait même une oreille complaisante aux rumeurs d'empoisonnement. En dépit du désir de la reine et de l'application d'une cabale puissante qui ne ménageait pas ses efforts, Sa Majesté n'avait jamais levé l'ostracisme qui frappait le duc.

Le Noir s'enivrait-il de paroles afin de reculer le moment où il devrait justifier l'appel à Nicolas ? Il finit par se jeter dans un fauteuil et d'un geste las invita son visiteur à s'asseoir.

— Vous me voyez dans le dernier embarras, sans savoir où et de quelle manière commencer.

— Contez-moi les choses comme elles viendront. Nous démêlerons ensuite les écheveaux ensemble. Je vous écoute.

— À bien y réfléchir, tout me paraît si embrouillé. On me persécute. Je reçois des menaces. On publie des pamphlets contre moi. J'ai même trouvé sur mon bureau, oui sur mon bureau, mon effigie en papier pendue à une petite potence !

— Comment se peut-on attaquer à un homme aussi bienveillant ?

— Hélas, je ne suis pas parfait et j'ai sans doute dans mes précédentes fonctions récolté bien des haines. Commençons par le début. Vous connaissez ma bénévolence. Dès mon arrivée à la tête de la bibliothèque, j'ai reçu tout le personnel que, dès l'abord, j'ai estimé trop nombreux. Outre cela, de vives et persistantes mésintelligences animées de jalousie règnent entre les chefs des divers départements. Que voulez-vous, ces gens-là passent toute leur existence ensemble. Que croyez-vous qu'il puisse arriver ? Je visitai les locaux, beaux et grands, mais insuffisants, et pour certains exposés aux dangers des incendies.

— On pourrait dire la même chose de beaucoup de nos bureaux.

— Certes, mais dans cette maison la mésentente entretient l'indiscipline générale. Je congédiai et remplaçai ; rien n'y fit. Je découvris en outre que le garde, conservateur du dépôt des chartes, faisait commerce de fausses preuves de noblesse dont il tirait de fructueux bénéfices. Rien ne peut bouger ici. La réforme est impossible, c'est la maladie du royaume. Une force d'inertie vous oppose un mur d'airain. À peine ai-je décidé l'architecte Bouée à me proposer un parquet de couverture de la grande cour qui permettrait d'accueillir plus d'un million de volumes, c'est un tollé qui éclate. Et que dire de cet appartement ! Il a nécessité l'expulsion de plusieurs conservateurs qui l'occupaient indûment. Désormais ils m'en veulent à mort.

— Tout cela n'est pas bien grave. Vous étiez habitué à plus d'égards, tenant en main la police.

On vous craignait alors. Il me semble cependant qu'il n'y a pas que cela qui vous trouble.

— C'est propos de raison. Breteuil, votre ministre, me hait car je passe pour un ami de Calonne. C'est la vérité. Et, comme il faut dans ces temps difficiles prendre parti, j'ai commis l'imprudence d'user de mon influence au Parlement afin de gagner quelques suffrages supplémentaires au cardinal de Rohan.

— Et la raison de cet engouement extraordinaire, venant de vous d'ordinaire si circonspect ? Quelle étrange idée de mettre la main dans ce nid de frelons ?

— Je crains d'avoir cédé aux instances amicales de M. de Calonne. Vous connaissez la reine et ses volte-face. Après s'être entichée du contrôleur général, elle s'en est déprise, allant jusqu'à le traiter « *d'habile intrigant* ».

— Et vous voici environné d'ennemis !

— Hélas ! Ce n'est pas tout.

D'évidence, Le Noir peinait à évoquer l'essentiel. Il rapprocha son fauteuil de celui de Nicolas et baissa le ton de sa voix.

— Je vous reconnais bien là, vous sentez toujours les choses. L'un de mes conservateurs a disparu depuis plus d'une semaine. Je ne me suis point mis martel en tête dès l'abord car, hélas, les absences sont ici une plaie permanente. Mais dans le contexte, cette défection a fini par m'inquiéter. Ceci ne laisse pas de me consterner et mon inquiétude grandit chaque jour

Chez Nicolas le commissaire l'emporta aussitôt sur l'ami.

— L'avez-vous fait quérir au logis ?

— La porte n'était pas close et il n'y avait personne !

III

LA RUE DES MATHURINS

« Le temps découvre tout. »

Stobée

— Avait-il un bureau ? demanda Nicolas chez qui l'enquêteur s'était mis en éveil.

— Certes, comme garde au cabinet des médailles[1]. Suivez-moi, je vais vous le montrer.

Le Noir se leva et disparut dans la pièce voisine dont il revint un trousseau de clés à la main.

— Je me suis, dit-il, muni des passe-partout.

— Êtes-vous seul à les détenir ?

— Il ne manquerait plus que cela, je ferais le portier ! Point, plusieurs gardes en possèdent.

— Et notre homme disparu ?

— Halluin ? Il se nomme Thomas Halluin. Oui, lui comme les autres.

— Voilà qui est bien imprudent, les risques sont multipliés !

— Je vous le concède, mais c'est l'habitude et la maison ne supporte pas de changements.

Ils gagnèrent le cabinet des médailles. L'odorat de Nicolas fut frappé par le parfum de la cire qu'il imagina répandue à profusion sur les parquets et les boiseries. Il fut surpris par la beauté de la salle. Éclairée par huit grandes croisées, elle était décorée de quatre dessus-de-porte représentant les muses et de six grands tableaux de Natoire et Van Loo. Deux portraits en pied par Rigaud de Louis XIV et Louis XV en manteau du sacre dominaient l'ensemble.

— Voyez, dit Le Noir, désignant de petites tables vitrées. Voici une partie de notre trésor, les médailles en or, argent et bronze que l'on tire successivement des buffets où elles sont conservées pour les présenter. Considérez aussi ces pierres gravées, ces miniatures, tous ces médaillons d'hommes célèbres et autres raretés.

— Tout cela a-t-il beaucoup de valeur ?

— Inestimable, mon cher Nicolas, inestimable ! Et j'en suis responsable devant le roi. Admirez dans ce buffet ce vase d'or orné de bas-reliefs et de médailles de Postumus[2]. Il a été trouvé à Rome en 1774. Et c'est M. de la Vrillière, que vous avez connu et si bien servi, qui a remis cette splendeur à la Bibliothèque du roi.

— Et qui détient des clés de tous ces buffets, vitrines et armoires ?

— Le garde-conservateur responsable. Voyez aussi ces plateaux d'argent, boucliers votifs que l'on prétend avoir appartenu l'un à Scipion, l'autre à Hannibal !

Le Noir entraîna Nicolas vers une porte dissimulée derrière une glace qui donnait sur un bout de couloir. Il ouvrit une porte et s'effaça. Une cellule de moine, telle fut la première impression du commissaire. Des étagères supportaient des ouvrages soigneusement alignés. Des dossiers empilés dans un ordre parfait couvraient une simple table près d'un encrier et d'une plume. Aucun tapis ne couvrait le parquet. Rien n'accrochait le regard. Nicolas ouvrit le tiroir du bureau. Il y trouva des feuilles de papier gommé, de la cire à cacheter, des épingles et une petite éponge. Hormis des taches sombres sur le parquet, sans doute de l'encre noire, rien, à première vue, ne suscitait de suspicion. Ils rejoignirent le cabinet des médailles.

— Des issues dérobées existent-elles ?

— Par là, dit Le Noir, désignant une autre glace, pour descendre dans la cour. Voici la porte[3].

— La clé pour l'ouvrir ?

— Le passe-partout.

— La nuit, des rondes ?

Le Noir s'esclaffa.

— Vous voulez saper ma position. Il y a un concierge qui dort en bas dans sa loge. Il est censé surveiller la maison la nuit. De fait, il n'y a que le chat qui patrouille.

— Le chat ! Quel chat ?

— Un matou gras et gros que je pensionne comme l'ont fait tous mes prédécesseurs. C'est une tradition à laquelle on ne saurait toucher. Malheureux qui s'y risquerait ! Ce chat est un personnage dans cette maison. Lâché la nuit, il est chargé de courir les rats et les souris qui comme partout abondent. Sert-il à quelque chose ? Au matin il a la malignité de nous apporter quelques-uns de ses trophées, et cela avec un air vainqueur. Mais je vois bien que pour trois bestioles estourbies, des centaines continuent à se pavaner en toute sécurité.

Le Noir, la mine perplexe, s'arrêta et fit face à Nicolas.

— Toutes vos questions, me semble-t-il, conviendraient davantage si nous étions confrontés à un meurtre. Dieu nous sauve qu'il en soit ainsi ! Je suis au fond plus troublé par les menaces qu'on m'adresse que par l'absence d'Halluin.

— Reste, *Monsieur*, puisque je dois vous traiter ainsi désormais, que vous ne m'avez pas fait appeler pour les outrages dont on vous tympanise, mais bien pour élucider cette mystérieuse absence qui d'évidence vous inquiète. Aussi, il vous faut me pardonner ces questions et ces inquisitions qui vous déconcertent, et pourtant découlent de mes habitudes policières. Elles sont consubstantielles à mon propre esprit d'enquêteur et il est bien malaisé de s'en déprendre.

— Cela, je le sais bien, ayant été votre chef.

— Je m'en voudrais de n'être point sincère et, pour être franc, je crois que, si cette absence vous obsède à ce point, c'est qu'elle s'ajoute à autre chose que vous reculez à me révéler. Mais dans ce cas, je ne puis agir. Vous savez ce que je vous dois et que personne plus que moi ne demeure soucieux de vous aider.

Le Noir fit quelques pas, les mains derrière le dos.

— On ne peut décidément rien vous celer et je vois, mon cher Nicolas, qu'il me faut bien en passer par là ! J'ai des doutes. Ils m'accablent et m'oppressent.

— Peut-être devez-vous m'en confier davantage, le moment en est venu. De quelle nature sont ces doutes qui vous assaillent ?

— Soit. Ce M. Halluin, au fait je le connais fort peu. Et cela par sa faute. C'est un de ces petits hommes qui s'effacent quand on les croise et se fondent dans la muraille. Ils n'offrent jamais aucune aspérité pour les saisir.

Soulagé, Le Noir avait recouvré sa loquacité.

— Il est malaisé de lire au fond de ces âmes-là : quand vous avancez vers elles, elles reculent. L'ombre est leur domaine et la discrétion leur morale, si tant est qu'elles en aient. On ne peut les louanger de rien, ni leur reprocher aucune chose. Mais je m'égare. Sachez que dans la masse des missives que je reçois en régularité, j'en jette une grande partie au panier et je garde ma correspondance personnelle. Parmi celle-là, une lettre, d'apparence innocente, m'a frappé.

— Que contenait-elle qui vous ait si singulièrement surpris ?

— Ce n'est qu'après en avoir rompu le sceau, de cire rouge sans marque distinctive, que j'ai découvert que l'envoi appartenait au ramas habituel dont je suis accablé. Mais le contenu était différent des autres libelles et ce qu'il dénonçait était si scandaleux et si incroyable qu'au début je n'en voulus rien croire.

— Avez-vous conservé ce papier ?

— Hélas, non ! Un mouvement d'incrédulité sur son contenu, suivi d'un coup de colère, me l'a aussitôt fait détruire.

— Inutile de le regretter, venons-en au fond. Que disait ce contenu ?

— Que M. Halluin dérobait des objets du cabinet des médailles et les vendait à de riches amateurs.

— Je suppose que vous avez sur-le-champ ordonné des investigations.

— C'est exactement ce que je fis. Sous le prétexte d'un inventaire général, tout fut passé au crible et vérifié. J'ai nommé pour ce faire une commission de trois conservateurs parmi les plus anciens, présidée par l'abbé Barthélemy, un savant réputé, membre de l'Académie des Inscriptions et Belles-Lettres.

— Je soutiendrais, à tout hasard, dit Nicolas en souriant, que ce recensement s'avéra sans notable résultat.

Le Noir regarda Nicolas avec stupéfaction.

— Ma foi, votre certitude m'étonne. Quelle raison justifie cette affirmation ?

— C'est tout simple. Si votre enquête s'était révélée positive, rendant compte de larcins, le sieur

Halluin eût été immédiatement livré à la police et présenté au lieutenant criminel. L'instruction se serait poursuivie et nous ne serions pas là à en disserter. Or Halluin est demeuré dans sa charge de garde au cabinet des médailles. De là, mon raisonnement.

— Compliments, mon ami. Et en effet rien ne ressortit du dénombrement de nos trésors. Pas le plus petit sesterce, pas la moindre médaille, intaille ou camée, rien, rien ne manquait à l'appel. Nos collections étaient intactes et complètes.

— À quelle date avez-vous reçu cette lettre de dénonciation contre Halluin ?

— Fin avril. Le 28 ou le 29.

— Quelles causes pourraient justifier cette disparition, si disparition il y a ? Que savons-nous de ce M. Halluin ?

— Au juste rien ! Seul l'abbé Barthélemy, ce grand érudit qui dirige le cabinet des médailles, pourrait peut-être en parler plus savamment. Il travaille ici depuis si longtemps.

Le Noir tira le cordon d'une sonnette qu'on entendit retentir dans le lointain. Le valet qui avait accueilli Nicolas apparut.

— Beauvais, veuillez quérir M. Barthélemy. Je le dois entretenir… Ce n'est pas un petit personnage, ajouta Le Noir en se tournant vers Nicolas. Il travaille ici depuis 1743. Il est – était – l'ami et le protégé de Choiseul. C'est un grand érudit, mais aussi un homme couru dans les salons.

Au bout d'un moment, le valet annonça le visiteur. Le Noir le reçut avec une politesse marquée.

— Mille pardons, mon cher abbé, de troubler ainsi votre travail. Je requiers votre sentiment sur une affaire qui nous a troublés il y a peu…

Tout en parlant, il avançait un fauteuil.

— Tout d'abord, permettez-moi de vous présenter le marquis de Ranreuil qui fut mon bras droit et, je peux le dire, mon ami à la lieutenance générale de police.

Nicolas, qui s'était levé, s'inclina devant le petit vieillard à perruque blanche et habit noir qui lui répondit aimablement. Il fut frappé par la finesse des traits, le large front, le regard vif et pénétrant, le nez arqué et le sourire un peu ironique mais plein d'aménité.

— Je vous connais de réputation. Un très vieil ami dont la science en botanique est sans limites m'a souvent parlé de vous. Il m'a apporté d'intéressantes lumières sur la flore antique.

— Parleriez-vous, Monsieur l'abbé, du docteur Guillaume Semacgus ?

— C'est lui que j'évoque, en effet. Il a récemment présenté une notable contribution devant l'Académie des Inscriptions et Belles-Lettres sur les fougères représentées sur les temples antiques. J'ai pour lui l'estime la plus marquée.

— Nous sollicitons, reprit Le Noir, votre jugement. Vous savez l'affaire qui nous a tant bouleversés et qui s'est révélée n'être qu'un feu de paille, l'accusation calomnieuse contre M. Halluin ne tenant pas. Il reste que notre homme a depuis disparu. Que savez-vous de lui qui puisse aider Ranreuil, que j'ai appelé à l'aide ?

— Ah ! Vous me posez problème. Je le connais de longue main et pourtant il demeure un inconnu pour moi. Combien il est malaisé de lire au fond de certaines âmes. L'homme est… Comment pourrais-je exprimer clairement mon sentiment ? Il est… transparent, oui transparent. Il peut se trouver devant vous sans que vous le voyiez !

Le Noir frappa du plat de ses mains les accoudoirs de son fauteuil.

— Que vous disais-je, Nicolas ! N'est-ce point là un portrait qui recoupe ma description ?

— Il sert au cabinet des médailles depuis quinze ans. Je ne lui connais aujourd'hui ni famille ni amis. Il s'est longtemps occupé d'une parente âgée et infirme, mais depuis la mort de celle-ci il vit seul rue des Mathurins, à l'angle de la rue des Maçons. C'est, je crois, près la maison de l'imprimerie de la veuve Ballard.

Nicolas notait à mesure ces informations dans son petit carnet noir.

— Et que diriez-vous de son travail, Monsieur l'abbé ? Vous donne-t-il satisfaction ?

— Là non plus, rien ne sollicite l'attention. Que dire ? Régulier dans ses horaires, suffisant dans ses connaissances et appliqué dans sa tâche. Il n'a jamais appelé les critiques ni, non plus, entraîné les compliments. La régularité médiocre faite homme. Je me suis souvent demandé ce que ce néant animé pouvait bien dissimuler, mais ce n'était là, je le crains, qu'une question toute philosophique.

— Avait-il des liaisons avec les autres gardes de la Bibliothèque du roi ?

— Pas que je sache. Il saluait chacun sans autres échanges que ceux imposés par la courtoisie et les nécessités du service.

— Avait-il été informé, ajouta Nicolas, de la dénonciation portée contre lui ?

Le Noir reprit la parole :

— J'avais estimé qu'il eût été imprudent de publier la chose sans certitude. Même innocent, il risquait d'en porter injustement l'opprobre.

Nicolas reconnut dans cette précaution la sagesse habituelle de l'ancien lieutenant général de police.

L'abbé Barthélemy fut reconduit avec des égards et des remerciements jusqu'à la porte de l'appartement.

— Avez-vous conservé les autres lettres infamantes dont vous me dites être abreuvé ?

— Je vous le répète, ce genre de torchons se jette. Ils ne méritent que cela.

— Désormais je vous demanderai de les garder et de me les faire tenir. Pour commencer, je vais enquêter du côté de la rue des Mathurins.

Le Noir parut soulagé. Il accabla le commissaire de sa gratitude. Perplexe, Nicolas décida de rejoindre le Grand Châtelet avant de se porter dans le quartier des Écoles. Par expérience, il ne savait que trop ce que pouvait signifier une disparition : dans la majorité des cas, une conclusion funeste. La vie régulière que l'on prêtait à Halluin ne s'était pas brusquement interrompue sans raison. Il était convaincu devoir aussi enquêter à la Bibliothèque du roi et que rien n'était plus délicat que des recherches dans un monde si replié sur lui-même.

Il s'intima de chasser toute supposition. Aucun élément autre que les inquiétudes de Le Noir ne permettait de fonder une hypothèse. Il fallait attendre que des éléments nouveaux plus concrets se présentassent. Un sentiment le chiffonnait, il avait du mal à se l'avouer. Il était navré d'apprendre que Le Noir se trouvait impliqué dans une affaire d'État au seul prétexte qu'il était l'ami de Calonne. Qu'il ait usé à cette occasion de son influence pour recruter des parlementaires susceptibles d'apporter leurs suffrages au cardinal de Rohan le troublait. Avait-il seulement affirmé sa conviction de l'innocence du prélat ? Non. Jusque-là, il avait toujours considéré Le Noir comme un parfait honnête homme. Il savait bien que d'une certaine façon il le demeurait, mais… Une faille ne suffisait pas à abattre une maison, mais elle la fragilisait. Et de surcroît, Le Noir semblait éprouver un remords qui transpirait de ses propos. Avait-il la force de caractère de sa faute ? Nicolas en doutait.

À Sartine, il aurait pardonné cet écart tant l'homme l'avait habitué à en commettre. Mais l'ancien ministre n'entreprenait rien sans un but élevé. En homme d'État, il justifiait toujours les moyens par les fins visées, dans un cynisme assumé pour le service du roi et le plus grand bien du royaume. Nicolas s'accusa aussitôt d'accabler le pauvre Le Noir qui lui faisait confiance et avait prouvé à maintes reprises qu'il l'aimait. Les vieux scrupules l'envahissaient de nouveau. De quel droit se mettait-il à juger les autres ? Le visage impassible d'Antoinette revint dans sa mémoire, aussitôt remplacé par la pauvre figure éplorée d'une vendeuse à l'étalage dans la galerie basse de Versailles. Un jour ou l'autre, chacun était mis en face de ses faiblesses et devait vivre avec ses fautes.

Au Grand Châtelet, Bourdeau l'attendait en fumant sa pipe.

— Y aurait-il une ouverture en vue, que je te surprenne ainsi pétunant[4] ?

— C'était plutôt l'ennui. Bonheur ! Le commissaire est de retour !

— Toi aussi ! Rue Montmartre, je me suis senti l'enfant prodigue. Catherine a aussitôt tué le « *feau cras* »

Nicolas avait décidé de ne pas évoquer sa rencontre avec Antoinette chez le duc de Dorset. Non qu'il éprouvât le moindre doute sur la discrétion et la loyauté de Bourdeau, mais il savait avec force qu'un secret partagé, le fût-il avec un autre soi-même, n'était déjà plus un secret. Il existait bien des risques involontaires de trahir une confidence. Or il en allait de la vie de la mère de Louis. Il devait tout faire pour préserver l'incognito de la nouvelle Lady Charwel durant son séjour à Paris.

— Ainsi nous n'avons rien dans notre portefeuille.

— Rien d'essentiel pour l'heure. En revanche M. de Crosne s'agite comme un malot qui a reçu un coup de chapeau ! Il trépigne, affolé, et me consulte trois fois par jour. Pour rien, évidemment.

— Quelles affaires justifient une pareille effervescence ?

— Le tout-venant du moment. Il s'inquiète de la destruction des maisons du pont Notre-Dame et des exhumations du cimetière des Innocents. Il sollicite ton avis et souhaite que tu inspectes les travaux en cours.

— Y doit-on craindre quelque tracas ?

— Sur le pont Notre-Dame, la circulation est coupée, mais l'interdiction faite aux piétons de le traverser n'est guère respectée. En outre, les propriétaires expulsés ont stipendié des groupes qui s'agitent et gênent les travaux. Et je ne parle pas des risques d'accidents. Déjà plusieurs ouvriers sont morts et un batelier qui passait sous le pont a été écrasé dans sa barque par un pignon détaché d'une maison en voie de destruction. Ce genre de travaux se paye au prix fort. Mais nous n'y pouvons rien. Outre cela, des galantes de la dernière classe y racolent la nuit, profitant de l'ombre complice des maisons encore debout.

— Rien ?

— Sinon veiller à ce que les instructions données au guet et aux gardes de la ville soient strictement respectées et la surveillance accrue.

— J'irai demain voir le chantier ; c'est à deux pas. Aux Saints-Innocents ?

— La conjoncture est délicate, et qui la connaît mieux que toi ? Tu avais à l'époque[5] calmé avec autorité une émotion populaire qui risquait de tourner à l'émeute, alors que les cadavres se déversaient dans les caves de la rue de la Lingerie. Les extractions ont débuté. M. de Crosne, qui est sur les charbons, attend là aussi ton avis.

— Je m'y rendrai.

— C'est la nuit qu'on s'y affaire.

— Ce soir donc. Demain, le pont Notre-Dame.

Il se mit à rire.

— Et je demanderai à dîner à Monseigneur pour qu'il me manifeste

L'aise de me revoir, les tourments de l'absence
Tout le souci que son impatience
Pour le retour s'était donné.

» Mais pour l'heure, une autre affaire nous doit absorber.

Nicolas mit Bourdeau au fait de la demande de M. Le Noir et lui décrivit l'étrange situation qui prévalait à la Bibliothèque du roi. Bourdeau fut d'accord pour estimer qu'une visite du logement d'Halluin s'imposait.

Leur voiture franchit le Pont-au-Change dont les maisons seraient bientôt à leur tour promises à la destruction. Le pont Saint-Michel traversé, ils gagnèrent l'étroite rue des Mathurins, parcourant celles de la Vieille-Boucherie, de la Harpe et des Cordeliers. À l'angle de la rue des Maçons[6], une haute maison offrait le triste spectacle de ses fenêtres aux vitres sales. La porte poussée, les policiers découvrirent une petite fille qui, pieds nus, balayait le corridor d'entrée. Le balai dont elle usait était deux fois plus grand qu'elle. Interrogée, elle finit par annoncer qu'elle était la nièce de la portière, absente, et que

M. Halluin habitait au premier étage à main droite de l'escalier. Elle précisa, tout heureuse de l'intérêt qu'on lui portait, que déjà un monsieur, l'autre jour, s'était enquis du locataire et ne l'avait pas trouvé. Cela faisait d'ailleurs plusieurs jours, elle ne savait dire combien, qu'on n'avait pas vu M. Halluin. Sur ces entrefaites, la portière arriva, chargée d'un cabas empli de choux et de carottes. Cette grande femme maigre, au ton acariâtre, exigea aigrement des explications sur leur présence.

— Nul doute, Madame, dit-il de son ton le plus doucereux, que vous soyez à même d'aider la police du roi. La raison vous oblige de répondre en sincérité aux quelques questions que nous désirons vous poser.

— Le roi, le roi, dit-elle en bougonnant, qu'en sait-il, l'gros Louis ? Y s'en soucie du prix de mon chou et de mes carottes ? Et du pain du pauvre monde ? Y s'empiffre, lui et sa gueuse qui se pare de diamants et accuse ce malheureux cardinal !

— Madame, Madame, voici des propos outrageants qui pourraient vous valoir bien des misères, pour peu que nous abandonnions notre indulgence. Cependant cette éventuelle bienveillance dépend de votre bon vouloir.

— Pour c'que j'en dis, c'est à la cantonade. Quoi que vous voulez savoir ?

Elle calotta sa nièce.

— Et toi, tu bayes aux corneilles ? Fais ton travail et vite !

La petite fille, lâchant son balai, s'enfuit en pleurant.

— En v'là-t-y pas une pleurarde ! C'est de la mauvaise graine. Si vous m'en croyez, ça finira sur les barrières. Enfin j'veux point d'ennuis. Quoi qui vous amène céans ?

— M. Halluin est un de vos locataires. Il occupe un appartement au premier étage de cette maison.

Elle ne le laissa pas poursuivre. Elle avait ramassé le balai et s'appuyait dessus.

— Quoi qu'il a fait pour qu'on s'inquiète de lui encore une fois ?

— Est-il toujours absent ? reprit Nicolas, ignorant la question de la portière.

— Quoi que j'en sais, moi ! Ça va, ça vient. L'ai pas vu depuis cinq ou six jours. J'peux l'avoir manqué. J'suis point aux aguets, plantée là comme les bornes des rues.

— Madame, dit Bourdeau tout suave, nul doute qu'en bonne et honnête portière, profession que vous honorez au plus haut point, vous êtes au fait de bien des choses et c'est d'ailleurs votre rôle. Que diriez-vous de ce M. Halluin ? Était-il généreux pour les étrennes du jour de l'an ?

Cette question parut toucher un point sensible.

— Un rat, oui, un rat ! Il aurait préféré crever plutôt que de lâcher un liard ! Pour autant c'est pas le pire… Je sais ce que j'sais. Il avait beau avoir la langue sucrée, il ne me le faisait pas à moi. On ne me confusionne pas aussi aisément. J'avions un œil et même deux ! Le peccata, j'le devine même s'il est caché. Ah, oui !

— Une nouvelle Paulet, murmura Bourdeau à l'oreille de Nicolas, et de la même académie.

— J'vas vous confier, poursuivit-elle en baissant le ton et accompagnant son propos d'une abominable œillade, des choses, oui, des choses. C'est qu'il goûtait le merlan, le bougre !

— Le mal d'aimer le poisson ?

— En v'là un gausseur ! Et sa seringue, parlons-en.

— Oui, expliquez-nous.

— Il fréquentait un fringant garçon perruquier.

— Pour se faire coiffer, sans doute ? La seringue, c'est pour la poudre.

— Pour sûr, et moi je me fais friser. Lui se faisait coiffer la nuit… L'autre apparaissait le soir, et montait comme un chat, à pas de loup, et volait jusqu'au premier comme un hibou. Enfin, les jours où l'Halluin ne sortait pas. Si vous voulez m'en croire, le merlan avait enfariné l'Halluin et jeté ses plombs sur lui. Bichonnages et papillotes se devaient payer à haut prix.

— Madame, vous accusez sans preuve.

— Sans preuve ! Me prenez-vous pour une femme qu'on emboise aussi aisément ? C'est mon travail d'observer les déportements de mes locataires. Dieu sait que chacun doit se soutenir avec décence. J'accuse, j'accuse. Moi, une demi-sainte ! En v'là bien d'une autre ! Jamais je n'en démordrai !

— Pour parler net, vous soupçonnez la visite régulière de ce perruquier. Vous n'ignorez pas que les gens de cet état pratiquent aussi des saignées.

— Pour tirer quelque chose, pour sûr il tirait ! J'ne soupçonne rien, je vous dis c'que je sais, ni plus ni moins.

— Détenez-vous les clés du logis, ou un double ?

— L'Halluin n'a jamais voulu me les confier, c'est tout dire.

— Madame… Madame ?

— Germaine Bareuil.

— Si quelque chose vous revenait, vous pouvez demander le commissaire Le Floch, au Grand Châtelet.

Ils se dirigèrent vers l'escalier.

— Où comptez-vous aller comme cela ?

— Faire notre devoir.

— Quelle épouvantable mégère ! dit Bourdeau.

— C'est par malheur commun dans ce métier-là. Les accointances sont trop étroites avec la vie au quotidien pour ne pas s'en trouver, comment dire, corrompu.

— C'est l'influenza des loges !

Au premier, la porte était fermée à clé. Nicolas fit un signe à Bourdeau qui, sans un mot, fouilla la poche de son ami et lui sortit un rossignol. Il introduisit l'une des lames dans la serrure qui, après quelques efforts, céda. Un sombre couloir sur lequel donnait l'entrée d'un office les conduisit dans un salon bas de plafond, sorte d'entresol, dans lequel régnait un indescriptible désordre. Le contenu des bibliothèques avait été éparpillé sur le sol au milieu de chaises renversées.

— Bigre ! dit Nicolas, voilà un chahut qui détonne avec l'ordre monacal du bureau de l'intéressé à la Bibliothèque du roi.

— S'agit-il d'un vol ?

Nicolas ne répondit pas et poussa une porte d'angle qui donnait sur une chambre. Le lit était défait. Bourdeau passa un doigt sur un bureau-commode ; il le tendit au commissaire, il était noir de poussière.

— Au moins une semaine sans ménage. Même croisées closes, la grasse poussière de la ville se dépose malgré tout.

Une petite garde-robe complétait le logis. Une table de toilette était garnie de brosses et de peignes d'une incroyable quantité, de pots, onguents, pommades et crèmes diverses. Nicolas décida de diviser le travail. Bourdeau irait inventorier le salon et lui se réserverait la chambre et la garde-robe.

Nicolas fouilla avec méthode la couchette, les draps et les couvertures, s'agenouillant même pour inspecter le dessous du lit. La table de chevet ne révéla rien de plus intéressant qu'une pendule arrêtée et un bougeoir.

Il en souleva le marbre, opération qui s'était révélée fructueuse lors de plusieurs de ses enquêtes. Dépliant le tapis, il sonda le parquet ainsi que les plinthes. Restait la commode-bureau et l'armoire. Les tiroirs ne contenaient que des chemises et du linge de corps. L'armoire, elle, réservait une surprise de taille : elle renfermait, serrés les uns contre les autres, toute une collection d'habits que Nicolas décrocha et étala sur le lit avant d'appeler Bourdeau.

— Te voilà transformé en revendeuse à la toilette ! Que signifie tout ce carnaval ? L'était bien coquet ton rat de bibliothèque.

— Il y a là de quoi surprendre en effet et aiguiser notre sagacité. Voilà un étalage qui souligne la variété des goûts de M. Halluin.

— Énumérons. Plusieurs habits de soirée, une soutane, une défroque de crocheteur et j'en passe. Il y a même trois robes de femme. Et enfin une grande cape noire sans doute destinée à dissimuler la tenue portée. Ainsi il ne risquait pas d'attirer l'attention de son aimable portière. Il faudra à nouveau l'interroger sur ce point, la bonne dame.

— Paraît que la seringue du perruquier ne suffisait point à ton drôle et qu'il courait le guilledou au-dehors dans des tenues disparates.

— Ceci explique cela ! s'écria Nicolas qui était retourné dans la garde-robe. En plus du décrochez-moi ça, il y a du nouveau que je n'avais pas remarqué dès l'abord.

Bourdeau le rejoignit.

— Certains en usent à la cour, s'esclaffa Nicolas, mais un garde érudit à la Bibliothèque du roi ! Dans un lieu aussi austère, c'est à n'y rien comprendre ! Ou plutôt…

Il manipulait les pots, lisait les notices.

— Pommade à la bergamote fine, pommade de moelle de bœuf à la fleur d'oranger pour faire croître les cheveux, pommade de limaçon pour le visage, poudre à la rose muscade, élixir rouge, rouge en pot avec sa brosse, épingles et brosses à cheveux. Et sous le plateau, que voyons-nous ? De la teinture pour cheveux, des épingles de tête, de faux chignons, des franges, des nattes et des toupets postiches. Enfin tout pour composer un visage destiné à s'apparier avec chacun des costumes que nous avons découverts.

Bourdeau regagna le salon. Nicolas revint vers l'armoire dont il n'avait pas inspecté le tiroir central. Les surprises se succédaient. Une bourse de velours était pleine de louis d'or pour un montant considérable. Des bijoux et des montres accompagnaient la trouvaille. Il y avait de quoi orner au mieux les habits d'une femme.

De nouveau appelé, Bourdeau revint un papier à la main.

— Regarde sur quoi je suis tombé.

Nicolas distingua un dessin rectangulaire formé de lignes, de pointillés et d'une espèce de croissant. Çà et là, l'esquisse était parsemée de petites croix.

— Ce que j'en dis dès l'abord c'est que, vu son usure, ce papier a été plié et replié de nombreuses fois. Pour le reste, qu'en penser ?

— Que peut signifier cette large bande continue ?

— Le tout ressemble à un plan d'église.

— Oui, mais laquelle ?

— Un lieu de rendez-vous secrets ? C'est possible.

Ils poursuivirent leur investigation, ramassant dans un tiroir des débris d'empreintes de cire jaune, de médailles antiques, semblait-il. Rien de quoi nourrir d'éventuelles conclusions.

— Allons relancer la portière.

Elle les attendait, méfiante, le regard mobile, toujours appuyée sur son balai.

— Chère Madame Bareuil, un petit mot encore.

— Ma foi, pourquoi pas ? Présenté comme ça. Le chat ronronne quand il veut son mou.

— Comment M. Halluin était-il vêtu quand il sortait ?

— Ah, v'là un détail qui s'coue la bête. J'aurais pu rien voir, mais voilà, l'œil est bon et je veille. J'avais bien visé que le jour il était en habit noir et le soir, quand il sortait, il s'enveloppait dans une cape noire, comme un corbeau de malheur.

— Il craignait peut-être la froidure, dit Bourdeau.

— La froidure ? Alors qu'on crève de chaudure l'été !

— Voilà qui est du dernier précis. Merci, Madame, nous nous reverrons.

Nicolas lui tendit un écu double dont l'apparition jeta un éclair de convoitise dans l'œil de la portière.

— À vot'e service, mon bon monsieur, à vot'e service !

Elle avait lâché son balai et, sous le regard éberlué des deux policiers, s'était troussée jusqu'à la taille et, sans vergogne, plaçait la pièce dans un petit sachet de toile attaché à ses dessous.

Ils remontèrent dans leur voiture, poursuivis par les remerciements répétés de leur obligée.

— Ah ! La sale bonne femme ! s'exclama Bourdeau. Et dire que nous devons faire un monde plus juste avec de telles bêtes.

— Mon ami, il faut prendre le monde tel qu'il est. *Les jugements précipités, qui ne sont point le fruit d'une raison éclairée, sont sujets à donner dans l'excès !*

— Un bel adage un peu rebattu, si tu veux m'en croire.

— Bon ! Voilà que tu contredis ton cher Jean-Jacques.

— Comment ? Rousseau !

— Oui ! Relis son *Discours sur l'inégalité parmi les hommes*.

— Ah ! Le fieffé marquis ! dit Bourdeau en éclatant de rire. Voilà un piège bien tendu dans lequel tu m'as fourbement attiré. Bravo, disciple de Loyola ! Là-dessus, la faim me tenaille et je croquerais bien quelque chose.

— La taverne de la mère Morel n'est pas éloignée.

— La pauvre vieille, elle décline de plus en plus.

Le cocher reçut aussitôt l'ordre de les conduire rue des Vieilles Boucheries-Saint-Germain. Dès qu'ils pénétrèrent dans la taverne, Nicolas sentit à son côté Bourdeau ému de tous les souvenirs qui les liaient à cet endroit depuis leur première rencontre. Il partageait cette émotion.

La mère Morel, petit tas recroquevillé dans son fauteuil roulant, trônait juchée sur une sorte de plate-forme. De là, elle dirigeait le service.

— Ah, mes agneaux, dit-elle d'une voix chevrotante, il y a lurette que vous me boudez. Asseyez-vous qu'on vienne vous gâter. Holà, gamine, porte un broc d'eau à ces pratiques-là. On les connaît de loin. De l'eau, je dis, pour les amis.

— Je pressens, dit Bourdeau, que l'eau sera rouge et parfumée.

Ils prirent place et une jolie jeunesse vint aussitôt avec un broc et deux gobelets.

— Que nous suggères-tu, belle enfant ?

— Madame m'a dit qu'elle s'en chargeait, connaissant de longue main vos goûts. À la surprise !

— Eh bien soit ! À l'aventure.

Ils demeurèrent un temps silencieux, savourant un petit vin délicieusement rafraîchi et la pause qui s'offrait à eux.

— Il y a dans cette affaire, dit Nicolas, bien des aspects obscurs. D'abord l'émotion de Le Noir pour une affaire a priori médiocre, ensuite la personnalité d'Halluin ou, du moins, l'apparence qu'en suggère notre perquisition. Tout cela m'intrigue.

— Et cela quand bien même…

— … Il ne serait pas disparu. Considère un homme réputé silencieux et sérieux dans sa fonction à la Bibliothèque du roi et qui, soudain à l'examen, se révèle un personnage ambigu dont on peut soupçonner, sans cependant en être assuré, les goûts particuliers. Qu'en pouvons-nous conclure ?

— Que jamais les apparences ne peuvent garantir la vérité d'un homme.

— Bon ! Pourtant, dans ce cas précis, il y a apparence. Reste qu'on n'est assuré de rien. Sa disparition est-elle définitive ? L'homme peut resurgir. Nous ne disposons d'aucun cadavre sur lequel nous appuyer pour une enquête.

— Quelques indices.

— Sur lesquels pouvons-nous compter ? Un logis en désordre sens dessus dessous, de l'argent et des bijoux en quantité, le tout intact et peu dissimulé. Des éléments et des hardes sans doute destinés à des travestissements. Enfin un papier qui, conservé et consulté à de nombreuses reprises au vu de son état, devait avoir son importance pour celui qui le détenait.

— C'est une impasse ! Impossible d'enquêter dans ces conditions. Ah, voici le manger après le boire !

— Alors, belle enfant, que recèle cette croûte fumante ?

— C'est un mets que le cuisinier avait préparé pour la mère Morel. Elle vous en fait cadeau de bon cœur.

Bourdeau se retourna et fit un geste de la main vers leur hôtesse qui lui répondit d'un mouvement de la tête.

— Et de quoi s'agit-il ? demanda Nicolas.

— D'une tourte aux huîtres. Achetées toutes fraîches ce matin en provenance de Normandie, rue Montorgueil. Le cuisinier les a ouvertes, égouttées et passées dans un petit roux avec un verre de vin de Suresnes et les assaisonnements utiles. Il a ajouté des petits champignons mousserons. Le tout, disposé dans une pâte feuilletée, a été placé dans le four du potager et cuit avec précaution.

Les deux amis se jetèrent en affamés sur l'appétissante préparation. Une fois leur fringale apaisée, Bourdeau interrogea Nicolas.

— Avant ton départ pour Rome, tu es demeuré bien silencieux au sujet de ton entretien avec le lieutenant criminel. Que te voulait-il ?

— En fait c'est moi qui ai souhaité le rencontrer. Je me devais d'apporter mon témoignage dans l'instruction de l'affaire du collier. Il y a près de deux ans, un soir à Versailles, j'avais croisé une femme quittant le château vêtue à l'identique de la reine que je venais de saluer. Quelle ne fut pas ma surprise…

— Et cette femme était…

— Ne pouvait être que la fille Leguay qui avait joué le rôle que tu sais dans une affaire que nous venions de résoudre[7]. Celle qu'aujourd'hui on nomme la baronne d'Oliva et qui va être jugée. Et ce fut ma seule intervention dans une affaire où, si tu m'en crois, il n'y a que des horions à récolter.

— Et le cardinal de Rohan, quel est ton sentiment ? On glose partout sur son aube de cérémonies en point d'Angleterre, toute brodée de médaillons de ses armes et de sa devise. Le tout coûtant plus de cent mille livres ! Pour un prélat couvert de dettes !

— Qu'un grand et qu'un prêtre ait pu prêter attention aux fantasmagories d'un charlatan comme Cagliostro et aux charmes d'une dame de petite vertu, quoique du sang des rois, donne la mesure du personnage…

— Et de la corruption générale !

— … Il a souillé la robe qu'il porte et déshonoré le grand nom de sa famille, et comme dit la chanson qu'on fredonne :

Oliva dit qu'il est dindon
Lamotte dit qu'il est fripon
Lui se confesse en vrai bêta.

Ils rirent. Le second plat arrivait.

— Voilà, mes beaux messieurs, un plat de la façon de la maison. Le foie de veau en toilette. Une belle pièce piquée de lardons à merveille et bien assaisonnée. Il est ensuite emmailloté dans une crépine de porc et braisé à petit feu. Arrosé comme il convient, tout fond à l'intérieur et la chair ne se dessèche pas. Vous allez vous régaler.

— Cela nous donnera du courage, soupira Nicolas, avant notre soirée au cimetière des Innocents.

IV

CADAVRES

« Ni le soleil ni la mort ne se peuvent regarder fixement. »

La Rochefoucauld

L'heure venant, leur dîner s'était transformé en souper et cela d'autant plus que leur conversation s'était prolongée avec le récit détaillé du voyage de Nicolas à Rome. Le soleil se couchait lorsqu'ils prirent congé de la mère Morel, remerciée pour les soins gourmands qu'elle leur avait prodigués.

Sur le Pont-au-Change leur voiture croisa une charrette emplie d'ossements à peine recouverts. D'autres suivaient, escortées d'hommes du guet portant des flambeaux et de prêtres en surplis, psalmodiant des prières. Ce cortège figeait sur place les passants. Certains se signaient, d'autres s'agenouillaient, bredouillant une oraison.

— Une telle opération, murmura Bourdeau, exige la montre la plus ouverte. Le secret, impossible à maintenir, ne laisserait pas d'indisposer les esprits.

— D'autant plus que, depuis 1780, les Innocents font l'objet d'une vénération populaire qui mêle pauvres et riches et donne lieu à de fréquentes cérémonies. Pour le coup, tout me semble ordonné et respectueux.

— Mais c'est qu'il faut rendre justice à M. de Crosne, notre nouveau lieutenant général. Il a consacré la plus grande partie de son temps à préparer ces exhumations et ces translations dans le dernier détail.

— Cela prouve qu'il est meilleur administrateur que policier.

Par la rue Saint-Denis, ils gagnèrent le cimetière des Innocents. En dépit de la douceur printanière de la nuit, le quartier était hanté par un silence seulement troublé par des chants lointains et des bruits étranges, coups répétés et craquements de bois. Les chalands n'avaient pas délaissé cette partie si vivante de la ville, mais ils semblaient frappés de stupeur, comme pétrifiés par la funèbre solennité du moment.

Descendus de leur voiture, les policiers se firent reconnaître afin de franchir le cordon du guet qui interdisait les accès au cimetière. Ils affrontèrent alors un spectacle qui eût éprouvé des esprits moins accoutumés. Le grand quadrilatère que délimitaient les rues Saint-Denis, de la Lingerie, aux Fers et de la Ferronnerie était embrumé par les fumées des torches et des pots à feu dont les missions d'éclairer et d'assainir se confondaient. Partout, des scènes éprouvantes glaçaient le regard. Là, des ouvriers creusaient avec des pioches le sol d'un long rectangle qui dévoilait peu à peu des rangées serrées de squelettes. D'autres, plus loin, s'attachaient à coups de pics à desceller et ouvrir d'antiques pierres tombales. Sur le parvis de l'église, des cercueils extraits de la crypte s'empilaient près de chariots destinés à les conduire soit vers d'autres sépultures, soit dans les carrières de la plaine de Montrouge. Au contraire de ce qui avait été ordonné pour le champ des morts, les inhumations s'étaient poursuivies dans le sanctuaire. Parfois, d'une bière disloquée, des masses informes surgissaient, répandant une insupportable puanteur. Ces tableaux disparates et horribles constituaient autant d'éléments d'un ensemble qui tenait du cauchemar. Ils ranimaient chez Nicolas les souvenirs affreux de l'effondrement des cadavres dans les caves de la rue de la Lingerie.

Aux quatre coins du terrain désormais défoncé sur une large épaisseur et dont les charniers à ciel ouvert avaient été purifiés de leur macabre contenu, des prêtres bénissaient à tour de bras et chantaient l'office des morts, accompagnés de chantres qui faisaient les répons. Nicolas envisagea Gremillon à quelques toises ; il le rejoignit et le salua.

— Baptiste, terrible besogne en vérité ! Comment les choses se déroulent-elles ?

— Sur le terrain, tout va cahin-caha, dit-il en ôtant le mouchoir parfumé qu'il avait fixé sur son visage, ce n'est pas rien d'extraire ces milliers de corps de fosses qui sont profondes de vingt-cinq à trente pieds !

— Et ailleurs ?

— Jusqu'à présent je n'entrevois rien d'inquiétant. C'est au milieu de cette masse de spectateurs qu'il faut avoir l'œil. Familles éplorées certes, mais aussi des femmes étranges que la rumeur dénonce comme des sorcières et qu'on accuse de vouloir s'emparer de vestiges humains pour leurs diaboliques pratiques, et enfin quelques vide-goussets qui espèrent du désordre afin d'avoir accès aux travaux pour y recueillir les bijoux enterrés avec les morts. Remarquez, à cet égard, les fossoyeurs y suffisent quand l'occasion se présente !

Nicolas décida de pousser leur inspection jusqu'aux carrières de la plaine de Montrouge afin de compléter sa vision de tous les détails de cette vaste opération. Tout au long du chemin, leur voiture dépassa la longue théorie des chariots funèbres, mais aussi des carrosses drapés transportant des cercueils.

— Où est l'égalité entre les hommes ? dit Bourdeau. Là, les pauvres en ramas pêle-mêle et, à côté, les riches parures funéraires des opulents.

— Aux yeux du Seigneur, il n'y a pas de distinction. Les uns et les autres seront jugés selon leur poids, à savoir le mal ou le bien que chacun aura assumé.

— Ah, l'éducation d'un chanoine... Enfin, ton Dieu, quand il est offensé, nous précipite dans les enfers. Ce Dieu plein de bonté et d'indulgence ! Si tout est son ouvrage, tout ne devrait être que perfection. Dans le cas contraire, ce Dieu-là est impuissant ou de mauvaise volonté.

— Je vois, dit Nicolas, ironique et qui ne souhaitait pas s'engager dans une polémique avec son ami, que tu as, comme moi, pris connaissance, du temps de Sartine qui collectionnait les interdits comme les perruques, des écrits clandestins de M. Diderot. Tu ne m'entraîneras pas sur ce terrain-là, je t'aime trop pour discutailler avec toi sur ces matières qui tiennent à la conscience de chacun. Pour moi cependant la foi est clarté et intuition et aucun sophisme n'entamera mes certitudes.

— Je serais satisfait si tous ceux qui fréquentent les sanctuaires le faisaient pour les raisons que tu avances, mais leurs justifications sont la plupart du temps bien faibles.

— As-tu des nouvelles de ton fils ? dit Nicolas, changeant prudemment de sujet.

— Aucune, dit Bourdeau soudain assombri. Sa mère s'en désespère, ses frères et sœurs s'en attristent et cela me ronge les sangs.

— Il y a un temps pour tout. Je suis assuré qu'il finira par revenir.

Il mesura à l'instant que chacun portait sa croix, que lui-même n'avait souvent que trop tendance à s'isoler dans ses propres tourments, se confiant parfois à Noblecourt, mais ne prêtant qu'une silencieuse sollicitude à ses proches. Il s'en accusait, non qu'il ne ressentît au fond de lui-même et ne devinât point avec acuité les peines de ceux qui l'entouraient, mais une espèce de honte, une pudeur de sentiment, l'empêchait parfois d'en exprimer le souci.

Leur voiture avait franchi les barrières, abordant une banlieue où, peu à peu, des constructions nouvelles prenaient la place de pauvres cultures ou de tristes friches. Un encombrement immobilisait maintenant la noria, marquant le point d'arrivée de ce dernier voyage. Là aussi dominaient la flamme des torches, les fumées de l'encens répandu, les prières en bourdon et toujours, dans le lointain, le bruit atroce des opérations.

Les policiers approchèrent à pied de l'entrée des carrières. Un monde souterrain s'ouvrit devant eux : des voûtes épaisses éclairées par les lueurs mouvantes des flambeaux, résonnant de l'épouvantable fracas en cascade des ossements précipités dans des puits ménagés à cet effet. D'énormes chaînes avaient été disposées jusqu'au fond des gouffres, qu'on agitait régulièrement afin que l'accumulation des ossements ne risquât pas de créer de blocages. Au-dessus de la carrière s'étendait le terrain de la Tombe-Issoire dans lequel étaient déjà enterrés des cercueils extraits de l'église des Saints-Innocents. Les croix, épitaphes et vestiges des monuments détruits y avaient aussi été déposés. Sur cet espace bouleversé par les fosses creusées, à peine éclairé, planaient des corbeaux et des oiseaux de nuit qui lançaient des cris déchirants.

Les deux policiers remontèrent dans leur voiture. Le regard fixe, ils se cantonnèrent dans leurs pensées. Bourdeau fut déposé faubourg Saint-Marcel, quant à Nicolas, il rallia l'hôtel de Noblecourt. Toute la maisonnée dormait, y compris Catherine qui parfois s'acharnait à attendre son retour. Il gagna son appartement par le passage ménagé entre les deux maisons mitoyennes. Le bougeoir à la main, il fut surpris de voir, ouverts dans sa bibliothèque, des livres qu'il ne se rappelait pas avoir consultés. Il s'arrêta, perplexe, ayant perçu le bruit d'une respiration proche. L'expérience de situations identiques l'incita à prendre ses précautions. Il se saisit du petit pistolet de poche, présent de Bourdeau, qui nichait dans l'aile de son tricorne. L'amorce en était régulièrement remplacée et il était prêt à tirer. Il s'approcha à pas de loup de la seconde chambre d'où provenait un murmure répété. Sa main pesa sur la poignée de la porte qu'il ouvrit. Une forme était étendue sur le lit, dissimulée par la couverture qu'il souleva brusquement. À la faible lueur de la veilleuse, il découvrit le visage de son fils Louis qui aussitôt se dressa.

— Ah, mon père, que vous arrive-t-il ?

— J'ai cru qu'un voleur s'était introduit ici. Comment aurais-je pu deviner que c'était vous ? Je suis heureux de vous voir…

Ils s'étreignirent.

— … mais par quel hasard êtes-vous ici sans m'avoir averti de votre venue ?

— Pardonnez-moi, mon père, la chose s'est faite si vite qu'il était impossible de vous la signifier. J'ai reçu un message urgent, un ordre en fait, du comte de Provence, colonel de mon régiment. Je devais sans désemparer me rendre à Versailles. Ce que je fis, bien sûr. Qu'y pouvais-je ? J'ai failli crever plusieurs chevaux de relais. Arrivé ce matin, j'ai aussitôt couru à Versailles pour y rencontrer le prince. Ce soir, Catherine a voulu me faire à souper, mais éreinté je n'ai eu que la force de venir m'affaler sur mon lit. Voilà, mon père, toute l'aventure.

— Et donc à Versailles, vous avez vu Monsieur[1].

— Certes. Il m'a donné audience sans me faire attendre, avec les égards les plus marqués.

— Ça, je le veux bien croire. C'est son habitude et sa musique de cour ! Et le fin mot de cette convocation. Que vous a-t-il annoncé ?

— Je crois pouvoir vous le confier en discrétion bien qu'on ait exigé de moi le secret le plus exact.

— Il n'aurait plus manqué que le contraire vous ait effleuré, Louis.

— De fait le prince ne m'a rien dit de particulier et m'a aussitôt remis entre les mains de Sartine avant de s'éloigner.

— Oh ! Sartine ! Je m'attends au pire.

— L'ancien ministre n'avait demandé à Monsieur que de lui désigner un officier écuyer émérite, capable d'aider au choix de montures de selle et de course un visiteur étranger de passage à Paris.

— Et ce visiteur, vous en connaissez le nom ?

— Un certain Lord Charwel.

Nicolas se laissa tomber au bord du lit.

— Je l'appréhendais ! Encore une de ses torves manœuvres.

— Mais, mon père, il n'y a pas de mal à cela ? Il est prévu que j'accompagne le visiteur et sa femme pour leur présenter les monuments les plus remarquables de Paris. La seule chose qui m'intrigue, c'est que M. de Sartine m'a bien recommandé de ne jamais citer son nom.

— Innocent que vous êtes ! Nous allons de Charybde en Scylla !

Il saisit Louis par les épaules. Dieu, songea-t-il, c'est un homme maintenant. Il fallait tout lui révéler. Le laisser dans l'ignorance serait périlleux pour Antoinette.

— Louis, savez-vous qui est Lady Charwel ?

— Non… que voulez-vous dire ?

Nicolas inspira une grande bouffée d'air.

— Lady Charwel, récemment mariée, n'est autre qu'Antoinette, votre mère, Louis, votre mère !

— Mon Dieu, que vais-je faire ?

— Pour le moment, fermez votre bouche, on dirait un poisson qu'on vient de sortir de l'eau.

L'observation était répétitive quand Louis était plus jeune. Ils sourirent malgré tout.

— Il faut réfléchir. Vous connaissez, je vous l'ai jadis révélé, ce que votre mère accomplit depuis des années au service du roi. Vous ne pouvez désobéir aux ordres de Monsieur et aux instructions de Sartine. Vous dérober est impossible. Aussi devons-nous méditer sur les moyens d'éviter les périls que cette situation peut engendrer. Informé désormais de son identité, je vous crois à même de maîtriser votre émotion. Quant à votre mère, il se trouve que je l'ai croisée et même saluée chez le duc de Dorset, l'ambassadeur anglais. Face à moi, Antoinette est demeurée de marbre. Je crains que devant son fils qu'elle n'a pas revu depuis longtemps, il n'en soit tout autrement.

— Il la faut prévenir.

— L'idée est juste, c'est la mise en pratique qui est malaisée. Il se trouve que Lord et Lady Charwel sont accompagnés par Lord Aschbury, le chef du Secret anglais, mon vieil adversaire. Je suis persuadé qu'il ne soupçonne en rien Antoinette. Reste qu'elle est d'origine française et, ici, il la doit surveiller étroitement. Quelle diabolique pensée a pu traverser Sartine d'organiser une telle confrontation ?

Nicolas marchait de long en large. Il s'arrêta et fixa son fils. Il avait peut-être manqué sa petite enfance, mais il le connaissait bien.

— Louis, veuillez me regarder. Vous me dissimulez quelque chose. Vous ne m'avez pas tout dit.

— C'est que, mon père…

— Allons, ne tergiversez pas ! Je sais déjà qu'on vous a pressé de garder le secret, vous me l'avez avoué. Alors, Monsieur, je vous écoute.

— Il s'agit d'approcher Lady Charwel afin qu'elle me communique ses dernières découvertes. À Londres, elle possède une filière pour faire passer ses messages. En France, paradoxalement, elle est isolée en terrain inconnu, éloignée de ses habitudes anglaises. Si elle doit livrer une observation, communiquer avec quelqu'un, elle ne le peut faire qu'en confiance totale. Qui mieux que moi, son fils, peut jouer ce rôle ?

— Voilà qui est bien pensé, mais bien dangereux. Des vies sont menacées, surtout celle de votre mère, mais aussi la vôtre. Entendez-vous cela ?

— Oui, mon père, répondit Louis d'un ton piteux.

Nicolas fut ému de son air d'enfant pris en faute.

— Louis, vous n'y êtes pour rien. La faute ne vous en incombe pas. J'y suis peut-être pour quelque chose… Enfin, à l'origine. Ce que je redoute, c'est l'émotion de votre mère en votre présence. Provence est-il au courant de ce plan ?

— Sartine m'a dit que non.

— Heureusement, il est heureux que Sartine n'ait pas perdu le souvenir des précautions nécessaires.

— Que dois-je faire, mon père ?

Nicolas réfléchit un long moment.

— Si vous voulez m'en croire, rien pour le moment. Quand devez-vous joindre Lord Charwel ?

— Dans deux jours. Il loge à l'hôtel de Provence, rue de Tournon.

— Cela nous laisse un bien court délai pour parer le coup. Vous n'allez pas bouger d'ici. Vous ne sortez pas, est-ce bien entendu ?

— Oui, mon père.

— Vous tiendrez compagnie à M. de Noblecourt qui en sera ravi et vous vous laisserez gâter par Catherine qui ne demandera que cela.

Il sourit.

— Vous irez aussi saluer Sémillante qui connaît ses amis. Quant à moi, dès demain matin j'irai à l'hôtel de Juigné, quai Malaquais, c'est là que désormais habite Sartine. Je lui dirai son fait et envisagerai avec lui les suites de son ouvrage. Sur ce, Louis, je vous souhaite le bonsoir.

Nicolas passa une partie de la nuit à se retourner en envisageant sous tous les angles les circonstances et les conséquences de ce qu'il venait d'apprendre. Ensuite ses rêves mêlèrent le souvenir des figures atroces de la veille au visage ricanant de Sartine.

Mercredi 17 mai 1786

Louis dormait à poings fermés lorsque son père quitta en fiacre la rue Montmartre. Depuis un an l'ancien ministre logeait à l'hôtel de Juigné près le collège des Quatre Nations. Le vieux valet qui reçut Nicolas était une vieille connaissance ; il servait encore récemment l'hôtel de police. Toujours sous le coup de la colère, Nicolas entra en coup de vent dans le bureau de Sartine. Celui-ci, entouré de têtes postiches coiffées des plus extraordinaires perruques, dégustait sa bavaroise du matin.

— Ah, Nicolas ! dit-il, levant la tête. Je vous attendais.

— Vous m'en voyez persuadé, Monsieur, puisqu'il n'y a plus de *monseigneur* les fonctions quittées, comme me le faisait si justement observer M. Le Noir. Non seulement vous ressuscitez le passé, mais vous prédisez l'avenir.

— Quelle curieuse entrée en matière !

— Qu'attendiez-vous d'autre après ce que mon fils m'a révélé et la menace que vos tortueuses menées laissent planer sur toute une famille ?

— Une famille ? Fi, quelle famille !

— Le persiflage est superflu.

— Bien, famille si vous l'entendez ainsi, moi je veux bien.

— Non seulement vous précipitez un officier du roi dans une intrigue bien éloignée de ses devoirs mais vous prenez le risque de compromettre sa mère, qui est l'agent du roi le plus efficient à Londres depuis des lustres. Combien de braves, Monsieur l'ancien ministre de la Marine, n'a-t-elle pas sauvés grâce aux informations navales qu'elle n'a cessé de nous procurer à grand péril ? Et sans remords, vous allez mettre en danger la vie de cette femme…

— Femme, vous semblez l'oublier, que vous avez contribué à faire sortir du royaume. Femme dont vous avez cru opportun d'effacer le passé, un passé pour le moins trouble, en détruisant des archives de la police !

Vous, un magistrat du roi, commettre une forfaiture indigne au bénéfice de vos intérêts personnels !

— Qu'elle ait quitté la France à cause de moi, c'est une faute que je regrette et dont je répondrai un jour. Pour le reste la forfaiture est partagée. Vous la connaissiez et vous ne l'avez pas dénoncée. Elle vous arrangeait.

— Par amitié désintéressée pour vous, Monsieur. Je déplore de n'en avoir reçu aucune gratitude.

— Vos actes généreux ne le sont qu'en apparence. Ce sont des traites dont il faut solder les intérêts à vie. Depuis trop d'années vous vous êtes accoutumé à me traiter en chien couchant. Je n'oublie pas ce que je vous dois ; mais à quel prix ne l'ai-je pas payé ? Secrets que vous ne partagiez pas, manipulations diverses, intrigues dont les dénouements manigancés par vous épargnaient les coupables, et j'en passe des plus troubles qui doivent demeurer, comme vous dites, *environnés de ténèbres*. Vous sentez, Monsieur, que je n'évoque ici que la *surface des choses*.

— Que ne vous êtes-vous dégagé à temps de ces terribles obligations ? Vous n'étiez pas enchaîné, que je sache !

— C'est que, Monsieur, en vous servant, j'avais le sentiment que je servais le roi. Mais dans la présente occurrence, veuillez mesurer les conséquences de vos actes. On ne déplace pas impunément sur son échiquier des pièces qui sont des êtres humains.

— Monsieur le marquis, puisqu'il semble que je vous offenserais si je vous appelais mon ami, il vous faut froide raison reprendre. Ces pièces déplacées, c'est ce qu'on nomme la politique. Vous connaissez mes occupations depuis que je ne suis plus aux affaires et vous me jugerez à l'aune de ce que je vais vous dire.

Sartine, d'un geste habituel, coiffait tout en parlant une magnifique perruque à marteaux.

— … Lady Charwel, dans ses derniers messages envoyés de Londres, serait sur le point de découvrir une nouvelle trame de nos amis anglais. Certes nous sommes en paix, c'est-à-dire une guerre sans combat, et ils continuent à nous reprocher l'aide apportée aux colonies d'Amérique. Au vrai, ils nous haïssent et se veulent venger. Comment ? Nous l'ignorons encore. Or il est probable que Lady Charwel posséderait sur ce point capital des lumières décisives. Elle est séparée des moyens habituels de nous le faire savoir. Même s'ils ne la soupçonnent en rien, nos amis ne peuvent que la surveiller étroitement du seul fait de son origine française. Simple précaution que nous pouvons comprendre. Nous ferions de même dans une situation identique. Il nous la faut joindre à tout prix. Qui mieux que son fils la peut approcher grâce à une comédie que nous organiserons, et servir de truchement ?

— Me prenez-vous, Monsieur, pour un niais ? J'ai été à bonne école ! J'ai sur-le-champ traversé les raisons de vos manœuvres.

— Je crains que vous n'ayez pas tout compris. Si j'ai demandé le secret au vicomte de Tréhiguier, c'est que j'étais assuré, bon chien chassant de race, qu'il se ferait couper en morceaux plutôt que de le rompre, sauf…

— Sauf ?

— … sauf vis-à-vis de son père.

— Et alors la raison de tout cela ?

— Je savais que le père averti, avec sa fougue habituelle, me viendrait aussitôt chercher querelle et vociférerait à bout d'arguments. Et là…

— Et là ?

— Et là ? Soit la comédie se joue comme prévu et à Dieu vat, tout dépendra de la capacité de Lady Charwel à maîtriser ses émotions. Pile ou face, rouge ou noir… Ou…

— Ou ?

— Cessez de m'interrompre, c'est agaçant ! Ou le père s'écrie « *que va-t-il faire en cette galère* ? », veut voir Sartine et lui propose une autre solution.

— Laquelle ?

— C'est bien pour cela que vous êtes ici. Je comptais sur votre crainte légitime et votre courroux. Je suis donc persuadé que vous allez trouver la clé. Réfléchissez. Je m'en lave les mains. C'est vous le responsable !

— Et comme d'habitude, vous vous désintéressez de la cuisine de l'affaire.

— Réglez la chose et ne m'en parlez pas. Vous êtes le seul à pouvoir trouver le moyen d'informer Lady Charwel qu'elle va se trouver face à son fils. Serviteur, Monsieur le marquis.

— Il me semble, Monsieur, que vous oubliez quelque chose : je connais Lord Aschbury, croyez-vous qu'il ne s'informera pas de l'identité du jeune officier destiné à servir de cicérone ? Et qu'apprendra-t-il ? Que c'est le fils du marquis de Ranreuil, son pire adversaire depuis des années.

— Et alors ? Il jugera que c'est de bonne guerre et, obnubilé par cette découverte, il n'ira point jusqu'à soupçonner les liens qui lient le vicomte de Tréhiguier et Lady Charwel. Et d'ailleurs Lord Aschbury repart aujourd'hui pour Calais afin de prendre le paquebot régulier.

Nicolas sans un mot se dirigea vers la porte, mais avant qu'il ne la franchisse la voix de Sartine le rattrapa.

— Sachez, Nicolas, qu'il s'agit du roi et peut-être de sa vie.

Sur le chemin du Châtelet, Nicolas essayait de calmer les battements de son cœur. Avait-il eu raison de parler ainsi à Sartine ? N'avait-il pas cédé à une tentation égoïste destinée à purger les rancœurs passées ? Au grand galop les obsédants scrupules d'antan l'assaillaient. Il tenta de se reprendre ; cet imbroglio imposait de raison garder. Le piège s'étant refermé, il fallait en desserrer l'étau. Du haut de son empyrée, Sartine, en implacable tenant de la raison d'État, n'avait trouvé que ce moyen pour joindre Antoinette. Mais lui-même, maître ès astuces, ne parvenait pas à s'en sortir et c'était la raison de cette sorte de chantage à un Nicolas qui seul pourrait le sortir de l'ornière. Un hommage que le vice rendait à la vertu. Hélas il ne restait que deux jours pour imaginer la solution.

En dehors de Noblecourt et de Bourdeau, qui était au fait de la situation d'Antoinette et de l'existence de son fils ? Il y avait bien quelqu'un dont depuis plus de vingt ans il avait pu éprouver la fidélité et la discrétion. Cette personne avait été la protectrice de la petite enfance de Louis et avait toujours prêté aide à Antoinette. Pour vicieuses que fussent ses occupations et artificieuses ses pratiques en marge de la loi, elle était capable de discernement et de sagacité et susceptible de s'engager sans tergiverser pour ses amis. Nicolas approfondit cette idée ; elle constituait une ouverture. Nul doute que, pour Louis et Antoinette, la Paulet s'échinerait à peaufiner un expédient afin de prévenir Lady Charwel. Aviserait-il Bourdeau ? Il balançait, mais finit par conclure qu'il avait tout à gagner, dans cette délicate occurrence, à compter sur son dévouement.

Il trouva l'inspecteur devisant avec Tirepot qui, l'âge venant, limitait désormais ses déambulations au grand marché du Châtelet et tenait son quartier général sous la voûte d'entrée de la vieille forteresse.

— Ma Doué, dit le vieil homme, m'est avis que notre Nicolas est accablé d'embêtements, que la bile lui remonte. Les barres sur son front sont causantes.

Nicolas admira la perspicacité de la vieille mouche.

— Toi, en revanche, mon beau Jean, tu m'as l'air tout rajeuni.

— C'est que le Sanson m'a réduit mon hernie et que je m'en porte bien.

Tirepot décocha une bourrade à Nicolas.

— Dieu a gas ar c'hlemved kuit, ni zo bepred Bretoned, Bretoned tud Kalet *(Dieu chasse la maladie, nous sommes toujours bretons, les Bretons race forte).*

— Et Yves, ton aide, que devient-il ?

— Le petit ? Il est en ville avec les seaux.

Il se mit un doigt sur l'œil.

— Et il est à la récolte, à ton service.

Nicolas lui donna deux pièces et s'apprêtait à gagner le bureau de permanence où il allait informer Bourdeau du piège dans lequel les Ranreuil avaient été jetés par l'esprit de subterfuge de Sartine, mais l'inspecteur le retint. Un corps venait d'être découvert dans les décombres du pont Notre-Dame. Il s'avérait nécessaire de s'y porter pour procéder aux premières constatations. Ils décidèrent de s'y rendre à pied, une voiture les rejoindrait sur place pour recueillir le corps.

— Est-ce encore un accident ?

— Il est beaucoup trop tôt pour l'affirmer. À ce qu'on m'a rapporté, les circonstances sont louches. Il s'agit du corps d'une femme.

Depuis le quai de Gesvres, le pont apparaissait couronné d'un panache de poussière que le vent dispersait vers la rive gauche et le Palais de Justice. Parfois une accalmie survenait et ce voile retombait comme un rideau au travers duquel jouaient les rayons du soleil. Certaines maisons étaient encore debout et apparaissaient pareilles à des squelettes décharnés dont les fenêtres dépourvues de châssis ressemblaient aux yeux caves d'un crâne.

Plus bas, par intermittences, on pouvait observer les activités habituelles du fleuve. En l'absence de pont utilisable, des équipes de bateliers suppléaient en nombre afin de transporter les Parisiens d'une rive à l'autre. Sur les berges, des badauds attroupés levaient la tête pour lorgner les opérations de démolition. Çà et là des gagne-deniers ramassaient des débris, tuiles, ardoises et planches tombés du chantier en les déchargeant sur des chariots. Des lavandières rinçaient du linge qu'elles étendaient ensuite sur des cordages tendus entre des piquets. La rive, par endroits, était traversée par des ruisseaux d'un rouge brunâtre, le sang des bêtes abattues par les bouchers qui rejoignait la rivière en suivant le fil de la pente.

Arrivés à l'entrée du pont, ils furent reçus par le sergent qui conduisait le détachement du guet. Il les dirigea vers une des maisons non encore abattues. Ils durent pour ce faire se frayer un chemin à travers cette foule de curieux, maintenus par des barrières et qui à Paris sont toujours fascinés par le moindre accident. À l'entrée de la bâtisse, une odeur épouvantable les saisit. Le sergent leur conseilla de placer un mouchoir sur leur visage. Bourdeau alluma sa pipe et Nicolas prisa d'abondance dans la tabatière offerte jadis par le feu roi. Ils empruntèrent avec précaution un escalier de bois branlant qui tenait à peine aux murs. Au troisième étage, dans l'une des deux pièces dévastées, le sergent leur désigna une masse informe, le corps d'une femme en robe dont la tête paraissait avoir été totalement écrasée par un morceau de la muraille en briques. Il était couvert d'un essaim de mouches. Le sergent agita un morceau de planche ramassé au milieu des gravats ; un nuage s'éleva dans un bourdonnement menaçant. Ils durent battre des mains pour disperser des insectes énervés et agressifs.

— Voyez, dit le sergent, le corps a sans doute été attaqué au début par des rats, d'où le fait que la robe est déchirée et ouverte et le ventre à demi dévoré. Il grouille de vers et vu la chaleur en ce moment…

— Comment se fait-il, dit Nicolas, qu'il n'ait été découvert qu'aujourd'hui ?

— Ce n'est qu'au moment où les ouvriers allaient mettre la dernière main à la destruction de cette maison que l'odeur les a alertés.

— Il faudrait faire porter ces restes à la basse-geôle, dit Bourdeau.

— Et nous emplirons la forteresse de cette infection, tu n'y penses pas !

— Alors que proposes-tu ?

— Faire venir Sanson ici pour procéder. Recueillir les indices, enfin ce qu'on peut découvrir. Puis le corps sera mis en bière, couvert de chaux et enterré au plus vite. Que faire d'autre !

Nicolas détacha une page de son petit carnet noir et écrivit un court message destiné à l'exécuteur des hautes œuvres. Il appela l'un des gardes et lui demanda de le porter de toute urgence au Grand Châtelet.

— Il faudrait quérir des boueurs, de ceux qui, à chaque pont, sont tenus de faire nettoyer et enlever chaque jour les boues, ordures et immondices. Eux seuls sont capables d'entreprendre ce que je souhaite.

— Qu'est-ce à dire ? demanda le sergent.

— Faire déposer ce corps sur une planche soutenue par des tréteaux. Vous allez bien me trouver cela, sergent ?

— À vos ordres. Je pense vous dénicher la planche et les tréteaux dans la cabane du chef de chantier et je vous envoie les boueurs. Ils sont là en permanence durant les travaux.

Ils furent difficiles à convaincre, mais la promesse d'une large gratification leva leurs objections. Le matériel demandé fut rapidement apporté. Il faudrait en régler la dépense, le sergent ayant dû faire preuve d'autorité pour les réquisitionner face au mauvais vouloir du chef de chantier.

Les deux policiers redescendirent pour respirer en attendant Sanson. Depuis le bord du pont, désormais dégagé, le spectacle était magnifique. D'un côté, la barrière des maisons du Pont-au-Change tremblait au loin dans la brume de la chaleur qui montait. De l'autre le regard portait vers le port aux blés et l'île Saint-Louis tandis que sur le côté se détachait sur le ciel bleu la masse de la cathédrale. Nicolas, encore une fois, éprouva ce sentiment d'amour qu'il portait à la vieille cité. À son côté Bourdeau, silencieux, paraissait partager son émoi, tirant à petits coups sur sa pipe.

Sanson finit par arriver avec son aide. Nicolas lui expliqua la situation. Le bourreau leur conseilla de le laisser seul opérer et approuva les dispositions prises. Il demanda seulement qu'on lui monte plusieurs seaux d'eau. Au bout d'une petite heure, Sanson reparut. Il ôta le grand tablier de cuir qu'il utilisait lors des ouvertures et se lava les mains et les avant-bras à grande eau. Il semblait éprouvé et se porta vers le bord du pont pour respirer profondément.

— Alors, dit Nicolas.

— L'ouverture a été faite. On va maintenant mettre le corps en bière avec de la chaux et le porter au plus vite au cimetière de Clamart. D'abord la mort est intervenue entre cinq et dix jours. Je ne peux me prononcer plus précisément, l'état du cadavre est tel… Ensuite il vous faut attendre une curieuse surprise : le corps là-haut n'est pas celui d'une femme, mais d'un homme.

— D'un homme !

— Oui, d'un homme travesti. Évidemment la tête s'est trouvée hors examen vu l'acharnement à la réduire. Reste que le peu de cheveux que j'ai recueilli prouve là aussi le sexe de la victime. D'après mon opinion, incertaine dans les conditions que nous connaissons, cet homme pourrait être âgé de quarante à cinquante ans, de frêle constitution. Ah, deuxième élément capital : il n'a pas été tué sur place, mais le corps a été apporté dans cette maison et la tête a été écrasée en ce lieu.

— J'avais observé, dit Nicolas, qu'il n'y avait pas d'épanchement de sang.

— C'était finement vu !

— Le ventre crevé ? demanda Bourdeau.

— D'évidence c'est l'œuvre des rats ou de chiens errants.

— Autre chose ?

— Troisième élément qui va vous intéresser. Notre homme a été poignardé. Dernière chose, j'ai trouvé cela dans une de ses poches, enfin plus exactement en raison d'une partie décousue, cette pièce avait été glissée dans la doublure.

Il tendit à Nicolas un petit papier plié en quatre, que celui-ci se mit en mesure d'examiner.

— Ma foi, c'est une note, une facture de fournisseur. Un mémoire de marchand gantier.

Il le montra à Bourdeau qui le lut avec attention.
— Il est éloquent, Nicolas, plus qu'éloquent.
— Que veux-tu dire ?
— Que les articles que mentionne ce mémoire correspondent aux flacons, onguents et pommades que tu avais observés dans la garde-robe de ce Halluin. C'est la mention de la pommade de limaçon qui a tiré mon attention.
Nicolas reprit le document pour l'examiner de plus près.
— De surcroît, la facture provient d'une boutique, *À la cloche d'argent*, que nous connaissons bien. Ce commerce est situé rue Saint-Martin au coin de la rue des Ours. Elle est tenue par maître Gervais qui nous avait apporté son aide pour élucider la mort du comte de Rovski[2].
— Voilà une enquête qui marche à pas de géant !
— Tu veux dire une enquête qui peut débuter, car sans cadavre nous étions condamnés à l'impuissance. Désormais nous affrontons un problème ardu : pourquoi et par qui ce conservateur à la Bibliothèque du roi a-t-il été assassiné ?
Sanson leva un doigt.
— Je voudrais revenir sur la blessure au côté. Vous avez fait, Nicolas, une remarque intéressante au sujet de l'absence d'épanchement sanguin.
— Qu'en déduisez-vous ?
— Qu'ainsi que je vous l'ai précisé le meurtre n'a pas eu lieu à l'endroit où le corps a été découvert. En conséquence je présume que le coupable a transféré le cadavre sur le pont Notre-Dame a posteriori.
— Le détail de tout cela, mon cher Sanson ?
— Autant que l'état du corps m'a permis un examen précis et utile, je suis en mesure, avec les précautions d'usage, d'affirmer que la victime a été

blessée par une lame fine qui, par ailleurs, a lésé une côte. Voyez, de cette manière…

Il appela le sergent, se plaça derrière lui, lui entoura le cou de son bras gauche, tira le corps en arrière et de la main droite simula un coup porté sur le côté droit.

— C'est ainsi que la pénétration s'est effectuée. Le sang s'est épanché en grande quantité dans le tissu et les organes internes, ce qui, selon moi, a conduit à la mort.

— Ainsi il peut y avoir une blessure mortelle sans qu'un flot considérable de sang soit répandu ?

— C'est ainsi que je conçois la chose.

— Grand merci pour la clarté de votre explication. Elle va grandement faciliter nos recherches.

Nicolas résuma en quelques phrases l'affaire en cours.

— Je puis vous donner un dernier avis, reprit Sanson. Si vous trouvez des traces de sang, même infimes, dans des lieux que fréquentait votre victime, vous aurez sans doute découvert l'endroit de l'assassinat. Car la piqûre initiale laisse toujours jaillir quelques gouttes.

— Grand merci. Au fait, Tirepot m'a chanté vos louanges. Vous l'avez remis sur pied.

— Je l'ai rattrapé par les cheveux. Son mal aurait pu l'emporter, d'autant qu'il voulait s'en remettre à un empirique. On ne saurait trop inculquer au peuple de ne jamais se laisser tailler et hacher par des bouchers ambulants, qui n'ont d'autre mérite que la hardiesse et l'effronterie.

Nicolas appela le sergent.

— Vous êtes responsable du détachement du guet autour des travaux.

— Oui, Monsieur le commissaire, mais je ne suis pas en permanence sur place.

— Selon vous, dans quelles conditions ce corps a-t-il pu être déposé dans cette maison ?

— Il me paraît difficile que le transfert ait pu s'effectuer durant la journée. Les accès au pont sont sévèrement interdits. La seule possibilité, ce sont les portefaix qui utilisent des brouettes, des brancards et de petits chariots pour recueillir les gravats et les châssis récupérables des portes et fenêtres. Tout cela est surveillé mais, vu le nombre, il n'y a pas de fouilles et rien ne les justifierait. La nuit c'est différent, la garde laisse parfois des chalands traverser en l'absence de bacs. De plus, boucaneuses et barboteuses affluent, qui aguichent nos hommes… La discipline s'en ressent et la surveillance aussi.

— Merci mon ami, dit Nicolas. Je vous sais gré de votre sincérité. Je ne manquerai pas de rapporter à vos chefs l'aide indispensable que vous nous avez consentie.

Le sergent, rouge d'émotion, salua Nicolas.

— Observons, dit Bourdeau, que cette mort aurait pu passer pour un accident. Le meurtrier a joué sur cela. Il a perdu. Cela ne te rappelle rien ?

— À quoi fais-tu allusion ?

— Au corps retrouvé parmi les victimes de la rue Royale en 1770. Là aussi on voulait nous faire accroire à l'accident[3].

— Tu as raison, la manœuvre captieuse est identique

— Et le trou dans une doublure nous a éclairés !

— Nous savons désormais à qui nous avons affaire. Je dois immédiatement informer M. Le Noir de notre découverte.

Après avoir pris congé de Bourdeau, il sauta dans la voiture pour rejoindre la rue de Richelieu. Le directeur de la Bibliothèque du roi se montra atterré par la nouvelle et encore davantage par les aspects ambigus de la vie de son subordonné. Son attitude confirma ce que Nicolas pressentait déjà depuis leur premier entretien : Le Noir lui dissimulait quelque chose. Il décida de procéder par étapes, assuré qu'il finirait par obtenir la vérité cachée.

— Je dois vous dire, Monsieur, qu'une question m'obsède. Vous m'avez confié qu'Halluin détenait un double des passe-partout de la maison. Est-ce à dire qu'il a disparu avec lui ?

— Hélas, je le crains ! Votre question montre que vous ne l'avez pas retrouvé.

— Cela signifie-t-il que désormais la Bibliothèque et ses trésors ne sont plus qu'une maison ouverte ?

— Il le faut admettre, mon cher Nicolas, c'est malheureusement le cas. Je n'y vois point de remède. Il faudrait changer des centaines de serrures ! Nous allons devoir vivre dans l'incertitude et la crainte.

L'agitation qui avait saisi Le Noir lui confirma qu'elle avait une autre cause. Nicolas entreprit d'insister.

— Je vous connais depuis trop longtemps, Monsieur, pour n'être point inquiet et même alarmé par le souci secret qui vous étreint. Il serait temps, si vous souhaitez vraiment que j'agisse, de m'en donner les moyens en m'ouvrant le fond de votre cœur et de m'avouer ce qui vous hante.

Le Noir poussa un grand soupir.

— Savez-vous que nous prenons beaucoup de précautions et qu'en particulier certains marchands, certains en chambre, d'autres en boutique, des escrocs d'évidence, sont surveillés ? Nous souhaitons par ces mesures éviter que des pièces dérobées ne soient soldées. Cela peut être des objets appartenant à la Couronne, par exemple les vases sacrés des sanctuaires, ce qui touche au crime de blasphème.

Je suivais en personne ces questions à la lieutenance générale de police.

— Cela, je le sais. Et ? demanda Nicolas que ce discours contourné impatientait.

— Je dois bien reconnaître qu'il y a peu une médaille de l'époque d'Alexandre ou de ses successeurs représentant une tête de Méduse, en or massif, a été subrepticement mise sur le marché des amateurs. L'éventuel acheteur, collectionneur proche du roi, a eu la prudence et l'intelligence de nous signaler la chose. Par un intermédiaire, afin de ne pas alerter le marchand, nous avons enchéri et acheté à haut prix cette médaille. Cela permettrait peut-être de remonter des pistes et d'arrêter les voleurs

— Et en quoi cela touche-t-il vos responsabilités de directeur de la Bibliothèque du roi ?

— C'est que cette médaille était l'exact pendant d'une médaille que nous possédons ici !

— Il y en avait peut-être plusieurs ? Que sait-on de la production antique ? Peu de choses en vérité. Pouvez-vous me montrer la pièce récupérée ?

Le Noir s'absenta et revint presque aussitôt avec la pièce enveloppée de feutrine rouge.

— Bien, dit Nicolas, encore faudrait-il que je puisse la comparer avec celle du cabinet des médailles.

Ils s'y transportèrent en toute hâte. Le Noir appela l'abbé Barthélemy, qui dirigea Nicolas vers la vitrine contenant la médaille en question. Celui-ci se pencha et la compara avec celle que Le Noir lui tendit.

— Voyez, dit-il, la petite encoche près de l'œil droit de la Méduse.

Le Noir et le vieux savant chaussèrent leurs besicles et examinèrent de plus près la médaille.

— Et quelles conclusions devons-nous tirer de votre constatation ?

— Plusieurs, Messieurs. Soit les deux médailles sont sorties, il y a plus de deux mille ans, du même moule et de la même fonte, soit celle-ci que vous avez acquise pourrait être une copie de l'original qui est dans la vitrine.

— Mais enfin cela signifierait qu'on a sorti cet original pour faire un moulage et une copie !

— Ouvrez la vitrine. Je la veux examiner de plus près.

L'abbé, tremblant d'émotion, eut quelque peine à ouvrir la vitrine. Nicolas se saisit aussitôt de la médaille. Alors qu'il la sortait, elle lui échappa et tomba à terre. Elle se brisa en plusieurs morceaux.

— Ma foi, dit Nicolas, j'ai été trompé par sa légèreté. Je la croyais plus lourde.

Il ramassa les morceaux sous le regard atterré de Le Noir.

— Et pour cause ! Nous voici édifiés : de la cire recouverte d'une couche de peinture dorée !

V

LA DIAGONALE DU CHAT

« La fortune en aveugle ouvre ou ferme la main. »

Boursault

— Mon Dieu, s'écria Le Noir, et si les autres aussi…

L'abbé joignit les mains.

— Ne dites pas cela, Monsieur, ce serait par trop affreux. Cette Méduse naguère portait malheur.

— Du sang jailli de sa tête coupée était né le corail. Monsieur l'abbé, vous ne croyez tout de même pas à ces légendes ?

— *Imponit Phorcynidos ora Medusae*, chantait Ovide dans les *Métamorphoses*. J'admire, Monsieur le commissaire, votre connaissance des anciens. Je n'y crois pas, bien sûr. Mais qu'en est-il du reste de la vitrine ?

À l'examen, trois autres médailles n'étaient que des faux-semblants, des répliques sans valeur.

— Tout l'inventaire est à refaire ! soupira Le Noir, qui voyait son univers s'effondrer.

— Calmons-nous. Il est probable que seule cette vitrine a été l'objet d'une substitution. Il s'agit de pièces précieuses, or il en reste six sur dix. Il n'y a aucune raison que les autres vitrines aient été pillées.

— Quoi qu'il en soit, dit Le Noir du ton de l'ancien lieutenant général de police, il vous faut les retrouver sans délai. Je suppose que nous avons moins à craindre après la mort du principal suspect ? Le doute n'est plus permis, d'évidence Halluin est le coupable.

— Nous allons nous y employer. Lorsque nous aurons élucidé la mort de M. Halluin, nous aurons fait un grand pas en avant. Cependant n'est-il pas trop tôt pour affirmer sa culpabilité ? Nous récupérerons peut-être vos trésors. Auparavant, je vous demanderai de retourner dans le bureau de votre conservateur. Ma première visite a été quelque peu rapide.

La pièce fut ouverte et Nicolas demanda à Le Noir et à l'abbé Barthélemy de lui laisser le champ libre. Quelle ne fut pas leur surprise de voir le commissaire à quatre pattes examiner le sol. À un moment, il se releva, sortit son mouchoir, le mouilla à l'eau d'une carafe posée sur la cheminée, s'accroupit derechef et frotta avec précaution les taches qu'il avait observées lors de sa première investigation. Il se mit debout, considéra son mouchoir, le renifla et hocha la tête. Il murmura à voix basse comme s'il se parlait à lui-même :

— Ce n'est pas l'odeur caractéristique de l'encre… Bien sûr… Une odeur métallique… Il n'y a pas à débattre, du sang à n'en point douter.

Il se pencha encore sur le sol, fit reculer Le Noir et Barthélemy et avança dans l'obscurité du couloir. Il craqua une allumette. Sa courte lueur lui permit de déceler de nouvelles traces plus distinctes, mieux formées et disposées régulièrement en quinconce. Il s'arrêta, se redressa et revint vers Le Noir et Barthélemy.

— Vous m'avez bien dit que le chat de service est lâché le soir jusqu'au petit matin ?

— Certes, mais je ne vois pas…

— Moi, très bien. Ces taches sur le parquet ne sont pas, comme je l'avais cru, des vestiges d'encre rouge, mais bien du sang. Et ces petits ronds que vous pouvez observer sont les empreintes de votre chat, le principal témoin du meurtre de M. Halluin. Nous avons la chance qu'il soit venu rôder par ici à un moment décisif.

Il rentra dans le bureau, se pencha derrière la table de travail et découvrit sous le fauteuil une nouvelle trace plus importante. Il était désormais en mesure de reconstituer le drame et les circonstances du meurtre. Halluin devait connaître celui qui s'était glissé derrière lui pour lui porter le coup fatal. L'épanchement sanguin, comme l'avançait Sanson, avait été minime, mais suffisant pour être encore visible plus d'une semaine après le crime.

— Je vous l'affirme. C'est ici que notre homme a été assassiné, poignardé, au cours de la nuit comme le prouvent les empreintes du chat qui ne circule dans l'établissement que durant ces heures.

— On vole ! On assassine ! se lamenta Le Noir, éploré.

— Monsieur l'abbé, qui, en dehors du concierge, serait à même de vaguer dans la Bibliothèque du roi pendant la nuit ?

— Moi le premier. Je souffre d'insomnie et il m'arrive de rester fort tard travailler ici. Parfois, j'oublie même l'heure qui s'écoule. À mon âge le temps est précieux et les heures passent sans y prendre garde.

— Il serait maladroit et malaisé, dit Le Noir, d'interroger nos gens ou d'évoquer le vol. Le scandale serait public et donnerait l'éveil.

— Alors, dit Nicolas, il vous faut au plus vite replacer la médaille à la Méduse exactement où se trouvait auparavant la réplique que j'ai brisée.

— Vous exigez de moi que je prenne ce risque ?

— C'est le prix à payer pour la réussite de l'enquête. On ne la volera pas deux fois.

— Mais les autres ?

— Vous semblez persuadé qu'Halluin était probablement le voleur. Il ne sortira pas de sa tombe pour réitérer ! Je dois rassembler plusieurs informations. À qui avez-vous racheté la médaille à la Méduse volée ici ?

— L'homme reçoit en chambre dans une maison de la rue des Fossés-Saint-Victor près le couvent des Dames augustines anglaises. Connaissez-vous l'endroit ?

— Très bien.

— On commence à numéroter les rues. Je crois qu'il loge au 6.

— Fort bien ! Son nom ?

— Jean Levail.

— Voilà déjà une piste. Autre point, qui selon vous serait capable de donner la main à des contrefaçons aussi finement exécutées ?

— L'opération est faisable, dit Barthélemy. Il faut seulement soigner la finition. Nombreux sont ceux qui le peuvent faire. Autant chercher une aiguille dans une botte de foin. Cependant je pense que vous devez vous adresser à maître Pastel, graveur des sceaux du roi, quai des Augustins. C'est un maître dans son art. Nous avons fait appel à lui pour mouler des copies dont les originaux fragiles étaient en péril de destruction.

Alors que Nicolas allait se retirer, Le Noir le retint par la manche de son habit.

— Nicolas, Nicolas, et la sûreté de l'établissement ?

— Rassurez-vous. Les vols ne se répéteront pas, j'en suis persuadé et je vous l'ai déjà dit. Pour vous tranquilliser, engagez un aide pour votre concierge. Il dort trop, celui-là !

— Et les autres médailles dérobées ?

Il fit un signe à l'abbé qui salua le commissaire et se retira. Le Noir vint parler à l'oreille de son ancien subordonné.

— Nicolas, je ne vous ai pas tout dit.

— C'est fâcheux, Monsieur, mais je pense que vous allez le faire.

— C'est que la chose est délicate.

Nicolas eut pitié du pauvre Le Noir.

— Elle ne le sera pas moins quand vous me l'aurez exposée.

— Certes, certes. Il se trouve, je me lance, que la reine a eu vent de ces médailles, enfin de celle à la Méduse. Elle l'a réclamée pour orner le meuble qu'elle vient de commander à son ébéniste préféré, lequel est d'ailleurs venu ici prendre les mesures de la pièce.

— Et alors, vous connaissant, vous avez refusé d'en dépouiller votre maison.

— C'est hélas tout à fait cela. Dans cette affaire, Calonne, prévenu, m'a soutenu. Cela ouvrait la voie à d'autres spoliations. Les ressources du garde-meuble de la Couronne devraient suffire à ce genre de… caprice. Le contrôleur général s'en est ouvert au roi qui a approuvé le refus. Alors, Nicolas, imaginez dans les circonstances actuelles qu'on apprenne que cette médaille et les autres avaient disparu. Le scandale, outre votre serviteur, toucherait aussitôt Calonne. La reine, qui désormais le déteste, ne manquerait pas de s'appuyer sur cette affaire pour pousser sa disgrâce !

— Je vous remercie, Monsieur, de votre confiance. Vous ne doutez pas que je ferai l'impossible pour vous éviter tout fâcheux désagrément.

Rue de Richelieu, il reprit sa voiture. Accoigné à son habitude, il laissait son esprit vagabonder sur ces découvertes à double fond. Difficile de rien élucider tant que la personnalité de M. Halluin ne serait pas clairement définie. Certes il disposait de quelques certitudes : l'assassinat avait eu lieu de nuit dans le bureau du conservateur. Le corps avait été porté, traîné, hors la Bibliothèque du roi et au-delà vers le pont Notre-Dame. À ce moment, l'imagination sur le déroulement des faits se perdait dans l'ombre des supputations. Quels que fussent en effet le relâchement des consignes et la complaisance du guet, il était difficile de supposer un homme portant un cadavre franchir la garde du pont sans se faire remarquer. Cette image donnait d'ailleurs l'idée de la capacité physique de l'assassin à manipuler une masse lourde et inerte, la chose la plus malaisée du monde, y compris quand il s'agissait de gravir un raide escalier pour la hisser au troisième étage d'une maison en voie de destruction.

À ce moment de ce raisonnement, Nicolas s'interrogea : pourquoi l'assassin s'était-il ainsi compliqué la tâche ? Il était probable que l'idée de Bourdeau était vraisemblable : faire accroire à la thèse d'un accident et effacer toute trace de l'identité de la victime.

Une nouvelle image frappa l'esprit du commissaire. Le fait qu'Halluin était travesti en femme permettait une nouvelle hypothèse. Il était sans doute possible de faire passer la victime pour une fille prise de boisson, qu'un inconnu entraînait dans les décombres pour conclure. La chose était d'autant plus envisageable que le sergent du guet avait lui-même reconnu le laxisme qui régnait par ces nuits chaudes de printemps. Un criminel audacieux, et il paraissait appartenir à cette classe-là, sans rien feindre ni dissimuler, riant et parlant à la fille qu'il soutenait sans que son attitude choquât en rien les témoins sans doute croisés à cette occasion. Une nouvelle inquisition était donc indispensable. Il était nécessaire de multiplier les interrogatoires auprès de ceux, ouvriers du chantier ou gardes, qui se seraient trouvés sur les lieux durant la nuit. Il emploierait pour ce faire Gremillon auquel ses anciennes fonctions de sergent du guet faciliteraient la tâche. Plus ce plan s'élaborait, plus il estimait proches de la vérité les conclusions auxquelles il aboutissait. Ces indices acquis qu'il faudrait contrôler, il essaya de penser à autre chose avant de faire le point avec Bourdeau.

Il constata qu'il avait eu grand tort d'abandonner l'échafaudage de réflexions sur l'enquête en cours car, aussitôt, la hantise, un temps écartée, revenait en force, lui taraudant l'esprit. Inexorable, le temps s'écoulait et la limite fixée par Sartine approchait. Trouver un moyen de prévenir Antoinette au plus vite, oui, mais comment ? Aucune idée ne jaillissait dans la panique qui s'emparait de lui. Il devait coûte que coûte s'en ouvrir à Bourdeau. Les événements qui s'étaient précipités avaient chaque fois remis à plus tard cet indispensable entretien.

Au Grand Châtelet, il fit le point de ses récentes découvertes à la Bibliothèque du roi. Gremillon, appelé, reçut les instructions pour sa prochaine mission. Il allait partir quand il jeta un œil sur un papier que Nicolas venait de déplier et de poser sur la table.

— Tiens ! dit-il, voilà un plan que je connais bien.

— Que dis-tu là, Baptiste ?

— Que ce plan, Monsieur, est celui des Champs-Élysées.

Il posa un doigt sur le papier.

— Voyez les diverses allées du parc. À droite, la place Louis XV avec le symbole figuré de la contrescarpe et là, voyez cette bande continue et étroite, c'est le Cours-la-Reine au bord de la rivière.

— Ma foi, dit Bourdeau qui s'était approché, je crois qu'il a raison.

— Lorsque je servais comme sergent du guet, le garde des Champs-Élysées…

— Federici ? Je le connais.

— Oui. Il avait fait plusieurs fois appel à nous. Lui et ses gardes sont efficaces et ne recourent pas souvent au guet. Il est très à cheval sur ses prérogatives. Mais nous lui avions prêté la main pour arrêter une bande de vide-goussets qui agressait les promeneurs. Et nous disposions d'un plan similaire.

— Voilà un point rapidement éclairé. Merci, tu nous tires une épine du pied. Sans toi nous n'aurions jamais pensé à cela !

Gremillon, ravi, partit sur-le-champ commencer son enquête au pont Notre-Dame.

— Avant de te consulter sur une question personnelle, je souhaiterais t'indiquer plusieurs directions pour notre enquête. D'abord retrouver ce mystérieux garçon perruquier qui visitait régulièrement M. Halluin. Enquêter ensuite sur la confection des répliques de médailles du Cabinet des Monnaies. Et enfin, interroger Federici afin d'apprendre si, par hasard, il n'aurait pas croisé la victime. Il fait rapport de tout ce qui se passe aux Champs-Élysées. Il m'a apporté autrefois une aide précieuse[1].

Nicolas remarqua que Bourdeau dansait d'un pied sur l'autre et faisait la moue.

— Le doute semble t'habiter. As-tu quelque objection sur mes propositions ?

— Plusieurs points me chiffonnent. N'allons-nous pas trop vite dans nos conclusions ?

Nicolas apprécia l'appropriation courtoise de son ami de ses propres affirmations.

— Sur quels points particuliers ?

— Je m'interroge, vois-tu, sur les raisons qui ont conduit Halluin à se rendre de nuit en travesti à la Bibliothèque du roi.

— Si tu m'en veux croire, il ne risquait pas d'y rencontrer grand monde.

— Soit, mais je suppose aussi qu'il ne s'attendait pas à y être occis.

— Peut-être s'y est-il introduit avec un complice en vue de je ne sais quelle menée et que celui-ci l'a trahi et tué. Les taches de sang observées montrent que la victime ne devait pas se méfier de lui. Que faisait-il là ? Il faudra en découvrir les raisons et cela ne sera pas aisé !

— Ce déroulement me gêne, mais soit. Autre chose, pourquoi a-t-on écrasé la tête du supposé Halluin ? C'était certes pour empêcher toute reconnaissance et épaissir le mystère, mais pourquoi déposer, avec les difficultés que l'on sait, le corps dans une maison du pont Notre-Dame alors que le bon sens voudrait qu'il ait été jeté dans le fleuve ou abandonné dans un terrain vague, le visage détruit à coups de pierres ?

— Observe qu'il n'était pas impossible d'apprendre que les maisons encore debout seraient détruites selon un certain ordre et d'utiliser cette information pour prévoir à peu près quand le corps serait finalement découvert la tête écrasée, évidemment pour troubler les constatations ultérieures. Il serait ainsi impossible de reconnaître ou de faire reconnaître le corps. Dans cette hypothèse…

— Qui implique une sérieuse préméditation.

— … existe une volonté que le corps soit effectivement découvert.

— C'est ici que le bât blesse : découvert dans un état tel qu'il ne peut que troubler l'enquête. Aussi me permettrai-je de poser une question : est-ce véritablement le corps de M. Halluin qui a été recueilli ou les restes d'un inconnu qu'on aurait voulu faire passer pour lui ?

Nicolas demeura silencieux un long moment, méditant la démonstration de Bourdeau.

— Je me rends à tes raisons. Elles présentent un assemblage recevable des faits. Reste qu'il est difficile, sinon impossible, d'obtenir des preuves de ce que tu suggères.

— Notre enquête, comme aurait dit Sartine, s'en trouve *environnée de ténèbres*.

— C'est pourquoi il nous faut agir *comme si*.

— Comme si ?

— Comme si c'était bien Halluin que nous avons retrouvé pont Notre-Dame. Les présomptions sont tout de même fortes. Et il y a ce mémoire de maître Gervais découvert au fond d'une doublure.

— Peut-être la victime avait-elle revêtu une harde d'Halluin.

— Et si nous t'écoutons, il va en découler une kyrielle d'autres suppositions plus folles les unes que les autres ! Restons pour le moment le nez à terre comme de bons chiens d'arrêt. Nul doute que nous découvrirons d'autres éléments qui éclaireront les points encore obscurs.

— Tu as sans doute raison. Je complique tout. Mais n'avais-tu pas à me parler d'une affaire personnelle ?

— Assieds-toi.

Nicolas prit place face à son ami et lui saisit les mains.

— Tu m'inquiètes.

— Tu vas voir qu'il y a de quoi ! J'aborderai la question en toute sincérité. La Satin, enfin Antoinette, est à Paris sous le nom de Lady Charwel.

— Un nom d'emprunt ?

— Non, elle est mariée à un vieillard, Lord de l'Amirauté. Elle est en visite à Paris avec son époux en compagnie de Lord Aschbury.

— Diantre, cette vieille canaille !

— Justement. J'ai rencontré le trio chez le duc de Dorset, l'ambassadeur anglais, l'autre soir. Nous avons devisé…

— Et ?

— Il ne s'est rien passé de fâcheux. Propos de société sucrés et plein d'*affetti*. Antoinette, par chance, est demeurée de marbre. Je l'ai admirée. Une statue impassible, tu peux m'en croire. Quant à moi, j'ai dû faire effort sur moi-même pour ne pas laisser paraître mon émotion.

— Ça je le peux comprendre ! Mais rien que du banal dans cette entrevue. Chacun a joué son rôle sans se départir de sa réserve.

— Sartine était là à point nommé pour m'épargner toute prolongation du tête-à-tête. Il m'a coincé près d'une croisée et, tiens-toi bien, m'a proposé un abominable marché.

Bourdeau s'inquiéta de constater que Nicolas avait du mal à respirer. Il se leva et lui apporta un verre d'eau que Nicolas avala d'un trait.

— Antoinette, reprit-il, était sur le point de transmettre une information capitale touchant la sûreté du roi. À Londres, elle disposait des moyens pour le faire, à Paris non. Donc il la faut absolument joindre alors qu'elle est sans doute surveillée, même si les Anglais lui font confiance depuis des années.

— Et Sartine, que vient-il faire dans tout cet imbroglio ?

— Voilà le hic ! Il est toujours là où on ne l'attend pas ! Avec sa *duplice* habituelle, il a bâti une solution. Placer un officier auprès de Lord Charwel qui a réclamé un cicérone pour visiter Paris et acheter des chevaux. Il a demandé au comte de Provence, colonel du régiment de Louis, de le désigner pour cette mission dont l'essentiel sera de prendre contact avec sa mère et de recueillir l'information utile.

— Il passe les bornes ! Il met en danger et la mère et le fils. Antoinette se maîtrisera-t-elle devant un enfant qu'elle n'a point vu depuis des années ? Il faut espérer que le nom l'alertera avant qu'elle le rencontre.

— Sartine, j'en suis assuré, n'a pas précisé l'identité de l'officier.

— Tu lui as présenté tes objections ?

— Nouveau Pilate, il s'en lave les mains et sa proposition tient du chantage. Il fait appel à moi pour concevoir une solution qu'il se sent incapable d'imaginer.

— Il faut prévenir Antoinette. Elle doit apprendre au plus vite qui se présentera devant elle et son mari.

— C'est bien là le problème et ce que veut Sartine, mais par quel entregent ?

La sueur perlait à son front. Il sortit son mouchoir pour s'éponger. Puis, à la stupéfaction de Bourdeau, il se mit, comme figé, à considérer le petit morceau de limon brodé de dentelle.

— Mon Dieu, pourquoi pas ? Vois-tu ce mouchoir, il ne me quitte jamais. Je l'ai découvert sur moi lors de mon retour d'Angleterre quand Antoinette était parvenue à me tirer des griffes des sbires de Lord Aschbury[2]. Si quelqu'un le lui présente, nul doute qu'elle le reconnaîtra et fera confiance à l'émissaire.

— L'idée est audacieuse. Encore faut-il un truchement sûr pour la mettre en œuvre.

Il réfléchit un moment.

— Où logent Lord et Lady Charwel ?

— À l'hôtel de Provence, rue de Tournon.

— Un riche établissement pour étrangers. Pardi, pourquoi pas maître Gervais ?

— Que vient-il faire dans notre galère ?

— C'est le mémoire trouvé dans la doublure de la robe d'Halluin qui m'y fait songer. Ce serait un parfait truchement.

— Explicite ton idée.

— Voilà, tu sais que dans les hôtels les plus huppés, les marchands de tout poil en articles de Paris, bottiers, modistes, gantiers, parfumeurs et j'en passe, viennent dans les vestibules proposer leurs produits aux étrangers de passage. Imagine que maître Gervais établisse son éventaire à l'hôtel de Provence. Nul doute qu'à un moment ou à un autre, Antoinette s'y arrêtera, c'est une femme. Il lui présentera le mouchoir et d'un mot la préviendra.

Nicolas réfléchissait. Il avait eu raison de prendre conseil auprès de Bourdeau. Les ténèbres s'éclairaient d'une petite lueur.

— Tu oublies que rien ne doit ramener à moi. Qui pourrions-nous charger d'une telle mission ?

— Qui en dehors de nous est au fait du rôle d'Antoinette et en qui nous pourrions avoir toute confiance ?

— J'y ai déjà songé. Seule la Paulet correspondrait à cette définition. C'est elle qu'il faut envoyer, je ne vois pas d'autre solution raisonnable. Tu me diras que celle-là est folle, et c'est peut-être pour cela qu'elle aboutira.

— Allons sur-le-champ lui demander son aide. Tu m'as dit un délai de deux jours ? Il y a donc urgence.

Ils s'acheminèrent autant que la presse des voitures le permettait vers le faubourg Saint-Honoré. Une nouvelle jouvencelle les accueillit avec des minauderies ambiguës.

— Celle de la dernière fois doit être au travail…

— La vitrine est renouvelée au fur et à mesure…

Ils furent conduits dans une pièce qui d'évidence servait de salle à manger. Ils dérangeaient la Paulet dans son dîner. Elle suçait à petits coups gourmands des cailles dont elle détachait délicatement les cuisses enrobées de gelée, se léchant ses doigts boudinés après chaque bouchée. Pour cette fois la perruque était argentée, encadrant un visage qui s'effondrait par bourrelets successifs. La dame était drapée dans une sorte de chasuble pourpre qui la faisait ressembler à quelque cardinal surpris dans la débauche d'une fête crapuleuse. Interloquée, la vieille maquerelle jeta un regard inquiet vers les visiteurs. Les petits yeux inquisiteurs s'étrécissaient en vain pour les mieux distinguer. Sa vue d'évidence baissait et elle finit par les reconnaître quand ils s'approchèrent de la table.

— Ah, v'là-t-y pas le commissaire de mon cœur ? Et son gros joufflu gouayeur. C'est très gentil de visiter votre Paulet. Elle se languissait que vous la visitassions. Que cherchez-vous pour lors ? Une fille dodelinette, un coup de ratafia, une partie de pharaon ou l'avenir par le tarot ?

— Ma foi, remarqua Bourdeau, l'âge venant, elle ne dissimule plus rien de sa boutique ! Elle se lâche.

— Tais-toi, vaurien ! Lâche, lâche ! J'te vas te mettre le cul au lache-frite si tu me parles sur ce ton.

— Mille pardons, belle Paulet.

— Il met de la sauce maintenant, voilà qui est mieux. C'est du nanan à entendre. Il sait causer aux femmes de qualité, c'te mignon-là.

— Nul doute que ta vie monacale favorise ce teint de lys. J'ai une question à te poser.

— Pose, pose, mon bichon. La Paulet a réponse à tout.

— À quoi dois-tu ce teint de garcelette ? À la crème de limaçon ?

— Ai-je t-y la gueule à me couvrir de bave de limace ? Je laisse la recette aux vieillardes !

— Mon épouse m'en réclame. Sais-tu où en trouver ?

— Ma foi, tout le Paris galant le sait. Chez maître Gervais, *À la cloche d'Argent*, rue Saint-Martin.

Nicolas admira la manière par laquelle Bourdeau avait conduit l'affaire.

— Le fréquentes-tu ? poursuivit l'inspecteur.

La Paulet avala d'un trait un grand verre de vin.

— Oui, mon mignon, pour les filles. Du savon parfumé, du vinaigre des pucelles, du vulnéraire d'arquebusade dont j'usions parfois, de la cire à épiler, des jarretières brodées et pour les messieurs…

Elle lui jeta un coup d'œil salace.

— De la poudre brune à la Richelieu.

— Comment, des filles ! dit Nicolas fronçant le sourcil.

— Ah, mon fils, ne jouons point les hippogriffes, parlons net…

— Elle monte sur ses grands chevaux, murmura Bourdeau, pouffant.

— … Je ne suis plus d'un âge où on mène la vache au pré par du chantage. Il manquerait plus que je m'y étendions. Porte qui grince tient longtemps sur ses gonds. Essaie donc de m'effrayer, abruti de Chaillot. Tu auras beau claquer ton fouet, folle est la brebis qui se confesse au loup. Et tu n'en es pas un ! Alors, au nid le corbeau qui mal y pense !

— Honni, corrigea Bourdeau.

— Quoi, au nid ? Tu m'excuses, le joufflu ! Prétendrais-tu que j'ne parlassions comme il s'assied ? Le prétendrais-tu ?

— Ne l'agace point, dit Nicolas. Tu sais comme elle a la tête près du bonnet.

— Quoi que tu dis là, commissaire de mon cœur ? C'est quoi ton arête près du baudet ?

— Allons, nous vous aimons, ma bonne Paulet, et c'est pourquoi nous sommes ici.

Elle se drapa en tragédienne consommée dans les plis de sa toge pourpre.

— Ça m'inquiète tout autant. Le vinaigre est franc, mais le miel est fourbe.

— Vous connaissez maître Gervais ?

— Es-tu sourd, par hasard ? N'as-tu point entendu ce que j'avions dit au gros joufflu ?

— Soit. Vos relations avec le maître gantier parfumeur sont-elles bonnes ?

— Excellentes. J'suis une de ses meilleures pratiques et la plus ancienne. J'couchions point avec ce vieux muguet, mais nous sommes pourtant de vieux complices. Si tu voulions des bas prix, il faut de préférence s'accordasser.

— En sorte, de la bonne concordance des temps.

— Que veux-tu dire par là ? Encore une astuce ? Entends-tu me gognarder ?

— Point. Point.

— Alors tu dégaines, Nicolas, ou doit-on attendre le bourdon de Notre-Dame ?

— Paulet, j'ai besoin de vous comme jamais et, pour vous dire les choses en une comme en cent, Antoinette et Louis sont menacés et vous seule pouvez les sauver.

Comme une gorgone échevelée, la Paulet se leva dans un grand déplacement de tissus.

— Quoi ? Comment ? Où ? Mes pauvrets, mes chéris, la chair de ma chair. Et vous deux qui allassent bavassant des misères.

— Calmez-vous et écoutez-moi.

Nicolas exposa point par point la situation, interrompu parfois par les exclamations et déplorations de sa vieille amie. Son quadruple menton tremblait d'émotion. Ce qu'il avait toujours pressenti s'avérait donc exact. Dans l'existence particulière de cette femme, maîtresse des plaisirs et des vices, Antoinette et Louis demeuraient sa part secrète, son coin d'amour et de pureté. Elle leur avait voué le meilleur d'elle-même.

— Vous savez, ma chère Paulet, tout le menu d'une cruelle et périlleuse situation. Je ne vous contrains à rien. Je vous demande de me prêter votre aide.

— Dis-moi au plus vite ce que je devions accomplir.

— Persuader maître Gervais d'aller faire la montre de ses articles dans le vestibule de l'hôtel de Provence, rue de Tournon, et d'attirer l'attention de lady Charwel, en évitant celle du mari.

— Mais comment la reconnaîtra-t-il ?

— Qu'il s'arrange avec le personnel de l'hôtel. On ne sera guère surpris de le voir s'intéresser à de riches étrangers. Je le vois assez futé pour s'en dépêtrer. Un lord et sa femme ne passent jamais inaperçus ! Et surtout…

Nicolas sortit un mouchoir de son pourpoint et le tendit à la Paulet.

— Voici un mouchoir d'Antoinette. Je ne vous raconte pas comment il est entre mes mains, l'histoire serait trop longue. Reste qu'elle ne peut se tromper sur son origine.

— Quoi que devra faire le Gervais ?

— Le présenter à Antoinette et lui murmurer « *l'officier pour les chevaux sera le vicomte de Tréhiguier* ». Cela devrait, je pense, suffire à l'alerter. Si par malheur elle n'entendait pas le message, que maître Gervais ajoute « *cela de la part de Lardin* ». Elle comprendra à coup sûr.

— Selon toi, Gervais est-il sûr ? demanda Bourdeau.

— Il se garderait bien de me manquer et s'il dérapait, je l'remettrions au galop dans la bonne voie. Il a sa petite faille comme tous les hommes, mais dans le fond c'est un bon bougre qui n'est point un niais de Sologne, tu peux m'en accroire, mon mignon.

— Bien, dit Nicolas, toute tâche mérite salaire.

Il lui glissa un rouleau de louis qu'elle tenta de repousser.

— Là, Nicolas, tu m'insultes. Ce sont mes enfants, comme toi d'ailleurs.

— Soit, mettez-les de côté : on ne sait jamais ce qui peut advenir.

Des larmes coulaient sur le vieux visage de la maquerelle, de petites rigoles creusées dans la céruse et le rouge de ses fards. Il la prit dans ses bras. L'émotion le gagna. Bourdeau toussait, les yeux au plafond, fixant les angelots baroques et les nudités des nymphes rosâtres poursuivies par des satyres.

— Encore une chose, ma chère Paulet, votre démarche exige le silence et la discrétion les plus absolus.

— Faut point être un grand sorcier pour s'en persuader, tu me prends pour une greluche. Tu m'affliges. J'clabauderai point même sous la roue du bourreau. Tu le savions mieux que moi, « *pierre qui roule n'avale pas mouche* ».

Bourdeau se garda de demander le sens de cette sibylline expression.

— Une dernière chose, Paulet, il me faut savoir pour aviser au plus vite si notre affaire a réussi. Au pire on prétendra que Louis s'est cassé la jambe... Avez-vous un moyen de me communiquer le succès ou l'insuccès...

— Mon petit, le plus simple, si tout va bien, c'est que je t'envoie un vas-y-dire avec un bouquet de violettes, rue Montmartre. Dans le cas contraire, des soucis suffiront. Tu comprendras, y a pas à se tromper ! Bon, il faut secouer la marmotte maintenant. J'y allons de ce pas et j'prenions la poule des campettes. Sais point ce que c'est que ces mégères-là, mais il y a opulence qu'elles auraient le feu quelque part !

Dans la voiture les policiers demeurèrent un temps silencieux.

— Elle est toujours égale à elle-même.

— Pourtant chez elle le bien domine, répondit Nicolas d'une voix tremblée.

Le dé était jeté, songeait-il. Tout dépendrait désormais de la capacité de persuasion de la Paulet. Il n'avait aucun doute sur sa volonté d'aboutir. L'incertain demeurait chez maître Gervais, dont rien ne garantissait le bon vouloir dans une entreprise aussi obscure, dont il pouvait légitimement redouter les conséquences. Enfin, il fallait prier la providence qu'Antoinette reconnût son mouchoir. Il se rassurait, car l'évocation du commissaire Lardin constituerait l'ultime argument pour éclairer Lady Charwel.

Il se pencha à la portière et cria au cocher de se rendre rue Montmartre au grand trot. Sur place, alors que Bourdeau l'attendait dans le fiacre, il monta chez Noblecourt et y trouva Louis, Mouchette sur ses genoux, qui écoutait leur vieil ami jouant au violon un air de Grétry.

— Je distrais notre lieutenant ! s'écria l'artiste levant son archet.

— Soyez-en remercié ! Quant à vous, mon fils, je n'ai guère de temps à vous consacrer, mais soyez rassuré, j'ai réglé la question. Votre mère devrait être informée de votre soudaine apparition. J'attends confirmation qu'elle a bien reçu mon message. Alors, et alors seulement, vous serez libre de sortir, et pour la suite je m'en remets à votre sagesse.

Et Nicolas, disparaissant aussi vite qu'il était entré, descendit l'escalier quatre à quatre et sauta dans sa voiture.

— Aux Champs-Élysées, et vite !

— Je comprends que tu veux voir Federici, mais n'est-il pas trop tard ?

— Non, c'est l'heure où il prépare ses rondes de nuit, et où l'on est assuré de le trouver dans le poste de garde. Je tiens à lui montrer le plan qu'a reconnu Gremillon. Le tout-venant ne se promène pas avec un tel document dans sa poche, surtout lorsque celui-ci a été mainte et mainte fois consulté.

Ils s'approchaient de leur destination. Nicolas avait baissé la glace et respirait à pleins poumons l'air plus frais du crépuscule et la suave odeur de l'herbe foulée et des fleurs épanouies. Federici les reçut avec autant de chaleur qu'autorisait son tempérament suisse. Il ne connaissait pas Bourdeau, qui lui fut présenté. Avant d'aller outre dans les questions qu'il comptait lui poser, Nicolas lui soumit le plan trouvé sur le cadavre d'Halluin. Federici le considéra avec attention, pour finir par secouer la tête.

— Cela ne ressort pas de mon bureau, mais c'est un plan exact et semblable en tous points à ceux que nous utilisons pour nous retrouver dans le dédale des diverses parties du parc. Puis-je vous demander d'où provient ce document ?

— La pièce appartient à une enquête dans laquelle un certain Halluin est en cause. Ce nom, par hasard, vous rappellerait-il quelque chose ? Je vous sais particulièrement attentif et méthodique, nul doute que si l'intéressé avait eu affaire à vous, vous en auriez conservé la trace dans un de vos rapports.

Federici fronçait le sourcil et se grattait la tête.

— C'est étrange, ce nom me dit quelque chose. Permettez que je consulte mes listes. Dans ce répertoire, je note au fur et à mesure de mes rencontres, avec la date, les noms des personnes pour lesquelles j'ai constaté une infraction. C'est utile et permet d'éviter de meubler sa mémoire de trop de noms.

Il tira d'une étagère un registre qu'il se mit à consulter attentivement. Au bout d'un long moment, son doigt se posa sur une ligne et il soupira d'aise.

— Voilà ! Halluin, Thomas. 25 avril de cette année. Nous l'allons retrouver et savoir pourquoi il apparaît sur cette liste.

Il saisit un autre registre qu'il feuilleta après s'être humecté l'index.

— Ah ! Voyons… c'est cela, mardi 25 avril 1786. Ma foi, c'est tout récent : *arrêté une jeune femme de 18 ans, fort bien et décemment vêtue, qui raccrochait depuis trois jours et conduisait les personnes au cabaret d'Antin. Relaxée, vu qu'elle était grosse de huit mois*. Ce n'est pas cela. Voyons la suite : *la même nuit, arrêté une femme vers les pierres en ruine du Colisée, en position indécente avec un homme qui s'est enfui à notre approche. La femme s'est avérée être un homme. A d'abord refusé de dire son nom, mais une lettre trouvée dans sa jupe la dénonçait comme étant Thomas Halluin. Il s'est dit garde à la Bibliothèque du roi et sans autre explication nous a suppliés. J'ai cru, vu son état et qu'il n'avait jamais été surpris auparavant, de lui tenir quitte par une bonne réprimande, avec injonction de ne point récidiver.*

— Rien de particulier, demanda Nicolas, ne vous a alors frappé ?

— Maintenant que vous m'interrogez, le déroulement des faits me revient à l'esprit et je revois la scène comme si j'y étais. La fausse femme et l'autre homme étaient proches l'un de l'autre, mais il m'était apparu que le susnommé Halluin, la robe troussée, glissait un papier à son complice. Mais tout s'est passé si vite, et dans la quasi-obscurité, que je n'ai pu déterminer de quoi il pouvait s'agir.

— Mon cher Federici, nous vous sommes du dernier reconnaissant de toutes ces précisions. Sachez que je ne manquerai pas de rapporter au comte d'Affry, colonel des gardes-suisses, que j'ai l'honneur de bien connaître, l'aide précieuse que vous nous avez apportée.

— Peut-être aussi, dit Federici rougissant, je vous serais sensiblement obligé, Monsieur le marquis, de souligner auprès du comte d'Affry que les Champs-Élysées deviennent, par la croissance des arbres et l'affluence du monde, de plus en plus exposés à des événements qui exigent main-forte et que la garde actuelle n'est plus suffisante pour y entretenir la tranquillité et réprimer le désordre.

Nicolas demanda à Bourdeau de le ramener rue Montmartre. Ils tombèrent d'accord pour constater que le sieur Halluin semait autour de lui bien des mystères.

La scène du flagrant délit décrite par Federici n'était-elle que ce qu'elle semblait signifier, ou autre chose se dissimulait-il derrière cette pantomime ? Nicolas était intrigué par ce papier apparemment échangé entre les deux hommes. S'agissait-il d'un chantage ?

À peine était-il entré dans l'office que Catherine se précipita pour lui indiquer que Louis était en train de souper avec Noblecourt. Il les rejoignit, suivi par la cuisinière qui dressa un troisième couvert.

— Vous semblez éreinté, Nicolas. Louis m'a éclairé sur les suites fâcheuses de votre soirée à l'ambassade d'Angleterre. Depuis, avez-vous pu résoudre la chose à votre satisfaction ?

— L'entreprise est amorcée et j'en attends les résultats dès que possible.

Il leur raconta sa journée par le menu, les conversations au *Dauphin couronné* et le plan de bataille élaboré avec la Paulet pour avertir Antoinette.

— Inutile de gloser sur cette tentative, prévint-il pour couper court à tout commentaire ; j'aurai plaisir à parler d'autre chose.

Louis entreprit de distraire son père par quelques scènes bien troussées de la vie militaire, lui donna de bonnes nouvelles de sa tante Isabelle qui, depuis l'abbaye de Fontevraud, l'accablait de confitures et de biscuits et, enfin, chanta les louanges de Bucéphale, de plus en plus attaché à son maître et qui faisait l'admiration de tout Saumur lorsque son régiment défilait.

— Apprenez, dit Noblecourt, que le docteur Semacgus est passé nous convier à un souper dans son jardin de Vaugirard. Il entend ainsi célébrer votre retour d'Italie.

— Fort bien ! Mais je lui ferai porter un message dès l'aube pour le prévenir qu'à cette occasion je dirai l'office aux fourneaux, car j'entends vous faire partager quelques plats dont j'ai appris le secret à Rome. Le cuisinier du cardinal de Bernis m'a confessé quelques-uns de ses secrets, outre ceux que j'ai glanés dans les tavernes. Je chargerai Catherine de faire les emplettes nécessaires à la halle.

— M. de La Borde sera aussi des nôtres.

— Et vous serez donc présent, Louis, votre service auprès de Lord Charwel ne débutant qu'après-demain.

Le moment du dessert approchait et Nicolas s'empressa de rattraper son retard en dégustant en hâte un potage froid d'asperges garni d'œufs pochés et des tranches de poulet désossé. Catherine apparut bientôt avec une glace.

— Par Dieu, fit Noblecourt, une glace par cette chaleur ! Et par quel miracle ?

— L'art du glacier, dit Nicolas, a fait de grands progrès. Catherine, l'avez-vous achetée chez Buisson, le successeur de Procope, qui a trouvé le moyen d'en faire en toute saison ?

— Boint du tout, chez Garchi, rue de Richelieu.

— Rue de Richelieu ! Pardi, si j'avais su, j'y étais ce matin.

— Quel est son parfum ? demanda Louis d'un air alléché.

— À la liqueur, en fait au vin de Malaga.

— Comme l'Ali-baba de chez Stohrer, pâtissier de la feue reine, rue Montorgueil.

— Avez-vous, dit Noblecourt, des nouvelles de votre ami des missions étrangères avec qui vous en dégustiez jadis après les Concerts spirituels ?

— Pigneau de Behaine. Sa dernière lettre date de plusieurs mois. Il se trouvait en Cochinchine où il aidait le prince à lutter contre des pirates.

— C'est un Richelieu au petit pied.

— Il en a l'aptitude et l'énergie.

Nicolas envisagea Catherine et, se tournant vers elle, l'interrogea.

— Dis-moi un peu, ton poulet désossé, de quelle manière t'y prends-tu ?

— Ah, j'ai mon marchand qui m'écorche mes diables, car rien ne faudrait pour cette recette une peau crevée. Je prébare une farce avec de la rouelle de veau, du lard, de la moelle de bœuf, des herbes et des condiments en feux-tu en foilà. Je brasse le tout et j'en remplis les défroques de mes volailles, que je couds pour qu'il ne s'en échappe rien. Je fais revenir mes dodus au lard fondu et, hop, dans la terrine, avec un peu de vin blanc, une poignée de champignons et de la farine frite pour donner consistance. Au moment du service sur une salade de capucines, il est bon de réfeiller les morceaux avec un filet de citron.

— Grand merci, ma bonne Catherine. Je te donnerai demain matin une liste d'emplettes pour le souper chez Semacgus.

En dépit de la fatigue de Nicolas, la conversation se poursuivit fort tard dans la nuit. Le père et le fils regagnèrent leurs quartiers. Nicolas mesurait le temps écoulé. Louis avait déjà près de vingt-cinq ans. Une brillante carrière s'ouvrait devant lui dans la tradition militaire des Ranreuil. Nicolas en était fier, mais il se corrigea aussitôt : cette fierté ne tenait pas uniquement à la vocation de Louis, elle résultait seulement de l'amour qu'il lui portait. Ils se donnèrent le bonsoir sans ajouter un mot, conscients l'un et l'autre de l'émotion qui les rapprochait.

VI

LE VOILE DÉCHIRÉ

« Là encore, ta main m'appréhende,
ta droite me saisit. »
Psaume 148

Jeudi 18 mai 1786

Dès l'aube, Nicolas, après avoir confié à Catherine une liste d'achats à la halle en vue du souper chez Semacgus, se précipita au Grand Châtelet, dans l'attente impatiente du signal convenu avec la Paulet. Là, il fit partir un exempt à cheval pour Vaugirard afin de prévenir le docteur et Awa de son projet de mettre la main à la cuisine. Bourdeau essaya, sans succès, de distraire son humeur en lui contant par le menu les démêlés de Mme Bourdeau avec son marchand fruitier. Celui-ci lui avait vendu pour ses confitures des cerises dans un cageot dont la couche supérieure dissimulait des produits avariés. La bonne dame avait ameuté le marché, houspillé le pendard, appelé à grands cris le guet et menacé d'en référer à son époux, inspecteur de police au Châtelet.

Nicolas, tout à son souci, écoutait d'une oreille distraite le récit haut en couleur de son ami. En fait, il épiait le moindre bruit de la vieille forteresse. L'arrivée de Gremillon fut une déception, mais aussi une dissipation bienvenue.

— Je rapporte d'intéressantes nouvelles, dit le sergent. Vous connaissez la machine du pont Notre-Dame ?

— Qui ne la connaît ?

— Elle est activée par de grandes roues à aubes que le mouvement du courant entraîne. L'eau est ainsi haussée dans les conduits qui alimentent une partie de la ville. Il y a aussi deux petits corps de bâtiments qui…

— Bon, jeta Nicolas qui subissait impatiemment le détail du propos, ces bâtiments ?

— Il se trouve, poursuivit Gremillon sans prêter garde à l'humeur de son chef, que l'ingénieur en charge de la machine s'y tient en permanence et y couche pour veiller à ce que la machine ne soit pas détériorée par les opérations de destruction des maisons du pont.

— Et donc ?

— Il y a une dizaine de jours, l'homme fumait sa pipe, assis sur les marches d'un des bureaux, quand il a vu arriver un curieux cortège.

— Vers quelle heure ?

— Il faisait chaud et notre homme musardait à regarder les étoiles. Onze heures, minuit environ.

— Et alors ?

— Ce curieux cortège était composé d'un homme qui soutenait une femme, ou plutôt la portait. Naturellement l'ingénieur s'est enquis de la situation et a proposé d'apporter son aide, ayant aperçu des traces de sang. L'homme a décliné la proposition. Le quidam dûment interrogé a affirmé que sa compagne était ivre, qu'elle s'était blessée en tombant et qu'il passait le pont en dehors des règles pour la ramener au plus vite chez elle, quai de Gesvres.

— Et il a pris tout cela pour argent comptant ?

— Il n'a pas cru devoir mettre la parole de l'homme en doute. L'inconnu était jeune, bien mis, l'air amène et le ton courtois. Et par conséquent notre ingénieur n'a pas insisté.

— Mais il a sans doute suivi du regard ce couple étrange qui s'engageait sur le pont.

— Je lui ai posé la question. Il n'était pas inquiet, supposant que les hommes du guet avaient fait leur devoir et qu'ils avaient autorisé cette entorse à la consigne. Il s'avère que l'homme leur avait payé de quoi chopiner. En outre, les décombres n'ont pas permis à l'ingénieur de voir où se dirigeait le couple. Et d'ailleurs il n'avait aucune raison de douter de la véracité de ce qui lui avait été avancé. Cependant, une remarque pourrait sans doute vous intéresser.

— Ah ! enfin du concret ! dit Bourdeau, qui s'amusait des sentiments répétés d'impatience de Nicolas.

— L'inconnu, selon l'impression de l'ingénieur, possédait un accent. Ou plutôt une manière étrangère de parler notre langue.

— Voilà une intéressante remarque. Merci, Baptiste, c'est une pêche fructueuse. Nous approchons la date du crime, nous connaissons l'heure où le cadavre a été conduit au pont Notre-Dame et nous sommes au fait des conditions dans lesquelles il a été déposé dans une des maisons encore debout.

— Mais, observa Bourdeau, que de risques pris par cette déambulation, la nuit, en portant un cadavre !

— Eût-il été surpris, il lâchait son fardeau et s'enfuyait. En outre il n'a sans doute pas imaginé que l'homme qui fumait sa pipe était l'ingénieur hydraulique.

— Des filles ivres mortes à cette heure-là, il y en a foison, dit Gremillon. Demandez donc au Hibou, il vous le confirmera.

— Tu as raison, dit Nicolas. Il ne serait pas inutile d'interroger Restif. Au cours de ses errances nocturnes, il observe beaucoup de choses.

— Encore le faut-il saisir. Il va par monts et par vaux et disparaît pendant de longues périodes.

— Il a défrayé la chronique l'an dernier, quand sa fille a quitté son mari pour se réfugier chez lui.

— Chez son père ! s'écria Bourdeau. Enfin, son père, je m'entends... On peut en rêver de plus paternels.

À ce moment de la conversation, le père Marie surgit, ce qui déclencha chez Nicolas un mouvement nerveux marqué. Il se dressa à demi sur sa chaise.

— Alors, quoi ? demanda-t-il.

— Un pli pour toi, Nicolas, apporté par un grand escogriffe noir qui tient tout du cagot.

Ce disant, il lui tendit un grand pli scellé d'armes que Nicolas examina.

— Mon Dieu, dit-il, je crains que ce ne soit un rappel à l'ordre. Je reconnais là les trois étoiles et la croix grecque du blason des carmélites. Au milieu des occurrences actuelles, j'ai omis d'aller faire rapport à Madame Louise de ma mission à Rome. Elle s'impatiente sans doute.

Il ouvrit le pli dont le papier épais craqua sous ses doigts impatients.

— Le ton est courtois, mais des plus impérieux, dit-il en soupirant. Il me faut y aller...

— C'est pas tout, ajouta le père Marie. Il y a autre chose. C'est à y pas croire. Y a un vas-y-dire en bas qui vient te donner un bouquet. Y a pas moyen qu'il décroche.

— Diantre ! Que ne me l'as-tu dit aussitôt ? dit Nicolas qui s'était dressé, frémissant. De quelle couleur, le bouquet ?

— Est-ce que je sais, moi ? Suis point bouquetière. Rouge… bleu… je sais pas.

— Qu'attends-tu pour le faire monter ?

— Ce vaurien ?

— Oui, et vite.

Le père Maric se retira en hâte, éberlué de l'humeur du commissaire. Il reparut bientôt, accompagné d'un gamin pieds nus, en pantalon et camisole déchirés, qui tenait un bouquet tête en bas, dissimulé par un mouchoir.

— Alors, mon petit, tu m'apportes des fleurs ?

— Oui-da, de la part de la grosse Paulet. C'est bien à Colas Le Ploch que je cause ?

— C'est bien moi. Remets-moi ces fleurs.

Il reconnut le mouchoir d'Antoinette qui contenait un petit bouquet de violettes, écrasé par la poigne du vas-y-dire. Il tendit un louis au gamin qui ouvrit tout grand les yeux et s'enfuit aussitôt comme s'il l'avait volé.

— Baptiste, rends-moi service. Tu cours rue Montmartre, tu demandes à voir mon fils et tu lui dis qu'il s'agit bien de violettes. De violettes. As-tu bien compris ?

— Parfaitement, Monsieur. J'y cours.

— Bon. Quant à moi, je comprends que je dois piquer des deux à Saint-Denis sous peine de disgrâce, ce qui n'est rien, mais au risque d'essuyer la sainte colère de Madame, ce qui est pire. Encore heureux que j'avais placé ici les présents du pape.

Il sortit de l'armoire les deux petits paquets en question et demanda au père Marie qu'on lui dénichât une monture.

Peu de temps après, il se retrouva en selle sur un solide roussin qui reconnut aussitôt avoir affaire à un écuyer accompli. Il en apprécia la main, sans doute peu habitué à être traité de la sorte. Il se révéla franc du collier et joyeux à l'excès de cette promenade inattendue. Tout au cours du chemin, il ne cessa de manifester sa bonne humeur par une série de piaffes et même de *gouailles* à l'égard de ses congénères dépassés. Franchie la porte Saint-Denis, la tristesse de la banlieue était en cette fin du printemps toute drapée de verdure et de brume de chaleur. Les carrés des maraîchers offraient une succession de mosaïques de couleurs dégradées. Le ciel pur était sillonné d'hirondelles dont les cris perçants dominaient le galop du cheval.

À Saint-Denis, il attacha sa monture à un anneau de la porte du Carmel et tira la cloche, qui résonna au loin. Au bout d'un moment, un guichet s'ouvrit et une voix lui demanda l'objet de sa visite. Présentant le pli qu'il avait reçu, il indiqua être attendu par la mère Thérèse de Saint-Augustin, prieure du couvent. On le pria d'attendre et, peu après, le lourd vantail s'ouvrit en grinçant. Une sœur, la tête complètement dissimulée d'un grand voile, l'invita à le suivre jusqu'à une pièce qu'il connaissait bien pour y avoir déjà rencontré Madame Louise. Le rideau fut tiré, découvrant la grille de clôture, et il reconnut dans la quasi-obscurité la prieure en habit brun et manteau blanc. De nouveau il la trouva fatiguée, le nez décharné dans un visage toujours plus bouffi. Elle se signa et sembla s'abîmer en prière, comme si elle s'apprêtait à affronter une épreuve dans laquelle seul Dieu lui pouvait apporter appui et force.

— Je vous ai attendu, Monsieur le marquis.

— Hélas, Mad… ma révérende mère, le service du roi… Je m'apprêtais…

— N'en parlons plus. Le roi, toujours premier servi ! Votre mission à Rome a-t-elle été couronnée de succès ?

Il fut convaincu dans l'instant qu'elle connaissait déjà son issue.

— Sa Sainteté a été persuadée par les arguments de Sa Majesté. Elle lèvera les sanctions apostoliques contre le cardinal de Rohan.

— Dieu soit loué. Cela évitera de nouveaux tourments à l'Église de France. Il y a suffisamment de troubles dans le royaume avec cette affaire.

Nicolas sortit de son pourpoint les deux petits paquets confiés par le pape, qu'il tendit, au travers de la grille, à Madame Louise qui s'était agenouillée pour les recevoir.

— Soyez remercié de vous être chargé de ce saint viatique.

— Il y a deux plis. Le Saint-Père m'a dit en propres mots quand il me les a confiés : « *Remettez ces deux médailles à notre sainte fille qui, au Carmel, témoigne pour le Seigneur. L'une lui est adressée, l'autre est destinée à une personne qui vous est chère.* » Il s'adressait à moi, je ne sais pourquoi.

— Oh Dieu, sainte est ta voix, et c'est maintenant le temps favorable. Le vicaire du Christ a donné le signal. Il a répondu à ma prière et il a ouvert la voie à la vérité.

Nicolas n'entendait goutte à ce langage, mais il pressentait qu'un mystère était sur le point de se dissiper.

— Agenouillez-vous, mon fils, et recevez en humilité ce que le Saint-Père m'a autorisé à vous révéler. Vous êtes-vous jamais rendu compte qu'une main bienveillante vous protégeait depuis longtemps ? Sachez que vous avez été observé, mesuré et jaugé tout au long de votre existence. Rien n'a échappé ni de vos vertus ni de vos péchés. C'est pourquoi moi, qui détenais un secret vous concernant, j'en suis venue, ayant prié et médité afin de recevoir le conseil du Seigneur, à m'en remettre à la décision du pape. Ces deux témoignages qu'il m'adresse signifient qu'il a levé en partie la charge d'un vœu. Il m'autorise à révéler le secret de votre naissance.

Il était heureux que Nicolas fût à genoux, sinon il aurait sans doute fléchi sur ses jambes, pris d'une émotion qu'il n'avait jamais ressentie auparavant.

— Recevez ce que je vais vous confier comme un présent de Dieu. Enfantelet trouvé sur le gisant des Carné à Guérande, saintement élevé par le chanoine Le Floch, éduqué par votre père le marquis de Ranreuil, vous vous êtes élevé dans la confiance des grands, celle du feu roi mon père et de Sa Majesté mon neveu. Apprenez…

Madame Louise se ploya dans une longue quinte à l'issue de laquelle elle eut peine à retrouver son souffle.

— Apprenez, reprit-elle, qu'une fille de haute naissance a été aimée par votre père en dehors des lois du Seigneur. Il se trouve qu'elle-même était issue d'une liaison coupable. Son père, votre grand-père, n'était autre que Louis-Alexandre de Bourbon, comte de Toulouse, fils légitimé de Louis XIV et de Mme de Montespan, née Rochechouart-Mortemart. Avant son mariage avec Marie-Victoire de Noailles, il eut plusieurs enfants naturels dont votre mère. Ainsi êtes-vous apparenté de très près à la famille royale et aux plus grandes maisons du royaume. Le duc de Penthièvre est votre oncle. Et quant à moi, servante du Seigneur, je suis votre cousine, car notre aïeul est commun[1].

Nicolas demeura accablé devant cette révélation dont il ne parvenait pas à mesurer encore les conséquences. Madame Louise s'était replongée dans la prière et il entendit ce qu'elle murmurait.

— *Ne te souviens pas, Seigneur, de nos fautes ni de celles de nos pères ; ne nous punis pas pour nos péchés.*

— Et ma mère ? demanda soudain Nicolas, la gorge étranglée par un sanglot.

— Votre mère paie le prix de ses péchés, ceux de votre père et peut-être les vôtres. Mais elle vous suit du regard et chaque jour prie pour vous et votre fils. Mais ses vœux ne lui permettent pas de vous voir. Autre chose ?

— Qui, ma révérende mère, est au fait de ce que vous m'avez appris ?

— Feu le roi mon père, qui me l'a un jour confié, ainsi que le duc de Penthièvre, votre oncle, qui vous connaît et vous apprécie. En dehors d'eux, personne.

— Même pas Sa Majesté ?

— J'en ai jugé et j'ai estimé que vous seriez mieux à même de la servir et de la protéger comme vous n'avez cessé de le faire qu'autant qu'elle ignorerait votre parenté. Cette révélation lui serait peut-être une gêne, alors que pour vous elle sera une obligation. *Heureux le serviteur que le maître en arrivant trouve veillant ainsi.*

Elle se releva en soupirant.

— Étiez-vous présent cette année à la messe anniversaire de la mort de mon père ?

— Non, j'étais alors à Rome mais, en sortant du Carmel, j'irai me recueillir devant sa bière. Bénissez-moi, ma révérende mère, et assurez de mes pensées et de mes prières celle qui est en droit d'en bénéficier.

Ainsi qu'il l'avait ressenti plusieurs années auparavant, il soupçonna qu'une ombre était là dans un recoin, qui avait assisté à toute la scène. Il éprouva comme un réconfort en supposant qu'il pouvait s'agir de sa mère. Madame Louise s'inclina, il lui réserva un grand salut de cour et le rideau de la clôture se referma lentement.

Le roussin hennit de plaisir de retrouver son cavalier. Nicolas le détacha et passa les rênes à son bras. À petits pas il se dirigea vers l'église où reposaient les rois. Ébloui et aveugle à tout ce qui l'entourait, il avançait comme un somnambule, incapable pour le coup de former la moindre pensée cohérente. Il attacha de nouveau son cheval à un anneau et entra dans le sanctuaire. Il gagna le caveau de cérémonie où le dernier roi attendait la mort de son successeur pour rejoindre sa dernière demeure. Debout, il considéra la bière recouverte d'un drap fleurdelisé couvert de poussière. Tout ici n'était que silence et abandon. Qui désormais venait se recueillir devant la dépouille du Bien-Aimé ?

Il essaya de prier, mais les mots habituels franchissaient sa bouche avec peine. Il était présent devant les restes d'un souverain qu'il avait révéré et servi et qui n'avait cessé d'étendre sur lui une main protectrice. Soudain, ce qui venait de lui être révélé, oublié un instant, revint s'imposer avec une acuité terrible. Il vacilla, l'esprit entraîné dans un tourbillon de pensées qu'il ne parvenait pas à ordonner.

Comment lui, Nicolas Le Floch, marquis de Ranreuil sans qu'il l'ait voulu, se retrouvait-il ainsi dans la chaîne des rois ? Là, sous ses pieds, gisait le grand roi dont le sang coulait dans ses veines. Pouvait-il accepter que Louis XIV se retrouvât son aïeul en ligne directe et que lui, pauvre homme, appartînt désormais à une dynastie royale ? Il servait le trône depuis un quart de siècle et soudain le roi était son cousin, le duc de Penthièvre était son oncle et le demi-frère de sa mère !

Soudain lui revinrent en mémoire des faits qu'il ne s'était jamais expliqués. La bienveillance immédiate du feu roi qu'on avait attribuée à ses talents de conteur. Ce roi qui s'écriait si souvent, parlant du petit Ranreuil, « *bon chien chasse de race* » avec un rire énigmatique, cela prenait aujourd'hui une autre résonance. Et encore, Louis XV avait-il souhaité ostensiblement le présenter au dauphin, comme s'il entendait que la fidélité du serviteur pût traverser le temps de son règne et se transmît à son successeur.

Que le roi actuel lui manifestât si ouvertement sa confiance ne tenait pas à ce secret, mais bien à ce que son grand-père lui avait assuré de la fermeté du serviteur. Il en allait de même à l'égard de son fils Louis qui avait bénéficié lui aussi d'une particulière mansuétude pour son entrée chez les pages et pour l'obtention de sa charge de lieutenant dans le régiment du comte de Provence. Pour le coup, c'était sans doute Madame Louise qui avait agi dans l'ombre, et cela d'une manière d'autant plus exceptionnelle que la princesse carmélite était réputée refuser intervention d'appui à des sollicitations particulières. Il pouvait imaginer avec une douce tristesse que sa mère avait incité Madame Louise à user de son influence en faveur non d'un inconnu, mais d'un membre, qui d'ailleurs ne demandait rien, de la famille des Bourbons, ne le fût-il que dans le secret de quelques consciences.

C'est un effroi sacré qui peu à peu l'emplissait lorsqu'il mesurait les conséquences de la révélation. Jusqu'ici il n'éprouvait que l'orgueil, non de lui-même, mais d'une lignée, celle des Ranreuil, qui marquait sa trace tout au long des siècles dans l'honneur et pour le service du roi. Il avait éprouvé tant de bonheur que Louis épousât la carrière des armes, celle que le destin l'avait lui-même empêché de suivre, tendant ainsi la main à la suite des Ranreuil et à son grand-père, le marquis.

Par à-coups, l'énormité de la nouvelle le poignardait d'angoisse. Il en venait presque à reprocher à Madame Louise – sa cousine, sa cousine ! – d'avoir déchiré le voile qui jusqu'alors masquait le passé. Sa tranquillité d'âme était désormais compromise, détruite. Et puis il ressentait le poids d'une responsabilité, le sentiment d'une charge nouvelle, d'un devoir qui lui incombait, celle d'une fidélité renouvelée, revivifiée. Une lame d'épée portée au rouge plongée dans l'eau en ressort durcie. Lui venait d'être confronté au passé. Il avait franchi le rideau de feu où l'acier se bronze ou se brise. Avec un long soupir il se reprit en main ; il se résolut d'être à la hauteur de l'événement.

Ce secret précieux si longtemps dissimulé, il le conserverait dans son cœur, intact. Il n'en parlerait jamais à quiconque, ni à Louis ni à ses proches. C'était une croix et un honneur qu'il supporterait seul. Cela lui imposerait encore plus de dignité dans sa vie, dans la pureté de son âme et sa fidélité au trône. Il se retrouva comme ces chevaliers dont, enfant, il lisait les aventures dans les combles de Ranreuil, ceux qui, consumés par une quête hasardeuse, ne peuvent jamais s'asseoir à la table des élus. Et puis il songea à sa mère, si proche et si lointaine, et il éclata en sanglots.

Quand Nicolas sortit de Saint-Denis il était un autre homme, purifié et comme abrasé par le feu de la révélation. Il reprit, calmé sinon apaisé, la route de Paris.

Sa crainte quand il pénétra dans le bureau de permanence était qu'on ne le reconnût pas. L'idée était insensée et de fait Bourdeau le considéra avec curiosité et l'interrogea.

— Un souci, Nicolas ? La princesse t'a houspillé pour ton retard à la visiter ?

— Point, mais je me suis recueilli dans le caveau du feu roi. Beaucoup de souvenirs sont remontés. Cela t'explique ma mine un peu grave.

Bourdeau hocha la tête. Il n'était sans doute pas convaincu et Nicolas s'émerveilla de la capacité de ses proches à deviner ses états d'âme les mieux dissimulés. Était-il si transparent ?

— Allons-nous interroger le receleur ?

Nicolas consulta sa montre.

— Je crains de m'être un peu avancé. Je dois te quitter. J'ai promis de me mettre au fourneau ce soir chez Semacgus et il apparaît que j'ai juste le temps d'aller à Vaugirard. Louis et Noblecourt s'y rendront en voiture. Quant à moi je vais profiter de ce brave cheval, son bon tempérament m'a séduit.

— Dans quelle direction dois-je avancer ?

— Tâche d'en savoir davantage sur ce receleur. Il serait surprenant qu'il n'y ait pas une archive à son sujet. Ce type d'activité laisse des traces. Peut-être des plaintes ont-elles été portées et ont donné lieu à une enquête. Tout sera bon qui donnera prise sur le bonhomme quand nous l'interrogerons.

Quand il franchit le fleuve au Pont-Royal, il fut saisi par une bouffée de puanteur et des remugles d'eau croupie. Était-ce son humeur nouvelle, mais les fragrances printanières du matin s'étaient transformées en odeurs nauséabondes. Cette impression se dissipa dès les faubourgs. Dans le jardin de Semacgus, une table avait été dressée près d'un massif de lilas blanc qui embaumait. Awa lui sauta au cou avec sa spontanéité habituelle. Semacgus l'étreignit, puis le repoussa, le scrutant sourcils froncés.

— Je te trouve changé, bien grave.

— C'est la fatigue du long chemin de retour. Allez, je tombe l'habit et nous passons à l'office. Je vais commencer par le dessert. Tu uses toujours de ta glacière ?

— Plus que jamais. À l'orée de l'été, j'aime boire rafraîchi. Toujours là-bas au fond du jardin. Je l'ai rechargée en neige durant l'hiver.

Les deux amis s'enfermèrent dans l'office tandis que la belle Awa dressait le couvert. Nicolas parlait à s'étourdir et s'affairait. Peu à peu le poids qui lui serrait le cœur depuis Saint-Denis se dissipait. Se pouvait-il qu'il s'en débarrassât aussi vite, ou cette rémission préfigurait-elle une nouvelle offensive de l'angoisse ?

Vers sept heures, un joyeux vacarme annonça l'arrivée de la maison Noblecourt, suivie de très près par l'équipage de M. de La Borde. On prit place dans le jardin et Awa servit des rafraîchissements, vin de Champagne, cerisette et une boisson épicée qui fleurait le rhum et le citron. Les conversations s'engagèrent jusqu'au moment où l'hôte annonça le souper. Nicolas et lui-même assureraient le service. Noblecourt présenta cérémonieusement le bras à Awa et un petit cortège s'achemina vers les lilas.

— Alors, Monsieur Nicolas, s'écria le vieux magistrat, c'est un souper à l'italienne et par quoi va-t-il s'ouvrir ?

— Madame et Messeigneurs, dit Nicolas qui portait un plat fumant, je vous annonce des *carciofi alla giuda all'uso di Roma.*

— C'est-à-dire, précisa La Borde qui avait l'usage des langues, « des artichauts à la juive à la mode de Rome ».

— Et qui nous garantit que c'est vous qui en fûtes l'auteur ?

— Moi, Monsieur le procureur, et ce soupçon m'indigne car l'état de mes mains l'atteste.

Il les exposa, toutes tachées de noir.

— Elles témoignent pour moi. L'inconvénient de l'épluchage de cette fleur.

— Une fleur ? s'exclama Louis.

— C'est la vérité, dit La Borde. Ce que nous dégustons sous le nom de légume n'est que le bouton d'une grosse fleur. Il y a même des contrées où l'artichaut sert de décoration comme nos roses ou nos lilas.

— Et en pourrais-je déguster sans dommage ? demanda Noblecourt d'un ton inquiet.

— Certes, dit Semacgus, je vous l'autorise. Cuit, c'est un aliment sain, nourrissant, stomachique et qui convient aux personnes sédentaires.

— Dieu merci, il parle comme un médecin de Molière ! Nicolas, le discours du *vociférateur* pour appâter les convives ?

— La bonne Catherine m'a trouvé des petits artichauts qui nous viennent de Provence dont j'ai dépouillé les feuilles les plus dures tout en conservant un bout de la queue. Puis, et c'est là le plus dur de la manœuvre, il faut tourner la bête avec un couteau aiguisé du bas vers le haut jusqu'à obtenir la forme d'une fleur en bouton. Pour éviter qu'ils ne noircissent, je les ai plongés dans une eau limonée. Une fois assaisonnés, ouste dans une friture parfumée d'huile d'olive deux fois dix minutes. La première la queue en l'air et la seconde en les retournant. Égouttez et servez.

— C'est d'un croustillant ! s'écria La Borde, qui s'était jeté sur un artichaut.

— Il va se brûler, le gourmand ! Que buvons-nous avec cette merveille ?

— J'ai rapporté, pour vous, Madame, et vous, Messieurs, dans mes bagages, quelques flacons de vin de Frascati. C'est le breuvage courant à Rome, un vin de couleur paille et celui-ci…

Il tendit un flacon.

— … est de l'*asciento*, sec et parfumé à la fois. Mais de quoi parle-t-on dans Paris, à la cour et à la ville ? Et surtout n'évoquez pas *l'affaire*. Tout en résonne et en bruit.

— Vous avez raison, dit La Borde, il faut cesser de nous en rebattre les oreilles. Et pour peu qu'on agite la question, les meilleurs amis du monde se fâchent ! On continue à gloser sur le dernier mandement de notre archevêque qui, dois-je le dire, n'y est pas allé de main morte

— Qu'a dit de rédiment cet estimable prélat ?

— Cher Nicolas, vous voici bien onctueux et patelin. On devine à vous entendre le pèlerin qui revient de Rome. Sur le fond la matière ne manque pas. Il a dressé un tableau effroyable des désordres de la capitale. Et quels en seraient les coupables, selon lui ? Les mauvais livres qui pervertissent les esprits. Que ne les brûle-t-il !

— Et, ajouta Noblecourt, il s'en prend aussi aux spectacles, allant jusqu'à dire que la Comédie-Française, qu'il estimait jusqu'alors comme un lieu décent, a renoncé à ses restes d'honnêteté.

— Et il n'oublie pas la pernicieuse influence des spectacles forains qui favorisent la débauche. Et il achève sur une stigmatisation du libertinage des collèges.

— Pour compléter le tableau, reprit Semacgus, il s'indigne d'une édition complète de Voltaire. Il relève qu'elle fut préparée en terre étrangère, car le royaume n'a pas voulu que cette œuvre de ténèbres fût exécutée en son sein. Aussi maudit-il toutes les formes possibles d'une entreprise qui est devenue le fléau de la religion et des mœurs.

— Je crains, dit Nicolas, qu'il ne soit dans la droite ligne du pape.

— Nous voilà bien, dit La Borde. Nous avions des jansénistes, un cardinal sur la paille, un pape obtus et maintenant un archevêque qui se transforme en un Savonarole doublé d'un Torquemada ! Mais voilà Awa qui nous apporte le second plat.

— Place, claironna Nicolas, à *l'abbacchio brodettato alla romana*.

— Qu'on peut traduire, dit La Borde, par « l'agneau de lait à la romaine ».

— Pour glorifier et mieux goûter cette merveille, il en faut la légende.

— Je fais revenir de l'oignon avec du gras de jambon, j'y ajoute l'agneau coupé en morceaux. Je sale, je poivre, je mouille d'un verre de vin blanc. Je laisse évaporer et je saupoudre d'un peu de farine en ajoutant un peu de bouillon. La cuisson achevée, un peu de persil et d'ail et j'arrose enfin le tout de jaunes d'œufs battus avec le jus d'un citron et du fromage de parmesan râpé. Tout est d'exécution. Allons, il faut déguster chaud.

— *Bravissimo !*

La dégustation du plat d'agneau fit régner un temps le silence tant il fut apprécié. C'est Awa qui rompit ce moment de communion.

— Monsieur Nicolas, depuis quand les seigneurs font-ils la cuisine ?

— C'est, dit Noblecourt, depuis que les rois s'y sont mis. Le feu roi mitonnait ses plats pour la Pompadour et la Du Barry dans ses petits appartements. Mais il fut le premier à s'y risquer, même si tous les Bourbons ont eu cette réputation de gros et fins mangeurs.

— Nous prîmes quelquefois part à ces agapes, n'est-ce pas, Nicolas ?

Celui-ci s'empressa de changer de sujet. Devrait-il désormais trembler à chaque évocation de la famille royale ?

— Et le contrôleur général, toujours aussi brocardé ?

— Vous savez, dit Semacgus, depuis que son ciel de lit lui est tombé sur la tête, il n'est point de calembours dont on ne l'affuble à l'infini.

— Oui, s'esclaffa La Borde, on proclame que le ciel était juste, que c'était un coup du ciel, que c'était un ciel vengeur ou que c'était un lit de justice, et mille autres quolibets qu'invente une moqueuse opinion.

— Ajoutez à cela l'affaire des pistaches, dit Semacgus. Vous ne la connaissez pas, Nicolas ? Elle date, mais fait toujours florès. La chose est demeurée longtemps secrète, mais elle a éclaté il y a peu avec les ravages que vous pouvez imaginer. Au nouvel an, Calonne offrit en étrennes à Madame Le Brun une poignée de pistaches en papillotes en l'avertissant de ne les point défaire sans précautions. Il lui donna aussi une superbe bonbonnière enrichie de diamants pour mettre lesdites pistaches. Quelle ne fut pas la surprise de la dame d'y découvrir des louis neufs[2] et, en défaisant les papillotes, d'y découvrir autant de billets de la caisse d'escompte, chacun de la valeur de trois cents livres.

— Et où avez-vous appris ces recettes, Nicolas ? interrogea Awa.

— Amie, dans les cuisines des tavernes et dans celle du cardinal de Bernis, la plus raffinée de Rome.

— Mon cher procureur, dit Semacgus, qui observait, inquiet, son interlocuteur se resservir d'abondance, l'agneau est certes innocent, encore n'en faut-il pas abuser, non plus que de ce vin rouge délicieux. Au fait, d'où provient-il, Nicolas ?

— C'est un flacon de *lacryma Christi* issu d'un vignoble planté à Naples et qui appartient aux jésuites.

— Ah ! goguenarda La Borde, il faut donc y prendre garde, son délice dissimule sa traîtrise, il fait voir double, un peu trouble tant il est sombre.

— Ne provoquez pas Nicolas, ces messieurs furent ses maîtres à Vannes.

— Et les miens, dit Noblecourt, avec M. de Voltaire au collège Louis-le-Grand.

— Ma foi, je regrette de m'être tant embarrassé de paquets et de caisses pour vous faire plaisir, compagnie d'ingrats !

La plaisanterie fut ponctuée d'un rire général.

— Et vous, cher ami, demanda La Borde à Noblecourt, avez-vous profité de l'absence de Nicolas ?

— Certes, j'ai eu l'honneur de conduire Mlle d'Arranet au spectacle.

— Voyez, il se dérange et en galante compagnie ! Et que vous a semblé des spectacles en cours ?

— Du bon et du moins bon. J'ai entendu l'admirable Saint-Huberty dans *Alceste*…

— Le roi la protège et la goûte fort. En tout bien tout honneur, encore qu'avec un Bourbon tout soit possible. Mais qu'entends-je, du Gluck ? Vous, lui, c'est à n'y pas croire !

— Je suis un esprit indulgent et d'ailleurs c'est du vieux Gluck, ou plutôt de l'ancien.

— La présence d'une jeune femme lui rajeunit le tempérament.

— Taisez-vous, insolent. Bon, j'entends la Saint-Huberty et je dis : pourquoi, après avoir chanté d'une manière tendre et aimable « *je t'aimerai jusqu'au trépas* », devient-elle tout à trac trop lugubre pour la suite immédiate ?

— Mais ne suit-elle pas le mouvement et l'esprit du livret ?

— Balivernes ! Même chose à la Comédie-Française où la douce Mlle Van Love dans *Dupuis et Desronais* de Collé est tout à tour naïve comme une enfant et noble comme une héroïne de tragédie. Comment puis-je m'intéresser à un personnage qui n'a point d'identité fixe ? Voilà le caractère sacrifié à la situation, la situation à la phrase, la phrase au mot et par conséquent l'impression du spectateur rendue vague et vacillante par la mobilité même de l'acteur. Voilà ce dont je me plains.

— C'est la vie !

— Mais cette manière reflue dans la société et tant de femmes se montrent tour à tour fières, sensibles et sémillantes, non pas selon le rôle qu'elles ont à jouer pendant une soirée, mais pour préparer le mot qu'elles ont à prononcer.

— Peut-être, Monsieur, avança timidement Awa, qu'une femme ne prévoit ni le mot ni la plaisanterie, mais qu'elle se livre en toute sincérité au sentiment qui la saisit.

Tous applaudirent et Noblecourt saisit la main d'Awa qu'il baisa.

— Madame, vous avez raison, et je ne suis qu'une vieille bête. D'une manière plus générale, dans beaucoup de pièces, la cohésion manque. Beaucoup de personnages n'ont point de caractère. Alors, me direz-vous, pourquoi les jouer ? La seule explication, c'est qu'on croit ainsi échapper à la monotonie, travers encore plus détestable que ce que je dénonce.

Nicolas, qui s'était éclipsé, revint avec un plateau chargé de coupelles.

— Et voici la *dolce* de l'issue du souper. Une *crema di arance all'uso di Napoli*, soit la crème d'oranges à la mode de Naples. Elle est accompagnée de *staccadente,* « casse-dents » aux amandes.

— Prêtez l'oreille au *vociferator* !

— Je n'annoncerai pas la victoire d'Octave sur Antoine[3], mais vous dévoilerai le secret de ce délice. Il faut préparer une crème avec jaunes d'œufs, sucre, un peu de farine et lait. Il faut être patient et la laisser épaissir. Alors, et alors seulement, on ajoute du jus et des zestes d'orange. Grâce à la glacière du jardin de notre ami qui conserve la neige pour notre plaisir, la crème est servie froide, garnie d'écorces d'oranges confites et de crème battue, saupoudrée de cannelle. Et je lève mon verre à notre hôtesse, Madame Awa, et à notre ami Guillaume.

— Quel délicieux rafraîchissement par ce temps, un vrai nuage parfumé !

— Et quelles nouvelles à la cour, mon cher La Borde, vous qui y avez toujours vos entrées ?

— Le roi a fait aménager sur la terrasse du château un jardin où le public peut voir le petit dauphin se consacrer à des travaux rustiques, le râteau et la pelle à la main.

— Est-ce pour animer les sentiments d'amour du peuple ?

— Cela découle. Mais il ne s'agit pas seulement de distraire le prince, plutôt de lui inculquer le respect d'un art qui fait la fortune du royaume. On lui inspire ainsi l'amour de l'agriculture.

— Le grand air ne peut que lui faire du bien, à cet enfant qu'on présente de faible complexion et de santé délicate, dit Semacgus.

— Le roi et la reine s'en désolent. Sa Majesté en semble obsédée et en permanence soucieuse. Nul doute que son prochain voyage à Cherbourg lui apportera le soulas nécessaire.

— Et la reine ?

— Elle poursuit ses acquisitions. Quand elle n'est pas passionnée par un procès qu'elle a voulu, soutenue par Breteuil ; tous deux règlent leurs comptes avec le cardinal. Pour l'heure, elle entête Thierry, mon successeur, car elle entend agrandir son domaine de Saint-Cloud en acquérant Ville d'Avray dont notre ami est seigneur. Lui regimbe tant il est attaché à une possession où il a beaucoup investi. N'osant refuser à la reine, il a fait appel au roi qui, Thierry me l'a confié, a bougonné : « *puisque la reine désire si fort Ville d'Avray, il faut le lui vendre, mais vendez-le-lui bien cher* ».

— Voilà encore de quoi justifier son surnom de « Madame Déficit ».

— Mon cher Semacgus, la reine ne fait aucun lien entre ses dépenses et le déficit dont on la tympanise et qui afflige le roi. Il est à craindre que le peuple lui servira les intérêts de son attitude lors de sa prochaine entrée de relevailles à Paris. Encore qu'elle soit de plus en plus sensible aux manifestations du peuple. N'a-t-elle pas dit au roi, comparant l'accueil qu'il reçoit dans la capitale au sien, « *pour moi, je ne vais pas de fois à Paris qu'ils ne crient jusqu'à m'étourdir* ».

Un silence suivit cette triste constatation.

— Mlle d'Arranet aurait dû être des nôtres, mais son service auprès de Madame Élisabeth l'en empêchait. Madame entraîne ses dames à des parties de chasse et de pêche où elle se complaît à des heures indues.

Nicolas se mordit l'intérieur de la bouche, manie nerveuse qu'il partageait avec sa sœur Isabelle et qu'il avait aussi observée chez Louis. Au moins cette habitude appartenait en propre aux Ranreuil. Depuis son retour à Paris, il n'avait pas pensé une seule fois à Aimée. Il s'en voulut aussitôt. Trop d'événements étaient survenus, le retour d'Antoinette, l'arrivée inopinée de Louis, les pressions odieuses de Sartine, ce crime mystérieux, pour lui laisser le loisir de songer à son amie et il avait fallu la courtoisie de Semacgus pour que l'image de son amour s'imposât soudain à lui.

— C'est aimable à vous d'y avoir songé. Je n'ai moi-même guère eu le temps de la visiter.

Awa s'était levée et coupait des branches de lilas. Elle en fit un bouquet qu'elle apporta à Nicolas.

— Pourriez-vous, Monsieur Nicolas, lui faire tenir ce présent de ma part ?

Nicolas se leva et l'embrassa. Cela fut signal et chacun se dressa. On prit encore quelques liqueurs et tisanes en parcourant le jardin illuminé par des torchères, puis les hôtes et leur cuisinier furent remerciés avant que les voitures ne quittent Vaugirard. Sitôt qu'ils furent seuls avec Noblecourt, Nicolas s'empressa d'interroger Louis :

— Avez-vous reçu mon message ?

— Oui, mon père, avec soulagement, et je m'apprête demain à faire mon service.

— Ne faites pas le fanfaron, Louis, dit Noblecourt, l'émotion ne se commande pas et peut survenir à tout moment.

— Je veillerai, Monsieur, à me discipliner l'âme.

— Veillez surtout à ne pas vous faire démasquer. Si par hasard vous voyez que votre lien avec moi est connu, prenez la chose en simplicité et sans étonnement. Ils penseront peut-être que vous avez été choisi pour les surveiller, ce qui leur paraîtra de bonne guerre. L'essentiel est qu'ils ne soupçonnent en aucun cas vos liens avec Lady Charwel. Pour le reste vous ferez merveille, surtout pour juger des chevaux. Enfin, obtenez de votre mère les informations que nous attendons. Cela est capital pour le service du roi.

— Tu peux même, mon enfant, ajouta Noblecourt, feindre le godelureau et simuler une cour qu'un jeune et galant gentilhomme bien né doit à une jolie femme. Cela ne choquera personne ou plutôt apparaîtra comme une attitude normale de ta part. Ce mariage avec Lord Charwel me semble d'apparence.

— Notre ami a raison. Figurez un muguet de cour. C'est la réputation qu'on nous fait outre-Manche. Plus vous serez léger, moins vous donnerez carrière au soupçon. Apprenez quelques élégies dont vous assaisonnerez vos propos.

À l'hôtel de Noblecourt, le père et le fils aidèrent le vieux procureur à rejoindre sa chambre, non qu'il ait abusé des vins italiens, mais il n'en avait plus l'habitude, désormais accoutumé à la sauge et au tilleul, puis ils rejoignirent leur appartement. Au moment de saluer Louis, Nicolas le sentit soudain gêné, comme emprunté. Il ne comprit pas cette attitude hors de propos alors qu'étaient résolues au mieux les retrouvailles entre la mère et le fils.

— Vous semblez soudain contrarié. Que vous arrive-t-il ?

L'intéressé baissa la tête, indécis.

— Et quoi ? Je vous écoute.

— Mon père, j'ai une confidence à vous faire, une autorisation à vous demander, une bénédiction plutôt.

— Ne me dites pas que vous souhaitez entrer dans les ordres et suivre l'exemple de votre tante Isabelle ? Voudriez-vous par hasard porter le froc ?

— Il ne s'agit point de cela, dit Louis en riant, plutôt je réclame votre consentement.

— Pour quel objet, mon Dieu ?

— Je souhaite me marier.

Nicolas se laissa tomber sur un fauteuil ; c'était trop pour une seule journée.

— Et avec qui, je vous prie ?

— Julie de Mezay, fille du comte de Mezay.

— Et où diable l'avez-vous connue ?

— Il y a des bals à Saumur, mon père.

— Et quel âge a-t-elle ?

— Dix-neuf ans.

— Je ne vous demande pas si elle est jolie. Connaissez-vous son père ?

— Oui. Il m'a convié plusieurs fois pour chasser à Mezay.

— L'avez-vous prévenu de vos intentions ?

— Je n'aurais eu garde de le faire avant de vous en parler, mon père. J'ignore comment ce genre de choses s'organise. J'imagine qu'il vous incombe de demander sa main à son père.

— Je le suppose.

Louis sortit un pli de sa poche.

— J'ai informé ma tante Isabelle de mes projets et elle m'a confié une lettre à votre intention.

— Qui sommeillait dans votre habit, Monsieur, depuis votre arrivée !

— Je n'osais, mon père, vous accabler de mes affaires.

— Voilà qui est fait ! Mais enfin, Louis, vous savez bien pouvoir compter sur moi.

Louis baissait la tête et Nicolas ouvrit le pli, qu'il lut à haute voix.

Mon frère,

Mon neveu m'a fait part de ses espérances et je me suis autorisée à faire prendre quelques informations sur la famille de Mezay. Elle est connue et réputée dans la province où elle possède des terres et un château dont les jardins font l'admiration des visiteurs. Le comte, maréchal de camp retiré du service, un intime de feu M. de Choiseul, vit sur son domaine. Il est veuf et Julie est son unique enfant. Je ne sais ce que vous jugerez bon de faire. Pour moi, je donne à Louis ma bénédiction. Je prie pour vous.

Votre sœur très affectionnée

L'esprit de Nicolas vagabondait. Isabelle était-elle au fait du secret de sa naissance ? Non, selon Madame Louise, mais elle savait sans doute que sa mère se trouvait au Carmel de Saint-Denis, d'où ses réticences et son silence quand Nicolas avait un jour abordé le sujet avec elle. Madame devrait-elle être informée du mariage de Louis ? La question se posait. Son appui serait peut-être utile lorsque le comte de Mezay s'interrogerait sur la mère de Louis. Il y avait là de quoi réfléchir.

— Mon père, quelle est votre décision ? dit Louis qui attendait sur les charbons que Nicolas se prononçât.

Nicolas réfléchissait. Louis n'était plus un enfant, mais un homme qui avait vécu. D'évidence il était amoureux. Pour lui, non plus que pour lui-même, les questions d'intérêt n'entraient en ligne de compte. Il n'y avait aucune raison de lui refuser son consentement.

Il embrassa Louis.

— Tu as ma bénédiction, mon fils.

Dans ses bras, il sentit Louis frémir de joie.

— Mon père, le comte de Mezay doit venir à Paris dans quelques jours.

— Ah ! Ah ! Le hasard fait bien les choses. Eh bien, nous le verrons et lui ferons notre demande.

Nicolas se retira, se déshabilla et se laissa tomber sur son lit. Il se sentait vieux et accablé. Il aurait dû se réjouir mais trop de pensées se dispersaient dans son esprit. Dans la même journée, il avait parcouru sa vie entière, de sa naissance au mariage de son fils. Mouchette surgit, fantôme familier, elle se glissa sur son maître, le considéra, approcha sa petite tête triangulaire et posa son nez sur celui de Nicolas. Ses yeux s'ouvrirent, perspicaces. C'était sa manière à elle de marquer son affection. Le sommeil s'imposa brutalement, lourd d'inévitables cauchemars.

VII

À PAS COMPTÉS

« On raisonne souvent en paroles sans même avoir les objets dans l'esprit. »

Leibniz

Vendredi 19 mai 1786

Nicolas arriva au Grand Châtelet un bouquet de lilas à la main. Il avait pris la précaution de le placer dans un pot d'eau fraîche la veille, au retour de Vaugirard ; les fleurs s'étaient épanouies. Il y avait plongé le visage et cette délicate fragrance l'avait enivré et comme lavé des angoisses d'une nuit agitée. Bourdeau le considéra avec amusement.

— Es-tu témoin à quelque noce, ce matin ?

— Non, c'est une attention d'Awa pour Aimée.

Il écrivit un petit mot et appela le père Marie à qui il confia le bouquet et la lettre.

— À faire porter à Fausses-Reposes à l'hôtel d'Arranet. Trouve un quidam pour faire la course. Voilà de quoi la régler. Pierre, as-tu découvert quelque chose sur le receleur ?

— Drôle de personnage qui hante les maisons les plus nobles. Il a des références. Il fournit parfois

Provence, Artois, le duc de Chartres, les Polignac, et j'en passe. A souvent été soupçonné avec début d'instruction du lieutenant criminel. Rien n'a jamais abouti, et pour cause ! On comprend pourquoi. D'ailleurs il se présente comme marchand d'antiques. Tout pourtant le désigne comme un escroc.

— Il fait bois de toute affaire et se dissimule dessous. Un vrai castor ! Il en a le pelage, l'eau ne le mouille pas. Et d'ailleurs dans notre affaire, il s'en est sorti sans dommage. Nous allons lui faire une petite visite.

Ils s'acheminèrent vers la rue des Fossés-Saint-Victor où le receleur tenait boutique en chambre. À la surprise de Bourdeau, Nicolas fit arrêter la voiture devant le couvent des Dames augustines anglaises. Il descendit et demanda à l'inspecteur de l'attendre. Il disparut à l'intérieur du bâtiment. Son absence dura une demi-heure au bout de laquelle il invita Bourdeau à le suivre rue des Fossés-Saint-Victor toute proche.

— Tu t'interroges sans doute sur ma fréquentation des couvents.

— Peut-être, mais c'est ton affaire.

— Rien de secret. Te souviens-tu de ce condamné qui entra dans notre plan lors de l'enquête sur un vol chez le ministre de Russie[1] ?

— Dangeville. Ce malheureux y a laissé la vie !

— C'est un remords, parmi d'autres..., murmura Nicolas, comme se parlant à lui-même.

Une nouvelle fois la silhouette d'un vieux soldat pendu dans sa cellule se rappela à sa mémoire.

— ... Je lui avais promis qu'en cas d'insuccès, je prendrais soin de sa petite fille.

— Tu lui avais même donné ta parole.

— Et je l'ai tenue. Cette enfant, Claude, a aujourd'hui cinq ans. Je l'ai confiée aux Dames anglaises qui en prennent soin et l'éduquent au milieu de leurs pensionnaires. Elle me croit son parrain et je la visite autant que je puis. C'est une gentille enfant.

— C'est bien toi, dit Bourdeau, ému.

— Il n'y a pas lieu de s'en glorifier. C'est bien le moins que nous devions à son père.

— Il était promis à l'échafaud de toute façon et tu lui avais donné une chance.

Nicolas ne répondit pas. Ils étaient arrivés devant le numéro 6 de la rue. La maison, sans être opulente, avait bonne apparence. Au premier étage, ils découvrirent une porte avec un guichet et une plaque de cuivre soigneusement astiquée où se lisait l'inscription « *Jean Levail, antiques* ». Le marteau ayant été soulevé plusieurs fois, le guichet s'ouvrit et l'on s'enquit des visiteurs.

— Nicolas Le Floch, commissaire de police au Châtelet, et Pierre Bourdeau, inspecteur.

Plusieurs verrous grincèrent.

— Que de précautions ! dit Bourdeau. On imagine les trésors !

Un petit homme chafouin, presque un vieillard, les salua tout en remettant une perruque fauve. Il se campa dans son corridor et les harangua.

— Messieurs, Messieurs, que de grâce ! Quel honneur ! Quelle joie ! Personne plus que moi… Non, non, est-ce à croire ? Quelle chance ! Moi ? Toujours au service, oui, au service. Que puis-je pour vous ? Quelque présent à faire ? Un mariage ? Non, un baptême plutôt. Oh, oui ! Des gobelets d'argent, en Bristol garanti, des cuillères, un bougeoir, une montre ? Ou alors vous cherchez une horloge. Une pendule ? De chez Lepaute ! Une splendeur ! Le fournisseur de la reine, savez-vous ? Des chenets ? On trouve tout chez Levail. Non, non, un cabinet d'ébène peut-être, de haut style. Des pierres, oui, je vois l'éclair de vos regards, des pierres. Des diamants sans crapaud, Peut-être en girandoles ? Des bagues et parures à émeraudes ou à rubis ? Des saphirs ? Ou encore, mais oui, des améthystes, des citrines, des turquoises ? Ah, je vois que ces messieurs sont des amateurs ! Un tableau ? J'ai là un tableau de Fragonard, pour une dame, hé, hé, pour une dame.

— L'achèvera-t-on pour qu'il se taise ? dit Bourdeau.

— Monsieur, nous ne sommes pas là pour un achat.

— Ah, quel dommage ! J'aurais eu tant à vous offrir.

— Monsieur, vous connaissez les règles. Votre inventaire est largement celui d'un orfèvre.

— Ma foi, je ne le suis point.

— Justement, vous en faites figure et cela m'oblige à vous poser quelques questions.

— Savez-vous, Monsieur…

— Monsieur le commissaire, dit Bourdeau.

— Monsieur le commissaire, ignorez-vous ma réputation sur la place ? À qui pensez-vous avoir affaire ?

— Je ne le sais que trop et, sans nul doute…

Tout en parlant ils avaient repoussé l'homme dans une grande pièce emplie d'une multitude de meubles et d'objets disparates.

— … à un marchand très bien fourni de mille objets plus précieux les uns que les autres. Voyons, connaissez-vous l'arrêt du conseil du 14 janvier 1702 qui prévoit que les orfèvres lapidaires…

— Mais je ne le suis pas !

— Vos pierres ne seraient que du verre taillé, du pinchbeck et vos pierres des happelourdes, ce serait encore pire. Donc, disais-je, cet arrêt prévoit que vous devez disposer de livres visés et paraphés par le juge de police pour écrire les noms, qualités et demeures des personnes à qui vous avez acheté ces joyaux. Sinon, Monsieur, je me dois de saisir ces objets jusqu'à ce que vous me présentiez les personnes de qui vous les tenez.

Nicolas souleva une soupière, qu'il examina avec soin.

— Mais que vois-je ? Les armes en ont été effacées en violation de l'arrêt de la chambre de justice du 1er avril 1716. Vous n'êtes pas sans connaître que, pour l'avoir fait, vous risquez des peines d'amendes, la confiscation de vos biens, le bannissement et des punitions corporelles ?

— Mais quoi, Monsieur le commissaire, qu'y aurait-il dans tout cela qui puisse me soucier ? Trop honnête, oui, trop honnête, et j'en paye le prix ! Une vie sans faille, toute pétrie d'honnêteté, au service, oui, au service. Et tel ou tel pour vous chanter mes louanges et vous affirmer…

— Va-t-il cesser son babil ?

— Monsieur, les nasardes de votre aide m'affligent. Sachez qu'il pourrait vous en cuire de vous en prendre à quelqu'un qui fraye avec les plus grands.

— Un gardon au milieu des brochets, pour résumer.

— Monsieur, dit Nicolas, je n'ai que trop entendu votre litanie. Parlons bref : vous avez été détenteur d'une pièce dérobée à la Bibliothèque du roi.

— Monsieur, Monsieur, je vous arrête : elle a été restituée à ce royal établissement.

— Ne vous gaussez pas. Contraint et forcé, et vous l'avez revendue à son directeur, M. Le Noir, après qu'un premier amateur avait découvert sa provenance. De qui la teniez-vous ?

Levail reculait et paraissait s'enfoncer dans le dédale des meubles comme pour s'y fondre.

— D'une pratique, Monsieur le commissaire, une pratique... La pratique. Ah, comme il est plaisant de marchander avec elle. Un pas en avant, un pas en arrière, un pas de côté, une gambade...

Il pirouettait sur lui-même, les bras levés.

— Cessez vos manières et vos rengaines sans rime ni raison, dit Bourdeau exaspéré. Crachez le morceau ou il vous en cuira.

— Menacez, insultez, je ne redoute rien.

— Vous le prenez ainsi, parfait, dit Nicolas sortant un papier plié en quatre dans sa poche. Savez-vous ce qu'est ceci ? Non ? Je vais vous le dire. Il s'agit d'une lettre de cachet en blanc signée de la main du roi. J'en ai toujours au service des criminels.

— Monsieur, *on* ne permettra pas.

— Cessez de faire du carillon, vous n'êtes qu'un moucheron et je puis vous garantir que vous allez manger votre étrille aux frais du roi. « *Victium et volitum.* » À la Bastille, Monsieur, et nul ne saura où vous aurez disparu. Levail ? Pfut ! Et c'est cela que vous souhaitez ?

Le marchand se laissa choir dans un fauteuil et se gratta la tête avec frénésie.

— Hélas, Monsieur le commissaire, me voulez-vous mille morts de me traiter ainsi ? Mais que m'arrivera-t-il si *on* apprend que j'ai parlé ?

— C'est avancer qu'il y a quelque chose à dire.

— C'est que je ne suis pas mon maître.

— Seriez-vous l'une de ces silhouettes découpées du théâtre d'ombres qu'on admire à la foire Saint-Laurent ? Dans ce cas, qui vous manipule ? Qui cachez-vous derrière ce *on* ? Si vous parlez, je veux bien fermer les yeux sur la nature illicite de vos marchandises. Dans ce cas vous deviendrez notre créature et il dépendra de votre sincérité et de l'aide que vous nous apporterez que le bénéfice de cette indulgence demeure acquis. Alors, j'attends votre confession. Qui vous manipule ?

— Un grand dont, la tête sur le billot, je ne…

— Pour vous la corde sera assez bonne.

— … je ne révélerai pas le nom de ce grand qui a organisé le vol de la médaille à laquelle il attachait un prix particulier. C'est là loyale obligation de mon négoce. Par un malencontreux hasard, un amateur est tombé sur cette pièce comme en arrêt, l'a reconnue et m'a menacé dans le cas où elle disparaîtrait. Je ne savais que faire. Il a informé M. Le Noir qui est alors venu hausser les enchères pour la racheter. Je n'ai pas compris pourquoi. Il pouvait la saisir et me faire arrêter. Satisfait de l'occurrence, j'ai pris mon reste et me suis tu. C'est la seule et entière vérité.

— Croyez-vous ? Et le grand, vous ne le craigniez plus ?

— Je lui aurais expliqué l'aventure.

— Cela suffit. Une plume, de l'encre, vite !

— Épargnez-moi.

— À une condition. Et les autres médailles ?

— Quelles autres ?

— Vous excédez ma patience, Monsieur. Soit, il suffit.

— Je n'ai jamais disposé que d'une seule médaille. Comment pourrais-je vous en persuader ?

— Qui vous l'avait fournie, parlez, c'est votre dernière chance.

— Hélas, une femme !

— La pouvez-vous décrire ?

— Taille moyenne. Le fard abondant sur un visage que j'ai peu entrevu tant elle s'évertuait à manier l'éventail pour dissimuler ses traits.

— L'avez-vous payée ?

— Non, il m'avait été précisé qu'un émissaire me livrerait la matière.

— Soit ! Voilà qui paraît complet. Prenez garde, Jean Levail, l'œil de la police est désormais posé sur vous. Ne franchissez pas certaines limites, sinon…

Le receleur accompagna les policiers jusqu'à la sortie, plié par d'obséquieuses assurances, le visage ruisselant de mauvaise sueur.

Au-dehors, Nicolas demeura un moment silencieux. Après chaque interrogatoire, il éprouvait ce malaise que lui causait l'usage alterné du chantage et de la menace, seul moyen d'obtenir la vérité. Il restait que ces méthodes ne laissaient pas de répugner à son âme d'honnête homme.

— Que penser de tout cela ?

— Je crains, Pierre, de devoir relier ce que nous venons de découvrir à ce que Le Noir a fini par m'avouer. Tout cela tourne autour du complot contre Calonne et de cette médaille que la reine souhaitait confier à Riesener, son ébéniste, pour orner un meuble. Le Noir apparaît responsable de sa disparition. La reine est furieuse ; elle se veut venger. Le Noir est l'ami de Calonne. Envisage l'issue de cet imbroglio !

Au moment où ils s'engageaient dans la rue Clopin pour reprendre leur voiture, ils perçurent soudain trois claquements secs, immédiatement suivis d'un bruit de verre brisé. Ils rebroussèrent chemin en courant, virent du verre en bas de la maison de Levail, montèrent quatre à quatre jusqu'à l'appartement dont la porte était ouverte. Sur le palier une vieille dame affolée hurlait, les mains sur sa charlotte. Dans la pièce principale, au milieu de meubles basculés et d'objets répandus, Levail gisait, effondré devant la fenêtre, la poitrine inondée de sang et sa main droite crispée sur un pistolet.

— Le tireur ne doit pas être bien loin, dit Bourdeau se ruant vers la porte. Nous n'avons croisé personne. Il est sans doute encore dans les étages.

Nicolas se concentra sur les premières constatations. Au bout d'un moment, Bourdeau revint. Il n'avait trouvé personne dans les étages.

— Qu'as-tu constaté ?

— Primo, je pense que l'assassin devait être connu de Levail puisqu'il lui a ouvert. Souviens-toi des précautions qu'il prenait avec le guichet et les serrures. Secundo, nous avons entendu trois coups de feu. Il semble assuré que Levail, menacé, a reculé et fait feu, et sans doute blessé son adversaire car il y a quelques gouttes de sang au bord de cette commode. Le visiteur a tiré deux fois. Une balle, la première sans doute, a brisé la vitre, la seconde a atteint son but, frappant Levail en plein cœur.

— Quelque chose me tracasse. L'agresseur avait donc deux pistolets pour avoir tiré à deux reprises.

— Ce n'est pas assuré. Il existe maintenant de petits pistolets à silex, à deux coups. On les présente comme des armes de voyage. Tu devrais m'en offrir un pour remplacer celui qui est dans l'aile de mon tricorne.

— J'y songerai. Nous pourrions interroger la vieille qui hurlait sur le palier à notre arrivée.

La dame se fit beaucoup prier avant d'entrebâiller son huis. Ils n'entrevirent que son visage que dissimulaient les boucles d'une perruque grise et la dentelle de la charlotte. Elle les fixait, les yeux agrandis derrière des verres épais.

Nicolas se présenta.

— Pouvez-vous nous confier ce que vous avez vu et entendu ?

— Pardonnez, Messieurs, ces précautions. Je suis excédée, dit-elle d'une voix chevrotante, par le monde très mêlé qui défile chez mon locataire, M. Levail. Oh, il est charmant et paye son loyer rubis sur l'ongle. Bref, j'ai entendu d'abord des coups répétés du marteau de sa porte, violents et prolongés.

Elle minauda.

— Enfin, pour tout dire, j'écoutais derrière ma porte. Il y a eu ensuite discussion, dispute à vrai dire. Après, trois explosions comme les pétards de la Saint-Jean. Je n'ai rien vu d'autre…

— Madame, nous vous remercions. À qui avons-nous l'honneur ?

Elle toussa.

— Hector, Madame Hector.

Il n'y avait plus rien à faire pour le malheureux receleur. Il ne restait qu'à clore la porte, poser des scellés et faire venir le guet afin de recueillir le corps. Il n'y avait pas de justifications pour une ouverture totale. Nicolas voulait seulement récupérer la balle. De fait, les policiers avaient été quasiment témoins du meurtre.

— Quelles conclusions tires-tu de ce drame ?

— D'évidence Levail était surveillé et on se méfiait de lui.

— Tu ne crois pas à une tentative de vol ?

— Il a ouvert la porte ! Pourquoi l'a-t-on tué ? Soit on nous a vus entrer dans la maison et on a soupçonné une trahison, soit on a décidé de le supprimer afin de l'empêcher de parler. C'est tout simple, mais la suite est beaucoup plus énigmatique.

Ils avaient devisé en marchant. Soudain, à l'entrée de la rue Clopin, Nicolas s'arrêta, se frappa le front et se mit à jurer d'abondance, fait si rare qu'il stupéfia Bourdeau.

— Que t'arrive-t-il ?

Nicolas ne répondit pas et entraîna l'inspecteur dans une course folle vers la demeure de Levail. À l'étage ils se portèrent dans l'appartement de Mme Hector dont la porte était ouverte. Le logis apparut complètement vide et sale. Au milieu de la pièce principale, ils découvrirent un tas sur le sol, une robe grise, un jupon, une perruque, une charlotte, des lunettes et des gants de filoselle, comme autant de nasardes abandonnées à l'intention des policiers.

— Voilà une manigance bien ordonnée !

— Tu as raison, Pierre. Nous avons été trompés et bellement. Nous avons marché à vide dans ce que nous a chanté cette vieille fourbe.

— Vieille, c'est à voir.

Bourdeau examinait le plancher.

— La poussière accumulée a préservé des empreintes de pas et, regarde, ce ne sont pas celles d'une femme mais d'un homme bien conformé. C'est pourquoi il a abandonné sa défroque. Et là, encore des gouttes de sang. Pourquoi as-tu deviné que nous avions été floués ?

— Deux indices. L'impossibilité dans laquelle nous étions d'expliquer la disparition du meurtrier de Levail. Donc, malgré tes recherches vaines, il devait demeurer dans la maison. Enfin, le nom de la dame m'a intrigué, peu courant en effet. Or, quand à brûle-pourpoint on interroge quelqu'un qui veut dissimuler son identité et qu'il est peu préparé à cette question, l'interpellé, sans réfléchir, songe à un élément, le premier qui lui passe par la tête. Pour lui, ce fut un jeu de cartes et, pour aller plus loin, je pense que le carreau brisé a été le déclencheur du choix.

— Et pourquoi cela ?

— Parce que Hector, dans un jeu de cartes, c'est le valet de carreau ! Le valet militaire.

— Ce ne fut pas un atout pour lui. Reste qu'il nous a échappé.

Machinalement, Nicolas fouillait la robe. Il découvrit, attaché à l'intérieur du jupon, un gousset dont il dénoua le nœud.

— Tiens, trois écus et un papier plié en quatre. Encore un plan des Champs-Élysées. C'est à croire qu'ils se multiplient !

Il demeura un moment silencieux, le regard rivé sur le document.

— Sais-tu, Pierre, ce que je crois ? C'est que nous sommes confrontés à plusieurs affaires.

— Que veux-tu dire ?

— C'est une intuition. Je ne saurais la formuler très clairement. Je m'interroge : que le vol des médailles recoupe ce meurtre, soit, mais que l'assassin possède le même plan que celui trouvé sur le cadavre d'Halluin ne laisse pas de m'intriguer. D'autant plus que ce vol de médaille se relie à un complot politique dirigé contre Calonne par l'intermédiaire innocent de Le Noir. À quoi ce plan peut-il servir ? Souviens-toi de ce que Federici nous a raconté. Il n'était pas absolument assuré que la scène ambiguë surprise par lui la nuit aux Champs-Élysées appartînt aux habituelles turpitudes de ce lieu. Il a bien parlé d'un papier transmis. Quel était-il ? Le plan du parc ? Non, ce serait incompréhensible. Alors, quoi ? Une affaire d'argent ? La préparation d'un vol ? Souvenons-nous qu'Halluin a été tué à la Bibliothèque du roi. Ce plan découvert m'interroge au dernier point.

Ils regagnèrent leur voiture pour joindre le poste du guet, guère éloigné. Des instructions furent données au sergent responsable pour prévenir le commissaire du quartier et recueillir le corps du receleur afin de le porter à la basse-geôle. Son logement serait étroitement gardé en raison des trésors, objets d'art et pierres précieuses qu'il contenait. Dans la voiture,

Nicolas annonça à Bourdeau, qui y fut sensible, la nouvelle des fiançailles de Louis. Il le regretta un peu, car il sentait Bourdeau heureux pour lui, mais replongé par l'événement dans la tristesse de l'éloignement de son propre fils. Nicolas donna au cocher l'adresse de maître Pastel, graveur des sceaux du roi, quai des Grands-Augustins.

Le praticien les reçut dans un magnifique atelier, tout d'acajou et de bronzes dorés. On se serait cru chez le garde des Sceaux. Quoiqu'un peu cérémonieux, il voulut bien condescendre à partager ses lumières sur les secrets de son art. Cependant, il ne pouvait affirmer que fabriquer des copies à la cire était une chose aisée et la réussite pouvait n'être pas au rendez-vous.

— Imaginons, dit Nicolas, que nous voulions faire une copie d'une médaille qui représente une figure sur sa seule face. Comment diriez-vous que l'on peut procéder ?

— Il suffit, dit maître Pastel avec une componction un peu méprisante, de prendre une empreinte en creux de l'original avec un plâtre fin que l'on laisse sécher. Ensuite, on humecte ce moule avant d'y couler de la cire pas trop chaude, mais suffisamment fluide. On entoure l'appareil d'une bandelette de papier gommé. Il suffit alors de démouler le tout, d'en ébarber le tour et de donner du brillant à la figure après l'avoir colorée, en passant sur elle, avec délicatesse, un pinceau en poil d'écureuil et, pour finir, un peu d'essence de térébinthe étendue de quatre à cinq fois son volume d'eau. Un enfant s'en amuserait.

— Maître, y voit-on malice si l'on examine d'un peu loin une copie ainsi faite, placée dans une vitrine ?

— À moins de la prendre en main, de la soupeser et de l'examiner avec soin, il est possible de s'y laisser tromper.

Revenant vers le Grand Châtelet, Nicolas se surprit d'avoir retrouvé sa sérénité. Le secret révélé par Madame Louise ne se rappelait à lui que par instants, une pierre jetée dans un puits profond qui tombe interminablement. La perspective du mariage de Louis, l'attente du signal d'Antoinette et les événements précipités de l'enquête se rassemblaient, occupant son esprit. Ses soucis et inquiétudes multiples enserraient l'obsession principale et finissaient par l'étouffer. Pour combien de temps ?

— Comme il est aisé de contrefaire ! dit Bourdeau.

— Certes, et avec un peu d'habileté, c'est du travail en chambre.

— On peut même faire appel à un homme de l'art, puisque la copie de pièces non officielles demeure tout à fait licite.

— Je crois que nous allons retourner chez Halluin. Je voudrais scruter de plus près son logement.

Sur place, la fouille fut minutieuse. Où pouvaient donc se trouver les trois médailles manquantes ? Nicolas réfléchissait. Selon les dires de Le Noir, la reine avait demandé une médaille *à la Méduse*, destinée à être placée au centre du meuble commandé à Riesener. Il était possible qu'Halluin, stipendié par on ne savait quelle faction, n'eût été chargé d'en escamoter qu'une seule. Dans ce cas, et les autres ? Que comptait-il en faire ? Les négocier à son profit ? S'enfuir avec le bénéfice ? Son projet avait-il été traversé, si projet il y avait, et avait-il été contraint de trouver les moyens de son salut ? Où pouvait-il avoir dissimulé ces médailles, ou alors…

Bourdeau attira l'attention de Nicolas sur les livres qui couvraient les étagères tout autour de la pièce principale.

— Les intérêts de notre homme sont curieux et éclectiques. À répertorier les volumes entassés ici, je trouve, et cela est dans l'ordre des choses, des livres sur l'Antiquité et sur les monnaies et médailles ; ils abondent.

— Que comptes-tu trouver d'autre chez un conservateur du cabinet des médailles ?

— Justement, je m'étonne d'y découvrir de nombreux ouvrages sur les ports, les fortifications et même sur l'artillerie et les poudres. Drôles de lectures !

— Où a-t-il pu cacher ces maudites médailles ?

— Encore faudrait-il que Levail nous ait dit la vérité. Devrons-nous attendre le menu de l'inventaire qui sera dressé, pièce par pièce, de son capharnaüm pour être sûrs qu'elles ne font pas partie de l'ensemble ?

— Je renonce, soupira Nicolas. Il n'y a rien à l'intérieur de ce logis de ce que nous cherchons.

À ce mot du commissaire, Bourdeau regarda la rue au travers de la croisée. Soudain, il l'ouvrit et considéra avec attention les trois pots de bec-de-grue[2] qui en décoraient le devant.

— Pas à l'intérieur bien sûr ! s'exclama-t-il. À l'extérieur.

Bourdeau se jeta sur les pots, en déracina une à une les plantes, creusa dans la terre et en retira triomphalement les trois médailles enveloppées dans du papier de soie.

— Mes compliments, Pierre. Nous aurions pu chercher longtemps. L'expérience montre que ce sont toujours dans les endroits les plus évidents que se dissimule ce qu'on veut cacher. Mais là, le procédé est double. C'est une trouvaille qui fera plaisir à Le Noir. Il aura ainsi recouvré la totalité de sa collection.

Alors qu'ils s'apprêtaient à sortir de la maison, la portière se précipita à leur rencontre.

— Ah, quelle histoire ! dit-elle, haletante. Le merlan m'a filé entre les doigts.

— Je ne savais pas, dit Bourdeau, le poisson si frais à la halle.

— Point le poisson, grand dépendu. Un merlan tout fariné. Il m'a demandé si Halluin était au logis et, quand j'y ai dit que la police était là, il s'est enfui comme un cheval, la mort aux dents.

— Qu'aviez-vous donc à lui parler de police ?

— Et quoi que vouliez-vous que je lui chante ? Je suis aussi claire que l'eau de Seine, moi ! Avec votre engeance, on est toujours pris entre le bateau et la plume. C'te merlan-là, il a pas fini de nager dans c'te marécage, si vous m'en croyez.

— Une nouvelle Paulet, je te le disais !

Ils la remercièrent vivement de son témoignage. Elle fut priée de les prévenir au Grand Châtelet, dans le cas où quelqu'un demanderait à voir M. Halluin.

— Je m'interroge, dit Nicolas, alors qu'il remontait dans la voiture. L'assassin de Levail serait-il la même personne que celle venue lui vendre la médaille *à la Méduse* ?

— Comment pourrait-on le savoir ? C'est peut-être ce merlan qui nous a filé entre les doigts.

— Comme tu y vas ! Nous ne sommes pour rien dans sa fuite, qui a tenu à la seule évocation d'une présence policière.

— Alors, le mystère s'épaissit, et je sens comme un mur qui s'oppose à nos efforts. Il nous faut trouver un fil qui nous reliera à la trame. Qu'allons-nous faire ?

— D'abord reporter les médailles à Le Noir et lui demander conseil, car j'entrevois de nouvelles difficultés. Mon devoir m'impose désormais de prévenir M. de Crosne, mais le faire nous fait pénétrer dans un domaine aussi mouvant que dangereux. Il n'est pas du genre à garder la chose pour lui et va s'empresser de prévenir Breteuil, d'autant plus que nous avons désormais deux cadavres sur les bras avec lesquels il faut compter.

— Et prévenir Breteuil, c'est tout comme s'adresser à la reine.

— Tout juste ! La vague retombera sur Le Noir. C'est pourquoi il nous faut nous concerter avec lui.

Rue de Richelieu, Le Noir les reçut comme des sauveurs quand il apprit qu'ils lui rapportaient les médailles manquantes. Il eut même la délicatesse de dire à Bourdeau, confus, son plaisir de le revoir. Nicolas lui exposa par le menu les données du problème et l'évolution d'une enquête dont les épisodes sanglants stupéfièrent l'ancien lieutenant général de police.

— Je n'aurais jamais cru, dit-il, vous précipiter dans de tels désordres. Je ne soupçonnais qu'un détournement causé par le lucre ou par des dettes de jeu.

— Ces hypothèses demeurent dans le domaine du possible, car nous n'avons aucune lumière sur les motivations d'Halluin. Mais que faire maintenant ? Que pouvez-vous nous suggérer ? Il y a deux cadavres sur la scène, je ne puis tirer le rideau. Il me faut prévenir M. de Crosne, or…

— Je vois. Il va se mettre en branle comme une mécanique qui dévidera ses scrupules infinis et gâchera tout.

Il demeura un temps silencieux.

— Je le confesse, tout est de mon fait. Je me dois de vous tirer de ce mauvais pas. Bon gré mal gré, je vais être contraint de céder et satisfaire le caprice de la reine. Après tout, nous avons dix médailles, cela n'en fera qu'une de moins et nous saurons où, peut-être, un jour, la récupérer.

— Soit, Monsieur. Mais il convient de mettre nos pendules en accord.

— Vous avez raison, Nicolas. Comment simplifier et gazer le récit ? Il y a eu vol à la bibliothèque, oublions Halluin, j'ai fait appel à vous, souhaitant préserver le secret de l'incident. Vous avez retrouvé la médaille chez un receleur qui ensuite a été assassiné par un voleur. Qu'en pensez-vous ? Quant à l'identité du cadavre du pont Notre-Dame, laissons-la dans le vague.

— L'enquête étant entre mes mains, tout cela est recevable. Il vous reviendra d'en informer M. de Calonne qui, je suppose, ne goûtera guère cette volte-face.

— J'imagine en effet le dépit qui le saisira, mais pour l'heure il a bien d'autres soucis.

— Et le roi, qui s'était opposé à ce transfert ?

— Il sera trop content de s'en sortir à bon compte avec la reine ; il ne dira mot.

— Monseigneur, dit Bourdeau, que dira-t-on à votre successeur ?

— Oh, lui ! répondit Le Noir avec un imperceptible mouvement de dédain. Il le faut dulcifier avec le récit que nous avons concocté. Il est le plus simple possible, une de ces suaves coulées de lait dans lesquelles les morts ne sont que mouches indiscrètes. Suggérez-lui, Nicolas, de ne point provoquer l'ire de Breteuil en le harcelant de broutilles. Faites bruire vos relations avec le ministre, et que vous-même le devez entretenir au sujet de votre mission à Rome.

Cela lui clouera le bec et le tout passera comme un clystère à la Purgon.

Et Le Noir se mit à rire de cette saillie.

— Hélas, c'est à l'abbé Barthélemy que je vais devoir vendre cette comédie. Je doute qu'il y prenne agrément, mais, quoi, à son âge, on digère mieux les couleuvres.

Quand ils descendirent à la basse-geôle, Samson avait déjà extrait la balle qui avait tué Levail. Selon lui, le calibre correspondait aux munitions utilisées dans les pistolets de voyage à deux coups. Après un premier bilan de conclusions avec ses gens, Nicolas se retrouva rue Montmartre où l'attendait une invitation à assister au bal de cour que la reine offrait le lendemain soir à Versailles. Il fut surpris que Louis en eût reçu une également. On savait donc à la cour son fils présent à Paris ; cela l'inquiéta un peu.

Il rejoignit M. de Noblecourt qui, l'ayant entendu rentrer, l'appela pour partager son souper. Catherine leur servit des pois nouveaux accompagnés d'un tendron de veau paisiblement braisé au milieu de cœurs de laitues et de petits oignons. L'emploi du temps du commissaire agitait Noblecourt. Il bénéficia du récit des divers épisodes de l'enquête qui se succédèrent, seulement interrompus par ses exclamations de surprise et son étonnement au sujet de la capitulation de Le Noir.

— Vous connaissant, je suppose que vous n'allez pas en rester là et que vos investigations se vont poursuivre ?

— Certes, encore faudrait-il que de nouveaux éléments m'en donnent licence.

— Votre expérience ne vous murmure pas qu'ils surgiront de toute façon alors que vous ne les attendrez pas ?

— Reste qu'il y a parfois des exceptions.

Pluton avait posé sa patte sur le genou de Nicolas et le regardait, les yeux mi-clos. Ressentait-il tout ce que son maître pouvait dissimuler de souffrances cachées ou, à tout le moins, de hantises ? Le secret soudain était remonté à la surface, lui poignant le cœur et lui oppressant le souffle. Perspicace, Noblecourt l'observait.

— Allez, vous résoudrez cette affaire comme toutes les autres.

— Vous imaginez avec indulgence que je les ai toutes résolues. Détrompez-vous. La plupart étaient apparemment éclaircies, mais leur fond vaseux subsistait. Je n'avais touché, ainsi que me le répétait Sartine, que la *surface des choses*. Et quand la raison d'État ne s'en mêlait pas, ne subsistaient que l'amertume et le regret d'efforts avortés. Le succès n'est souvent que le faux nez qui dissimule un échec.

Tant de visages défilaient dans sa mémoire qu'il avait juste démasqués. Mais n'avait-il pas seulement coupé les fils qui animaient ces criminels sans toujours révéler l'acteur d'arrière-plan qui de fait les tenait ?

— Vous me paraissez bien amer et désabusé et trop sévère avec vous-même. Est-ce l'annonce du mariage de Louis, il m'en a fait part ce matin, qui vous afflige ? Y trouveriez-vous à redire ?

Nicolas eut un sursaut de déni et se mit à rire.

— Point. Il ne s'agit pas de cela. Au contraire, je m'en réjouis. Il était parvenu à un âge où l'événement devait survenir, et j'espère que de nouveaux Ranreuil perpétueront notre nom.

— Oh, que vous êtes orgueilleux de votre lignée !

— Vous ignorez à quel point.

Noblecourt le regarda en plissant les yeux. Nicolas se mordit les lèvres et craignit d'avoir laissé échapper un indice.

— Votre famille reste un poids pour vous, votre père…

— Je vous en prie, n'en parlons pas.

Le vieux magistrat baissa la tête et, pour se donner une contenance, se versa un peu de tilleul.

— Question d'école, demanda Nicolas. Croyez-vous possible de conserver un secret sa vie durant ?

— C'est affaire de caractère, de volonté, et dépend selon moi des conséquences qui pourraient résulter de sa révélation.

— Et peut-on vivre avec ?

— Chacun possède des parts singulières et, pour la plupart, davantage que l'on peut supposer. Dieu, que vous êtes scrupuleux ! Savez-vous que cela peut être à la fois une qualité et un défaut ? Cela m'avait frappé dès notre première rencontre il y a bien longtemps. Ce sont les esprits faibles qui sont le plus souvent portés à ce travers. Ce n'est pas votre cas. Mais toujours le petit caillou vous blesse en marchant[3], mais c'est l'âme qui de fait en est blessée.

— Mais quoi, je n'en avance pas moins pour autant.

— Vous ne laissez pas d'être scrupuleux, et dans vos fonctions c'est une qualité. Une justice qui décide de l'honneur et de la vie des hommes demande des recherches précises et approfondies. La délicatesse d'un magistrat, ce que vous êtes, ne possède point de limite à cet égard. Mais pour vous, le revers de la médaille, c'est que vous n'avez que trop tendance à vous créer sans raison des sujets de crainte et d'inquiétude.

Nicolas s'apaisa. La conversation avait dévié et pris un tour éloigné des contrées dangereuses.

— Quelle inquiétude ? s'écria Louis qui surgit dans l'appartement.

Il salua M. de Noblecourt et calma Pluton qui, les pattes sur ses épaules, lui marquait sa joie avec enthousiasme.

— Rien qui vous intéresse, mon fils. Mais qu'avez-vous à nous conter de cette première journée anglaise ?

— Mon Dieu, mon père, que ma mère est belle !

— Aussi êtes-vous beau, dit Noblecourt.

— Les retrouvailles ont-elles été décentes ?

— De part et d'autre, nous n'avons marqué aucune émotion visible.

— Et Lord Charwel ?

— C'est un vieux seigneur tout à fait courtois. Il m'a fait bon accueil.

— Et ?

— Pour le moment, ma mère n'a rien pu me transmettre. Nous avons passé la journée à visiter la ville, mais demain je la dois conduire chez quelques modistes et autres boutiques sans son époux. C'est lui-même qui a suggéré la chose. Le champ nous sera ouvert à cette occasion.

— Prenez garde, Louis, de ne parler de nos affaires que toute sûreté ne soit assurée. Votre mère heureusement a plus d'expérience que vous dans ce domaine. Il se peut en effet que ce tête-à-tête soit surveillé à votre insu. Non qu'il y ait soupçon ouvert, mais par simple précaution de la part de gens qui touchent au Secret.

— Que de précautions, mon père !

— Ne croyez pas que je cause en l'air, Monsieur. Écoutez votre père, et persuadez-vous que la capacité de nuire est toujours supérieure aux mesures qu'on lui oppose.

— Votre père a raison, dit Noblecourt. Son propos est prégnant, il s'impose à l'esprit et oblige. La vie de votre mère est en cause, et la vôtre peut-être. La réflexion et la prudence évitent les chausse-trapes tendues sous vos pieds.

— Savez-vous, mon père, que Lord et Lady Charwel sont invités au bal de la reine demain soir ?

— Nous aussi, Louis, les invitations nous ont été adressées, à vous comme à moi.

— Ainsi, vous allez revoir ma mère ?

— Le moins possible, hélas. Trop serait compromettant et la fuir, assez intrigant. À mon grand désespoir…

— Mlle d'Arranet y sera-t-elle conviée ?

— Et quand bien même ? C'est fort possible, si elle y accompagne Madame Élisabeth.

— Il n'y a nulle raison qu'elles se rencontrent.

— En effet. Rien ne devrait conduire à une rencontre particulière. Sachez, Monsieur, que votre mère a sa vie à Londres, son mariage le prouve, et moi la mienne à Paris. Nous savons tout l'un de l'autre.

M. de Noblecourt s'était assoupi dans son grand fauteuil et ils quittèrent sa chambre pour rejoindre leur appartement.

Samedi 20 mai 1786

Assis derrière son grand bureau de l'hôtel de police, M. Thiroux de Crosne s'agitait dans son fauteuil en écoutant Nicolas, les mains croisées sous son menton.

— Ainsi, achevait Nicolas, le vol commis à la Bibliothèque du roi a été résolu sans scandale. Quant au receleur, il a été tué au cours d'une tentative de vol.

— Enfin, tout cela est grave. Le Noir aurait dû m'en avertir.

— Certes, mais le temps pressait et il fallait conserver le secret sur un acte qui faisait honte à un établissement royal. D'ailleurs M. de Sartine pratiquait toujours ainsi.

— Ah, M. de Sartine, alors ! Mais j'y pense, je vais devoir en rendre compte à M. de Breteuil.

— Tranquillisez-vous, je vais m'en charger, dit Nicolas, montant gaillardement à la tranchée. La reine m'a invité ce soir à Versailles, au bal de cour. Breteuil y paraîtra, sans aucun doute. N'ébruitez donc pas la chose et laissez-moi agir au mieux de vos intérêts et de ceux de la lieutenance générale.

Il secoua la tête d'un air sombre et prit un ton mystérieux.

— Il y a tant de choses qui ont intérêt à demeurer *environnées de ténèbres*, comme le disait Sartine.

— Ah ! M. de Sartine disait cela !

— Je ne sais combien de fois il me l'a répété.

— Soit, Monsieur le marquis, je m'en remets à votre sagesse et à votre expérience.

Nicolas s'inclina en fermant les yeux d'un air cafard. Il sortit du cabinet en sifflant un air des *Paladins*, à la grande surprise d'un jeune laquais qu'il ne connaissait pas. Ah, songeait-il, que ne fallait-il faire pour circonvenir et tromper !

L'enquête était au point mort et l'après-midi fut consacrée à l'ouverture des bagages de Nicolas afin d'y récupérer son habit de cour. Il fut confié à Catherine pour qu'elle lui restitue une impeccable apparence à coups de fer et de pattemouille. Trois heures sonnaient à Saint-Eustache quand Louis reparut, la mine déconfite.

— Je pressens à votre air que l'occasion attendue a manqué.

— Hélas, un laquais à la mine sombre nous a accompagnés ce matin et ne nous a pas lâchés d'une semelle. Toute tentative eût été par trop risquée et j'ai préféré suivre vos conseils de prudence.

— Et vous avez fort justement agi. Rassurez-vous, je suis intimement persuadé que votre mère trouvera le moyen *ad hoc*. Tout cela ne tire pas à conséquence, le laquais fera son rapport et la confiance en vous s'accroîtra au fur et à mesure de votre apparente innocence. En attendant, allez revêtir votre uniforme de gala. Ce soir, vous allez tirer tous les cœurs après vous.

— Mon père, je suis engagé.

— En avez-vous informé votre mère ? Je suppose que non.

— Je vous l'ai dit, la conversation n'a été que très banale. Elle m'a interrogé poliment sur ma carrière et ma charge de lieutenant aux grenadiers à cheval de Monsieur.

— Eh bien, tout sera dévoilé à temps. Si Monsieur est au bal, m'autorisez-vous à évoquer vos fiançailles ? Car, je le répète, il vous faut son autorisation en tant que colonel de votre régiment.

— Je vous en serais reconnaissant.

VIII

LE BAL DE LA REINE

> « Et tout leur éclat n'est que peine et misère. »
>
> *Landes*

Chacun alla vaquer à son habillement. Ils parurent enfin à l'office dans toute la splendeur de leurs tenues. Catherine joignit les mains en les voyant et se mit soudain, à la surprise générale, à sangloter d'abondance.

— Que t'arrive-t-il, ma bonne Catherine ?

Les sanglots redoublèrent. Elle avait relevé son tablier sur sa tête.

— Enfin, explique-nous.

— C'est que, dit-elle, hoquetant, vous admirant l'un à côté de l'autre, j'ai cru n'en voir qu'un tant le betit te rezemble. C'est toi tout craché, il y a vingt-six ans, quand tu es arrivé chez Lardin. Cela m'a fait un choc. Que vous êtes beaux tous les deux !

Dans la voiture de Noblecourt, ils se retrouvèrent vite sur la route de Versailles emplie de files de carrosses. Arrivés au château, ils gagnèrent la petite salle de spectacles située entre la cour des Princes et le parc. Des pavillons de bois et des tentes complétaient de fastueuses installations. Ils furent accueillis par un huissier de la chambre de la reine qui recueillait les invitations et les dirigea vers un bosquet de verdure garni de statues. Tout n'était que lumières et splendeur. De petites allées conduisaient dans la salle du bal et dans celle où des tables de jeu avaient été placées. Ils durent faire place à un brancard qui passa près d'eux, sur lequel un corps allongé gémissait. Nicolas s'adressa à un garçon bleu qu'il connaissait pour s'informer de l'incident.

— Rien de grave, Monsieur le marquis, répondit le garçon qui pouffait dans sa main. La salle est close par une porte en glace sans tain. Un invité ne l'a pas vue, qui a donné de la tête directement dedans. Monsieur de la Ferté vient de demander que l'on y place un Suisse pour éviter le renouvellement d'une telle méprise.

Partout s'ordonnaient des bassins de marbre entourés de mousse et de fleurs d'où jaillissaient des jets d'eau scintillant à la lumière des lustres et des girandoles. Ces fontaines peinaient à répandre un peu de fraîcheur dans des salles où la foule peu à peu grossissait, rendant la circulation des plus malaisées. Le couple royal n'avait pas encore paru. Nicolas dut se séparer de Louis et lui donna rendez-vous dans leur voiture quand viendrait le temps de revenir à Paris. Il erra au milieu de la foule et se trouva soudain nez à nez avec Monsieur, comte de Provence.

— Ah, Ranreuil, je suis aise de vous voir, vous cherchant justement. Je craignais de ne pouvoir vous trouver dans cette presse. Approchons de cette fontaine. Il fait ce soir une chaleur du diable.

— Je suis à la disposition de Votre Altesse Royale.

— C'est au sujet de votre fils. Oh, rassurez-vous, rien que de très agréable. À Saumur, on ne cesse de chanter ses louanges qui sont autant de compliments pour moi qui suis son colonel, cependant…

— Cependant ?

— J'ai deux nouvelles à vous annoncer. Je suppose que vous êtes au fait de la première.

Quelle nouvelle épreuve cette entrée en matière préfigurait-elle ?

Provence souriait.

— J'ignore pourquoi la reine a fait exception. Les bals ne se donnent d'ordinaire que jusqu'au carême. Il est vrai que la douceur du printemps s'y prête. Que disais-je ? Ah, oui ! Un gentilhomme, ancien maréchal de camp, s'est adressé à moi, non au prince de sang mais au colonel de votre fils. Il souhaitait s'informer sur un jeune homme qui pourrait devenir son gendre. Curieuse démarche, mais sans doute justifiée par les mœurs du temps. Tréhiguier est un des fleurons de mon régiment. Imaginez ce que je lui ai répondu.

— Je vous en suis reconnaissant, Monseigneur, et puisque l'occasion le permet, Louis m'avait prévenu de ce projet et prié d'intercéder auprès de Votre Altesse Royale afin de solliciter l'autorisation de règle de son colonel en vue de son mariage avec la fille du comte de Mezay.

— Mais il l'a, Ranreuil, il l'a, et de bon cœur. Reste que je dois vous mettre au fait d'une autre chose qui me complaît beaucoup moins.

Nicolas éprouva comme un frisson prémonitoire.

— Je n'y suis pour rien mais je dois m'incliner. La reine, ma belle-sœur, a du goût pour votre maison… Elle n'est pas la seule : feu mon grand-père, le roi mon frère, mes tantes Adélaïde et Victoire, et même Madame Louise pourtant d'abord si difficile… Enfin, pour vous qu'elle nomme le « *cavalier de Compiègne* »… C'est à croire que vous faites partie de la famille… La reine donc… Vous connaissez ses caprices et l'obstination qu'elle met à les satisfaire. Elle souhaite que le vicomte de Tréhiguier quitte son régiment. Il sera pourvu du même grade dans les gardes du corps. Je n'ai pu que souscrire à son désir. C'est d'ailleurs pour votre famille un privilège et une faveur qui feront des envieux. La cour, cependant, est aussi un risque.

Il prit son air habituel de vieillard sentencieux, celui qu'il composait à merveille et qui contrastait avec son apparence de jeune homme joufflu.

— Enfin, vous le préparerez à cette épreuve. Vous connaissez par le menu les détours de l'endroit. Il sera placé dans une position particulière, c'est le propre des Ranreuil, n'est-ce pas ? Il rejoindra la compagnie écossaise des gardes du corps comme lieutenant chef de brigade sous l'autorité du duc d'Ayen, sauf que la majeure partie de son service s'effectuera auprès de la reine. Elle est nerveuse et inquiète depuis qu'a éclaté cette malheureuse affaire. Elle veut autour d'elle des gentilshommes de confiance. Mais auriez-vous l'envie de me poser une question ?

C'était là manière de prince. La phrase ne marquait pas sa bienveillance mais plutôt un orgueil qui allait de soi : personne ne s'aventurait d'étiquette à questionner le comte de Provence à moins d'y avoir été invité.

— Monseigneur, puisque vous m'autorisez à le faire. Pourquoi avoir désigné mon fils pour servir de cicérone à Lord Charwel ?

— Pourquoi ? Pourquoi ne l'aurais-je pas choisi, telle est la bonne question ? Sachez que celui qui ne répond pas rafle toujours la mise, vous le savez aussi bien que moi. Mais voici mon frère.

L'orchestre s'était brusquement arrêté. Une rumeur avait remplacé la musique. La foule s'écartait pour laisser le passage au couple royal. La reine était resplendissante dans une robe ivoire semée d'étoiles d'or. À son côté, le roi se dandinait, l'air ennuyé, passant de temps en temps le doigt à son cou pour desserrer la dentelle qui fermait sa chemise et l'étouffait.

Nicolas observait la marche du bal dont il connaissait tous les détails. Il était de règle que la reine et les princesses nommassent leurs cavaliers. Des pages se précipitaient pour prévenir les heureux élus. Lord Dorset fut choisi par la reine pour ouvrir le bal. L'ambassadeur savait sa cour et, dans la contredanse qui ouvrait le bal, il prit garde de ne point mettre sa main dans celle de la reine, mais tendit la sienne pour la recevoir. Au moulinet, il laissait un grand intervalle des mêmes mains afin de ne pas toucher la souveraine. Le roi s'était échappé vers la salle de jeu pour s'asseoir à une table de trictrac. Chacun savait qu'il se retirerait assez tôt, avant une heure du matin selon son habitude.

— Alors ? murmura une voix à son oreille.

Il se retourna pour découvrir Sartine.

— Alors, rien pour le moment ?

— Le contact a été pris sans traverse. La dame est surveillée. Louis finira par réussir, je puis vous le garantir.

— Voyez, j'avais raison. Il était inutile de s'inquiéter. Tout se déroule à merveille. Cependant le temps presse au vu de l'importance de l'enjeu.

Et Sartine disparut aussi prestement qu'il était apparu. Un page s'approcha de Nicolas pour lui dire qu'une dame l'avait nommé pour le prochain morceau. Il le suivit et se trouva face à Aimée d'Arranet qui plongea dans une grande révérence.

— Quel bonheur de vous trouver, Nicolas ! Il a fallu que je croise Louis pour apprendre votre présence ici. J'avais su votre retour, mais depuis…

Rome vous aurait-elle offert d'autres divertissements, qu'ils vous fassent oublier votre amie ?

Il lui baisa les mains qu'elle ne lui refusa pas.

— Je suis au désespoir, dit-il, tant de choses m'ont assailli dès mon retour. Une affaire difficile et d'autres soucis.

— Je vais réfléchir à vous pardonner. Au fait, vous remercierez Awa pour son magnifique lilas ; Madame s'en est montrée envieuse. Allons danser.

L'orchestre jouait le *menuet à la reine*, hommage du compositeur Grétry, fort en cour, qui avait arrangé un motif de son ballet *Céphale et Procris*. Nicolas fit sa révérence à Aimée, puis se concentra sur les pas de la danse. Non qu'il fût mauvais danseur, mais, dans la conjoncture, il lui fallait s'évertuer pour ne l'être point. Dans sa tête, il se remémorait les pas obligés et les figures imposées. De loin, il aperçut Louis qui dansait avec la reine. Il se félicita de lui avoir fait donner une éducation de gentilhomme, équitation, escrime et danse, dans une académie. Tout cela lui permettait aujourd'hui de tenir son rang et de faire figure à la cour. Il se reprit, ayant failli rater un demi-croisé et perdre ainsi la cadence.

— Vous me semblez absent, mon ami.

— Non. Ne m'en veuillez pas. Une grave affaire occupe mon esprit. Outre cela, Louis m'a annoncé son mariage.

— Vous n'approuvez pas ?

— Au contraire, j'en suis heureux.

Les mouvements de la danse les séparèrent un instant, puis les rapprochèrent.

— Eh bien, vous ne le paraissez pas !

— Un autre souci m'agite. Monsieur vient de m'apprendre que Louis était nommé lieutenant dans la première compagnie des gardes du corps.

— Mais n'est-ce pas là une insigne faveur ?

— Oui, oui, et c'est aussi *la cour*. J'aurais souhaité lui en épargner les périls. Il était si bien à Saumur à apprendre son métier. Et son départ va mettre au désespoir ma sœur Isabelle.

— Enfin, Nicolas, faire partie de la maison militaire du roi, celle qui fit décision à Fontenoy, est une chance unique et lui ouvre les portes d'une glorieuse carrière. C'est une compagnie d'élite. Tout père raisonnable s'en réjouirait.

— Suis-je un père raisonnable ? Suis-je un amant raisonnable ?

— Je vous aime et vous m'aimez, que cela vous suffise.

Ils se dirigèrent, Aimée appuyée tendrement contre Nicolas, vers le buffet pour prendre un rafraîchissement.

— Voici Louis, dit Aimée, alors qu'ils s'approchaient d'un groupe qui devisait. Peut-on le féliciter ?

— Point. Je pense qu'il ignore encore son destin.

— Vous tremblez, mon ami, êtes-vous souffrant ?

— C'est la chaleur de cet endroit.

La confrontation était inévitable et la scène qui suivit prenait, par son étrangeté, l'allure d'un mauvais rêve. Le premier, Louis les aperçut et son regard fut aussitôt remarqué par sa mère pendant que Lord Charwel continuait à discourir dans son mauvais français. Les deux femmes se toisèrent dans une inconsciente rivalité quand Nicolas fit les présentations. Nicolas admira encore une fois l'impassibilité d'Antoinette. Alors que des propos de circonstance s'échangeaient, Nicolas observa soudain un mouvement imperceptible de Lady Charwel qui, appuyée de côté au buffet, venait de glisser son éventail sous le rebord d'une corbeille de fruits. Ce faisant, elle lui jeta un regard sans expression, mais fixe et insistant. Il n'y avait guère à s'y tromper. Après un salut souriant, elle prit le bras de son mari et celui de Louis et les entraîna dans la foule. Quant à Nicolas, il tendit un verre à Aimée et prestement se saisit de l'éventail qu'il fit remonter dans la manche de sa chemise.

— Ces Anglais sont étranges, et zest ! à peine salués, les voilà qui s'envolent. Cette lady est fort jolie, mais peu aimable, encore qu'à vous regarder son regard s'adoucissait. Qu'avez-vous, vous semblez consterné ? Vous êtes bien étrange, ce soir. La connaîtriez-vous par hasard ?

Il éclata d'un rire forcé.

— Voyez-vous la jalouse ! Elle était seulement sensible à ma native séduction.

Dieu que les femmes étaient perspicaces et les hommes malhabiles dans ces situations, se disait-il, en espérant avoir donné le change.

— Je vois Breteuil. Je lui dois parler de mon affaire. Serez-vous à Fausses-Reposes cette nuit ?

Cette question rasséréna Aimée, qui s'inclina en révérence, les yeux baissés. Il se dirigea vers Breteuil, superbe dans un habit noir brodé de jais qui étincelait à la lumière des girandoles. Comment allait-il lui servir la chose ? Il convenait de gazer les détails, d'en citer le moins possible, de telle manière qu'ils correspondissent les uns avec les autres et que ni Le Noir, ni Crosne, ni lui-même ne fussent pris au piège. Il y avait deux façons de procéder : réduire les vérités à leur quintessence ou les noyer dans la complexité du discours.

Il se rappela la délicate partie qu'il allait jouer. Breteuil haïssait Rohan et tous ceux qui le soutenaient. Ainsi détestait-il tout autant Vergennes, Calonne et Crosne, mais aussi Le Noir, suspect aux yeux de la reine. Quel potage allait-il pouvoir lui servir afin d'épargner les uns et les autres ?

— Ah, Ranreuil, dois-je vous réitérer ma satisfaction pour le succès de votre mission à Rome ? Le roi en est content, mais qu'avions-nous à négocier pour ce bandit empourpré sur lequel la sanction de la loi va frapper ? Il est temps.

— J'ai, Monseigneur, une bonne nouvelle à vous apporter.

— Elles sont rares par les temps qui courent. Laquelle ?

— Vous pouvez annoncer à la reine que la médaille *à la Méduse* qu'elle souhaitait placer sur un meuble de Riesener a été retrouvée.

— Retrouvée, comment retrouvée ? Refusée par Le Noir en fait, qui en avait saisi Calonne qui lui-même avait convaincu le roi.

— Je crains qu'il n'y ait eu malentendu. L'objet avait été dérobé au cabinet des médailles. Je l'ai récupéré chez un receleur qui d'ailleurs a été assassiné peu après au cours d'un vol.

Il riait en lui-même de ce récit aussi clair que confus.

— Bon, je n'y entends rien, tout cela me passe. J'en retire toutefois que je peux annoncer à la reine que la médaille lui sera remise. C'est toujours agréable d'en être le messager. Merci, Ranreuil.

— Peut-être serait-il opportun de ne pas rallumer la mémoire du roi sur une affaire désormais réglée.

— Bon conseil. Vous manquez aux Affaires étrangères… On risquerait d'être entravé dans un embrouillamini dont vous seul paraissez capable de démêler la trame. Le roi est au trictrac, allez donc lui faire votre cour.

Nicolas entra dans la salle de jeu au moment où le roi quittait sa table et s'approchait du billard auquel jouaient quatre jeunes gentilshommes.

— Messieurs, que faites-vous ici au lieu de danser ? Il me semble qu'il y a des dames qui attendent un cavalier.

— Sire, répondit le plus âgé, nous nous délassions un moment.

— Mais vous jouez de l'argent ?

Le roi n'aimait pas le jeu et surtout les pertes qu'il engendrait. Quand il y était contraint, jamais il ne risquait plus d'un ou deux louis. Il souffrait en silence les dépenses considérables de la reine qui y vouait une sorte de passion.

— Sire, que Votre Majesté prenne en compte que nous jouons de fort petites sommes.

Le roi demanda à chacun qu'il se nommât et se retrouva devant Nicolas.

— Vous étiez là, Ranreuil ? Voyez-vous, ces quatre-là me prennent pour une bête. S'ils s'imaginent que je n'ai pas vu les rouleaux de louis circulant de main en main, ils se trompent, et dès demain ils auront de mes nouvelles et auront à danser sur une autre musique !

Il prit familièrement Nicolas par le bras.

— J'espère qu'on vous a transmis ma satisfaction du résultat de votre ambassade. Bernis a chanté vos louanges. Au fait, avez-vous présenté vos respects à ma tante Louise ?

— Je n'ai eu garde d'y manquer, Sire.

— Bien, bien. Mon frère m'a demandé l'autorisation pour la nomination de votre fils chez les gardes. J'y consens de grand cœur et cela convient à la reine qui sait compter sur les Ranreuil. Il se marie, me dit-on ? Je signerai au contrat, et ma femme aussi.

— Puis-je demander à Votre Majesté de vouloir bien agréer toute ma reconnaissance.

— Autre chose. Sachez que j'envisage de visiter prochainement les travaux de la rade de Cherbourg. Je tiens pour essentiel que vous fassiez partie de ma suite.

— Je suis aux ordres de Votre Majesté. Puis-je ajouter que Sa Sainteté le pape m'a chargé de vous dire qu'il priait chaque jour pour la santé de Monseigneur le Dauphin.

— Merci, Ranreuil. Hélas, le pauvre enfant, ajouta-t-il accablé, ne se renforce pas.

Et le roi s'éloigna d'un pas lourd.

Nicolas erra longtemps au milieu des ruines d'une fête qui touchait à sa fin, laissant derrière elle un spectacle de désolation. Les buffets pillés offraient l'image d'une mise à sac. À terre, des restes tombés avaient été piétinés, abandonnant sur le dallage des vestiges poisseux où le pied dérapait. L'obscurité tombait peu à peu sur le champ de bataille au fur et à mesure que s'éteignaient en grésillant torches, chandelles et bougies. De ce théâtre d'ombres montaient des odeurs composites, fruits écrasés, parfums mêlés de remugles des corps agités. Cette débâcle était-elle le symbole éloquent d'une vieille monarchie qui tremblait de plus en plus sur ses bases ? Ce fumier répandu figurait-il l'image d'un royaume où un cardinal corrompu attendait son jugement dans un cachot de la Bastille ? Que présageait le grondement sourd d'un peuple excédé, que la gloire et la grandeur de ses souverains pouvaient un temps subjuguer, mais que la moindre faute incitait désormais au mépris et, peut-être, à la révolte ? Les nouveaux arbres du parc dans lesquels le vent du soir soufflait auraient-ils le temps de grandir ? La vision du Forum déserté lui revint en mémoire et avec elle une profonde tristesse.

Une voix lui murmurait qu'il n'avait que trop tendance à envelopper de tragique tout ce qui était survenu. Le secret révélé par Madame Louise continuait à le harceler et tout découlait de cette découverte. Il y avait avant et après et, soudain, il était devenu un autre homme. Lui revint l'image d'une grande couleuvre qu'il avait observée enfant dans le marais de Brière, en train de muer. Lui-même avait changé de peau et le cuir ne laisserait pas de s'endurcir à nouveau. Tout ce qui l'agitait pouvait d'ailleurs être considéré sous une autre perspective, plus favorable. Alors quoi ? Il avait trouvé ce qu'il cherchait depuis si longtemps. Une réponse venait de lui être donnée. Son fils bénéficiait de la faveur du roi et s'apprêtait à un mariage honorable. Rien de fait qui justifiât une telle déréliction. Cette voix résonnait en lui, adoucissant son mal-être sans pourtant vraiment le convaincre.

Louis l'attendait à l'entrée du bal, superbe et souriant. Nicolas fit effort sur lui-même pour se conformer au bonheur de son fils. Il songea soudain à l'éventail d'Antoinette dont il éprouvait la dure pression sur son avant-bras. Ce n'était pas le moment de l'examiner.

— Mon père, dit Louis, alors qu'ils montaient en voiture, j'ai dansé avec la reine.

Il était rouge d'excitation.

— Vous voulez sans doute dire que la reine a dansé avec vous. Prenez, je vous prie, les formes qui s'imposent à la cour, car vous…

— Oui, je sais. Sa Majesté m'a appris ma nomination chez les gardes. Je suis fou de joie. Et, mon père, j'aurai l'occasion de vous voir plus souvent, je demeurerai près de vous.

Que Louis éprouvât ce sentiment et le manifestât ainsi remplit Nicolas de bonheur et d'émotion.

— Votre tante Isabelle sera au désespoir de votre départ.

— Il la faut rassurer, nous irons la voir.

C'était bien là élans d'une jeunesse qui réglait tout d'un mot. Il ne souhaitait surtout pas troubler le bonheur de son fils. Celui-ci décrivait avec volubilité tous les petits événements du bal.

— Louis, pour notre affaire, ne vous inquiétez plus. Il me semble que votre mère a réussi à me transmettre ce qu'elle était censée vous révéler. Donc, ne prenez aucun risque. La question, jusqu'à plus ample informé, paraît résolue ; je vous le confirmerai demain matin.

Et il lui raconta la scène qui s'était déroulée auprès du buffet et l'éventail de Lady Charwel, qu'il avait recueilli.

— Ma mère m'a longuement interrogé sur Mlle d'Arranet.

— Et qu'avez-vous répondu ?

— Qu'elle était la fille d'un de vos amis, et dame d'honneur de Madame Élisabeth.

Nicolas donna ordre au cocher de faire halte à l'hôtel d'Arranet. Il salua Louis, qui ne fit aucune remarque, hormis un sourire complice.

Tribord, le majordome de l'amiral, avait veillé pour l'accueillir. Son vieux visage tout couturé de cicatrices se plissa de plaisir quand il le reçut.

— Comment va l'amiral ?

— Il est à Cherbourg en mission, dit-il, en mettant un doigt sur ses lèvres.

Nicolas gagna à l'étage la chambre d'Aimée. Allongée sur le lit en déshabillé, elle lisait. Il s'arrêta un instant pour la regarder : qu'elle était belle ! Encore davantage que lorsqu'il l'avait relevée dans les fossés du bois de Fausses-Reposes. Elle lui tendit les bras et ils s'étreignirent. Dieu qu'il aimait ce parfum de jasmin !

— Vous me faites mal, Nicolas. Qu'avez-vous donc dans votre chemise qui me blesse ?

Il frémit mais il était trop tard pour l'empêcher qu'elle le fouille. Elle brandit l'éventail d'Antoinette, poussa un cri, écarta Nicolas et se dressa. Nicolas ne put que lui arracher l'objet des mains.

— C'est ainsi ! s'écria Aimée. Monsieur, vous me trompez, et sous mes yeux. J'avais bien observé le regard que cette Anglaise vous avait jeté. Jusqu'ici j'ai passé vos incartades, mais là, Monsieur, vous m'offensez.

— Il n'existe rien, dit Nicolas atterré, que vous puissiez imaginer.

— Mensonge ! Rendez-moi cet éventail, auquel vous semblez tant tenir, que je le brise.

Nicolas repoussa la main de sa maîtresse et leva le bras qui tenait l'éventail pour le mettre hors de portée. Il recula de plusieurs pas.

— Je vois, Monsieur, qu'il vous tient à cœur. Eh bien, gardez-le et sortez d'ici. Je ne veux plus vous voir.

Elle piétinait sur place, folle de rage.

— Aimée, Aimée, calmez-vous ! Vous êtes dans l'erreur. Je ne puis rien vous dire et un jour vous comprendrez.

— Rien, jamais ! Vous moquez-vous, Monsieur ? Vous vous déshonorez en me débitant des contes bleus. Hors d'ici !

Elle sonna si fort qu'elle rompit le cordon.

Tribord arriva, s'habillant en toute hâte.

— Mademoiselle ?

— Reconduis Monsieur à la porte, et sur-le-champ.

Nicolas suivit le majordome, qui grommelait.

— M'est avis que le temps forcit. Vous en faites pas, elle a toujours eu la tête près du bonnet. Cela ne durera pas. Mieux vaut en attendant fermer les écoutilles et les panneaux, sinon ça va embarquer ! Que puis-je pour vous, Monsieur le marquis ?

— Hélas, Tribord, je vous aurais bien demandé une monture mais je sors du bal de la reine et, voyez, je ne suis pas en tenue…

— Qu'à cela ne tienne. Je fais atteler et je vais vous reconduire à Paris.

Il courut aussi vite que ses vieilles blessures le lui permettaient pour réveiller les valets d'écurie. De la chambre d'Aimée parvenaient des cris et des bruits de porcelaines brisées.

Il eut le sentiment que cette furieuse algarade concluait une série d'événements qui se relayaient en kyrielle pour le mieux éprouver. Quelle faute devait-il expier ? Avait-il désormais touché le fond ? Était-il temps de donner le coup de talon salvateur ? Il essaya de se convaincre de l'inutilité de toute déploration. Il fallait tout renfermer en soi et réserver la contention de son esprit à la résolution des affaires en cours, au service du roi.

Rue Montmartre, bêtes et gens dormaient. Dans sa chambre, il alluma une chandelle et se mit en mesure de scruter avec méthode l'éventail de Lady Charwel. C'était un bel objet, précieux même, argent et ivoire, de papier peint en gouache. Ouvert, il comprenait quinze feuilles figurant des scènes pastorales. Il ne cessait de le manier. Il usa même d'une lentille grossissante pour discerner mieux les détails du dessin. Qu'avait donc voulu Antoinette en lui transmettant cet objet ? Il n'y avait pourtant pas à se tromper, le regard qu'elle lui avait lancé était par trop éloquent. Cet éventail, il en était sûr, recélait un secret qu'il devait à tout prix découvrir.

Il le tournait et le retournait. Y avait-il par hasard quelque mécanisme dans la monture ou une cachette dans laquelle aurait été inséré un fin rouleau de papier ? Rien, il ne trouvait rien. À un moment il approcha l'éventail de la flamme d'une bougie pour derechef en mieux apprécier les détails. À sa stupéfaction apparurent des lettres majuscules d'une couleur roussâtre. Il fit passer toute la largeur à la chaleur et, sur les quinze feuillets, des lettres identiques surgirent.

Dès lors il comprit le stratagème d'Antoinette qui avait utilisé les blancs du dessin et de la peinture pour écrire sur le papier avec une encre sympathique. Il dévoila ainsi des groupes de deux lettres sur chaque pli. Il prit son petit carnet noir et nota ce qu'il relevait. Tout devint lumineux quand la manipulation produisit cette phrase sibylline : *ESPION MARINE VERSAILLES CHERBOUR*. Deux lettres par feuillet, donc en tout quinze. Il manquait seulement une lettre, faute de place sans doute, pour compléter le mot *CHERBOUR*.

Ainsi Antoinette avait-elle préparé et piégé son éventail avec l'intention de le remettre à Louis, puisqu'elle ignorait que Nicolas lui-même serait présent au bal de la reine.

Ragaillardi par cette découverte, il médita sur le texte qu'avait dévoilé l'éventail. Première constatation, il s'agissait de la Marine, et la mention de Versailles imposait l'idée qu'un espion courait dans l'ombre au sein de ce département. Seconde indication, l'évocation du port de Cherbourg était d'autant plus inquiétante qu'était annoncée la prochaine visite du roi afin d'inspecter les travaux de la rade en construction. Sartine devait être informé au plus vite. Que nos plans militaires puissent être traversés par les menées d'espions ou de traîtres vendus à l'Angleterre appartenait à un possible vraisemblable. C'était de bonne guerre et la France agissait de même, Antoinette en était le vivant exemple.

La fatigue et l'excitation nerveuse de sa découverte l'accablèrent soudain. Il n'eut que le temps de gagner son lit et d'y tomber déjà quasiment endormi.

Dimanche 21 mai 1786

Tant d'émotions accumulées avaient finalement favorisé un sommeil paisible et Nicolas se réveilla fort tard. Il descendit dans la cour où il se lava à grande eau. Le froid lui remit les idées en place. Enveloppé d'un drap, il traversa l'office sous les rires et les plaisanteries de Louis et de Catherine que ce spectacle réjouissait toujours, lui rappelant le temps où, cantinière et jolie fille, la *natureté* des hommes ne l'effarouchait guère.

— N'avez-vous pas entendu la diane[1], mon père ? demanda Louis, facétieux, la fatigue du bal sans doute ?

— Ne vous moquez point et suivez-moi. J'ai des instructions à vous donner.

Le fils suivit le père. Nicolas montra l'éventail à Louis qui, au début, ne vit rien. Puis tout lui fut expliqué et révélé, à son grand ébahissement.

— Par conséquent, vous ne cherchez plus à obtenir de votre mère ce que nous espérions. La seule chose que je vous demande, c'est de l'avertir que son message a bien été compris et qu'elle n'a plus à s'évertuer. À l'occasion, évoquez un citron.

— Un citron ?

— Oui, elle comprendra. Pour le reste, achevez votre mission. Jouez les jeunes gens légers, montrez les boutiques à la mode et présentez les plus beaux chevaux. Quant à moi, je vais me vêtir et courir avec Sémillante prévenir M. de Sartine de ce qui a été découvert.

Le temps se maintenait au beau et la ville, à l'image de son humeur rassérénée, lui offrait son aspect le plus riant. Habitué à l'examen de sa conscience, il s'interrogeait. Pourquoi les affres traversées la veille s'étaient-elles dissipées ? Le secret de sa naissance révélé par Madame Louise ? Il en avait pris son parti. Il lui semblait qu'il n'y avait que ruine de l'âme d'entretenir une telle plaie. Le mariage d'Antoinette ? Un événement normal et prévisible. Quel droit possédait-il sur le déroulement de sa vie, lui qui avait contribué à l'exiler ? Celui de Louis ? L'aboutissement habituel d'une jeune existence. Sa promotion ? Une occasion inattendue d'illustrer le nom qu'il avait l'honneur de porter. Restait la colère d'Aimée qui lui poignait le cœur. Il se persuada que, très vite, les explications nécessaires pourraient être avancées. L'entente serait alors rétablie entre eux. Était-il si versatile pour changer d'humeur aussi vite et qu'une bonne nuit suffît à effacer les pires tourments ? Il décida de s'abandonner au courant qui l'emportait ; il ne servait à rien d'y résister et d'aller à l'encontre d'événements que la vie vous imposait.

Quai Malaquais, avant de pénétrer à l'hôtel de Juigné, il arrêta un moment Sémillante pour admirer le fleuve gris-bleu qui coulait à ses pieds. Il était parcouru par une myriade d'embarcations et, au-delà du quai de Bourbon, la masse du Louvre était adoucie par la tache verte du jardin de l'Infante. Sartine le reçut aussitôt, la tête recouverte d'un madras noué et revêtu d'une sorte de caftan à la chinoise semé d'oiseaux exotiques. Nicolas remarqua les babouches d'un jaune éclatant qui accentuaient encore l'aspect étrange de quelque personnage d'opéra ou d'un *mamamouchi* de comédie.

— Nicolas, j'espère qu'un bon vent vous amène ?

— La conclusion, Monsieur, de la mission confiée aux Ranreuil.

— Déjà ! Le fils vaut le père. Vous n'avez pas perdu la main. Ainsi vous avez pu joindre la Satin ?

— Monsieur, ce nom est effacé. Parlons, si vous le voulez bien, d'Antoinette Godelet ou de Lady Charwel.

— Soit, soit. Quelle susceptibilité ! Plus vous vieillissez, plus vous prenez mouche au moindre détail. Comment avez-vous prévenu la lady ?

— Je pense que la cuisine des *comment* ne vous intéresse guère et qu'il vous suffit de savoir que nous y sommes parvenus.

— Peut-être la manière peut avoir son importance et peser sur la suite. C'est le résultat qui importe. Quelle humeur est la vôtre !

— Il y va de la sûreté de plusieurs personnes et, par conséquent, les voies secrètes se doivent toujours, comme vous me l'avez si souvent répété, *demeurer environnées de ténèbres*.

Sartine mordit ses lèvres minces.

— Nicolas, vous paieriez-vous ma tête, par hasard ?

Nicolas jubilait de cet échange qui lui offrait l'occasion de tenir la dragée haute à son ancien chef. Les arguments de sa résistance étaient d'ailleurs cohérents. Évoquer le rôle de la Paulet, relater les circonstances du bal de la reine et remettre l'éventail, c'était autant de secrets qui, éventés, pouvaient conduire à de cruelles conséquences.

— Point, Monsieur, le hasard ne fait rien à la chose, j'honore mon maître.

— Bon, la suite ?

— Une phrase inquiétante et dont vous allez aussitôt envisager les conséquences.

Il tendit à Sartine un petit papier sur lequel il avait copié le message découvert sur l'éventail. Sartine saisit sur son bureau une sorte de face-à-main, le même que Nicolas avait vu offrir par la reine à la comtesse du Nord lors de la visite du couple impérial russe. Le papier fut déchiffré. Nicolas, prestement, reprit le document.

— Eh, quoi, Monsieur ! Ce geste ? Que prétendez-vous faire ?

— Rien d'autre, Monsieur, que de détruire par prudence cette phrase dangereuse qui doit demeurer dans le secret des consciences. Nous en connaissons le risque et vous en avez compris le sens. Un espion agit à Versailles au département de la Marine. Un Anglais ? Un traître français ? Qui sait ? En tout cas, cet espion s'intéresse de beaucoup trop près au port de Cherbourg que le roi entend sous peu visiter.

Il déchira l'objet du litige en petits morceaux. Un grand silence suivit ce geste. Sartine se mit à arpenter son bureau. Il arracha son madras, découvrant un crâne chauve couvert de croûtes qu'il gratta nerveusement.

— Nicolas, je vous suis reconnaissant d'avoir avec tant de brio répondu à mon attente. Désormais l'affaire est trop grave pour rester de votre ressort. Elle dépasse de loin vos propres capacités.

Nicolas n'en croyait pas ses oreilles. Que cherchait-on à lui signifier par là ? Qu'il fût temps de renvoyer le bon serviteur, ce chien qui a rapporté le gibier et qu'on éloigne de la dépouille ? Une sourde colère montait en lui.

— Je vais, poursuivait Sartine, mettre cette affaire dans les mains de mes gens en liaison avec la Marine et la Guerre. La lumière, je puis vous l'assurer, sera vite faite, l'espion démasqué et le roi mis à l'abri de toute tentative.

— Ne pensez-vous pas, Monsieur, qu'il conviendrait de joindre tous les efforts utiles, toutes les forces et ce que vous nommez capacités, pour élucider cette menace contre le roi ?

— De cela nous ne savons rien. Il ne s'agit peut-être que de traverser nos plans d'agrandissements et de protection de la rade de Cherbourg. Opération, convenons-en, assez banale de la part d'espions étrangers.

— Mais vous-même ne m'avez-vous pas averti d'un péril concernant Sa Majesté ? Quand vous m'avez forcé la main pour joindre Lady Charwel, le motif a été mis en avant.

— Certes, mais c'était avant que vous me soumettiez ce message au reste assez banal. Ne vous en préoccupez plus.

— Monsieur, quelle volte-face ! Le contraire de ce que vous affirmiez il y a un instant.

— Nicolas, vous m'excédez. D'autres questions vous sollicitent sans doute, vous qui à l'accoutumée semez les cadavres derrière vous.

Nicolas se contint, salua et sortit. Était-il furieux ? En fait, il éprouvait cette frustration habituelle suscitée chez lui par toute controverse avec un homme qu'en dépit des avanies multipliées il aimait. Il fallait supporter hauteur, cynisme, mauvaise foi, ironie dépréciante qu'adoucissaient parfois quelques mouvements sincères et des compliments dont on pouvait légitimement s'inquiéter de savoir s'ils ne cherchaient pas simplement à dorer la pilule et à donner le change.

Au fond, ce qui l'alarmait, c'était cette prétention affirmée de pouvoir régler avec ses gens du Secret une affaire qui exigeait le doigté de l'enquêteur et l'intuition du policier. Peu importait qu'on décidât de se passer de ses services, il comptait bien poursuivre ses investigations et Sartine serait peut-être contraint de faire appel à lui. Il devait suivre le roi à Cherbourg et c'est de lui qu'il tiendrait ses ordres.

Il revint rue Montmartre à temps pour accompagner Noblecourt à la grand'messe de Saint-Eustache où il se rendait d'habitude en tant que marguillier honoraire de la paroisse. À peine assis, Nicolas se sentit comme aspiré par la vertigineuse hauteur de la voûte. Alors qu'il se perdait dans sa contemplation, Noblecourt lui toucha le bras.

— Que j'aimerais, murmura-t-il, ne point douter et prier comme vous !

— Monsieur, c'est de moi que je doute. Mais pourquoi voulez-vous mettre des bornes à la grâce de Dieu ? Si vous déplorez ne pouvoir prier, c'est que le Seigneur n'est pas loin et sans doute prend-il en compte ce manque ressenti comme une quête de lui.

La grâce de Dieu, il la réclamait pour lui-même, car dans la solennité du moment, il rentrait en lui-même et derechef recherchait au fond de son âme les fautes qu'il avait commises. Il s'inquiétait de certaines bouffées d'orgueil dont il avait du mal à se départir depuis la révélation de Madame Louise. Il ne pouvait parfois s'empêcher de mesurer sa place dans la descendance du grand roi et chaque constatation et position à laquelle il ne pouvait prétendre l'enivrait, même s'il s'en défendait.

Pour attentif qu'il fût, et qui l'aurait observé n'aurait rien remarqué, aux gestes habituels de la célébration, il se perdait dans une autre réflexion.

Surgissait le visage convulsé d'Aimée, hors d'elle. Sur le coup il avait espéré que la révélation ultérieure des raisons justifiant la présence de l'éventail de Lady Charwel résoudrait ce différend passager. Maintenant, à la réflexion, une fois l'émotion de l'algarade dissipée, il lui semblait que la seule évocation de la mère de Louis ne laisserait pas d'aggraver les soupçons et la fureur de sa maîtresse. Comment sortir de cette confusion ? Mais son sentiment n'était-il pas exempt de *duplice* ? Ne se sentait-il pas abandonné par les deux femmes de sa vie ? L'amertume ressentie à l'annonce du mariage d'Antoinette, un sentiment de perte, ne dépendait-il pas d'un égoïsme qui, au-delà de la séparation, de la distance et des années, lui faisait considérer Antoinette comme lui appartenant ? Et voilà qu'il la retrouvait mariée à un lord anglais. Il entendit le desservant et les Écritures qui dénonçaient celui qui écoute la Parole sans la mettre en pratique. Comment se conduire dans un tel enchevêtrement de sentiments ? Il se plongea dans la prière en essayant d'y trouver une réponse.

Pour le dîner, Catherine leur servit la traditionnelle éclanche d'agneau du dimanche. La journée se déroula paisible et silencieuse. Noblecourt joua du violon pendant que Nicolas lisait ou demeurait perdu dans ses pensées. Après le souper, sans que Louis soit réapparu, il se retira très tôt, lut un moment et s'endormit.

La Paulet le regardait d'un air gourmand et moqueur. Sa langue sortait pour lécher au passage des fragments de céruse qui tombaient de son front. Il ne reconnaissait pas ses yeux. En aurait-elle changé ? Elle brandissait un jeu de tarot que ses doigts boudinés brassaient pour en mélanger les cartes.

— N'as-tu pas tué mon perroquet ?

— À coup d'éventail, à coup d'éventail ! jacassa un corbeau perché sur le dossier du fauteuil de la devineresse.

— Coupe, mon mignon, coupe.

Elle étala les lames. Son regard était celui de Sartine. Elle retournait les cartes et les lui jetait à la face. Elles grandissaient et venaient lui frapper le visage.

— Tiens, un garçon brun, et tiens, un garçon blond qui questionne. Un puits. De l'eau, de l'eau. Voyage. Trahison.

Les lames le blessaient les unes après les autres. Aimée et Antoinette, des houlettes en main, le fustigeaient. Le sang coulait. Il hurla.

Un long cri répondit au sien. Il s'éveilla. Mouchette, la fourrure hérissée, grondait sourdement.

IX

LE MERLAN

« Peut-être quelques-uns agissaient-ils avec une espèce de bonne foi. »

Bourdaloue

Lundi 22 mai 1786

Depuis près d'une heure Bourdeau et Nicolas réfléchissaient, reprenant tous les éléments de leur affaire.

— J'ai rarement abordé une énigme qui renferme aussi peu d'éléments de réflexion. Il se peut que nous ayons agi avec trop de précipitation. Gast, par quel bout la prendre et quel déclic nous la pourrait relancer ?

Bourdeau lâcha quelques bouffées de sa pipe.

— Mon avis, c'est que l'enquête a été trop rapide et superficielle à la Bibliothèque du roi. Aucune fouille sérieuse n'y a été effectuée alors que le lieu a été le théâtre du meurtre d'Halluin. Que faisait-il en vêtements de femme dans son bureau, en compagnie d'un inconnu ?

— La bibliothèque est l'endroit rêvé pour des rencontres discrètes. On risque peu d'y être dérangé.

— Voilà un premier point : réexaminer minutieusement ce bureau, et encore ?

— Fouiller au plus profond la vie et le passé d'Halluin. Il y a chez cet homme des zones d'ombre qui exigent d'être éclairées. Rien jamais n'intervient sans cause première. Outre les médailles du cabinet des monnaies, tout me semble transpirer la recherche à tout prix de l'argent. C'est comme cela que je ressens la chose.

Bourdeau approuvait de la tête.

— Ainsi, pour toi, le ressort des actions d'Halluin serait la recherche de pécune ? Si celle-ci est avérée, nous devons découvrir ce qui poussait cet homme dans ce sens.

— Dans ce domaine il n'y a pas de mystère. La quête effrénée de richesses n'a d'ordinaire que trois motifs : le lucre, le vice et l'ambition. Le troisième peut être aussitôt écarté. Il nous reste les deux autres.

— Qui sont souvent dépendants l'un de l'autre.

— Je ne suis pas convaincu qu'Halluin appartienne à la secte des antiphysiques comme le suggère son aimable portière. Son travestissement était sans doute destiné à couvrir autre chose. Pourquoi se déguisait-il ainsi ?

— Cet artifice est de mieux en mieux toléré par les temps qui courent. Une prostituée a bien joué le rôle de la reine dans un bosquet de Versailles. Pour répondre à ta question, il l'a fait sans doute pour dissimuler une autre activité. Rappelle-toi ce que nous a dit Federici. Il lui avait paru qu'aux Champs-Élysées, Halluin avait transmis un papier à son *vis-à-vis*…

— Et que Federici, compléta Nicolas, n'était pas assuré que l'infraction fût réelle. Peut-être une apparence, tout au plus.

— Si l'on ajoute ce que tu m'as confié de ton entretien avec Sartine sur la teneur du message de Madame Antoinette, toutes ces indications nous orientent vers autre chose. Te souviens-tu que, lors de notre perquisition chez Halluin, tu avais attiré mon attention sur le nombre de livres intéressant l'art des fortifications et les ports ? N'y avait-il pas dans ce constat une précieuse indication ? Affirmons-le sans fard, il y a présomption de complot, d'espionnage en tout cas. Peut-être Halluin participait-il à sa préparation. Reste que nous ne disposons d'aucune confirmation dans ce sens.

Chacun dans sa réflexion, ils étaient demeurés silencieux un long moment quand Rabouine fit irruption dans le bureau de permanence, l'air faraud du porteur de bonnes nouvelles.

— Alors, Rabouine, d'où sors-tu ainsi réjoui ?

— Pierre m'avait enjoint de surveiller la maison d'Halluin, rue des Mathurins. J'ai aussitôt repéré un garçon perruquier qui lorgnait cette demeure, et trop longtemps, à mon avis. La portière, cette vieille pie, qui le guettait derrière son carreau, l'ayant deviné, s'est aussitôt précipitée pour me le désigner.

— Et ?

— Je me suis approché du merlan. Il a tenté de me filer entre les doigts. Je l'ai poursuivi et arrêté.

— Et où se trouve-t-il ?

— Dans le couloir, avec les poucettes et gardé par un sergent.

— Allons, qu'attends-tu pour le faire entrer ?

— Que vous m'y invitiez, Monseigneur, dit Rabouine, singeant un élégant entrechat.

— Bonne initiative, Pierre, que cette surveillance. Nos affaires reprennent.

La mouche introduisit le prévenu que Nicolas considéra longuement. C'était un petit jeune homme en habit marron, bas noirs et souliers à boucles de fer. Une chevelure blonde, un visage régulier aux traits fins figés dans une sorte de terreur, tel il apparut aux policiers. Il tremblait et s'humectait les lèvres comme s'il était essoufflé. Nicolas ordonna qu'on lui retirât les poucettes et l'invita à s'asseoir en face de lui.

— Monsieur, vous êtes ici au Grand Châtelet devant un commissaire du roi…

Il désigna Bourdeau.

— Et Monsieur est inspecteur de police. Savez-vous pourquoi vous êtes ici ?

À ces paroles, le prévenu se tordit les mains dans une sorte d'affolement.

— Monsieur, Monsieur, qu'ai-je fait pour être ainsi traité ?

— Il faut un commencement à tout. Quelques indications sur vous-même. Vos nom et prénom, je vous prie ?

— Lessard, Tristan Lessard.

— Âge ?

— Entre vingt et vingt-trois ans, à ce que je crois.

— Comment cela ? Ne pouvez-vous être plus précis ?

— J'ai été abandonné à ma naissance.

— Qui vous a élevé ?

— Je suis resté à l'Hôpital des Enfants trouvés avant que d'être placé à la campagne.

— Où cela ?

— Chez des paysans, du côté d'Étampes.

— Et ?

— Battu et maltraité, je me suis enfui pour gagner Paris. J'ai mendié pour manger et j'ai appris à lire. Après, maître Carré, perruquier, barbier et étuviste, m'a recueilli et appris le métier. Mais il est mort et son successeur m'a chassé.

— Et maintenant ?

— Je suis les cours de chirurgie rue des Cordeliers.

Il leva fièrement la tête.

— Nous étudions sous le buste de M. de La Martinière, garçon perruquier qui eut l'honneur de devenir le premier chirurgien du feu roi. C'est notre exemple.

— Qu'y a-t-il de commun entre les deux métiers ?

— Apprenez, Monsieur l'inspecteur, que naguère les chirurgiens formaient avec les barbiers une seule et même corporation. Depuis 1743 ce n'est plus le cas. Mais la pratique acquise dans l'une des professions est un avantage chez l'autre. Aussi suis-je barbier-coiffeur le matin et élève chirurgien l'après-midi.

— Et où logez-vous ?

— Dans un galetas rue de la Huchette.

— Plus précisément ?

— Dans la maison *Au cadran bleu* du limonadier Ménard, au sixième étage.

Jusqu'à présent, le jeune homme donnait l'impression d'une parfaite sincérité. Nicolas se demanda si le fait que Lessard fût un enfant trouvé pouvait troubler sa sagacité. Pourtant une telle situation était pour le moins courante. Bourdeau, qui subodorait l'émotion de son ami, prit la parole.

— Selon vous, pourquoi êtes-vous arrêté ?

L'intéressé hésita avant de répondre.

— Je travaille en dehors des règles de la corporation. J'imagine que des maîtres ont porté plainte contre moi.

— Que voilà une innocente raison ! Poursuivons. Pourquoi vous êtes-vous enfui quand la portière de M. Halluin... Vous le connaissez, M. Halluin.

— Oui... Certes.

— Je disais, cette portière vous avait signalé la présence de la police et vous vous êtes une première fois enfui.

— Pour la même raison, Monsieur.

— Et que veniez-vous faire là les deux fois ?

— Voir M. Halluin dont je n'avais pas de nouvelles depuis un certain temps.

— Pourquoi vouliez-vous le rencontrer ?

— C'est que, Monsieur, tous les trois jours, je le venais raser et coiffer.

— Oui, bien sûr.

— Et la portière ne vous voyait pas ? ajouta Bourdeau.

— Encore faudrait-il que l'eau-de-vie dont elle use à profusion ne lui trouble pas la vue et l'ouïe.

— Enfin, dit Nicolas, nous allons éclaircir les faits avec M. Halluin lui-même. Il est dans la pièce à côté.

Ou le jeune homme était un remarquable comédien, ou il était sincère car le sourire qui parut sur ses lèvres était bien celui du soulagement.

— Bien, avant de l'interroger, que représente M. Halluin pour vous ?

— Je lui suis très reconnaissant de m'aider à poursuivre mes études à l'École de chirurgie. Il me secourt aussi pour les dépenses de mon loyer.

— Et que vous demande-t-il en contrepartie de toute cette générosité ?

— Mais rien ! dit Lessard avec un mouvement d'indignation. Je vois que la vieille taupe a encore craché son venin.

— Décidément, dit Bourdeau, avec elle on visite toute la ménagerie du roi !

— Vous affirmez que rien d'ambigu n'existe entre M. Halluin et vous.

— C'est injure à me faire !

— Comment expliquez-vous que la portière vous a vu entrer le soir et sortir au petit matin ?

— Elle ne voit ni n'entend goutte, je vous l'ai dit.

— Ce n'est point répondre à la question précise que je vous pose.

— Il arrive que je reste dormir chez M. Halluin.

— Pour quelle raison ?

Lessard hésita un moment.

— Je n'ai point à juger ce que fait M. Halluin. Je serais bien ingrat. Je l'aide à se coiffer, se maquiller et se travestir.

— Et le pourquoi de cette habitude ?

— Il n'y a pas habitude, sauf si vous considérez qu'une fois par mois c'en est une.

— Vous a-t-il expliqué ce qui justifiait ces déguisements ?

— Il disait, en riant, qu'il y avait des actes qui n'étaient pas communs et qui pourtant étaient innocents.

— Vous n'avez pas répondu à la question.

— Je me gardais d'imaginer et ne faisais que l'apprêter.

— Mais n'avait-il pas pour vous une affection particulière ?

Lessard soupira.

— Me croirez-vous, car je pressens dans quelle direction infamante vous essayez de m'entraîner, quand j'affirme seulement, Monsieur le commissaire, que M. Halluin est bon avec moi et que, peut-être, dans sa solitude, car je ne lui connais aucun ami présent ou dont il m'aurait entretenu et qui aurait pu la rompre, j'étais pour lui comme une compagnie.

— Pour revenir au fond. Comment expliquer que vous n'en ayez plus de nouvelles ?

— Je n'en connais pas les causes, mais vous avez affirmé il y a peu qu'il était en ce moment au Châtelet. Il le lui faut demander, car je ne possède aucune lumière à ce sujet.

— Ce sera, hélas, impossible, car il est mort.

Cette déclaration déclencha les signes d'un vrai désespoir chez Lessard. Son visage se convulsa et il éclata en sanglots. Nicolas lui tendit un verre d'eau, qu'il but avec avidité. Il avait volontairement omis le terme *assassiné*, mais il en fut pour sa ruse, car le jeune homme ne fit aucune remarque et ne demanda pas la raison de ce décès subit.

— Qu'allez-vous devenir sans le secours de votre protecteur ? s'enquit Bourdeau avec une feinte commisération.

— Je... ne... sais, hoqueta Lessard. Le malheur est sur moi. Comment poursuivre mes cours ? Portefaix, gagne-denier ? Je suis condamné à tout accepter.

Curieuses perspectives, songea Nicolas. Le jeune homme n'avait ni le bâti ni la carrure pour se livrer à des travaux qui exigeraient force et endurance physique.

— Résumons-nous. Outre les obligations de votre état, vous serviez en quelque de sorte de barbier de compagnie à Monsieur Halluin. Régulièrement, pour des raisons inconnues de vous, celui-ci se travestissait en femme et disparaissait pour des occupations que vous ignoriez. À partir de quelle date a-t-il disparu ?

— La dernière fois que je l'ai vu, c'était le 23 avril, répondit-il avec un temps d'hésitation.

— Soit. Et depuis cette date vous avez tenté de le voir et il n'était pas au logis. Cette absence répétée vous a-t-elle inquiété ?

— Oui, et c'est pourquoi je suis si souvent revenu rue des Mathurins.

— Au cours d'une de ces visites, la portière vous a prévenu que la police était présente sur les lieux et vous prétendez vous être enfui de crainte d'avoir à vous expliquer sur le travail illicite que vous faites en dehors des règles de la profession. Pourquoi avoir à nouveau tenté l'aventure ?

— Parce que cette absence m'inquiétait… et…
— Et ?
— J'étais à bout de ressources… pour manger et payer mon loyer.
— Que voilà une bonne raison ! N'aviez-vous pas d'autres pratiques ?
— Je craignais la police et la dénonciation aux maîtres. Ne vous moquez pas, Monsieur, c'est affreux d'être aussi démuni et à la merci de se retrouver à la rue.
— Auriez-vous autre chose à nous confier ?
Lessard hésitait.
— Je crois que la dernière fois que j'ai vu M. Halluin, il semblait inquiet et moins disert que de coutume.
— Et vous a-t-il confié les raisons de cette humeur morose ?
— Non. Thomas ne s'ouvrait guère.
Nicolas nota que pour la première fois Lessard avait utilisé le prénom pour évoquer Halluin. Que tirer de cette observation ? Peut-être beaucoup, peut-être rien.
— Une précision, demanda Bourdeau. Lorsque M. Halluin partait le soir à l'aventure, c'est là que vous restiez dormir, rue des Mathurins ?
— Je crois, oui.
— C'est à cette occasion que la portière vous surprenait.
— Pas toujours, parfois.
— Bien, dit Nicolas. Nous allons nous porter rue de la Huchette pour perquisitionner votre chambre.
— Puis-je vous demander, Monsieur le commissaire, ce qui justifie cette mesure ? Je n'ai fait que tenter d'éviter la police.
— Nous l'avons bien noté. Mais vous devez être maintenant informé que M. Halluin a été assassiné et que, pour le moment, vous êtes le principal suspect.

Lessard parut moins surpris que Nicolas n'aurait pu s'y attendre. Accablé, il baissa la tête et renifla d'abondance.

— Pauvre M. Halluin, si bon. Comment croire que je serais l'auteur de sa mort ? Je préférerais périr à mon tour que d'avoir prêté la main à ce forfait.

— Soyez assuré que votre cas sera instruit en toute minutieuse justice. Pour le moment, il est temps de nous rendre rue de la Huchette.

Ce fut une caravane de deux voitures qui franchit la Seine, l'une contenant Bourdeau et Nicolas et l'autre Rabouine et Lessard, auquel avaient été remises les poucettes.

— Que penses-tu de l'oiseau ? dit Bourdeau.

— Une impression mêlée. Apparemment candide et parfois d'une singulière matoiserie. Et donc sans doute moins lisse qu'il n'y paraît.

— Ah, oui ! On lui donnerait d'emblée le bon Dieu sans confession. Cependant, il ne s'est point coupé dans le flot de ses réponses. Quant à ses relations réelles avec Halluin, ce Thomas, comme il l'a lâché une fois, bien malin qui s'y retrouverait.

— Le nœud du problème, ce sont les sorties nocturnes en travesti d'Halluin. Tu comprends bien pourquoi il se vêtait en femme, pour quelle coupable raison ?

— Tu songes aux Champs-Élysées et à ce curieux intérêt pour les affaires militaires ?

— Oui, il peut y avoir du complot là-dessous. Il nous reste d'en apporter les preuves.

La rue de la Huchette n'avait pas bonne réputation, sombre, étroite et puante. La maison du limonadier présentait une façade lépreuse qui n'était pas égayée comme beaucoup d'autres par des pots de fleurs et des cages d'oiseaux. Au moment où le groupe des quatre hommes pénétrait dans le sombre corridor de l'entrée, une porte latérale s'ouvrit brutalement avec fracas et un colosse barbu, en manches de chemise, se mit à vociférer d'abondance.

— Hé quoi ! On entre chez moi. On clopine pour mieux voler son monde à ce que je crois ! J'vas faire un boucan du diable et appeler le guet et le commissaire.

Il reconnut soudain Lessard.

— Ah, mais c'est Monsieur Tristan !

Il se calma.

— Si j'avais su que ces messieurs étaient avec vous. Bon, je m'esquive.

— Monsieur, dit Nicolas le retenant, je suis commissaire et vous serais reconnaissant de répondre avec clarté à mes questions. Vous êtes ?

— Henri Ménard, maître limonadier. Vous trouvez de tout chez moi. Vins de France et d'Espagne, muscats, et eaux-de-vie de rossolis, de populos, toutes les limonades ambrées et parfumées, et les eaux de gelées, aigre de cèdre[1] et de café, pour vous servir.

Il débita sa tirade, exhalant des relents de vinasse au visage de Nicolas.

— Et M. Lessard, que vous est-il ?

— C'est un bon gars qui ne fait point de chahut et paye son loyer à temps. C'est-y pas vrai que vous l'allez embêter parce qu'il travaille par-ci par-là et que de gros barbiers s'en plaignent, les pauvres ! Vous n'avez rien d'autre à faire que de lui chercher noise et des poux dans la tête ? C'est toujours les plus pauvres qui trinquent. Je vous le dis, moi !

— Et vos autres locataires ?

— Que des Limousins comme moi. Ils travaillent comme maçons aux nouvelles constructions un peu partout dans et hors Paris. En particulier dans ce foutu mur des fermiers généraux, ces ventrus qui nous taxent, nous saignent à mort et vont nous mettre à quia.

Ils escaladèrent les six étages jusqu'à un palier où s'ouvraient quatre portes. Les poucettes furent ôtées à Lessard ; Rabouine demeura devant l'escalier pour bloquer toute tentative de fuite. La porte s'ouvrit sur un méchant réduit. Une misérable couchette, un placard de pin, un seau et beaucoup de livres sur une étagère en faisaient tout l'ameublement.

Sous le regard inquiet de Lessard qui s'était assis sur l'unique chaise de paille, les policiers se mirent en mesure d'examiner un par un tous les volumes qui, à part des œuvres de poésie, comprenaient surtout des ouvrages sur l'art des perruques et sur la chirurgie. Nicolas s'intéressa à un traité de *Pogotonomie ou l'art de se raser*, à une liste des pierres propres à affûter les rasoirs, aux moyens de préparer les cuirs pour repasser les instruments, enfin à un fascicule sur les techniques de la saignée. Un coffret de cuir contenait un nécessaire portatif de barbier avec sa garniture de laiton argentée, une seringue à poudre, un plat à barbe, plusieurs lancettes à saignée et une palette.

Bourdeau fouilla la paillasse, le placard, les hardes et l'extérieur des fenêtres. Il sonda aussi plinthes et parquets sans rien découvrir d'insolite. Ils allaient mettre un terme à leurs recherches quand Nicolas envisagea la chaise bancale sur laquelle Lessard était assis. Il fut surpris de l'épaisseur de l'assise de paille. Il fit lever le jeune homme et considéra le meuble de plus près. Comme d'habitude, cette assise de paille était juste posée pour permettre sa réfection une fois abîmée. Usant d'un petit canif de poche dont il inséra la lame entre le bois et la paille, il fit pression et souleva l'ensemble. À l'intérieur était dissimulé une sorte de tiroir duquel s'échappa un paquet enveloppé de papier brun, sanglé d'un ruban vert au nœud compliqué.

Il regarda Lessard qui n'avait manifesté aucune émotion devant cette découverte.

— Monsieur, que devons-nous penser de ce paquet ? Saviez-vous que cette chaise le contenait ?

— Je ne l'ignorais pas.

— Cette enveloppe vous appartient-elle ? De quoi s'agit-il ?

— Non. Elle appartenait à M. Halluin qui me l'avait confiée en me priant de lui en conserver le secret.

— Pourquoi en avoir dissimulé l'existence ? Pensiez-vous que rester assis sur cette chaise éviterait qu'on la découvrît ?

— Monsieur, j'avais donné ma parole à M. Halluin de n'en parler à personne. La parole d'honneur est exigeante, de poids identique pour chaque homme, même celle d'un barbier.

— Restait, Monsieur, qu'il était maladroit de vous asseoir sur cette chaise. C'était la signaler comme suspecte... À moins que vous n'ayez voulu donner une indication sans rompre votre parole. Savez-vous ce que contient ce paquet ?

— Je l'ignore et ce n'est point mon affaire. Je le portais une fois par mois à Monsieur Halluin qui y prélevait un document, puis me rendait le tout jusqu'à la prochaine fois.

— Nous allons voir cela.

Nicolas ouvrit le paquet brun avec difficulté. Une masse de documents apparut, séparés par des feuilles de carton pliées qui constituaient comme autant de dossiers. Sur chaque page de garde figurait une date. Tout commençait en 1785, le 23 novembre, les dossiers suivants étaient vides, le seul contenant des papiers portait la date du 23 mai. Il prit conscience que c'était le lendemain. Ouvert, le dossier laissa échapper des rapports concernant la rade de Cherbourg, un plan des fortifications du port et un programme du prochain voyage du roi en Normandie. Un autre dossier était empli d'un livre de comptes qui paraissait prouver que le sieur Halluin devait des milliers de livres, somme qui faisait supposer un chantage ou des dettes de jeu. Au fur et à mesure qu'il en prenait connaissance, Nicolas passait les papiers à Bourdeau qui, ayant chaussé ses besicles, les lisait avec attention. Leur étonnement était tel qu'aucune parole ne fut échangée pendant un long moment. Derechef la date du 23 mai s'imposa à Nicolas. L'homme à qui Halluin avait transmis un papier aux Champs-Élysées le 23 avril attendait sans doute un nouveau contact le lendemain.

Nicolas était effrayé par ce qu'il découvrait. La gravité exceptionnelle de cette affaire se révélait jour après jour. Quelles y étaient la place et la responsabilité de ce petit jeune homme ? Rien ne le désignait comme un auteur de ce complot et rien jusqu'à présent n'indiquait que la mort d'Halluin pût lui être imputée. Mais il était par trop mêlé à la vie de ce dernier et à ses machinations pour le laisser en liberté. Cela justifiait une incarcération au secret dans un cachot reculé du Grand Châtelet. Un ultime examen de la chambrette suivit la découverte du paquet brun sans que rien de nouveau ne soit décelé.

Dans la voiture, les deux policiers échangèrent leurs impressions.

— As-tu noté, dit Bourdeau, que Lessard n'a jamais demandé comment Halluin avait été assassiné ? Quelle curieuse réserve !

— Je m'en étais fait la remarque. Je suis surpris aussi qu'à part une chemise rapiécée et un manteau élimé, tu n'aies pas trouvé davantage d'habits.

— Il est pauvre et n'a sans doute pas les moyens d'acquérir plus qu'il porte sur le dos.

— Pourtant il paye son loyer rubis sur l'ongle.

— Halluin y contribuait.

— Encore une chose. Pour quelle raison a-t-il tout fait pour dissimuler le secret d'Halluin ? La parole donnée l'avait été du vivant de son protecteur. Celui-ci mort, qu'avait-il à s'obstiner de la sorte ? À quoi cela pouvait-il servir ?

— Peut-être espérait-il possible d'en user à son propre avantage.

— Dans ce cas c'est qu'il connaissait le contenu du paquet brun. N'a-t-il pas précisé qu'il le portait chaque mois à Halluin qui y prélevait un document ? Ces occasions répétées auraient pu lui offrir quelques lumières.

— Le cachot l'incitera à être plus bavard.

— Je n'en prendrais pas le pari. D'expérience, il faut toujours se méfier de ces visages qui transpirent l'innocence. « *Discernez-vous si mal le crime et l'innocence* ? »

Nicolas se mit à rire.

— « *Dès qu'on leur est suspect, on n'est plus innocent.* » Décidément, nous avons la même *Racine* !

Leur réflexion se poursuivit dans une sorte de conseil de guerre en présence de Gremillon et de Rabouine.

— Des mesures d'urgence s'imposent. Demain, jour fatidique, Halluin devait remettre un document à un inconnu, sans doute un espion étranger…

Nicolas songea soudain – comment la chose avait-elle pu lui sortir de l'esprit ? – au message que lui avait fait passer Antoinette sur son éventail. D'une manière éclatante, les deux affaires n'en faisaient qu'une. Il existait au ministère de la Marine un traître qui transmettait des documents à Halluin, lequel servait de truchement avec un espion anglais. Sans doute, d'une manière ou d'une autre, était-il stipendié pour cette tâche. Il complétait ses ressources en dérobant des médailles à la Bibliothèque du roi et en les négociant chez un receleur. Il était endetté jusqu'au cou, si l'on en jugeait par les indications du livre de comptes. Pourquoi et comment ? Un frisson le parcourut : l'État était désormais menacé par de dangereuses menées.

— De deux choses l'une, reprit Nicolas, soit l'espion a eu connaissance de l'assassinat d'Halluin et dans ce cas il ne paraîtra pas aux Champs-Élysées, soit il l'ignore et il sera présent pour recevoir sa livraison. Elle est d'autant plus capitale que la série s'achève et que les dernières informations portent sur le prochain voyage du roi à Cherbourg.

— Encore aurait-il fallu qu'il connût l'identité de celui qu'il rencontrait habillé en femme.

— Peut-on remplacer Halluin, avança Gremillon, en envoyant sur place l'un de nous remettre le document à l'espion ?

— Bonne idée ! Mais où est exactement situé le lieu du rendez-vous de demain ?

— Attendez, dit Bourdeau qui depuis un moment examinait avec une lentille grossissante le plan des Champs-Élysées joint aux autres documents du paquet brun. Il y a des ronds minuscules marqués d'une croix sur ce plan. Il en subsiste pourtant un qui n'a pas été rayé. Sans doute est-ce le lieu du dernier rendez-vous, celui de demain. Il faut d'urgence consulter Federici pour qu'il nous aide à déterminer l'endroit prévu.

Nicolas réfléchit un moment.

— L'organisation d'un piège impose d'être du dernier prudent. Le déplacement en force alerterait notre homme. Deux hommes travestis, ils ne feront pas tache dans la fréquentation nocturne du parc, patrouilleront à distance raisonnable du rendez-vous. Un cercle plus large enserrera le parc. Je doute que l'espion vérifie l'authenticité des documents remis. Du papier solidement enveloppé y pourvoira.

— De toute manière, dès qu'il sera repéré, nous lui sauterons sur le râble, dit Gremillon, et peu importe la nature de la livraison.

— Le temps presse. Rabouine, tu joueras le rôle d'Halluin avec, par précaution, une robe de femme prise rue des Mathurins. Il convient de respecter la véracité. Bourdeau et moi irons consulter Federici pour déterminer le lieu possible du rendez-vous et surtout pour qu'il évite de patrouiller dans le secteur demain soir.

Lorsqu'ils se retrouvèrent seuls, Bourdeau interrogea Nicolas.

— Et Sartine ? Y as-tu pensé ? Le vas-tu informer de notre plan ?

Nicolas soupira.

— Le sentiment me pousserait à lui rendre compte, encore que rien ne l'impose, mais la raison opérante me fait craindre les conséquences de cette loyauté.

Il se mura dans un silence méditatif. Comme toujours des bataillons de scrupules affluaient et le tenaillaient. Ne se laissait-il pas entraîner par un sentiment personnel de revanche à l'égard de celui qui lui avait dissimulé tant de choses depuis le commencement de son service au Châtelet ? D'un autre côté, pouvait-il s'autoriser à agir de son propre chef dans une affaire qui intéressait la sûreté du roi ? Exposer les arcanes de celle-ci à Sartine, alors qu'il était indispensable de manœuvrer dès le lendemain soir, lui semblait une initiative hasardée. Il était question de trahison. Elle provenait, tout le laissait supposer, des bureaux de la Marine. De fait, c'est au roi qu'il devait s'ouvrir de faits aussi graves. Il avait confiance dans le souverain, ayant constaté à maintes reprises que celui-ci savait conserver pour lui-même les informations confidentielles qu'il lui était arrivé de lui transmettre.

— Notre action doit être rapide, mais nous ne pouvons intervenir en enfants perdus. Il nous faut une couverture que même Sartine ne nous offrira pas.

Il consulta sa montre.

— Fais-moi chercher un cabriolet. Je pars à l'instant pour Versailles voir le roi.

— Prends plutôt une voiture fermée. Par ce temps tu vas arriver au Château couvert de poussière.

Ayant donné ses dernières instructions, Nicolas partit pour Versailles à la mi-journée. À Fausses-Reposes, son cœur se serra quand sa voiture passa devant l'hôtel d'Arranet. De quel moyen pouvait-il user pour convaincre Aimée de son innocence ? Leur relation participait pourtant de l'esprit du temps. L'un et l'autre avaient sans doute vécu d'éphémères manquements, mais jamais ceux-ci n'étaient venus à leur connaissance, tant le mensonge était une garantie de l'amour. Ce qui avait outré Aimée lors du bal de la reine, c'était la certitude qu'une intrigue amoureuse se nouait sous ses yeux entre Nicolas et Lady Charwel et que, de surcroît, sa publicité si criante ne se pouvait démentir d'aucune façon. Son orgueil en avait été cruellement froissé.

À peu de distance de la Place d'Armes, il se pencha à la portière. Dans le lointain, le château flottait sur un lac d'argent. La chaleur enveloppait sa masse blanche, qui tremblait dans un scintillement d'or et d'argent. Ayant laissé sa voiture dans la cour d'honneur, il franchit l'arcade pour rejoindre l'escalier de marbre conduisant aux appartements du roi. Après avoir traversé les salles des gardes du corps et des Cent-Suisses, à l'entrée du salon de l'Œil-de-bœuf, il fut arrêté par un huissier à qui il demanda de parler à M. de Ville d'Avray, premier valet de chambre du roi. Son ami se partageait désormais pour remplir ses deux fonctions, au château et au garde-meuble de la Couronne. Par chance, il était présent.

— Je pense, mon cher marquis, pouvoir vous introduire. Le roi achève son travail avec le commissaire des ports et arsenaux, premier secrétaire du conseil de la Marine.

Ville d'Avray le quitta et revint presque aussitôt pour le conduire dans la salle du conseil. Ils croisèrent M. de la Boulaye, les bras chargés de cartes, qui les salua en cérémonie.

Le roi, qui était appuyé des deux mains sur la table du conseil, se retourna. Son visage s'éclaira à la vue de Nicolas.

— Ah, le petit Ranreuil !

Il était toujours surpris de s'entendre ainsi appeler par un homme jeune, son cadet de près de quinze années.

— Ville d'Avray me dit que vous me voulez parler d'urgence.

— Oui, Sire. Que Votre Majesté me pardonne cette intrusion, mais la gravité…

Le roi grimaça. Il n'aimait point que l'on entrât aussi brutalement dans le vif du sujet.

— Le printemps est magnifique cette année.

— Oui, Sire, mais le voyage qu'envisage Votre Majesté à Cherbourg peut être compromis par de récentes découvertes de votre commissaire aux affaires extraordinaires. Celles-ci laissent craindre non seulement un attentat contre le roi, mais sans doute des tentatives contre les travaux de la nouvelle rade.

— Mon Dieu, n'ai-je pas assez de soucis avec les finances de ce malheureux royaume ! Je suis entouré d'incapables et de coquins. On m'assomme de tous côtés pour combler le déficit. Les plans se succèdent ; j'en ai la tête farcie. Et Necker qui attaque Calonne dans les salons qu'il hante avec sa détestable femme. Bon, expliquez-moi votre affaire.

Nicolas entreprit d'exposer l'affaire sans fioritures. Contrairement à son aïeul qui aimait les récits circonstanciés avec un goût particulier pour les épisodes les plus macabres, Louis XVI préférait les exposés clairs et succincts, rassemblant les données indispensables d'un rapport. Sans un mouvement il écouta le récit clair de Nicolas, puis se mit à faire le tour de la table du conseil en frappant de la main les fauteuils qui l'entouraient.

— Merci, Ranreuil, d'avoir encore une fois agi en bon serviteur. Exposez-moi votre plan.

Le ton était solennel, celui du souverain. Nicolas s'exécuta et fut à nouveau écouté avec attention.

— Qui est au courant ?

— Mes gens, qui sont des tombes et arrêteront l'espion aux Champs-Élysées. Encore ne connaissent-ils qu'une partie de l'intrigue.

— Ni Breteuil ni Crosne ?

— Non, Sire.

— Ni Sartine ?

— Multiplier les détenteurs d'un secret est toujours un risque, mais si Votre Majesté l'ordonne…

— Point. Vous avez raison. Mon grand-père le feu roi me parlait comme vous le faites. Il fallait feindre d'ignorer. Et puis…

Il se mit à rire et cette joie fit resurgir le jeune homme sous le visage sévère du roi.

— … Je suis assez aise d'apprendre que Sartine ne sait rien et que, pour une fois, j'apprends les faits avant lui.

— Et la Marine, Sire ?

— Il est vrai que ce département se trouve au centre de l'affaire puisque la trahison ne peut provenir que de ses bureaux. Je m'en ouvrirais bien à Castries[2], mais sa probité est poussée jusqu'à la délicatesse et je le crois peu porté à entendre la nécessité d'aussi obscurs expédients. Ils relèvent de la justice retenue du roi qui doit seul en ordonner les remèdes.

Il prit Nicolas par le bras et l'entraîna dans l'enfilade des pièces, la chambre à coucher réelle, le cabinet de la pendule, jusqu'au cabinet du roi.

— Ranreuil, à bien y réfléchir, je trouve votre plan assez adroitement troussé, mais sa conclusion me laisse sur ma faim et m'inquiète. Il y a un inconvénient qu'il ne semble pas prendre en compte. Imaginons la scène.

Le roi se mit à mimer la scène comme s'il se trouvait sur les planches du petit théâtre de la reine, jouant la pantomime.

— Dans l'ombre propice du parc, votre homme approche de l'espion, à condition toutefois qu'il le trouve. Le voilà ! La liaison s'effectue et vos gens l'entourent, l'assaillent et s'en rendent maîtres. Mais est-on assuré qu'un espion de cet acabit vous chantera volontiers quels sont ses complices et les initiateurs de cette criminelle tentative ? Je vous rappelle que j'ai fait supprimer la *question*…

— Dont je n'ai jamais usé, ayant toujours jugé qu'une preuve arrachée par la douleur était sans valeur.

— Sait-on, poursuivit le roi, si un contrôle des documents transmis ne s'effectuera pas ? Il faut transmettre les vrais documents, les originaux. Je doute que votre homme recevra ce paquet sans en vérifier le contenu. Et vos gens, loin de l'appréhender, se doivent au contraire de le suivre subrepticement jusqu'à savoir où il va et à qui il transmet les documents. Alors, et alors seulement, il le faudra arrêter.

— Mais, Sire, quel risque !

— Faites copier les documents. Si par malheur ils nous échappaient, au moins pourrions-nous parer à cet inconvénient.

Le roi s'agitait, bonhomme et heureux. Nicolas devinait que cette affaire aidait le souverain à soulever la lourde chape du pouvoir qui chaque jour l'écrasait davantage sans qu'il ait vraiment prise sur les événements. Il prenait plaisir en cette occurrence à exercer un pouvoir qu'il avait l'habitude de déléguer. Il se sentait soudain le maître.

Il s'assit à son bureau dont il souleva le lourd cylindre, réfléchit un moment et se mit à écrire un court billet qu'il sécha et tendit à Nicolas.

— Voici, Ranreuil, un ordre de ma main qui prévoit que vous agissez sous mon ordre direct et que tout ce que vous ferez le sera pour le salut de l'État et selon mon bon plaisir. Au fait, à quand le mariage de votre fils ?

— Hélas, Sire, dit Nicolas en riant, la date n'est pas encore fixée car la demande n'a pas encore été présentée.

— Oui, bien… Pour mon voyage en Normandie, sachez que je partirai de Compiègne le mercredi 21 juin prochain, tôt le matin, vers cinq ou six heures.

Je vous veux dans le second carrosse et, près du mien, je veux voir caracoler M. de Tréhiguier. Ainsi serai-je assuré de ma sûreté, ayant tous les Ranreuil autour de moi. À Houdan, nous abandonnerons nos chevaux et prendrons ceux de la poste. D'ici là vous aurez tout le loisir d'étudier de près les étapes du voyage et d'en mesurer les périls. Vous m'avez conduit à regarder le peuple sans qu'il s'en doute, cette fois j'entends goûter le plaisir d'être roi et d'aller vers lui afin de le mieux connaître.

Il s'était dressé et il émanait soudain de cet homme grand, et comme rehaussé par ses propos, une vraie majesté. Il regardait avec une sorte d'orgueil le médaillon représentant le feu roi qui décorait le centre du bureau d'Oeben et Riesener.

— Ah, je n'oublie pas non plus que vous fûtes un officier vaillant au combat d'Ouessant. Vous revêtirez à nouveau votre uniforme d'officier, sans omettre la croix de Saint-Louis, et m'accompagnerez à bord des vaisseaux que je visiterai. Non, vraiment, je n'oublie rien. Allez, Monsieur, allez et tenez-moi informé de notre affaire.

Nicolas se retira à reculons, serrant sur son cœur la lettre du roi qui valait blanc-seing pour toute action à venir et comme exalté par les propos de son souverain.

— Mon Dieu, lui dit Ville d'Avray, vous semblez transfiguré. Vous ne le seriez pas moins si on venait de vous faire cordon bleu !

Nicolas ne répondit pas. Son ami n'imaginait pas le bonheur que lui avaient procuré les paroles de Louis XVI.

X

LES CHAMPS-ÉLYSÉES

« Lorsqu'il n'est pas en notre pouvoir de discerner les plus vraies opinions, nous devons suivre les plus probables. »

Descartes

Nicolas n'arrêta pas sa voiture à l'hôtel d'Arranet. Il se donna comme prétexte qu'Aimée était sans doute retournée pour son service auprès de Madame Élisabeth à Montreuil. Plus encore, aucun argument nouveau ne lui semblait permettre une meilleure justification. En dépit de l'heure tardive, il décida de passer au Grand Châtelet, pressentant que Bourdeau devait l'y attendre. Il trouva l'inspecteur endormi, la tête dans ses bras, sur la table du bureau de permanence. Il le réveilla en douceur et appela le père Marie pour qu'il lui apporte du café.

— J'ai eu raison de t'attendre. Alors, le roi ?

— Sa Majesté nous approuve et nous appuie. Et surtout, nous couvre.

Il agita le blanc-seing comme un trophée.

— Et je la crois très satisfaite d'en connaître plus que ses ministres et, surtout, davantage que Sartine.

— Et la conséquence de tout cela ?

— Nous devons refaire notre plan, ou plutôt en modifier un détail. Le roi souhaite qu'on file l'espion afin de savoir où vont les informations dérobées à la Marine. Nous le devons surprendre au moment où il arrivera à destination.

— Dans les bras du duc de Dorset, il n'est pas malaisé de le supposer. Il s'agira de ne point perdre notre homme. Nos yeux ne devront guère être éloignés de Rabouine en travesti. Heureusement que le lieu est très peuplé par ces beaux soirs de printemps. Je suppose que l'homme sera le même que celui du rapport de Federici.

— Il faut mettre quelqu'un près de l'ambassade d'Angleterre.

— Louis est passé.

— Ah, du nouveau ?

— Les Charwel lèvent l'ancre. Ton fils espérait que tu pourrais l'accompagner demain matin chez maître Vachon, votre tailleur.

— Ma Doué, jeunesse ! Il brûle sans doute de commander son nouvel uniforme. Il a raison d'ailleurs de se presser, car le roi le veut en cavalcadour d'escorte près de sa voiture tout au cours de son voyage en Normandie. Et moi, dans le second carrosse.

— Fichtre, la faveur la plus grande !

— Ce n'est pas précaution inutile vu les risques que nous soupçonnons.

— Demain matin, assume ton rôle de père, j'irai voir Federici seul.

— Je t'en remercie. Je crains que Vachon n'effraye un peu Louis. Tout est prétexte à sarcasme chez « *ce bon monsieur Vachon* ».

— Qu'y a-t-il de véridique dans cette phrase du roi ?

— À vrai dire, je n'en sais plus rien moi-même, mais son effet se perpétue de la plus heureuse manière.

Il se mit à rire.

— L'artiste en est tellement imbu que je pourrais presque oublier ses factures. Il trouve toujours que je paye trop vite, « comme un bourgeois », dit-il. Enfin, j'accompagnerai le vicomte.

— Il ne faudra jamais oublier que vous manquez par trop d'arrogance, vous, les Ranreuil.

Bourdeau déposa Nicolas rue Montmartre et profita de la voiture pour rejoindre le lointain faubourg Saint-Marcel.

Mardi 23 mai 1786

Au petit matin Nicolas retrouva son hôte et Louis devant la corbeille de brioches et de pains mollets encore chauds que montait chaque matin le boulanger locataire du rez-de-chaussée. Le lieutenant dévorait à belles dents ces délices sous les regards conjugués et envieux de Noblecourt et de Pluton, qui bavait d'abondance. Nicolas, qui n'avait rien mangé la veille, se joignit d'enthousiasme au festin et engloutit d'affilée trois tasses de chocolat.

— Voici enfin notre feu follet ; votre fils bout d'impatience de vous parler.

— Mon père, j'ai bien des choses à vous dire.

— Que vous m'attendez pour affronter maître Vachon, cela je le sais déjà.

Louis rougit.

— Ce n'est point cela. Les Charwel sont repartis.

— Je l'ai aussi appris. Aucun nouveau message pour moi ?

— Aucun, hélas. La surveillance décrite ne s'est jamais relâchée tout au long du séjour. Bref, d'ailleurs…

— Bien court en effet. A-t-on avancé une raison pour ce départ précipité ?

— Des réunions à Londres, à l'Amirauté.

Un étau de glace serra le cœur de Nicolas ; il ne reverrait pas Antoinette.

— Les adieux de Lord Charwel ont été fort courtois. Il m'a remis un présent pour me remercier.

— C'est gracieux, dit Nicolas soudain en éveil. Et en quoi consiste ce présent ? *Timeo Danaos*… venant d'un Anglais il y a tout à redouter…

— Une très belle édition de Racine et une traduction d'Euripide.

Louis présenta les volumes qu'il avait posés sur une console.

— L'édition magnifique de 1760, dit Noblecourt en connaisseur. Des gravures finement aquarellées, exemplaire relié en maroquin, tranches dorées et gardes de moire verte. Quant à la traduction, l'Euripide, imprimé chez Pissot ! Diantre, il ne s'est pas moqué de vous, le milord !

— Je soupçonne un mystère dans ce choix raffiné. Je ne vous savais pas si féru de Racine.

— À vrai dire, mon père, moi non plus. Ma mère, dès que Lord Charwel approchait, m'entretenait de ces deux auteurs. C'est pourquoi, supposant mes goûts, il a fait acheter ces volumes. Et Lady Charwel a tenu elle-même à les emballer, m'a-t-elle dit.

— Qu'avez-vous fait du papier ?

— Me croyez-vous si naïf, mon père ? Le voici.

— Fils de limier, limier lui-même, plaisanta Noblecourt.

Louis tendit à Nicolas un papier froissé, en plumes de paon, qu'il examina soigneusement, au point de le regarder à contre-jour. Rien n'attira son attention. Il prit les livres qu'il feuilleta et tâta, en particulier les gardes. Rien d'inhabituel ne faisait naître de suspicions.

— Un détail m'intrigue cependant. Le livre a-t-il été lu ? Est-ce vous ?

Louis fit non de la tête.

— Il est étrange que les signets de soie rouge aient déjà perdu leur fraîcheur et leur pliure d'origine, et cela à la fois dans Racine et dans Euripide. Pour les trois volumes, j'observe cela uniquement dans le tome II, où la pièce *Iphigénie en Aulide* est ainsi marquée.

— Dans l'Euripide, le signet désigne aussi *Iphigénie*, dit Noblecourt, qui s'était saisi du livre.

— Voilà un mystère qu'il nous faut éclaircir. Je crois qu'Antoinette a tout fait pour que ces livres vous soient offerts. Ce ne pouvait être sans intention. Elle préparait une possibilité de nous confier quelque chose, une information nouvelle.

Il se mit en mesure de lire les pages marquées par les signets, comparant les textes de Racine et d'Euripide, puis les passa à Louis pour qu'il exécutât la même opération.

— Si je compare les deux textes, dit ce dernier, je repère la présence répétée de mentions identiques, celle du roi Pélée, père d'Achille. Voyez, chez Racine, Agamemnon dit : « *Achille était absent et son père Pélée* » et chez Euripide, à la page indiquée par le signet, « *Oui c'est là où les Dieux célébraient les noces de Pélée* ».

— Que concluons-nous de cette évidente comparaison ? Que le mot *Pélée*, répété chez les deux auteurs aux pages marquées, est d'évidence destiné à attirer notre attention. Mais sur quoi ? Quelle est la signification de tout cela ? Une chose qui doit être grave pour qu'Antoinette se soit évertuée avec tant de subtilité à nous la transmettre.

Sur cette interrogation, le père et le fils s'acheminèrent à pied rue Vieille-du-Temple, dans l'antre de maître Vachon. Louis expliqua à son père, qui s'en doutait, que le vieil homme l'impressionnait par sa perpétuelle irritation contre les travers du temps. Ils le trouvèrent très diminué dans son fauteuil roulant. Mais cela d'évidence ne l'empêchait pas de tenir son monde et d'exercer sur ses apprentis sa sourcilleuse autorité.

— Monsieur Vachon, voici mon fils que vous connaissez et qui réclame une nouvelle fois vos services. Il vient d'être nommé lieutenant des gardes du corps.

— Quelle merveilleuse nouvelle ! Il aura ainsi comme son père l'occasion de rappeler à Sa Majesté le dévouement de *ce bon monsieur Vachon*. Je n'ai pas oublié, Monsieur le marquis. Dans quelle compagnie, Monsieur le vicomte, allez-vous servir ?

— La compagnie écossaise, précisa Louis d'un air faraud.

— Oh, la plus respectée ! Encore mieux ! Et je suppose que vous souhaitez me voir exécuter l'uniforme réglementaire de lieutenant, hein ?

Il appela un de ses aides et lui commanda de lui apporter un gros registre qui trônait au milieu d'autres sur une étagère. Il se fit ensuite rouler vers une petite table à bonne hauteur où il se mit à feuilleter les pages du volume. C'était un extraordinaire rassemblement de planches de dessins rehaussés de gouache, tous accompagnés de notes à la plume, dans lesquelles Nicolas reconnut les pattes de griffe du tailleur.

— Hum… Voilà, compagnie écossaise. La plus réputée, mais aussi la mieux vêtue. Oh, oui ! Justaucorps bleu avec galons d'or et d'argent sur les coutures et les parements de velours rouge, et quand Monsieur le lieutenant aura acquis l'ancienneté voulue, il pourra revêtir à l'occasion des grandes cérémonies, sacre, ce qu'à Dieu ne plaise, et mariages, l'habit de satin bleu recouvert d'une cotte d'armes en drap d'argent brodé d'or. Magnifique, magnifique ! Une splendeur ! Et…

Nicolas interrompit, inquiet d'un trop long développement.

— Pensez-vous le livrer assez vite ? Mon fils doit prochainement escorter le roi.

— Oh, le roi, le roi. Le pauvre, avec cette femme qui ose accuser ce bon cardinal.

Nicolas maîtrisa du bras le mouvement d'indignation de Louis.

— … Pour vous, nous couperons, taillerons, bâtirons et coudrons au plus vite. Que ne ferait pas *ce bon monsieur Vachon* pour celui qui l'a si bellement honoré et lui a procuré le regard de Sa Majesté ?

Il appela un apprenti pour relever les mesures, ce qui fut exécuté avec la plus extrême précision, Vachon notant tout sur un registre.

— Monsieur le marquis, votre fils a les mêmes mensurations que vous-même à son âge. Il y a vingt ans et plus.

— Vingt-sept, maître Vachon, vingt-sept, et depuis j'ai pris un peu d'ampleur.

— Sans excès, Monsieur le marquis, sans excès.

Louis contractait les lèvres pour ne pas pouffer.

— Que n'avons-nous pas fait ensemble ! Ah, l'heureuse époque du feu roi !

Nicolas ne put arrêter la sempiternelle complainte sur la déliquescence des temps.

— Songez, Monsieur le marquis, où nous en sommes. Décadence, je vous l'affirme, partout décadence. On ne s'habille plus, on se couvre. Pourquoi n'en pas revenir aux Romains ? Un drap blanc suffirait pour s'empaqueter. Voyez tous ces muguets de cour qui me commandent des gilets à la douzaine, à la centaine même, tant on exige de créer la nouveauté et la mode chaque jour. Et peignez-vous dans cette obligation nos petites mains qui doivent broder tout cela de scènes insensées, tels sujets de chasse, combats navals et même charges de cavalerie ! Et les boutons d'habits, les avez-vous vus, énormes, comme des soucoupes...

À ce moment la rangée des têtes des apprentis s'était relevée, babillages et rires étouffés se multipliaient. Vachon s'en aperçut et rétablit l'ordre d'un formidable coup de canne sur le comptoir. Les têtes replongèrent sur le tissu et sur l'aiguille.

— Oui, des soucoupes qui toisent le vis-à-vis. Allez, des portraits, les douze Césars, les rois de France et pour les plus audacieux leur maîtresse, ou des représentations des plus licencieuses que je n'oserais décrire. Oui, des boutons aussi larges qu'un écu de six livres ! Songez à quoi peut ressembler un coquin plastronné de la sorte ! Mais c'est la mode, que répondre à cela ? Le bel air !

— Et pour les dames ? demanda Louis en dépit d'un geste de Nicolas qui derechef s'impatientait.

— Rien que de très commun. Belles étoffes et diamants. Et pourtant la reine ne s'habille plus. Certes pour les diamants... Mais nous ne sommes pas joaillier et ne vendons pas de collier, n'est-ce pas ?... La reine, dis-je, s'en tient à une détestable simplicité, robes de lingerie, de satin ou de taffetas de Florence. Les robes d'étiquette n'apparaissent plus que dans les très grandes réunions de cour et je déplore...

— Bien, bien, dit Nicolas. Grand merci à vous.

Il entraînait Louis qui riait sous cape.

— Quand pensez-vous livrer l'uniforme ?

— Premier essayage dans huit jours et après, selon finition, vers le 10 du mois prochain.

— À coup sûr nous y comptons. Le tout, je vous prie, sur ma note.

— Ah, Monsieur le marquis, si tous vos semblables agissaient comme vous le faites, je serais plus riche.

Dans la rue, Louis remercia son père.

— Vous aurez suffisamment de dépenses à faire. La vie de cour est dispendieuse, beaucoup plus qu'à Saumur. Et surtout, Louis, ne jouez jamais, jamais. Sachez qu'on vous y poussera. Résistez, le roi n'aime pas cela.

— Je m'y suis toujours tenu, suivant vos conseils. M. Vachon n'a pas l'air d'aimer la reine.

— Hélas, il reflète l'avis général. Il n'y a plus rien de sacré, tout est tourné en dérision. Seul le roi échappe encore à la critique. Quand partez-vous ?

— Demain. Je dois régler mes affaires à Saumur, faire mes adieux à mon régiment et saluer ma tante Isabelle à Fontevraud.

Il hésitait.

— Un souci, mon fils ?

— Il me faut ramener mes chevaux à Paris. Je ne peux vendre celui que m'a offert Monsieur, ni abandonner Bucéphale, qui n'obéit qu'à moi et que j'aime tendrement. Pensez-vous que je pourrais les loger dans les écuries de l'hôtel de Noblecourt ?

— Il y a largement la place et Sémillante sera ravie de cette compagnie, ainsi que ceux de l'équipage. Parlez-en à notre vieil ami. Je vous verrai demain matin, car pour ce soir je suis engagé dans une délicate opération.

Louis regagna la rue Montmartre et Nicolas le Grand Châtelet.

Il trouva Bourdeau, Gremillon et Rabouine penchés sur un plan des Champs-Élysées qui avait été tracé à larges traits sur une feuille de grande dimension.

— Grâce à Federici, dit l'inspecteur, nous avons repéré très exactement le lieu du dernier rendez-vous. Une inconnue demeure, celle de l'heure.

— Comment ! Federici ne la connaît point ?

— Il ne l'avait pas notée dans son rapport. D'après son souvenir, cela devrait se situer aux environs de minuit.

— Il reste à espérer qu'il n'y aura pas de changement. Et l'état de la lune ?

— J'ai consulté l'*Almanach royal* : dernier quartier et donc clarté médiocre.

— Cela peut favoriser nos desseins. Autre chose, il me semble, Baptiste, que vous avez une bonne écriture.

— J'y veille, en effet.

— Alors vous allez faire une copie des documents peu nombreux que nous remettrons cette nuit à notre mystérieux correspondant. Quant à toi, Rabouine, tu tends les rets du soir dans le parc et organises les relais de la filature. Sinon, nous risquerions de perdre le quidam. Il empruntera sans doute une voiture ou un cheval stationné sur le pourtour. Prévois aussi des voitures.

Lorsqu'ils se retrouvèrent seuls, Bourdeau s'adressa à Nicolas.

— Une réflexion m'est venue au sujet de la mort d'Halluin.

— Je t'écoute.

— Le matériel trouvé chez Lessard m'intrigue.

— Son matériel de barbier ? Rien de surprenant. Ce sont les instruments habituels des merlans. La saignée a toujours fait partie de leur profession.

— As-tu remarqué la lancette ?

— Certes. Quelle est ton idée ?

— Il serait bon de consulter Sanson sur la nature de la blessure qui a tué Halluin.

— Tu as raison. Il est là. Que le père Marie aille le chercher.

Peu après, Sanson entra dans le bureau de permanence vêtu de son habituel habit vert et la perruque soigneusement poudrée. Nicolas songea une nouvelle fois que cet homme banal pouvait déambuler dans Paris sans que personne ne soupçonnât dans cette silhouette bonhomme l'aimable acteur d'une terrible fonction.

— Mon ami, nous avons besoin de vos lumières. Quand vous avez procédé sur place à l'examen du cadavre du pont Notre-Dame, vous nous avez indiqué que la blessure était…

Il consulta son petit carnet noir.

— Vos propres mots : *blessé par une lame fine*...

— Très exactement. Qu'attendez-vous de moi ?

— Savoir, et la précision peut être de conséquence, si, en dépit de l'état du corps, la blessure que vous avez constatée aurait pu être occasionnée par la lancette d'un barbier.

Sanson réfléchit un moment.

— Ma foi, c'est une possibilité. L'instrument est en général un peu court, mais dans le cas d'une attaque de très près, d'un corps à corps, la lame peut pénétrer à fond. C'est donc une hypothèse vraisemblable.

— Aucun autre détail ne vous avait frappé ?

— Rien, malheureusement.

Le bourreau se retira. D'un mouvement qui lui était familier, Bourdeau hocha la tête.

— La consultation est éloquente.

— Ton hypothèse prend de la force. Il est vrai que Lessard est un garçon étrangement ambigu. Mais pourquoi, s'il avait assassiné son protecteur, serait-il allé traîner rue des Mathurins ?

— Tiens, le bon moyen d'éviter qu'on le soupçonne ! Eh quoi, il tue Halluin et revient rôder à son domicile, se fait morguer par la portière et repérer par la police. Que de bons procédés pour justifier la réflexion que nous venons de formuler.

— Bon, nous approfondirons cela après notre expédition de cette nuit.

Le père Marie entra, un papier à la main.

— « *Le Hibou vous attend dans son antre habituel.* » Ah, Restif se manifeste. L'as-tu fait chercher ?

— Non, j'en ai parlé à Tirepot qui a lancé ses troupes à sa recherche. Avec succès, je vois.

Nicolas prit son tricorne.

— Je cours à notre taverne habituelle. Il n'aime pas se montrer au Châtelet.

— Cela se pourrait en effet, jeta Bourdeau, goguenard, qu'il renseigne la police !

Alors que Nicolas se dirigeait vers la taverne de la place des trois Maries où d'habitude il rencontrait Restif, il le trouva qui l'attendait rue Saint-Germain-l'Auxerrois. Le Hibou semblait hagard et jetait des regards inquiets de tous côtés. À la vue de Nicolas, il lâcha un soupir de soulagement. Il le prit par le bras et l'entraîna dans la voie de l'Arche-Pépin, ruelle déserte qui descendait pour passer sous le quai de la Mégisserie et finir par une grille donnant sur le fleuve. L'endroit, qui avait jadis servi d'abreuvoir, n'était plus qu'un boyau resserré entre des façades lépreuses, au milieu duquel méandrait dans la fange un infâme ruisseau de sang, d'ordures et de déjections. Restif s'arrêta près d'une borne, s'y appuya, s'essuya le front et attira Nicolas près de lui.

— Mon Dieu, dit celui-ci, à quoi rime cette comédie ? Êtes-vous poursuivi par des diables ?

— Vous ne sauriez mieux dire, c'est l'enfer pour moi en ce moment.

— Contez-moi la chose. Que vous arrive-t-il ?

— Bien des malheurs.

— Je vois ! Un mari jaloux ? La vengeance d'un malfaisant que vous avez dénoncé ?

— Quelle cruauté ! Vous plaisantez avec un pauvre homme poursuivi par son gendre. Augé me veut malemort depuis que ma fille l'a quitté.

— Voilà l'inconvénient d'être un père trop affectueux !

— Ne donnez pas la main, je vous prie, aux calomnies de mes ennemis. Il n'y a pas qu'Augé. Le principal locataire de mon logis, rue des Bernardins, un procureur, me poursuit de sa vindicte.

— Vous récoltez sans doute le fruit de quelque chose.

— Vous m'avez fait chercher, pourquoi ?

— Parce que j'apprécie votre conversation. Vous êtes le hibou des hôtes de cette ville. Vous voyez et savez tout. Je fais appel au grand *voyeur* de la vie parisienne. Je cherche un homme qui se déguise en femme et que, par hasard, vous pourriez avoir croisé.

Sans rien dévoiler du fond de l'affaire, Nicolas développa l'hypothèse que l'homme travesti, ayant des dettes importantes, aurait pu fréquenter un tripot de jeu clandestin.

— Votre propos me rappelle un événement. Excusez un dit un peu long. Il est nécessaire à l'entendement.

— Faites, je vous écoute.

— Un soir que je vagabondais à la recherche de quelque aimable aventure, je vis un homme qui avait glissé dans la boue et ne parvenait pas à se relever. Mon bon cœur me poussa à lui prêter mon aide. Sur ma bonne mine…

— Il avait sans doute la vue basse.

— Vous réitérez, dans mon état… Bref, l'homme m'avança appartenir à cette engeance de rabatteurs de tripot qui attirent les pigeons dans des lieux où ils se font proprement plumer. Lui entraînait les joueurs dans un établissement rue des Petits-Champs. Il m'invita à visiter l'endroit. À notre arrivée, il assura à la maîtresse du brelan[1] que j'étais un ami. Une société relativement choisie y jouait gros jeu.

— Et ?

— Point d'impatience. Je jetai mon dévolu, espérant une bonne fortune, et vous connaissez mes goûts, sur une femme masquée de bonne apparence. Je portai les yeux sur les souliers de la dame, avide d'y découvrir un de ces petons délicieux dont les charmes me font flamber. Quelle ne fut pas ma déconvenue en voyant une chaussure de grande taille, mollasse, qui gainait un gros pied. Je fus à l'instant désenchanté et me contentai de suivre le jeu. L'homme-femme joua et perdit gros. N'ayant de quoi solder ses pertes, et après avoir cédé sa montre et sa chaîne en or, il signa des reconnaissances à un homme plus heureux que lui aux cartes.

— Et tu dis que la maison en question se trouve rue des Petits-Champs ?

— Oui, dans une de ces habitations de rapport qui poussent comme des champignons en automne.

— As-tu rencontré de nouveau cet ambigu ?

— Je l'ai croisé une nuit rue de Richelieu, accompagné d'un homme. Curieux, je l'ai voulu suivre, mais il est entré dans un bâtiment.

— Te souviens-tu de la date ?
— Non. L'an dernier, à la fin de l'été.
— Paris est décidément une petite ville.
— C'est bien pourquoi je me méfie.
Nicolas glissa quelques louis à Restif, qui ne le remercia pas, et rejoignit la rue Saint-Germain en veillant à ne point s'éclabousser du contenu de la puante sentine qu'il tentait de longer.

Au Châtelet, il mit Bourdeau au fait des informations recueillies. Il s'attabla devant un plat de fritures et un pot de bière opportunément apportés par le père Marie.
— Ce sont goujons et gardons de la rivière. Ils sont gras à souhait à cette époque, et croustillants à merveille.
— Avec tout ce qu'ils peuvent croquer dans la Seine, ils seraient peu reconnaissants de ne l'être point.
— Mieux vaut n'y pas penser. Te souviens-tu de ce cadavre pris au filet de Saint-Cloud qui était empli d'anguilles ? Ah, Restif pourrait t'en conter à ce sujet de belles, et l'histoire de la vieille chiffonnière. Tirepot qui le connaît bien me l'a un jour distillée.
— Va toujours, cela nous fera passer le temps.
— Il rencontre une vieille chiffonnière, genre la vieille Émilie, celle, tu t'en souviens, qui tranchait de la viande dans les chevaux morts de l'équarrissage de Montfaucon. Ladite dame était affalée sur le trottoir, ayant abusé de la bouteille. Il la réveille. Elle lui dit : « Pas moins de douze sous le gros matou, je le guette depuis trois jours, il appartient à une dévote. Il est gras à lard. » Elle le tire du sac, il remuait encore !
— Fi la sorcière !
— Elle détenait encore dix petits chiens, « ils n'ont que six mois, c'est tendre comme la rosée, on m'en

a fait manger dimanche à la Maison Blanche pour du lapin de garenne et le pâtissier du faubourg en fait son hachis, et celui de la barrière en bonifie son cervelas ». Restif l'ayant houspillée, elle lui allongea un coup de crochet.

— Pouh, la vilaine !

» Pour revenir à notre homme, s'il fréquentait ce brelan, il sera sans doute aisé de retrouver ses créanciers.

— Ta pensée précède la mienne, dit Nicolas. Tu entrevois une affaire de cocange[2], un coup fourré où Halluin aurait perdu gros, peut-être à plusieurs reprises. Un de ses partenaires au jeu en aura profité pour exercer sur lui un chantage. Qu'aurait-on dit à la Bibliothèque du roi en apprenant que le discret conservateur se ruinait, habillé en femme ? De là à supposer que ce partenaire pourrait être le traître du département de la Marine, il n'y a qu'un pas.

— Et dans ce cas il faudrait imaginer que cet homme, après un premier contact avec les bénéficiaires de sa trahison, aurait mis en place un système de transmission des renseignements aux Champs-Élysées afin de demeurer à distance et de se protéger de tout soupçon. Il agit par personne interposée, sans péril pour lui-même.

— Et au vu des dossiers découverts chez Lessard, le compte était bon. Il ne restait plus qu'une seule livraison à effectuer, celle de ce soir. Ensuite le rideau tombait, les comparses disparaissaient et rien ne transpirait du complot.

— Reste que la machine s'est détraquée avec la mort d'Halluin.

— Et qu'il s'avère essentiel de retrouver le ou les joueurs dont dépendait Halluin.

— Le brelan de la rue des Petits-Champs nous offrira peut-être des indications fructueuses.

— Pour autant que le correspondant d'Halluin continue à y paraître.

— Songe que celui-ci peut en être l'habitué pour les mêmes causes qui entraînaient Halluin à fréquenter l'endroit. On joue pour deux raisons : la première est l'espoir insensé d'y faire fortune, la seconde le goût, solidement ancré, de ce divertissement. Une fois accroché, l'homme ne peut s'en défendre.

La journée s'écoula lentement au milieu des occupations diverses et de recherches complémentaires. Nulle trace ne fut trouvée de la tenancière de la maison de jeu de la rue des Petits-Champs. Cela signifiait sans doute que l'établissement clandestin s'était ouvert depuis peu d'années et qu'il n'avait pas attiré l'attention de la police.

Outre cela, Nicolas examina derechef les dispositions prévues pour l'opération de la soirée. Penché sur le plan des Champs-Élysées, il fit observer à ses adjoints combien le lieu avait été bien choisi par l'ennemi, car on pouvait s'en échapper dans plusieurs directions : le Cours-la-Reine était interdit, car fermé de grilles à ses deux extrémités et séparé du parc par un profond fossé, mais on ne pouvait exclure le côté du faubourg Saint-Honoré, ni l'extrémité de la voie centrale plantée d'ormes, appelée avenue des Tuileries, qui coupait le parc par le milieu et montait vers Neuilly. Dans quelle direction s'évanouirait l'espion ? Tout le succès de l'opération tiendrait dans la perspicacité des policiers et des mouches et dans leur habileté à mener la filature sans être repérés ni perdre l'objet de la poursuite.

Vers dix heures, chacun se prépara et Rabouine, maquillé et perruqué, endossait une des robes d'Halluin trouvée rue des Mathurins. Il dut faire appel à la femme d'un geôlier afin de l'aider à fermer les rubans et les ceintures qui se nouaient par-derrière. On comprit à ce moment pourquoi Halluin avait recours à son merlan pour se travestir.

Une autre inquiétude taraudait Nicolas. Federici avait-il bien noté la date de l'interpellation d'Halluin aux Champs-Élysées ? Avait-elle eu lieu dans la nuit du 22 au 23 avril ou du 23 au 24 ? Il s'en ouvrit à Bourdeau qui le rassura.

— La même objection m'était venue à l'esprit. Federici m'a assuré qu'il portait sur son registre les incidents survenus à partir du début de sa ronde. La date du 23 est donc la bonne. Le rendez-vous prévu doit bien se dérouler dans la nuit du 23 au 24 mai

Nicolas, à qui le temps pesait de plus en plus, prit soudain conscience que, dans la chaleur des préparatifs et l'obsession de l'opération à venir, ses hantises avaient disparu. Tout ce qui pesait sur son cœur, révélation du secret de sa naissance, retour et projet de mariage de Louis, retrouvailles avec Antoinette et dispute avec Aimée, tout cet ensemble, qui aurait abattu un homme de moindre trempe, l'avait pour un temps abandonné. Pour Nicolas Le Floch, la priorité de ses devoirs d'État l'emportait sur le reste. Il le constata et en éprouva un triste contentement.

Alors que onze heures sonnaient, les hommes et les mouches du guet, soigneusement choisis par Gremillon, étaient depuis longtemps en place aux Champs-Élysées. Rabouine avait pris un fiacre pour se rendre rue des Mathurins dans le cas où la maison aurait été surveillée en méconnaissance de la mort d'Halluin. Il lui avait fallu calmer la portière. La bonne dame avait cru voir surgir le fantôme de son ancien locataire. Un écu double l'apaisa. De là, Rabouine reprit son fiacre pour la place Louis XV. Dans ce type de mystification, le principe de respect des réalités devait s'imposer, aussi Rabouine avait agi comme Halluin lui-même l'aurait fait.

De leur côté, Nicolas et Bourdeau, qui attendaient dans leur voiture, le virent arriver, descendirent sur la place et le suivirent de loin. Le commissaire était inquiet et, pour parer à toute éventualité, avait imposé à la mouche de revêtir sous sa robe une cuirasse légère, propre à le protéger de la balle d'un pistolet ou de la pointe d'une arme blanche.

En dépit de l'heure tardive, la place était encombrée des voitures des promeneurs qui s'étaient fait déposer pour prendre le frais. En fait la nuit n'avait pas apporté de fraîcheur et une sorte de nuage de poussière montait du sol. Il y avait encore foule sous les frondaisons et dans l'allée centrale. Les lumières de la place Louis XV rendaient encore plus profonde l'obscurité du parc. Le dernier quartier de la lune ne procurait qu'une faible clarté : çà et là, des couples de bons bourgeois cheminaient lentement, précédés de porte-falots. Des garnements gambadaient en poussant des cris, quelquefois écartés à coup de canne par un promeneur irascible. Des groupes de jeunes filles serrées les unes contre les autres étaient lorgnées et entourées par des gaillards qui s'attroupaient autour d'elles. Des meutes de chiens se poursuivaient en aboyant, sommés par leurs maîtres de revenir au pied.

Les deux policiers observèrent Rabouine qui s'enfonçait dans la partie la plus profonde du parc pour y prendre son poste à l'endroit signalé sur le plan par Federici. Cette partie des Champs-Élysées était peuplée par une autre faune. Des femmes et des hommes y marchaient en silence. Les unes s'évertuaient à attirer l'attention d'éventuels clients, d'autres espéraient les avances de leurs semblables. Rabouine dut repousser quelques tentatives infâmes.

— Avec tout ce monde et cette chienlit, nous risquons de perdre notre homme.

— Rassure-toi, parmi cette foule beaucoup sont à nous. Reste qu'un jour il faudra, comme aux Tuileries, entourer ce parc de grilles, les fermer à dix heures et évacuer le public.

Des éclairs trouaient l'obscurité sous les frondaisons, c'étaient des chalands qui battaient le briquet pour allumer leurs pipes. Nicolas en fit autant pour consulter sa montre, ne voulant pas attirer l'attention avec la sonnerie à répétition. Dissimulés derrière un arbre, les deux policiers discernaient à peine la silhouette de Rabouine, immobile à quelques toises. Tout se déroula très vite dans les conditions prévues et répétées à plusieurs reprises. Un homme s'approcha de la mouche, se collant presque à lui. À un moment Rabouine retroussa sa robe, en sortit le paquet de documents saisis chez Lessard et le tendit à l'inconnu qui s'écarta presque aussitôt et, à pas rapides, disparut dans l'ombre. Nicolas aperçut alors autour de lui des silhouettes, qu'il avait précédemment prises pour des chercheurs d'aventures galantes, faire rapidement mouvement et se lancer à la poursuite de l'inconnu.

— Le sort en est jeté, dit Bourdeau. Il n'y a plus qu'à attendre le dénouement.

De longues heures s'écoulèrent sans nouvelles. À trois heures Rabouine surgit qui, pour parfaire le plan, avait fait le détour rue des Mathurins et n'avait pas trouvé de fiacre pour regagner le Châtelet. Il fallut l'aider à dépouiller sa défroque.

— Alors, demanda Nicolas, raconte-nous l'affaire par le menu.

— Je me suis enfoncé dans les taillis, aguiché par du gibier de tout poil dont j'avais peine à me débarrasser…

— C'est dire si tu es séduisant tant en garçon qu'en fille !

— Moque-toi, Nicolas, j'aurais voulu t'y voir ! Au bout d'un moment un homme s'est approché, qui m'a semblé d'un autre acabit. Il s'est collé à moi et a tâté mon panier. Je me suis troussé, j'ai sorti le paquet, il l'a pris et comme caressé…

— Quoi ! dit Bourdeau, il ne l'a pas ouvert ?

— Point, et d'ailleurs l'aurait-il fait qu'en raison de la faible clarté de la lune, il n'y aurait vu goutte ! Je l'ai entendu sourdement broncher et il a décampé.

— C'est étrange, quelque chose nous aurait échappé sur ce paquet ? Il conviendra d'y réfléchir. As-tu vu le visage de l'homme ?

— Non, le chapeau était enfoncé et je crois bien qu'il portait un masque.

— Il fallait s'y attendre.

Vers quatre heures un remue-ménage réveilla les échos de la vieille forteresse, des pas pressés résonnèrent et Gremillon surgit dans le bureau, essoufflé et l'air dépité.

— À ta mine, je crains le pire et que l'affaire ne soit manquée.

— Monsieur, vous ne sauriez mieux dire. Il s'est passé, hélas, un événement tout à fait inattendu, incroyable.

— Comment ! L'espion vous a échappé ?

— Je crois bien que j'aurais préféré qu'il en soit ainsi.

— Peste, jeta Bourdeau qui bouillait d'impatience, cesse de nous faire languir et crache-nous la vérité, aussi dure soit-elle !

— Nous ne l'avons pas perdu, il est en permanence resté à notre vue et ne s'est pas dirigé vers l'ambassade anglaise…

— Il a rencontré un autre émissaire à qui il a remis les documents ?

— Du tout. Il a gagné la place Louis XV en se dissimulant sous les arbres, repris une voiture, qui a longé le jardin des Tuileries, franchi le Pont-Royal et finalement, quai Malaquais, notre homme est entré dans un hôtel.

— Et que ne l'avez-vous arrêté à ce moment-là ?

— Je l'aurais bien voulu, mais, Monsieur, au moment d'agir nous avons reconnu l'hôtel de Juigné où demeure M. de Sartine.

Nicolas et Bourdeau se regardèrent, stupéfaits.

— Et il y est entré ?

— Oui, et des lueurs sont apparues au premier où nous avons observé une certaine agitation. J'en déduis que l'ancien ministre a été réveillé et que c'est entre ses mains que les documents ont été remis.

Bourdeau, pourpre d'émotion, mâchouillait le tuyau de sa pipe éteinte. Nicolas voyait défiler dans sa tête une infinité d'images et de pensées qu'il ne parvenait pas à fixer. Dès qu'il tentait de le faire, ces réflexions fugitives s'enfuyaient, ouvrant la voie à d'autres tout aussi éphémères. Elles s'anéantissaient sans la moindre pause comme des bulles de savon. Tous ses efforts étaient vains ; ils ne réussissaient pas à arrimer son attention sur quelque solide certitude ; c'était comme des ténèbres qui l'enveloppaient.

— La question que désormais nous devons nous poser, dit Bourdeau avec le calme des vieilles troupes, car il me paraît inconcevable que Sartine soit le correspondant d'un traître, c'est pourquoi il a ainsi traversé notre opération.

— La question est plutôt de savoir ce que signifiait sa méconnaissance de notre opération. À bien y réfléchir, on peut supposer qu'il était ignorant de la mort d'Halluin, mais en revanche, savait-il que celui-ci était l'instrument d'une conspiration ourdie de l'étranger ? Mettons la situation à plat : Rabouine sous l'aspect du truchement remet les documents à un supposé espion qui se révèle n'être qu'un émissaire de Sartine. Pourquoi ? Où est passé l'espion à qui Halluin avait transmis des papiers le mois dernier sous le regard de Federici ? Qu'en penses-tu ?

— Imaginons que Sartine ait eu à partir des informations du Secret la certitude qu'Halluin servait de truchement avec un espion étranger. Peut-on envisager que ce dernier, démasqué et suivi, ait conduit au correspondant des Champs-Élysées, dont les sbires de Sartine se seraient emparés ?

— La conséquence obligée de ton raisonnement, c'est que ce soir Sartine aurait dépêché un faux espion chargé de récupérer des documents. Mais alors, dans ce cas, c'est qu'il supposait qu'Halluin était toujours vivant et qu'il poursuivait ou achevait sa sinistre tâche.

— Si Sartine était plus sincère et moins porté à conserver par devers lui les secrets de ses menées et recherches, nous n'en serions pas là…

Nicolas se mordit les lèvres au moment où il prononçait cette phrase. N'avait-il pas lui-même refusé d'informer l'ancien ministre de faits capitaux ?

— … Reste que souvent il se prend les pieds dans ses propres trames. La mort d'Halluin lui a peut-être échappé.

Nicolas fit quelque pas et soudain frappa des mains sur la table comme s'il avait pris ses résolutions.

— Nous allons devoir reprendre notre enquête sur la mort d'Halluin depuis le début. Nous avons été trop pressés de conclure et l'état du cadavre nous a, hélas, facilité l'enquête ou, plutôt, nous l'a orientée sommairement.

Bourdeau, qui avait attentivement écouté Nicolas, fixait Rabouine qui achevait de se rhabiller après que le père Marie l'avait aidé à défaire les nœuds des jupons, panier et robe.

— Dis donc, mon Rabouine, tu nous as bien parlé d'une sorte de réticence de l'espion quand il a saisi le paquet contenant les documents, et qu'il aurait même grommelé quelque chose d'indistinct.

— Tu décris avec force mots ce qui n'était pas aussi clair dans l'instant. Mais c'est à peu près cela.

— Nous n'avons pas modifié le paquet, dit Nicolas.

— Juste ouvert et renoué le ruban qui le fermait.

— Il y a pourtant un détail qui a troublé l'homme de Sartine. Le plus simple serait peut-être de lui poser la question.

— Ce serait se jeter dans la gueule du loup !

— C'est un pari à tenir. Il y a une chance sur deux qu'il n'ait pas deviné que son sbire avait été trompé. S'il n'a pas été informé de notre machination, je peux lui tenir la dragée haute, demeurer en position de force et négocier de la sorte un fructueux échange d'informations.

— Te voilà bien optimiste de penser pouvoir lui damer le pion. Il faut une longue cuillère pour discuter avec cet Asmodée[3], maître des secrets et des diaboliques manœuvres !

— J'ai l'habitude de ces soupers-là et je ne m'y invite que bien armé d'arguments. Je dispose, tu le sais, et ceci grâce à Antoinette, d'éléments qu'il ignore à coup sûr. Qu'avons-nous à y perdre ? Au pire, notre coup sera découvert ; il l'est déjà peut-être. Eh bien, dans ce cas, nous nous expliquerons.

— Mais qu'est devenu celui que Rabouine devait rencontrer ?

— Encore un mystère, mais je le crois plus facile à élucider. Imagine que cet espion ait été découvert et supprimé. L'a-t-on fait parler avant de le tuer ou de le précipiter dans quelque cul-de-basse-fosse ?

— La question a été supprimée.

— Ah, candide Bourdeau ! Tu ignores le tréfonds bourbeux de la raison d'État !

Sur cette triste et angoissante constatation, les policiers remirent au lendemain la nouvelle orientation de leur enquête et quittèrent le Grand Châtelet pour prendre quelques heures de sommeil.

XI

RÉUNION

« Êtes-vous sûr de cette affaire ?
N'y voyez-vous remède ?
Et qu'est-il bon de faire ? »

La Fontaine

Mercredi 24 mai 1786

Louis fit ses adieux à son père avant de reprendre la route de Saumur. Nicolas le vit s'éloigner avec un sentiment mêlé. Certes, il était heureux qu'il dût revenir bientôt et que cessât cette séparation qu'imposait son service chez les carabiniers de Monsieur, mais d'autres pensées l'agitaient. Voir son fils à la cour l'inquiétait ; il connaissait trop ce monde cruel et plein d'embûches. Que Louis eût été placé auprès du roi l'aurait un peu rassuré, mais auprès de la reine… Pour entier et loyal que fût le respect qu'il portait à la souveraine, il avait depuis longtemps mesuré les défauts accrus et favorisés par le clan avide qui l'entourait. Aussi faudrait-il beaucoup de prudence et de maîtrise de soi à Louis pour ne pas se laisser engluer dans les intrigues du sérail qui ne manqueraient pas de l'environner et dans lesquelles chacun tenterait de l'impliquer. Sa trop récente et éclatante faveur le menaçait quoi qu'il en eût. Le remède à ces périls, c'était que son père ne serait pas loin, prêt à le protéger et à l'aider à établir sa place sans compromissions.

Une voiture envoyée par Bourdeau l'attendait. Il y monta, le visage si fermé qu'il effraya les mitrons qui, chaque matin, se faisaient une joie de le saluer. Il savait bien ce qu'il s'apprêtait à faire, se jeter dans la gueule du loup alors que rien ne l'y contraignait. L'apostume devait être vidé ; le succès de l'enquête l'exigeait tout autant que la sûreté du royaume. Il allait affronter le Minotaure en s'engageant dans une voie où aucun recul n'était possible.

À l'hôtel de Juigné, il se fit annoncer par un valet effrayé qu'on vînt déranger son maître au petit matin. Nicolas fut introduit dans la bibliothèque de Sartine qui, à sa grande surprise, était déjà vêtu et perruqué de frais, l'air épuisé de quelqu'un qui n'aurait pas dormi.

— Si tôt, Monsieur ! Seriez-vous par hasard venu me présenter vos regrets de vos incongruités précédentes ?

La partie s'ouvrait dans les pires conditions et Nicolas estima qu'il devait en imposer aussitôt à ce redoutable bretteur.

— Il y a des intérêts d'État qui dépassent ces misérables susceptibilités.

— Quelle arrogance ! L'État est en déficit, vous ne prétendez pas y remédier ? Alors, au fait, et vite.

— Auriez-vous passé une mauvaise nuit ? Si j'en juge par…

— Et qu'importe ! Avez-vous bu ?

— Allons, cessons ce jeu imbécile et vous allez m'entendre et perdre avec moi ce ton de hauteur méprisante dont vous devriez avoir honte à l'égard de celui qui vous a servi longtemps avec fidélité.

— Mais…

— Point de mais. Vous n'avez guère dormi, car vers deux heures du matin vous fûtes réveillé par un homme qui vous a remis un paquet de documents secrets de la Marine. Comme je ne vous ferai pas l'injure de vous soupçonner de trahison, je suppose que nous sommes devant l'une de vos trames destinée à démasquer celui qui trahit.

Sartine ne cherchait pas à interrompre Nicolas et baissait la tête.

— Un mystère subsiste. Qu'est devenu l'espion qui devait recevoir les documents ? Tout laisse à penser que vous ignorez qui était le truchement qui travaillait pour le traître de la Marine. Enfin, apprenez, Monsieur, que l'homme déguisé en femme qui a transmis cette nuit ces documents était un de mes gens et que j'étais présent sur place à quelques toises pour surveiller le bon déroulement de l'opération.

La foudre tombant dans la pièce n'aurait pas plus étonné Sartine que ne le fit la révélation de Nicolas. Il semblait que l'univers de l'ancien ministre s'effondrait. Il s'était laissé tomber dans un fauteuil.

— Ainsi c'était vous qui étiez derrière la scène des Champs-Élysées ?

— Il y a en effet apparence.

— Et pourquoi m'avoir caché ce que vous saviez ?

— C'est la réponse du berger : votre attitude ne m'y avait guère incité. Ne croyez-vous pas qu'il serait temps de m'ouvrir vos secrets ? Je vous l'ai déjà dit, le salut implique que nous mettions en commun nos informations. C'est à cette seule condition que nous aboutirons. N'y consentez pas, et des conséquences qui en découleront vous serez le seul responsable.

Sartine, qui s'était calmé, réfléchit un moment et invita Nicolas à s'asseoir.

— J'ai toujours admiré votre talent, Nicolas, mais peut-être l'ai-je trop souvent sous-estimé. Voilà ce que je puis vous dire en toute sincérité. Non, ne souriez pas, c'est la vérité. Il y a longtemps que nous soupçonnons la présence d'un espion à la Marine, de fait un traître. Qui est-il ? Impossible à ce jour de le savoir. Reste que nous avons des yeux et des oreilles partout…

Nicolas ne put s'empêcher d'estimer hasardeuse cette affirmation.

— … Un espion anglais avait été découvert, observé et suivi. Il y a tout juste un mois, il a été repéré aux Champs-Élysées et il fut établi qu'il recevait des documents d'une femme mystérieuse. À la suite de cette entrevue, il a été arrêté, mis hors d'état de nuire et fermement interrogé…

Nicolas frémit à l'énoncé de ce mot qui suggérait bien des choses.

— … et il a parlé. Pour ne pas dire grand-chose si ce n'est que le prochain rendez-vous était fixé au 23 mai à la même heure et au même endroit. Le paquet qu'il devait une nouvelle fois recevoir portait un signe de reconnaissance, mais nous n'avons pu en apprendre davantage sur ce point.

— Pourquoi ?

— Parce qu'il est mort.

Nicolas pensa soudain à une remarque de Rabouine lorsque s'était produite la remise du paquet.

— Aussi, cette nuit, un de mes gens, masqué, a-t-il joué le rôle de l'espion.

— Soit, mais pourquoi n'avoir point arrêté la femme qui avait servi d'intermédiaire ?

— Réfléchissez. Il n'y avait aucun danger immédiat puisque nous récupérions les documents dérobés. Nous espérions que cela se poursuivrait. L'arrêter, c'était couper le cordon qui nous reliait au véritable traître.

— Et saviez-vous qui était cet intermédiaire ?

Sartine prit un air de superbe hauteur.

— Hé quoi ? Me croyez-vous assez imbécile, et supposez mon apparente retraite retranchée de toute connaissance que je ne puisse ignorer le rôle d'Halluin, conservateur à la Bibliothèque du roi ? Pourquoi, à votre avis, vous ai-je envoyé chez Le Noir ? Il n'a pas été malaisé d'insinuer à ce pauvre homme d'avoir recours à vous.

Nicolas comprit qu'il avait encore une fois été manipulé.

— Mais j'y pense, dit Sartine, se frappant la tête, comment se fait-il qu'un de vos hommes ait pris la place d'Halluin aux Champs-Élysées ?

— Il serait temps, en effet, Monsieur, de s'en inquiéter ! C'est que vous n'êtes pas au fait des derniers déroulements et que vous ignorez que le susdit Halluin est bel et bien trépassé, poignardé dans son bureau et retrouvé, la tête écrasée, dans les ruines d'une maison du pont Notre-Dame en démolition.

— Comment, mort ! J'avais cru un moment que vous le gardiez au secret. On m'a rapporté qu'un homme était retenu au Grand Châtelet. Je comprends pourquoi vous l'avez remplacé cette nuit. En revanche, je ne m'explique pas ce secret que vous avez jeté sur cette affaire. Que ne m'avez-vous relaté tout cela dans l'instant ?

— J'ai été à bonne école et notre dernier entretien ne m'invitait pas à rechercher auprès de vous un appui que vous me refuseriez. Et, enfin, je suivais les ordres du roi.

Il ne risquait rien. Le roi ne serait que trop heureux de confirmer la chose et d'exercer ainsi une autorité personnelle semblable à celle du feu roi dans les affaires du Secret.

— Comment, les ordres du roi !

Nicolas tendit le blanc-seing à Sartine, qui le relut plusieurs fois. Il soupira en grimaçant.

— S'il s'en mêle… Enfin le vin est tiré. D'abord être assuré que le cadavre retrouvé est bien celui d'Halluin.

— Tout l'indique sans preuve formelle, répondit Nicolas, qui entreprit de relater par le menu les éléments de son enquête.

— Mon cher Nicolas, agissons désormais de concert. Il y a eu entre nous trop d'éloignement au détriment du service du roi. Comment envisagez-vous la suite ?

— Nous devons faire converger nos efforts sur la partie française, puisque l'espion a été mis hors d'état de nuire, et poursuivre les recherches en vue de démasquer le traître inconnu de la Marine.

— Le problème, c'est que la livraison de cette nuit pourrait n'être que la dernière.

— Mais je compte, poursuivit Nicolas, creuser à partir de nouveaux éléments à ma disposition. Halluin jouait et je m'interroge si ce vice ne l'a pas conduit, peut-être par chantage, à tomber sous l'influence d'un de ses créanciers. Enfin nous sommes dans l'urgente obligation de déchiffrer le sens du message de notre agent à Londres, qui quitte la France aujourd'hui avec son mari Lord Charwel.

— Soit, échec et mat, je vous laisse le champ libre. N'hésitez pas à faire appel à mes gens. Mes forces se joindront aux vôtres.

— J'en accepte l'augure. Une dernière chose continue à m'intriguer. Mon envoyé de cette nuit, Rabouine que vous avez connu jadis, a remarqué que votre homme semblait, au moment de la transmission des documents, comme indécis et jurant sourdement en tâtant le paquet.

Sartine paraissait troublé par la question.

— Il m'a en effet rapporté son hésitation. L'espion que nous avions arrêté avait lâché au cours de son interrogatoire quelques indices.

— Y a-t-il un procès-verbal de ses aveux ?

— Non, ce n'est pas l'habitude dans ces circonstances. Nous pensions qu'il allait avouer au cours de son questionnement... Enfin on le pressait de le faire par tous les moyens possibles. Il y allait de la sûreté du roi. Au moment décisif où, peut-être, il était sur le point de dire comment et par quel moyen il était possible de vérifier l'authenticité du paquet, hélas... Le mal prend autant de précautions que le bien... Malheureusement, il n'a pas résisté et il a passé sans avoir parlé. Nous n'avons pas appris quel était le signe de reconnaissance. Voilà pourquoi mon homme a bronché, ce que justement votre Rabouine a observé.

Pour Nicolas la chose n'était que trop claire : l'espion était mort sous la torture. Il déplora que Sartine, homme féru des philosophes et de surcroît franc-maçon, pût couvrir de son autorité de telles pratiques. La raison d'État justifiait-elle cela ?

Sartine s'approcha de Nicolas et le regarda dans les yeux.

— Je lis au fond de votre pensée. Vous condamnez des mesures prises pour en connaître. Que savez-vous de ces matières ? Avez-vous jamais tenu entre vos mains le destin d'un pays et celui d'un souverain ? La situation exigeait de se porter à des mesures extrêmes qui, il y a peu, étaient la loi ordinaire[1]. Devrions-nous dans notre incertitude nous en remettre à une morale banale, faite pour le tout-venant ? Peu importe la détestation que vous inspirent ces méthodes. Passons là-dessus et marchons ensemble et, pour éviter toute confrontation fâcheuse, ne mêlons point nos efforts. Je vous laisse le champ libre pour le moment. Je m'en remets à votre loyauté pour m'informer.

Dans sa voiture, Nicolas était battu d'incertitudes. Il balançait entre divers sentiments. Devait-il restaurer sa confiance au profit d'un homme aussi retors et agile aux retournements ? Ce qu'il venait d'apprendre le laissait amer et incertain. Le Noir et lui-même avaient servi d'instruments en vue d'un objectif qui lui avait été caché. Pour terribles parfois qu'eussent été les affaires auxquelles il avait été confronté dans sa longue carrière, il n'avait jamais dépouillé un reste de candeur et de sensibilité. Même s'il s'était bronzé au feu du crime, il ne s'était jamais départi du respect des principes prisés au tribunal de sa conscience. Il fallait en accepter la contingence, Sartine, personnage du dernier compliqué, possédait toutes les qualités d'un homme d'État ; ne lui manquait que la vertu.

Plongé dans cette méditation, il se retrouva au Châtelet et rapporta à Bourdeau ce que Sartine lui avait révélé.

— Une chose m'intrigue, Nicolas. Sartine et ses gens avaient démasqué Halluin et tu m'assures qu'ils ne souhaitaient pas l'arrêter. Mais, connaissant l'homme, je suis persuadé qu'il le faisait surveiller.

— Il y a toujours un caillou sous le sabot d'un cheval.

— Holà ! Est-ce un proverbe breton ?

— Non, car alors j'aurais dit :

Pa gan ar c'hog da unneck eur
E ve kreisteiz war hed un eur

— Tu m'en vois tout éclairé ! Cela signifie ?

— Quand le coq chante à onze heures, il est midi.

— Que doit-on penser ?

— Cela signifie que certains profèrent des vérités trop simples. Que rien n'est jamais assuré et ne se déroule comme on le prévoyait. À un moment Halluin a disparu.

— Et pour cause ! Mais pourquoi Sartine a-t-il malgré tout envoyé son homme aux Champs-Élysées ? Et comment connaissait-il la date, l'heure et le lieu de la rencontre ?

— L'interrogatoire poussé jusqu'à l'extrême a permis d'apprendre un certain nombre de choses. Il n'a pas été dressé de procès-verbal.

— Et le cas échéant, tu ne l'aurais pas obtenu. Quel est notre plan de bataille maintenant ?

— Nous devons nous concentrer sur le brelan clandestin de la rue Neuve-des-Petits-Champs. Soit nous débarquons en abordage brutal et arrêtons tous ceux qui nous tombent sous la main. Ceux qui seront pris dans cet assaut pourront être identifiés. Avec un peu de chance… tu connais les risques de cette méthode.

— Nous ignorons où se trouve le brelan, dans quel appartement ou entresol. Toute recherche préalable… On peut interroger Restif, il connaît le lieu.

— Nous perdons du temps. Toute recherche donnera l'éveil. Et il y a toujours un risque que les joueurs se dispersent comme une troupe de moineaux par des issues secrètes.

— Et la seconde méthode ?

— La plus périlleuse, mais sans doute la plus efficiente. Ce soir je me promène dans la rue en *riding coat*. Je parle la langue anglaise et je peux feindre son accent sans difficulté. Bref, un riche voyageur qui souhaite jouer gros jeu. Le racoleur, tu peux m'en croire, me repérera aussitôt et me guidera là où je souhaite aller. Je contreferai le candide insulaire. On essaiera de me ferrer en me faisant dès l'abord gagner. Sous un prétexte quelconque, j'arrêterai de participer, promettant de revenir le lendemain. Pas de surveillance cette nuit. Le lendemain, retour, et là, tu peux m'en croire, je ne serai pas long à perdre. Si l'homme de la cocange est là, je le démasquerai aisément. Le tout est de savoir si ce sera notre homme. Et ce soir-là nous débarquerons en force !

Nicolas, en vrai badaud parisien, alla admirer le cortège de la reine qui faisait son entrée solennelle de relevailles après la naissance de son second fils. Elle revenait aux Tuileries après avoir accompli sa visite d'étiquette à Notre-Dame. Les souvenirs de l'enthousiasme déchaîné chez le peuple lors de la naissance du dauphin étaient encore frais dans sa mémoire. Il constata avec tristesse l'indifférence générale et même les sourdes injures qui fusaient au passage du carrosse royal. L'hostilité était patente et la nouvelle que la reine, accablée par la chaleur et fatiguée des cérémonies, avait écourté l'invocation d'usage à l'église Sainte-Geneviève, faisait gronder le peuple. Il avait trouvé mauvais et de fâcheux augure qu'on traitât aussi cavalièrement la patronne de Paris pour qui grande et générale était sa dévotion. Derrière tout cela pesaient l'affaire du collier, l'attente du jugement et la popularité croissante du cardinal de Rohan considéré par beaucoup comme un martyr persécuté.

Peu avant six heures, Nicolas, de retour de sa longue promenade, avait dépêché Rabouine quai des Augustins, pour acheter à la marmite perpétuelle un de ces chapons au gros sel dont le goût inimitable provenait d'un mijotage de la volaille au milieu de ses semblables. Ensuite, la mouche devait se rendre rue Saint-Honoré, à l'hôtel d'Aligre qui tenait boutique de victuailles de toutes origines. De la langue cuite de Vierzon, des cailles en croûte et un pot d'anchois complétaient une satisfaisante collation irriguée d'une bouteille de vin de Bourgogne. À l'issue de ces agapes, Nicolas s'était grimé et apprêté avant de gagner en voiture la rue Neuve-des-Petits-Champs. Il ne l'aborda pas de front et musa un peu dans les rues avoisinantes avec cet air particulier du voyageur étranger flânant et admirant les maisons neuves du quartier.

Tout se déroula comme prévu et un jeune homme de bonne apparence l'aborda, se proposant aimablement de le guider dans Paris et l'interrogeant sur ses goûts et sur ce qu'il recherchait en particulier. Nicolas annonça son inclination pour le jeu et, presque aussitôt, il fut entraîné vers une maison à quelques pas de là. Ils s'engouffrèrent dans un corridor fort sombre ; le jeune homme frappa à une porte trois coups longs et deux coups brefs. La porte s'ouvrit et la maîtresse des lieux les accueillit. C'était une forte femme sobrement vêtue d'une robe grenat et qui braqua son face-à-main sur le visiteur inconnu. Il fut toisé des pieds à la tête et pour tout dire *pesé*. L'examen fut sans doute satisfaisant, car elle lui décocha le sourire qu'elle réservait aux mieux dotés de ses hôtes.

Une autre porte dissimulée par une grande glace de muraille donnait sur une salle qui tenait autant du salon que du tripot. Quatre tables éclairées par des lampes bouillottes accueillaient des joueurs qui ne levèrent pas la tête à son entrée. La dame annonça à haute voix un ami anglais. Nicolas remarqua des hommes à la mine basse qui ne jouaient pas et demeuraient adossés à la muraille, attentifs et silencieux.

— Le milord a-t-il quelque préférence sur le jeu où il peut se risquer ? Il y a là une table de quadrille. Vous connaissez cela, je pense ? Sa particularité, c'est que les cartes ne possèdent pas la même valeur lorsqu'elles perdent ou triomphent. Et là une table de piquet, puis là celle du wisk, et enfin une table de reversi, ce divertissement si original car, au contraire des autres jeux, c'est celui qui fait le moins de levées qui gagne. À votre choix, Milord.

Elle esquissa une révérence.

— Moa vous remercier trop beaucoup, dit Nicolas avec un effroyable accent. Le reversi enchante moa et ce jeu amusera mon goût.

Il l'avait choisi car c'était le seul où il n'aurait pas de partenaires.

— Compter moa rester à Paris un semaine, ajouta-t-il pour faire bonne mesure, et moa savoir maintenant où je passerai mes soirées.

Il fallait appâter la dame qui de bonheur réitéra sa courbette. Elle fit lever un jeune homme, qui abandonna son siège à Nicolas. Il observa les autres joueurs pendant qu'on battait les cartes. Il y avait là une vieille femme tout de noir vêtue et perruquée à l'ancienne. Un autre vieillard, les yeux mi-clos, la tête chauve, qui lui rappela, avec ses lunettes sur le bout de son nez, le visage de Benjamin Franklin. Enfin un homme grand, encore jeune, chevelure brune et libre, qui lui jeta un de ces regards profonds qui transpercent ceux qui en sont l'objet.

Il y avait au centre de la table un corbillon[2] dans lequel on plaçait sa mise. Dès le début de la partie Nicolas reçut le *Quinola*, le valet de cœur, qu'il réussit à placer en renonce, et il l'emporta sur celui qui avait levé la main. Au bout d'une heure de partie, il avait gagné beaucoup plus qu'il n'avait perdu. Le point ayant été fixé à un demi-louis, il repartit avec les poches emplies d'or. Il ne lui parut pas que ses partenaires en fussent pour le moins abattus.

La tenancière lui apporta un verre d'une indéfinissable liqueur et le complimenta sur sa veine au jeu. Il la remercia, affectant l'air béat d'un innocent favorisé par les dieux. Il se retira après avoir réitéré la promesse de sa prochaine venue. Il reprit son fiacre qui le déposa, dans le cas où il aurait été suivi, devant l'hôtel des Quatre Provinces, rue des Frondeurs, où descendaient les voyageurs étrangers. Il en sortit par les arrières qui donnaient sur une ruelle où il retrouva sa voiture et revint au Châtelet où Bourdeau l'avait attendu.

— Alors, quelque chose de louche ?

— J'ai gagné, comme je le prévoyais.

Il raconta sa soirée.

— Bref, ce n'est pas toi qui as été ferré, mais eux ! Voilà qui est satisfaisant, ajouta Bourdeau en disposant les louis d'or rapportés dans la cassette secrète du bureau de permanence.

Ils devisèrent fort tard en faisant *médianoche* avec les restes de leur banquet.

Jeudi 25 mai 1786

Nicolas rentra fort tard rue Montmartre. Seule Mouchette l'attendait. Elle l'escalada et se lova sur son épaule, lui soufflant dans l'oreille. Elle aussi vieillissait, mais son attachement à son maître n'avait jamais décru. Elle n'avait pas oublié qu'il avait été son sauveur. Il tenta de s'endormir, mais une idée le poursuivait sans qu'il parvînt à la cerner. Il ne s'en étonna pas. Au cours d'autres enquêtes, déjà ce même phénomène s'était produit. Le point mystérieux reparaissait au bon moment pour éclairer les achèvements. Au-dehors, une branche frappait la fenêtre. Le bruit des charrois qui commençaient à monter vers les halles était accompagné de ces cris étouffés qui marquent l'éveil de la ville aux premières lueurs de l'aube. Ses pensées se bousculaient comme autant de signes indéchiffrables. Il n'était pas seulement cet homme attaché à la lutte contre le mal du monde. Il savait qu'il était père, frère, amant et ami, et aussi un peu le cousin secret du roi. Cette dernière constatation l'emplit, il ne savait pourquoi, d'un obscur effroi.

Au matin, était-ce le départ de Louis ou le silence d'Aimée, l'absence de bruits familiers dans la chambre voisine le jeta dans une profonde mélancolie que seuls, un peu plus tard, dissipèrent les commentaires de M. de Noblecourt qui parcourait avec la plus extrême attention le *Mercure* et le *Journal de Paris*.

— Apprenez, mon cher Nicolas, que le grand Salieri, maître de musique de l'empereur d'Autriche, est annoncé à Paris en août. Il compte y faire exécuter son nouvel opéra, *Les Horaces*. Ah, voilà pour vous ! On donne au théâtre italien une comédie parade en deux actes mêlée d'ariettes.

— Pourquoi pour moi ?

— Parce qu'elle s'intitule *Colombine commissaire*. Et encore une chose, on attend bientôt la cinquante-neuvième représentation de *Richard Cœur de Lion* de notre ami Grétry. Quel succès ! Au Vauxhall, je vois qu'on représente *Le Siège de Delhi* avec feu d'artifice, fêtes champêtres et ballets. Il m'y faudra un jour conduire. Je suis curieux d'admirer ces grandes machines. Connaissez-vous l'endroit ?

— Certes. J'y suis passé le jour de son ouverture. Son architecture seule vaut le déplacement. Imaginez une immense salle ovale entourée de gradins formant galerie avec des colonnes ioniques qui supportent la galerie supérieure. Le tout est orné de marbres et de décors antiques. Dans le jardin, des perspectives ont été peintes pour faire disparaître la clôture et en accroître l'étendue. Il y a un café installé dans un souterrain gothique.

— Vous m'en donnez doublement l'envie.

Il se replongea dans sa lecture, le nez sur la petite feuille.

— Enfin une bonne nouvelle qui fait honneur à notre roi : il vient d'accorder des lettres de noblesse au grand Dauvergne dont j'ai si souvent joué les sonates pour violon. Dans quel pays rend-on ainsi hommage à un grand artiste ?

Noblecourt jeta un coup d'œil perspicace sur Nicolas.

— Je vous trouve d'humeur rêveuse. Est-ce le départ de Louis ?

— Cela, et autre chose.

— Oh ! Vous m'inquiétez, quelle mine !

C'est l'image de ceux qui bâillent aux chimères,
Cependant qu'ils sont en danger,
Soit pour eux, soit pour leurs affaires.

— Vous êtes trop sagace et clairvoyant pour moi, dit Nicolas, souriant. Je vous salue, Monsieur le procureur.

Cet échange l'égaya. Combien, se dit-il, l'homme est versatile pour ainsi passer en quelques instants de l'humeur la plus noire à la quasi-gaieté. C'était mieux ainsi.

Au Châtelet, Bourdeau frémissait d'impatience. Nicolas lut dans son regard qu'il brûlait de lui annoncer quelque chose. Nicolas, qui aimait le taquiner, ne le laissa pas parler et se mit à lui rapporter sans reprendre son souffle ce que Noblecourt lui avait dévidé des nouvelles des gazettes.

— Me laisseras-tu à la fin t'exposer une intéressante découverte ? explosa Bourdeau, excédé.

— Allons, quelle fable me vas-tu réciter ?

Bourdeau sortit du tiroir de la table une petite boîte recouverte de satin moiré fermée d'un ruban incarnat.

— Et alors ? D'où tiens-tu cette boîte ?

— Tu sais qu'après notre expédition chez le receleur de la rue des Fossés-Saint-Victor, nous avons laissé le soin au commissaire du quartier, Foucart, de dresser l'inventaire de ce capharnaüm. Comme prévisible, il s'est vite rendu compte qu'une partie des objets n'étaient point enregistrés, les licites dissimulant les autres. Au milieu de ces derniers, il a découvert cette boîte, cet écrin plutôt. Elle portait une étiquette avec cette seule mention, « *Halluin* ».

— Qu'attendons-nous pour découvrir ce qu'elle contient ?

Bourdeau s'évertua à dénouer le ruban, se cassa un ongle et jura sourdement tant la tâche se révélait difficile. Il finit par avoir recours à son canif. Il apparut que la boîte renfermait une montre en or, sa chaîne et une chevalière armoriée.

— C'est une intrigante découverte, dit Nicolas. Peut-on supposer que ces objets appartenaient à Halluin ?

— Plus vraisemblablement à quelqu'un d'autre. Tu n'ignores pas que certains roturiers se créent par vanité des blasons imaginaires, mais rien n'indique qu'Halluin était de ceux-là.

— Il faut consulter les d'Hozier qui ont constitué le grand armorial de France. Par eux, il sera aisé de retrouver la famille qui porte les armes de la chevalière.

— Nous avons abandonné le meurtre du receleur. L'auteur avait réussi à s'enfuir. Il conviendrait…

Nicolas, perdu dans ses pensées, marchait en marmonnant :

— Restif a raison, il faut toujours regarder les pieds. Oui, oui… les pieds. Chez le receleur… Quand avons-nous rencontré ces difficultés ? Un gousset, un paquet, un écrin. Il n'y a pas de coïncidence. Une c'est douteux, deux c'est inquiétant, trois il n'y a plus de doute… Jamais. Qu'en conclure ? Je ne sais. Ne pas laisser galoper une imagination qui créerait des chimères. Cependant, il ne faut rien négliger. À coup sûr… Peut-être.

— Peut-être, soit, dit Bourdeau étonné, mais pourrais-tu me traduire le sens exact de tes mystérieux propos.

— Écoute-moi bien. Il y a une suite d'événements qui ne laissent pas de donner à penser. Levail, le receleur, a été tué par un homme déguisé en femme. Les pas de l'assassin étaient ceux d'un homme, tout comme ceux du joueur que Restif avait observé dans le brelan de la rue Neuve-des-Petits-Champs. Il l'avait découvert en regardant ses pieds. Il y a autre chose qui me turlupine. Pourquoi sommes-nous confrontés à ce fait intrigant et, je dirais, répétitif ? Que ce soit sur le gousset de l'assassin du receleur, ou le paquet de documents, ou, maintenant, la fermeture de cet écrin, apparaît un nœud difficile à dénouer. Comme si ces liens avaient été le fait d'un même homme. Il n'y a pas de hasard. Déjà dans ma carrière j'ai rencontré un cas similaire. La manière de nouer est quasi inconsciente. Et cette manie peut devenir à l'occasion un signe de reconnaissance. Vois-tu vers quelle conclusion mon raisonnement t'entraîne et ce que je souhaite te faire comprendre ?

— J'y songe en aveugle.

— Je crains qu'il n'y ait qu'un seul homme derrière tout cela et, pour tout dire, je crois que le cadavre de la maison du pont Notre-Dame n'était pas celui d'Halluin. C'est pourquoi sa tête avait été écrasée, afin que nul ne le pût reconnaître. Et c'est pourquoi aussi le meurtrier du receleur Levail portait des vêtements féminins sans nœuds, afin sans doute de pouvoir s'en dépouiller aisément. Il y a toujours une raison pour qu'un criminel renonce à une habitude bien ancrée…

— Mais alors, qui pourrait être ce mort inconnu ?

— Voilà la bonne question à laquelle nous sommes appelés à répondre. Car ce que je viens d'avoir l'audace de te présenter n'est qu'une intuition appuyée sur des indices et des présomptions. Il nous faut vérifier tout cela.

Nicolas ramassa le ruban coupé par Bourdeau et considéra pensivement le nœud si particulier qu'il avait été bien difficile à dénouer, si serré que l'inspecteur avait dû agir comme jadis Alexandre.

— Voici, si j'ose dire, le nœud du problème. Tu as vu quelle difficulté Rabouine a eu pour revêtir une toilette de femme. Donc si le cadavre du pont Notre-Dame, ou plutôt si sa robe est nouée d'un nœud normal, on peut supposer que Lessard a aidé son protecteur à s'habiller.

— Et ?

— Et si le nœud ressemble à ceux auxquels nous avons jusqu'à présent été confrontés, il y a apparence que c'est Halluin lui-même qui en est l'auteur.

— Ah, il n'a pu s'habiller tout seul… La conséquence de tout cela est effarante.

— Plus encore, cela signifierait qu'un autre homme a été tué dans le bureau de la Bibliothèque du roi.

— Et quelles nouvelles preuves pourrions-nous trouver pour vérifier ton hypothèse ?

— Hélas ! La seule que j'envisage, la seule en vérité qui serait convaincante, c'est de retrouver la nature du nœud de la robe du cadavre du pont Notre-Dame.

— Et cela signifie ?

— Que nous devons au plus vite procéder à l'exhumation du corps porté en terre au cimetière de Clamart. Que Sanson et Semacgus soient appelés pour nous aider dans cette triste besogne.

— Imagines-tu l'état du corps, si toutefois nous parvenons à le retrouver ? Tu connais ces fosses communes.

— C'est bien pourquoi il est nécessaire d'agir au plus vite. Nous ne pouvons qu'opérer la nuit. Il faudra écarter tout curieux du périmètre du cimetière. Semacgus et Sanson nous aideront de leurs lumières. Fais prévenir Guillaume à Vaugirard. Je pense que Sanson n'est pas très loin.

— Tu oublies que, ce soir, tu devais reparaître au brelan de la rue Neuve-des-Petits-Champs.

— J'y ai songé. Notre travail au cimetière ne devrait pas durer très longtemps et j'aurai le temps de revenir ici pour m'apprêter. Cela me permettra de gagner la salle de jeux vers minuit, ce qui est une heure raisonnable à Paris.

Vers dix heures, deux voitures s'arrêtèrent devant le portail du cimetière de Clamart, à l'angle formé par les rues des Fossés-Saint-Marcel et de la Muette. Nicolas connaissait bien cet endroit sinistre qui, après avoir recueilli les suppliciés, recevait désormais les corps des malades décédés à l'Hôtel-Dieu. Leurs dépouilles cousues dans une serpillière étaient déposées dans de vastes fosses communes.

— Espérons, dit Bourdeau, qu'aucun étudiant en médecine ne sera venu s'emparer de la dépouille en vue de quelque savante dissection.

— Ils préféreront sans doute des dépouilles plus fraîches, dit Semacgus, que l'affaire amusait. Je n'imagine pas que celui que nous cherchons ait pu tenter quiconque. Ces carabins sont d'un délicat, ils ne s'emparent que des viandes récentes.

Le gardien des lieux, qui habitait une petite baraque à l'angle du cimetière, fut réveillé et informé de la situation. Il manifesta la plus grande réticence et la plus extrême mauvaise volonté pour les aider. Il lui fut assuré qu'il n'aurait pas à mettre la main à la chose, qu'il serait récompensé et qu'il suffisait qu'il consultât son registre à la date indiquée et leur désignât l'endroit où le corps avait été inhumé. L'homme finit par s'exécuter et la petite troupe se dirigea à la lumière dansante des lanternes sourdes jusqu'à un terre-plein bombé ; c'était la fosse commune.

Le silence du champ des morts était seulement rompu par les chuintements et cris des oiseaux de nuit. Les flammes bleu-vert des feux follets animaient d'un étrange ballet le cimetière, augmentant encore l'émotion et l'anxiété qu'ils ressentaient d'approcher le moment de l'exhumation et de la violation imminente du repos d'un homme.

Sanson et Semacgus avaient recouvert leurs habits de longs tabliers de cuir et de gants de la même matière afin de se protéger de la chaux vive jetée d'habitude sur les corps. Le gardien finit par prêter la main pour creuser à l'endroit indiqué. Le corps n'ayant pas été cousu dans un sac mais déposé à même la fosse, il fut finalement retrouvé sous plusieurs autres.

La lumière vacillante de la lanterne éclaira le spectacle effrayant d'une sorte de pantin écrasé parcouru d'immondes frissons. Les vers continuaient à grouiller sur l'ensemble du cadavre. Les deux praticiens, qui portaient sur leur visage des masques de tissu imbibés d'essence de camphre, tentèrent de retourner le corps d'après les indications de Nicolas. Après plusieurs efforts infructueux, ils y parvinrent à l'aide des pelles. Ensuite tout se déroula rapidement. Le gardien reçut l'ordre d'aller chercher un seau d'eau qui, jeté, permit de faire apparaître la partie antérieure du corps où le vêtement adhérait encore à la pourriture.

Semacgus préleva à l'aide d'une cisaille le nœud qui fermait le vêtement. Le corps retrouva sa position antérieure et fut à nouveau enfermé dans sa gangue de cadavres ; la terre dissimula l'innommable. Le nœud fut lavé à grande eau qui en raviva les couleurs. Nicolas s'approcha et l'examina avec attention et le présenta à Bourdeau.

— Il n'y a aucun doute, c'est le même nœud que nous avons observé sur le paquet de documents chez Lessard et sur l'écrin du receleur. Qu'en pouvons-nous déduire ?

— Que le cadavre que nous venons d'exhumer n'est sans doute pas celui d'Halluin.

— Sauf à imaginer quelque fuite, nous avons atteint le fond de la vérité. Si ce cadavre n'est pas celui d'Halluin, il peut sembler du dernier vraisemblable que ce nœud…

Il le brandissait.

— … est la signature d'Halluin et que c'est lui-même qui l'a sans doute noué.

— Et alors, qui est ce cadavre ?

— C'est bien là le mystère que nous devons désormais éclairer.

Vendredi 26 mai 1786

Vers minuit, Nicolas se retrouva à pied d'œuvre rue Neuve-des-Petits-Champs. Une rafle générale était prévue et, comme une marée montante, la police avait envahi le quartier, investi les rues avoisinantes et coupé toutes possibilités de fuite. Nicolas tirerait un coup de pistolet pour prévenir Bourdeau et les hommes du guet d'avoir à investir le tripot. Auparavant, le rabatteur serait mis hors d'état d'aviser qui que ce soit et de donner l'éveil.

Il fut accueilli par la matrone avec tous les égards dus à un riche habitué. Aussitôt, une place lui fut cédée à la table du reversi où il retrouva ses partenaires de la veille. Mais, pour le coup, la chance sembla tourner. Après une mise en train, sans doute voulue, au cours de laquelle il gagna plusieurs mains, une persistante déveine s'imposa alors que les deux vieux pantins l'encourageaient benoîtement à se refaire par des mises de plus en plus élevées. Quant à l'homme brun dont il avait remarqué la veille le regard inquisiteur, il observa ses mouvements suspects et ses actions subreptices au-dessous de la table. D'évidence, c'était lui l'âme de la cocange et sa distribution des cartes était rien moins qu'honnête. Désormais le jeu s'apparentait à un hasard organisé à son détriment.

Nicolas examina la situation. Il avait repéré une autre porte masquée par un devant de buffet factice. Sans aucun doute cette issue correspondait soit à un autre escalier vers le sous-sol, soit, mieux, à un couloir vers une maison voisine. Autrefois la Gourdan, rue Saint-Sauveur, avait ménagé dans une armoire un passage à partir d'un hôtel mitoyen, par lequel ceux qui ne voulaient pas être reconnus entraient dans sa maison galante. Il ne s'en inquiéta guère, sachant que Bourdeau avait pris ses dispositions.

L'homme continuait à doubler ses mises que Nicolas suivait en naïf voyageur. Déjà vingt-cinq louis s'étaient ainsi envolés.

— Monsieur, dit Nicolas à l'homme qui derechef distribuait les cartes, le jeu paraître à moa d'une manière peu honnête et vous practissez méthodes *very* curieuses. Ici serait, comment dire ça, un lieu méchant, mauvais, ce qu'à *London* on parle de *thieves'alley*, comment vous dire ? Un coupe-gorge, non ?

Tout s'arrêta dans la pièce, les têtes se tournant vers la table de reversi.

— Que prétendez-vous suggérer, Milord ? Vous êtes étranger et ne connaissez pas nos règles.

— Les règles toujours pareilles partout !

Les hommes de la muraille s'étaient dressés, attentifs.

— Quand on ne sait pas jouer, Milord, il faut s'abstenir.

— Je crois que c'est un bon conseil, dit Nicolas qui avait saisi son pistolet de poche.

Il le brandit, le tenant en l'air, bien visible. Au moment où il allait tirer, un des hommes de la muraille sortit lui aussi une arme. Il s'apprêtait à faire feu quand Nicolas baissa le bras, appuya sur la détente et tira. L'homme, frappé à la cuisse, s'effondra. Cette action déclencha un total bouleversement, tables et chaises furent renversées, les lampes dans cette tourmente s'éteignirent. La porte dissimulée fut ouverte et le groupe de joueurs ainsi que la tenancière s'y précipitèrent. À ce moment, l'autre porte fut enfoncée et Bourdeau surgit une arme à la main.

— Tu n'as rien ?

— Rien, point d'inquiétude. J'ai donné un coup de pied dans la fourmilière. Étant menacé, j'ai blessé, par précaution, ce ruffian que tu vois là-bas et qui allait m'*escopetter*.

L'homme qui geignait fut emporté par le guet. Dehors la nasse avait bellement fonctionné et tous les participants du jeu clandestin avaient été arrêtés alors qu'ils sortaient d'une maison voisine.

— Allons, dit Nicolas, ne traînons pas et allons de suite trier le bon grain de l'ivraie.

XII

FAITS NOUVEAUX

« De même que l'araignée se tenant au milieu de sa toile sent immédiatement qu'une mouche a brisé l'un de ses fils… »

Héraclite

Les interrogatoires furent menés à grandes rênes. De fait, la plupart des personnes appréhendées n'avaient commis d'autres crimes que leur participation à des jeux clandestins prohibés. Elles furent admonestées et renvoyées après que des notes avaient été dressées, qui conserveraient la mémoire de leur infraction. Restait le cas des deux vieillards à demi séniles qui, d'évidence, servaient de complices et de faire-valoir au tricheur du reversi pour un bénéfice de misère. Ils furent relâchés mais demeureraient sous le regard étroit de la police. Le cas échéant, ils accepteraient de renseigner la police sur les activités des brelans. Les rufians, dont l'un, blessé par Nicolas, avait été transporté à l'Hôtel-Dieu, furent interrogés. Il s'avéra que tous possédaient un lourd passé. La tenancière avait dû être entravée ; sa fureur était si grande qu'elle avait griffé le visage d'un des sergents du guet. Nicolas la fixa avec sévérité.

— Madame, il ne tient qu'à vous d'orienter votre sort. Il vous faut calmer sur l'heure, sinon je vous expédie sur-le-champ à Bicêtre avec les insensés.

Cette menace était habituelle pour traiter avec cette sorte de femme. L'évocation de cet endroit d'horreur inspirait une telle terreur que sa seule mention suffisait à briser les résistances les mieux ancrées.

— Vos nom et prénom ?

— Marguerite Broussais.

— Votre âge ?

Elle eut une sorte de mouvement de coquetterie effarouchée.

— Je suis née en 1732, à Picquigny en Picardie.

— Reconnaissez-vous tenir tripot de jeux clandestins, rue Neuve-des-Petits-Champs, et cela en violation des lois et des règlements de police ?

— Monsieur le commissaire, prenez, je vous prie, en considération mon état précédent qui m'a conduite à rechercher des ressources propres à faire subsister ma famille. J'ai perdu mon mari et deux de mes trois enfants. Longtemps j'ai vécu de travaux en chambre avec un revenu fort modeste. Le recours au jeu s'est imposé à moi comme une planche de salut. J'ai successivement loué des locaux pour cette industrie, rue du Boullois, rue des Gravilliers, rue des Poitevins et enfin, ayant réuni quelques modestes fonds, j'ai installé cette académie de jeux où je reçois la clientèle la plus choisie.

— Tout cela est du dernier émouvant et offre une peinture bien lisse. Trop peut-être. Le secret de cette fortune soudaine qui vous a autorisé une installation brillante dans un nouveau et riche quartier ? C'est un mystère que vous seriez bien venue de m'expliquer.

Elle hésitait à poursuivre et se tordait les mains. Elle regardait derrière elle d'un air inquiet.

— Rassurez-vous, personne n'écoute vos propos.
— Monsieur, me pouvez-vous assurer qu'il sera tenu compte de ce que je pourrais vous dire en confidence ?
— C'est selon, et suivant ce que nous aurons jugé de la sincérité de votre confession.
Elle se mit à parler comme on se jette à l'eau.
— Sachez, Monsieur le commissaire, que l'homme que vous avez accusé de tricherie, hélas à juste raison, est en fait celui qui m'a apporté les fonds destinés à ouvrir cette académie…
— Ce tripot, oui ! jeta Bourdeau.
— … Nous avons passé entre nous un contrat tacite : il m'aidait et ensuite nous partagions les bénéfices du jeu. Enfin, partage est un grand mot car il emportait la part du lion. Nous étions très prudents, seule une table était réservée aux joueurs étrangers. Les deux vieux faisaient tapisserie et jouaient à bon escient en faveur de l'académie. Le quatrième joueur…
— Que vous plumiez gaillardement !
— … était peu à peu incité à hausser ses mises. C'était l'accord avec mon protecteur.
— Qui se nomme ?
— Bernard de Tarvilliers ; il se prétend noble. Je n'y crois guère.
— Où l'avez-vous connu ?
— Il était assidu dans mon garni de la rue des Poitevins.
— Et ces trois sbires collés au mur dans votre salle, à quoi servaient-ils en dehors de tirer sur le commissaire ?
— Ils ont pris peur en vous voyant une arme à la main. Je suis une pauvre femme. Il y a bien des brigands à Paris, il faut se protéger ; Tarvilliers les recrutait…
— Autre chose, vous souvenez-vous d'avoir eu parmi vos pratiques un homme travesti en femme ?

— Oui, un joueur acharné aux mises considérables. Il doit être ruiné, car depuis quelque temps, je ne le vois plus. Parfois un petit jeune homme l'accompagnait. Cela faisait un couple étrange si vous m'en croyez…

— Madame, nous envisagerons votre situation. Pour le moment le Châtelet vous offrira le gîte et le couvert, jusqu'à plus ample informé.

— Mais vous m'aviez promis… Et mon argent ?

— Je ne vous ai rien promis, nous verrons à l'issue de l'enquête ce que nous déciderons de faire de vous… Quant à l'or des parties de ce soir, il est saisi.

Elle fut emmenée en proie à de nouvelles convulsions.

— L'habituelle conclusion : elle sera libérée et deviendra l'une de nos informatrices.

— Ou elle s'enfuira ailleurs sous un faux nom, dit Bourdeau, ce tripot établi aujourd'hui à cet endroit sera demain dans un autre quartier. On cherche un logis libre à louer et l'on parvient aisément à éluder ainsi les efforts de notre police débordée. Il reste à baisser les bras devant cette passion indestructible et à utiliser le vice pour soutenir la vertu.

— Eh quoi ! Les gouvernements, eux-mêmes, flattent au moyen des loteries ces malheureuses habitudes tellement ancrées dans tous les ordres de la société.

— Et un prince du sang met aujourd'hui en location des entresols dans les nouveaux bâtiments du Palais-Royal dont les dispositions intérieures assurent à dessein la plus grande sûreté à ceux qui les veulent employer pour cette coupable industrie.

— En parlant d'industrie, fais donc, Pierre, entrer notre chevalier, quoique je sois persuadé qu'il ne nous apprendra rien de nouveau. Mais qui sait ?

L'homme fut amené garrotté. Il redressa la tête, toisant les policiers avec arrogance.

— Vous ignorez à qui vous appliquez cet ignoble traitement. Je suis victime d'un coup monté.

— Là-dessus nous sommes en accord avec vous, chevalier.

Gremillon venait d'entrer et tendit un papier à Nicolas, qui le lut à plusieurs reprises avant de le passer à Bourdeau.

— Berton, Gauchy, Target, abbé de la Marre et, enfin, chevalier de Tarvilliers ! Ce sont là, je suppose, l'ensemble de vos fiefs et canonicats. Au reste, votre véritable nom est Barbet, Michel Barbet, né à Paris en 1745, plusieurs fois condamné pour escroquerie au détriment de veuves fortunées. Vous avez été libéré sur intervention du commissaire de la police des jeux en 1780 avec promesse, vu votre bonne mine, de le renseigner sur les tripots clandestins. Oh, vous êtes un Janus, un personnage à double face…

— Il est vrai que…

— Ne m'interrompez pas. Il est vrai, en effet, que vous avez tenu parole, enfin une demi-parole. Je m'explique : tandis que d'une part vous informiez la police sur certains brelans, peut-être ceux avec lesquels vous n'aviez pu trouver un accord fructueux, et teniez ainsi votre parole, d'autre part vous organisiez votre industrie de fallace et de cocange dans ceux qui avaient accepté vos conditions. Bref, vous jouiez sur deux tableaux dans la plus grande impunité. Il va falloir nous en dire beaucoup si vous voulez effacer quelque peu vos méfaits et échapper à la chaîne.

Au fur et à mesure que s'égrenaient les paroles de Nicolas, le chevalier perdait de sa superbe et, accablé, baissait la tête.

— Vous ne disconvenez point des accusations portées contre vous ?

— Non, Monsieur le commissaire, je devais bien gagner mon petit bénéfice.

— Vous étiez, je vous le rappelle, stipendié déjà pour vos renseignements. Cela ne vous suffisait donc pas ? Vous ne répondez pas.

— Je suis une malheureuse victime des circonstances.

— Cela crève les yeux, mais nous nous lamenterons plus tard. Répondez à mes questions. Vous souvenez-vous d'un homme déguisé en femme qui jouait et perdait gros, que pouvez-vous en dire ?

Après un temps d'hésitation et un soupir, Barbet, alias Tarvilliers, se décida à répondre.

— Oui, je m'en souviens. Et cela pour une raison très particulière : un inconnu s'était abouché avec moi pour m'inciter à faire en sorte que le travesti perde au jeu des sommes de plus en plus considérables.

— Ce que vous fîtes ?

— Certes, mais non sans m'inquiéter des agissements de cet inconnu.

— Et cette méfiance, comment s'est-elle manifestée ?

— J'ai tenté de découvrir à qui j'avais affaire. Mes tentatives de le suivre ont échoué, car l'homme était prudent et se méfiait. J'avais beau cracher au bassinet auprès de sbires comme ceux que vous avez arrêtés cette nuit avec moi, je ne parvenais à rien. Pourtant la chance m'a souri. Un soir de l'hiver dernier, alors qu'il neigeait, son manteau a été déposé et confié à l'un des hommes de protection pour qu'il le secoue.

— Et la neige a parlé ?

— Vous ne croyez pas si bien dire. Un document est tombé d'une poche, qui prouvait que l'homme, dont j'ignore toujours le nom, était un officier de marine. Ayant appris cela et fait remettre le papier d'où il sortait, je me suis empressé d'abandonner toute tentative d'en savoir plus long, soupçonnant derrière toute cette intrigue de sombres menées dont il était prudent et sage de se tenir éloigné.

— Et pourquoi n'avoir pas, Monsieur, pratiqué toujours cette circonspecte précaution ? Ainsi n'en seriez-vous pas réduit à cette triste situation. Quelles pouvaient être, selon vous, les raisons qui poussaient ce mystérieux commanditaire à souhaiter ruiner cet ambigu joueur ?

Le chevalier prit un air matois, gonflant et dégonflant les joues.

— Peste, Monsieur le commissaire, vous manquerait-il un peu d'imagination ? J'avais une autre idée à votre sujet.

— Sans doute une expérience répétée et douloureuse ? murmura Bourdeau que l'attitude du prévenu exaspérait. Il y a, sachez-le, des policiers moins patients…

— J'ai posé une question qui demande une réponse.

— Aucune idée. Il cherchait à avoir prise sur lui et, d'évidence, en vue d'un chantage éventuel. Il venait de temps en temps surveiller la culbute de sa victime.

— Vous semblez oublier que vous-même étiez l'instrument de sa déchéance. Alors évitez de jouer les âmes compatissantes, je vous en saurai gré ! Ce mystérieux officier jouait-il également ?

— Plus que de raison, mais je suppose qu'il ne fréquentait pas uniquement le brelan de la Broussais.

— Et ces deux particuliers, demanda Bourdeau, les avez-vous revus ?

— Ma foi, maintenant que vous en parlez, j'affirmerai que non, et cela depuis un mois ou un mois et demi. J'ai pensé que notre dupe, à force de revers, avait atteint le fond de ses moyens, que, ruiné, il ne reparaîtrait pas et qu'à la débâcle de l'un correspondait l'absence de l'autre.

— C'est, en effet, une conclusion vraisemblable. Monsieur, il est possible que l'apparente bonne volonté de vos aveux incite vos juges à quelque indulgence – encore que vos récidives risquent de peser lourd dans la balance –, mais, pour ma part, je plaiderai qu'on prenne en compte votre sincérité si toutefois la suite en confirme la véracité. Pour plus ample informé, l'hospitalité de cette maison vous est ouverte. Vous constaterez que le *régime à la pistole* n'y est pas plus mauvais qu'ailleurs.

À nouveau seuls, les deux policiers méditèrent sur ce qu'ils venaient d'apprendre.

— Tout ce que nous supposions, dit Nicolas, est dûment recoupé par ces témoignages. Halluin, égaré par sa folie du jeu, a fini par tomber dans les rets d'un officier de marine qui trahit au profit évident de l'Angleterre, puis a été assassiné. Les raisons de cette félonie ? L'or, indispensable au jeu. Ce qui complique notre quête, c'est qu'à cette recherche assez simple s'ajoutent cette obscure affaire de médailles dérobées et le meurtre mystérieux du receleur Levail.

— Le dénominateur commun à toutes les questions qui nous obsèdent, c'est la présence permanente d'un homme travesti en femme. Considère : Halluin de la rue des Mathurins, le même aux Champs-Élysées, l'assassin du receleur, Halluin au tripot et j'en oublie sans doute. Mais arrive un moment où deux droites, se rapprochant peu à peu l'une de l'autre, finissent par se rejoindre pour n'en plus former qu'une seule.

— Qu'entends-tu suggérer, emporté, semble-t-il, par un admirable esprit de géométrie ? Tu sais comme moi que ton image appartient davantage aux illusions de la perspective qu'à la réalité.

— Nous verrons. En attendant, quelques heures de repos s'imposent.

La nuit fut courte pour Nicolas, secoué d'affreuses agitations. Mille pensées traversèrent un esprit incapable de n'en fixer aucune. Cette impuissance à maîtriser sa réflexion le désespérait. Le cauchemar se répétait et, en dépit d'un douloureux effort de contention, des spectacles déroulaient des images violentes ou effrayantes, dont les ressorts secrets lui échappaient. Au moment même où tout allait s'éclairer et le rideau, enfin, se lever, surgissait, ricanante, la charogne d'Halluin, qui l'aveuglait d'une poignée de terre dans les yeux. Chevalier désarmé, Nicolas errait dans les ténèbres en proie au désespoir d'une quête impossible, celle d'un inaccessible Graal.

Samedi 27 mai 1786

Au matin, on le vint quérir de la part du ministre de la Maison du roi. Il se retrouva dans un carrosse en direction d'une destination inconnue. Versailles ? Non, il savait Breteuil demeuré à Paris après l'entrée solennelle de la reine. Alors, à l'hôtel qu'il possédait, cul-de-sac Saint-Honoré-Dauphine ? Vu la direction que prenait la voiture, Nicolas comprit qu'il s'agissait plutôt de Sèvres. Depuis la vente du château de Saint-Cloud au roi par le duc d'Orléans, Breteuil, nommé administrateur du domaine, avait obtenu le droit d'occuper un charmant pavillon en belvédère, qu'il goûtait fort, en particulier à la belle saison. Il trouva le ministre assis dans le jardin, vêtu d'un habit léger de piqué blanc, qui buvait une tasse de café. Son visage plein semblait empreint d'une préoccupation qui lui plissait le front. Il s'essuya soigneusement les lèvres avant de saluer Nicolas et de l'inviter à s'asseoir sur une chaise de paille.

— Vous me voyez bien soucieux, Ranreuil…

Il hésita un moment à poursuivre.

— Avez-vous assisté à l'entrée de relevailles de Sa Majesté ?

— J'ai aperçu le cortège quand il approchait des Tuileries.

— Et qu'en avez-vous pensé ?

Nicolas ne prisait guère les propos courtisans ; cependant, quoi qu'il en eût, il préféra maîtriser sa sincérité.

— De belle tenue. On eût aimé acclamer l'enfant.

— Voilà qui est dire trop pour n'en pas dire plus. Votre réserve m'inquiète, car elle confirme ce que chacun me confie et que j'ai observé moi-même : la reine a souffert du manque d'acclamations. Elle avait souhaité que le petit prince fût présent à ses côtés dans le carrosse, espérant que ce gage précieux échaufferait le zèle des Parisiens…

— Et pourquoi ne l'a-t-on pas décidé ainsi ?

— Ah ! Ne connaissez-vous pas la cour ? On a représenté à la reine que ce n'était pas *d'étiquette* et Madame, appuyée par son mari Provence, a fait valoir son droit d'être auprès d'elle dans le fond du carrosse. Si Monsieur le Dauphin était venu, elle aurait dû *déroger à ses prérogatives.* Et je ne parle pas du faux pas à l'abbaye Sainte-Geneviève[1]. A-t-on idée de manquer ainsi de respect à la protectrice de cette ville ? Cela tombe au plus mal à quelques jours du jugement au Parlement des *canailles*, Rohan et consorts. C'est à ce sujet que je voudrais prendre votre conseil sur une question délicate et qui, dois-je le dire, m'embarrasse. Je fais fond sur votre discrétion ; plus, c'est le secret absolu que je vous demande. C'est non seulement au commissaire que je m'adresse, mais aussi au marquis de Ranreuil.

Nicolas s'interrogea : ce n'était ni dans le caractère ni dans les habitudes du ministre de prendre un avis en manifestant une aussi benoîte circonspection et en usant d'aussi inhabituelles précautions. Il lui déplut au dernier point que Breteuil, tout imbu d'aristocratique orgueil, pût penser qu'il pouvait davantage faire confiance au marquis qu'au policier.

— Monseigneur, je vous écoute.

Breteuil se pencha pour ramasser sur le gazon une fleurette qu'il considéra tristement.

— Voyez-vous, je suis entouré d'ennemis. Je me suis fait le champion de la reine… Beaucoup espèrent un verdict qui exonérerait le cardinal de toute faute, reportant ainsi l'opprobre sur notre malheureuse souveraine. Le Noir fait partie de ce complot, il use de son influence au Parlement… Enfin, je devais me défendre ou plutôt la défendre… J'ai tout fait pour que le directeur de la Bibliothèque du roi soit compromis à la suite d'un vol simulé au cabinet des médailles. Ce qui permettait de peser sur lui. Enfin, il se trouve que l'homme que j'avais chargé de cette basse besogne n'a point reparu et j'ai appris qu'on avait retrouvé la médaille… Cet homme est un danger pour moi. Il vous faut me le retrouver au plus vite…

— Et ?

— Le mettre, d'une manière ou d'une autre, hors d'état de nuire, je dis bien de nuire.

Les révélations de Breteuil et sa dernière injonction, si ambiguë dans sa formulation, atterrèrent Nicolas. Le considérait-on comme un sicaire auquel il suffisait de donner un ordre pour qu'il tuât ? Il se sentit profondément offensé. Il ressortait des confidences de

Breteuil que Thiroux de Crosne ne lui avait pas révélé ce que lui, Nicolas, lui avait rapporté. Son émoi était grand de découvrir à quel degré de bassesse les rivalités de cour et les haines issues du passé pouvaient conduire des hommes d'honneur. Il en conclut qu'il devait d'un mot rassurer Breteuil et arrêter brutalement toute tentative d'aller outre.

— Rassurez-vous, Monseigneur, l'homme dont vous parlez a été tué. Un certain Halluin, qui s'est pris de querelle avec un receleur.

— Vous étiez donc au courant, dit Breteuil, soudain méfiant.

Une habile pirouette s'imposait.

— Nul n'ignore, Monseigneur, que rien n'échappe au commissaire des affaires extraordinaires.

— Je vois, je vois. Eh bien ! Voilà qui me convient parfaitement et m'ôte un grand souci.

Revenant au Châtelet, Nicolas ne parvenait pas à se départir d'une triste impression. Tout un univers s'effondrait. Non qu'il s'en étonnât, il n'avait cessé d'en prendre conscience tout au long de sa carrière, mais dans l'état où se trouvait le royaume, ces menées élargissaient encore les fissures du vieil édifice branlant de la monarchie. À la suite de l'intrigue du collier, affaire misérable où le sceptre et la crosse étaient roulés dans la fange, chacun se disposait en bataille au gré de ses intérêts et de ses alliances, s'affrontait en favorisant les plus basses manœuvres. Ainsi les plus grands noms de France ajoutaient à l'injure faite à la couronne la souillure de leur blason. Que ne pouvait-il rejoindre une grève battue de vents, ouverte sur le libre océan ? Quand la reverrait-il ? Les visages d'Antoinette et d'Aimée s'imposèrent à lui, images douloureuses d'un chagrin confondu.

Il soupira ; il fallait charger la journée. Que lui réserverait-elle encore ?

Bourdeau n'avait pas perdu son temps. Il s'était rendu chez les d'Hozier qui, en un rien de temps, avaient reconnu la famille à laquelle correspondaient les armes de la chevalière trouvée dans l'écrin saisi lors de la perquisition chez le receleur, des Gallaud d'Arennes originaires de Provence. Nicolas hésita un moment avant de rapporter les propos de Breteuil à l'inspecteur ; il craignait que celui-ci n'éprouvât la même indignation que lui-même et qu'elle ne déclenchât son habituel ressentiment contre un ordre dont il dénonçait de plus en plus violemment les travers. L'affection qu'il portait à Nicolas demeurait l'unique frein aux emportements qui parfois l'enflammaient.

— Voilà un mystère éclairci ; nous savons désormais qui se cachait derrière la *machination à la Méduse.* Pourtant un tueur a bel et bien éliminé le receleur. Nous n'avions pas soupçonné Halluin : il était mort tel que nous l'avions vu dans la maison du pont Notre-Dame. Alors qui ? Es-tu assuré que Breteuil t'a tout dit ? Son intention n'était-elle pas de feindre les inquiets, de t'ordonner de faire occire Halluin et, ainsi, de se défausser, alors qu'il connaissait parfaitement, et pour cause, sa disparition ?

— Peut-être ai-je sur ce point quelques lueurs que je ne maîtrise pas encore et qu'il est trop tôt d'exposer. Chaque chose en son temps ; il faut approcher cet officier et, pour ce faire, interroger les bureaux du département de la Marine, à Versailles. Si l'amiral d'Arranet est rentré de Cherbourg, il me facilitera la tâche. Je n'oublie pas Lessard ; je continuerai de le passer sur le gril dès mon retour.

— Il y a une autre question sur laquelle tu sembles passer un peu vite : comment la chevalière et la montre de cet officier ont-elles pu se retrouver chez le receleur Levail, dans un écrin qui paraît être noué d'une si particulière manière ?

Dans sa voiture, Nicolas éprouvait la lassitude de ces perpétuels déplacements semblables à ceux d'une araignée que les nécessités de sa chasse obligent à se mouvoir sur l'ensemble de sa toile. Cette enquête, plus que d'autres, le fatiguait tant elle se compliquait du fait d'éléments disparates qui, comme dans un palimpseste, se présentaient tout en se confondant les uns avec les autres. À Fausses-Reposes, il ordonna au cocher d'entrer à l'hôtel d'Arranet. Tout autour de l'allée menant au pavillon, le jardin était une splendeur de couleurs. Rosiers, pivoines, pois de senteur, iris et œillets, surgis à la diable, formaient un tapis embaumé, encore tout miroitant de la rosée du matin.

Tribord le reçut avec ses habituels transports, mais tint à lui signifier aussitôt que « Mademoiselle, depuis deux jours, dormait à Montreuil ». L'amiral était au logis et serait sans doute ravi de le voir. Nicolas le trouva au fond du parc, jouant avec une petite chienne épagneule qu'il adorait et qu'il s'amusait à faire sauter au-dessus d'un bâton.

— Nicolas, mon ami, votre venue augure bien la journée. Ne prenez garde à ma tenue : je suis en chemise, sans cravate, tant la chaleur m'incommode ces jours-ci.

Il s'arrêta, regardant Nicolas de côté.

— Aimée n'est pas là. J'ai cru comprendre… une querelle d'amoureux. N'ayez souci, vous la connaissez. C'est une cavale au caractère insupportable.

Nicolas conta au vieil homme, en le priant de tenir secrète la chose, la raison de la colère de sa fille. Cette explication le conduisit à dresser un rapport succinct de l'affaire et à interroger l'amiral au sujet d'un officier de marine du nom de Gallaud d'Arennes qu'il devait à tout prix retrouver.

— Ma foi, voilà qui est curieux ! Vous n'êtes pas le premier à vouloir mettre le grappin sur ce lieutenant de vaisseau. Il se trouve qu'il était attendu à Cherbourg où j'étais, préparant la visite que Sa Majesté se propose d'y faire à l'occasion des travaux de la rade. Or il n'a point paru.

— Vous en êtes-vous inquiété ?

— Certes, et à mon retour, hier, j'ai interrogé les bureaux et l'état-major de la Marine. Les bureaux avaient reçu un papier griffonné indiquant qu'il devait se rendre en Provence au chevet de sa mère mourante. L'extraordinaire de tout cela, c'est qu'il aurait dû demander une permission en se présentant à ses chefs, et non agir de cette cavalière manière. Les inquiétudes à son sujet se sont rapidement transformées en soupçons, vu que l'homme est très mal noté. De fait, on s'est rapidement aperçu que des documents confidentiels qu'il détenait avaient bel et bien disparu. La consternation règne et chacun en appréhende les pires conséquences.

— Rassurez-vous, amiral. Les documents en question, tout au moins une partie, sont en mains sûres chez M. de Sartine. Mais cette lettre de l'officier était-elle de sa main ?

— On le peut supposer sans en être assuré.

Cette réponse laissa Nicolas songeur. Il raconta l'expédition des Champs-Élysées à son interlocuteur ébahi.

— Maintenant, il me faut mettre la main sur cet officier, car d'après ce que nous supposons, il constitue un danger pour le roi ou pour nos travaux à Cherbourg.

— J'aimerais vous aider, mais je ne peux davantage que ce que je vous ai déjà dit. Par ailleurs, cher

Nicolas, je tâcherai de me faire votre plénipotentiaire auprès de mon indomptable fille.

Nicolas remercia l'amiral et décida, malgré toutes les informations recueillies, de pousser jusqu'à Versailles où il tenterait de voir le roi. Au château, il le trouva dans le parc s'apprêtant à partir pour la chasse. Il put l'entretenir un court instant et fut écouté avec attention. Louis XVI ne dit mot, mais sa satisfaction était manifeste. Il sourit, se frotta les mains, mit un doigt sur ses lèvres, et quitta Nicolas en sifflotant.

Nicolas allait sortir des jardins pour gagner le grand vestibule quand il se trouva face à un petit groupe constitué par la reine, le duc de Penthièvre et sa belle-fille, la princesse de Lamballe. Il ôta son chapeau et les salua en cérémonie.

— Le petit Ranreuil ! Il me semble, Monsieur, que ma commode vous doit des remerciements pour sa décoration.

— Que Votre Majesté m'autorise à ne pas répondre à son meuble sur une aussi délicate matière. Je craindrais en le faisant d'en être médusé.

La reine se mit à rire.

— Est-ce du Perrault ou du Le Sage, ce meuble qui parle ? demanda Penthièvre.

— Ce ne sont plus les *bijoux* de Monsieur Diderot, dit la princesse, qui sont indiscrets, ce sont les commodes !

La gaieté redoubla.

— Alors, dit la reine, redevenue sérieuse, que dit-on à Paris ? J'ai trouvé nos Parisiens bien silencieux. Que vous en semble ?

— Le peuple, Madame, est versatile par nature, un jour il chante, un jour il rit, un jour il pleure et un jour il acclame. Il n'en faut point tirer trop de conclusions ni, non plus, dédaigner ses humeurs.

— Monsieur, dit la princesse de Lamballe, vous êtes un ami précieux pour Sa Majesté, car vous lui répondez avec une sincérité probe, sans gazer la vérité. Heureux les souverains qui ont de tels serviteurs.

— Pensez-vous, Ranreuil, reprit la reine, que le Parlement va se prononcer honnêtement ? Proclamera-t-il le bon droit de ceux qui furent cruellement outragés ?

— Votre Majesté est habituée à ma franchise. Elle m'a souvent fait l'honneur de la supporter avec indulgence, quand bien même elle pouvait lui déplaire. Je dirais que l'honneur de la reine est bien trop précieux pour l'abandonner ainsi au mauvais vouloir de ces chats-fourrés.

— Est-ce à dire que le cardinal pourrait échapper…

— Il y a en effet un risque, Madame.

Elle frappa le sol du bout de son ombrelle.

— Et vous, mon cousin, votre sentiment ? demanda-t-elle à Penthièvre.

— Hélas, je crains que le marquis de Ranreuil n'ait raison. Le trône ne doit pas descendre à se mettre en balance, en jugement même, alors que le roi est suprême justicier en son royaume.

— Bien, dit la reine, pincée. Je vois qu'il y a coalition. Je vous salue, Ranreuil.

Elle entraîna la princesse.

— Mon amie, allons voir mes enfants ; eux me consolent de tous ces déboires.

Le duc de Penthièvre resta un peu en arrière et prit familièrement Nicolas par le bras. Ce geste émut Nicolas à un point inimaginable.

— Demeurez droit et sincère, Monsieur.

Il fit une pause et regarda Nicolas dans les yeux. Combien de choses indicibles passèrent alors entre les deux hommes.

— Madame Louise m'a confié qu'elle vous aimait beaucoup. Je constate que vous méritez son estime. Au revoir, Monsieur le marquis. J'espère que l'inspecteur Bourdeau se porte bien.

Nicolas rentra à Paris frémissant, presque tremblant et la tête perdue. Il ne s'expliquait pas ce qu'il ressentait, cette émotion sans précédent. Il ne parvenait pas à imaginer que d'autres l'eussent éprouvée avant lui. Elle était son bien propre, caché au fond de lui, qu'il ne pouvait partager avec quiconque, et que, peut-être, un jour, à son lit de mort et dans un dernier souffle, il confierait à son fils. Le duc de Penthièvre, il n'osait dire son oncle, n'avait rien dit que de banal et d'aimable, mais cette réserve éloquente et le geste familier qui l'avait accompagnée avaient retenti en Nicolas comme un *paternel message*. Cet effarement était d'autant plus poignant que Nicolas, de par son histoire personnelle, se sentait depuis toujours orphelin, désormais sans autre famille que sa sœur et son fils. Il composa son visage avant de rejoindre le bureau de permanence.

— Te voilà déjà ! Un aller-retour rapide ! A-t-il été fructueux ?

— Plus qu'espéré ! L'amiral d'Arranet a éclairé notre lanterne. L'officier en question, qui était attendu à Cherbourg, n'a point paru. Un chiffon de lettre paraissait justifier son absence et tenir du faux prétexte. Possèdes-tu l'adresse du personnage ?

— Il occupe un logement rue de la Ferronnerie.

— Mauvais augure que cette rue-là[2] !

— Le roi t'a-t-il reçu ?

— Courtement, il partait à la chasse. J'ai croisé la reine et le duc de Penthièvre qui m'a demandé de tes nouvelles.

— De moi ? dit Bourdeau, qui paraissait ému. Celui-là fait exception et mériterait…

La suite ne fut qu'un marmonnement confus dont Nicolas préféra ne pas comprendre le sens.

— Il est temps de reprendre notre conversation avec Lessard. Qu'on aille le chercher.

Peu après, le jeune homme entra dans le bureau et fut poussé sur une chaise. Ses yeux étaient rougis et sa chevelure emmêlée était parsemée de brins de paille.

— Que me voulez-vous encore ?

— Vérifier certains détails avec vous.

— Je vous ai tout dit.

Nicolas consulta son petit carnet noir.

— Quand avez-vous vu M. Halluin pour la dernière fois ?

— Dois-je me répéter ? Le 23 avril, je vous l'ai dit.

— Quel était l'objet de cette rencontre ?

— L'aider à se coiffer et à passer ses habits féminins.

Nicolas dit quelques mots à l'oreille de Bourdeau qui passa dans le réduit où étaient conservées diverses tenues utilisées lorsqu'ils se grimaient. Il revint avec un jupon que fermait un ruban.

— Ôtez-lui les poucettes, ordonna Nicolas.

Gremillon libéra Lessard, qui se frotta les mains.

— Monsieur, dit Nicolas, veuillez, je vous prie, nouer ce ruban.

Après un moment d'hésitation, le jeune homme s'exécuta avec dextérité. Nicolas et Bourdeau se regardèrent. Le nœud compliqué était celui trouvé sur le cadavre du pont Notre-Dame, sur les documents et autour de l'écrin.

— Êtes-vous accoutumé à faire les nœuds de cette façon ?

— C'est selon, Monsieur le commissaire, répondit Lessard sans que son expression revêtît quoi que ce soit d'équivoque.

— Selon quoi ?

— Selon l'inspiration, dit Lessard avec un mince sourire.

Se moquait-il d'eux ? Nicolas avait le sentiment que dans ce débat ce n'était pas lui qui donnait le *la*. Que dissimulait la jactance du témoin ?

— Et, reprit-il, M. Halluin, quel nœud préférait-il ?

— Le plus compliqué, qui ne se dénouait pas. C'est lui d'ailleurs qui me l'avait enseigné : les rubans, surtout ceux de soie ou de satin, n'ont que trop tendance à glisser.

— Et le dernier nœud que vous avez utilisé lors de l'habillage de M. Halluin le 23 avril, de quelle nature était-il ?

À nouveau se dessina l'agaçant sourire de Lessard.

— Le plus compliqué. Il m'a dit qu'il devait beaucoup marcher et qu'il ne voulait pas risquer le moindre souci avec ses dessous.

— Monsieur, voulez-vous bien vous déshabiller ?

— Comment !

— Oui, vous dévêtir.

Lessard se leva et, avec réticence, ôta ses vêtements l'un après l'autre, veste, gilet et chemise. Sa poitrine blême et gracile apparut.

— Veuillez continuer, je vous prie. Enlevez votre culotte et tirez vos bas. Si vous ne vous hâtez, nous allons vous aider.

Lessard obtempéra. Nicolas se leva et l'examina de tous côtés.

— Bien, vous pouvez vous rhabiller. Autre chose : comment vous adressiez-vous à M. Halluin ?

— Je l'appelais « Monsieur » ou « Monsieur Halluin », tout simplement.

— N'utilisiez-vous pas son prénom de Thomas, à l'occasion ?

— Il l'aurait souhaité, me l'ayant demandé à plusieurs reprises. Mais jamais je n'ai pu m'y résoudre ; j'avais trop de respect pour lui.

À nouveau le carnet noir fut consulté.

— Pourtant une fois, devant nous, vous avez utilisé ce prénom.

— C'est qu'en moi-même, lorsque je pensais à lui, je l'appelais par son prénom. Dans ma tête…

— Avez-vous possédé une arme à feu ? Aucune trace à votre domicile, mais peut-être…

La question parut prendre Lessard au dépourvu, et il hésita un moment.

— Non, jamais. Pourquoi ?

— Ici, Monsieur, c'est nous qui posons les questions.

Nicolas le jugea secoué par cette simple question. Quelle pouvait en être la raison ?

— Nous mettons fin à cet interrogatoire, de routine dans une semblable circonstance. Mais rassurez-vous, Monsieur, nous nous reverrons.

Pour la première fois, Lessard parut ébranlé.

— Pourquoi me tenez-vous prisonnier ? De quelle faute me punissez-vous ? En quoi suis-je coupable ?

— Monsieur, vous êtes un témoin trop précieux pour que nous risquions de vous perdre, soit qu'il vous vienne à l'esprit l'idée de vous enfuir, soit que vous soyez menacé.

— M'enfuir ! Où, mon Dieu, et comment ? Me menacer ? Qui, pourquoi ?

On lui remit les poucettes et il fut entraîné au-dehors en dépit de ses protestations.

— Voilà, dit Bourdeau, un gaillard qui, si tu m'en crois, ne manque pas d'astuce.

— Et dont, hélas, les réponses à mes questions bouleversent toute l'architecture de nos conjectures. Elles s'ordonnaient autour de la forme du nœud, rencontrée un peu partout au centre de nos présomptions. Désormais, qui est qui ? Quelle est l'identité du cadavre du pont Notre-Dame ? Nous naviguons sur une mer incertaine.

— Explique-moi une chose, Nicolas, pourquoi l'avoir fait dévêtir ?

— Souviens-toi de la mort du receleur. Il y a eu trois coups de feu, deux de l'assassin, dont l'un a fait mouche, et un de la victime qui paraît avoir touché sa cible puisque nous avons découvert des taches de sang au coin d'une commode. Or, cet assassin qui s'était grimé en vieille femme, nous avons retrouvé du sang sur sa défroque abandonnée. Je voulais vérifier si, par hasard, Lessard, qui était encore libre de ses mouvements, ne faisait pas qu'une seule et même personne avec le tueur. Cependant, tu as vu comme moi, il ne porte aucune blessure.

— Et pourquoi lui avoir parlé d'un pistolet ? Qu'avais-tu en tête ?

Nicolas grimaça d'un air finaud.

— Il faut parfois prêcher le faux et semer le doute pour obtenir soudain une révélation inattendue. Souviens-toi que nous sommes les seuls à savoir de quoi est mort l'inconnu du pont Notre-Dame.

— C'est vrai que ta question l'a ébranlé et que, pour le coup, il a donné l'impression d'être désarçonné.

— Dans une semblable circonstance, il est difficile de faire la différence entre un étonnement inévitable face à une question inattendue, et le bouleversement consécutif à la découverte d'une information qui s'inscrirait en faux par rapport à une vérité connue.

— On ne peut mieux dire. Reste le mystère de l'écrin !

— Je crois, quoi qu'il en coûte, devoir avertir Sartine de nos dernières constatations. Nous nous heurtons à suffisamment d'obstacles sans en ajouter un autre, des plus redoutables.

À l'hôtel de Juigné, il trouva l'ancien ministre sans perruque, ses derniers cheveux ébouriffés. Sa tête étroite le faisait ressembler à un bouvreuil.

— Je sors de ma méridienne. La chaleur m'a assoupi. J'ai passé l'heure à laquelle, d'habitude, je me réveille.

Il consulta sa montre.

— Comment, six heures de relevée ! *Quid novi*, mon cher Nicolas ?

Le récit circonstancié des derniers actes de l'enquête fut présenté à Sartine qui marchait de long en large, les mains derrière le dos. Il s'arrêta seulement et ricana quand il apprit le rôle de Breteuil dans l'affaire.

— Et quelles hypothèses tirez-vous de cette cascade de faits ?

— Aucune pour le moment. Je constate un cadavre sans identité, un receleur assassiné et son agresseur inconnu, blessé, un traître, officier de marine, grand joueur qui avait corrompu Halluin et qui est aujourd'hui introuvable, enfin un garçon perruquier qui pourrait en savoir plus qu'il ne veut bien dire.

— Vous l'avez serré, j'espère.

Sartine réfléchissait. C'était la première fois que Nicolas le sentait aussi investi dans le détail d'une enquête.

— Peut-être, reprit le ministre, à bien y réfléchir, serait-il opportun, même si la chose est hasardée, de libérer votre *merlan* et de le laisser aller en le surveillant de près. On peut supposer le voir vous conduire vers quelque découverte inattendue. Songez-y.

Il s'assit dans un fauteuil et considéra Nicolas avec bienveillance.

— De mon côté, et pour répondre à votre loyauté, je dois vous informer que nous n'avons pas encore de nouvelles de la… de Lady Charwel depuis son retour à Londres. Il est vrai que celui-ci est récent et qu'il nous faut attendre qu'elle remette ses relais en action. En outre, selon mes informateurs, il semble que les hommes de Lord Aschbury, dont certains nous sont connus, sont en alerte dans l'attente d'un événement inconnu. Plus la date du voyage du roi en Normandie approche, plus nous devons presser le pas et accélérer la manœuvre. Vous devez, je le répète, envisager ma proposition au sujet de Lessard.

— C'est en effet ce à quoi je vais me résoudre, en écoutant, Monseigneur, vos conseils.

— Ah ! Monseigneur ? Sommes-nous, de nouveau, amis, Nicolas ?

Un mot et un sourire et Nicolas retombait malgré lui sous le charme d'antan. Il en éprouva une sorte de contentement, comme si des liens anciens se renouaient. Il comprenait que l'irritation que souvent lui causait Sartine tenait à de l'amitié trompée. Quoi qu'il en fût, il savourait ce moment particulier, tout persuadé que les travers qu'il avait éprouvés dans le travail avec un tel personnage se renouvelleraient et que la frustration reparaîtrait inévitablement. C'était la loi du genre dans la relation avec un caractère aux facettes aussi diverses.

De retour au Grand Châtelet et malgré les réticences de Bourdeau, il fit libérer Lessard qui s'éloigna dans la ville, dûment suivi par des mouches.

XIII

RÉPÉTITION

« Le Parlement l'a purgé
Le roi l'envoie à La Chaise. »

Chanson 1786

Mercredi 31 mai 1786

Plusieurs jours s'étaient écoulés sans que rien ne fût venu orienter l'enquête vers de nouvelles découvertes. Une perquisition chez Gallaud d'Arennes n'avait rien donné : le logis était vide. Avait-il quitté les lieux ? Aucun indice n'avait été relevé. Quant à Lessard, tout avait été mis en œuvre pour que la plus étroite surveillance s'organisât autour de lui. Il avait regagné son galetas, rue de la Huchette. Il menait une existence régulière, marquée par les petits travaux de son art et par ses cours à l'École de chirurgie. Il ne paraissait pas conscient de la filature qui s'exerçait sur lui. Pourtant, à la grande irritation de Nicolas, il avait réussi – la manœuvre était-elle volontaire ? – à échapper à deux reprises aux regards des mouches sans que celles-ci s'en expliquassent les raisons. Qu'avait-il fait au cours de ces interstices de temps ? Nul ne le savait. Le commissaire tempêta et renouvela ses instructions.

Louis était de retour de Saumur avec ses *impedimenta* et ses deux chevaux, qui avaient pris pension dans les écuries de l'hôtel de Noblecourt, accueillis par les joyeux hennissements de Sémillante. Il se fit l'écho du chagrin de sa tante Isabelle qui avait versé des torrents de larmes à l'annonce de son départ. La pauvre religieuse s'était habituée à ses fréquentes visites, les adieux avaient été déchirants. Louis transmit à son père un message d'Isabelle, mystérieux dans ses termes. Sa sœur se félicitait du soulagement que Nicolas avait dû éprouver lors de sa dernière rencontre avec Madame Louise. Que signifiait ce court propos ? La prieure du Carmel de Saint-Denis avait-elle informé Isabelle de sa visite ? Il semblait qu'une correspondance régulière liât les deux religieuses. Cependant Nicolas ne pouvait imaginer que le secret de sa naissance pût être révélé dans sa totalité. Une partie ?… Cela le laissa si songeur qu'il éluda une question de Louis, inquiet du mutisme de son père, et prétendit éprouver de la compassion pour la tristesse de sa sœur.

Louis conduisit son père à l'hôtel de Mezay, rue Neuve-Sainte-Catherine, dans un quartier que Nicolas connaissait bien. Proche de la place Royale, la demeure rappelait par son aspect bourgeois la lointaine origine parlementaire de la famille. Les Mezay avaient peu à peu vécu noblement et, génération après génération, la carrière des armes avait permis à ses représentants de sortir de la robe et d'intégrer complètement la noblesse.

Nicolas fut reçu dans un antique salon à l'ancienne, tendu de cuir de Cordoue, par un vieux gentilhomme aux cheveux blancs, au visage altier, dont le hâle dénotait la vie campagnarde. Cette figure militaire manifesta une exacte courtoisie. Quant à Louis, il s'éclipsa pour aller saluer sa fiancée.

— Monsieur, dit Nicolas, je crois savoir que vous avez autorisé mon fils, le vicomte de Tréhiguier, à faire la cour à votre fille Julie. Je suis heureux de vous rencontrer et d'avoir le privilège de vous demander en son nom la main de votre fille.

— Je n'ai jamais souhaité imposer quoi que ce soit à ma fille. Elle est sa propre maîtresse et j'estime que, par les temps que nous traversons, il est préférable que les jeunes gens puissent se choisir. Je sais que ce n'est pas la règle, mais c'est celle que j'ai adoptée.

— Nos sentiments s'accordent sur ce point.

— Votre fils m'a appris votre très particulière situation. Pardonnez ma curiosité, pouvez-vous m'en dire davantage ?

— Volontiers. Je suis commissaire du roi au Châtelet, chargé des affaires extraordinaires.

— Permettez, sous les ordres de qui ?

— Du lieutenant général de police et du ministre de la Maison du roi et, ajouta Nicolas, je travaille fréquemment avec Sa Majesté elle-même, comme je le fis jadis avec le feu roi, son grand-père.

Ces précisions parurent en imposer au maréchal de camp.

— Mon Dieu, voilà qui est parfait. Puis-je vous demander à quelle occasion vous fûtes honoré, comme je le suis moi-même, de la croix de Saint-Louis ?

Cette inquisition agaçait Nicolas, qui n'en laissa rien paraître.

— Sa Majesté me l'a remise en personne après ma participation au combat d'Ouessant, en tant qu'officier de la marine.

— Officier de marine ! Le combat d'Ouessant ! Oui, oui, bien sûr. Pardonnez, Monsieur, ma curiosité. Je soupçonnais bien chez vous quelque chose de militaire. Pour la croix, je ne sais si vous partagez mon sentiment. Il y a beaucoup trop de rubans rouges que des gens méprisables déprécient.

Nicolas espérait que le vieux militaire ne l'avait pas placé d'emblée dans cette catégorie.

— Quant à mon fils, reprit-il, il a dû vous informer qu'il venait d'être nommé lieutenant dans la compagnie écossaise des gardes du corps, à la demande de la reine.

— Votre fils, Monsieur, est trop modeste et trop délicat pour se targuer de cette promotion si flatteuse. Il m'a seulement dit qu'il était affecté à Versailles.

Nicolas toussa et s'éclaircit la voix.

— Je dois cependant vous confesser un point que vous devez savoir. J'ajoute qu'il n'y aurait nulle offense, sinon leur chagrin, s'il devait empêcher l'union de nos enfants.

— Je vous écoute, dit le comte de Mezay, l'air sévère.

— Mon fils vous a-t-il parlé de sa mère ?

— Non, il demeure sur ce point d'une totale discrétion, qui n'a pas laissé de m'intriguer.

— Louis est mon fils naturel et sa mère, hélas, est disparue.

Il jouait adroitement sur les mots. Le comte soupira, comme soulagé.

— La chose est d'époque ! Tréhiguier et vous-même appartenez aux entours de leurs Majestés. Cela me suffit. Mais…

Il tendit sa main à Nicolas qui la saisit.

— … j'apprécie votre droiture et votre sincérité. Je donne Julie à votre Louis. Puissent-ils être heureux ! Et maintenant parlons argent, puisqu'il le faut.

— Le roi et la reine signeront au contrat.

Le comte s'inclina.

— Je pense que nous n'aurons guère de soucis, et que nous serons vite convenus des détails.

Une sourcilleuse négociation s'ensuivit au cours de laquelle furent évoqués les apports des époux, les montants du douaire et du preciput qu'accorderait Louis à sa future épouse. Nicolas, que cette discussion accablait, riait pourtant sous cape de l'étonnement du comte devant sa science notariale. Mezay ignorait que son interlocuteur avait rempli, jadis, les fonctions de clerc dans une étude de Rennes. Julie apporterait au contrat, avec l'hôtel de famille à Paris, quinze mille livres, Louis vingt mille. Les deux époux, enfants uniques, pourraient compter sur les héritages respectifs de Mezay et de Ranreuil avec les seigneuries, terres, bois, étangs et fermes afférents. Les deux pères décidèrent qu'en fonction des naissances mâles espérées, les noms de Ranreuil et de Mezay devaient être sauvegardés afin que les deux familles ne s'éteignissent pas. La date de la signature du contrat serait laissée au bon plaisir du roi et celle du mariage à Paris envisagée au cours de l'été.

Julie de Mezay fut présentée à Nicolas, qui comprit pourquoi son fils en était tombé amoureux. Une chevelure châtaine qui mêlait nattes et boucles encadrait un ovale parfait égayé par des yeux vert d'eau que rehaussaient des sourcils bien dessinés d'un ton plus foncé que la coiffure. La bouche d'un beau dessin s'ouvrait sur des dents parfaites. Pour le peu qu'il en jugea, elle manifestait une noble aisance dans ses propos, une politesse réservée, de la décence dans le maintien et beaucoup de convenance dans les égards. Elle formerait avec Louis un couple assorti. Le comte de Mezay les retint à dîner. La délicatesse du repas prouva à Nicolas que l'invitation avait été prévue. Une bisque de homard froide précéda une géline de Touraine en gelée que suivit une salade de fruits rouges issus des vergers de Mezay. Le tout, de saison, fut arrosé d'un vin du Saumurois, produit par les vignes du domaine.

Les deux pères partagèrent leurs expériences des nouvelles techniques de cultures et leurs sentiments sur les idées des physiocrates, alors à la mode. Nicolas écoutait d'une oreille *policière* la conversation des jeunes gens. Julie parlait en simplicité d'art et de musique. Elle proposa à Louis d'aller admirer une présentation des transparents de Carmontelle et lui expliqua comment une bande de papier se déroulait d'un cylindre pour s'enrouler sur un autre et présenter, tableau après tableau, des vues successives de scènes de villes, jardins, fêtes et monuments. Elle évoqua ensuite son vœu de mettre au goût du jour le vieil hôtel de Mezay. La journée s'écoula dans une satisfaction générale, et s'acheva par une légère collation.

Quand ils regagnèrent fort tard la rue Montmartre, Louis nageait dans la joie et, tout à son bonheur, énumérait les qualités de sa fiancée. Cet enthousiasme juvénile consola un peu Nicolas que la journée avait affecté tant le rôle de grison lui était peu familier. Il y avait longtemps qu'il ne se voyait plus en jeune homme, mais, en cette journée particulière, il en fut entièrement convaincu. Et cela même si les reflets jumeaux du père et du fils dans les glaces des vitrines renvoyaient plutôt, tant ils se ressemblaient, l'image de deux frères. Il sentit au-dessus d'eux l'ombre apaisée du marquis de Ranreuil, son père ; la lignée se poursuivait. Chemin faisant, Nicolas s'inquiéta d'une rumeur grandissante, faite de cris et d'acclamations, qui résonnait dans le lointain et semblait emplir la ville.

L'explication de ce tumulte leur fut donnée par Noblecourt qui, rouge d'excitation et étouffant dans sa simarre, venait de rentrer du Parlement. Inquiète de son teint rouge brique, Catherine lui ôta sa tenue, le fit asseoir dans l'office et lui tendit un grand verre d'eau de limon qu'il avala sans reprendre son souffle.

— A-t-on idée de se mettre dans un état bareil ! Et en blus tout engonzé dans cette robe que vous ne bortez jamais, et bar la chaleur qu'il fait !

— Je voulais assister à cela, dit Noblecourt, bégayant d'excitation. En tant que procureur honoraire, j'ai réussi à me faufiler… Dieu sait… que la presse était grande… Ouf ! On pouvait à peine respirer, j'ai cru étouffer… Je suis arrivé au milieu de l'audience, car apprenez, le croiriez-vous, que la séance a duré dix-sept heures !

— *Gast !* dit Nicolas j'avais oublié le jugement de l'*Affaire*. Il est vrai que nous n'étions pas en charge du calme de la ville, c'était la garde de Paris aidée par le guet ; alors, contez-nous cela.

Chacun s'assit et prêta attention au vieux magistrat.

— Ah ! Quel spectacle ! Tout le quartier du Palais était sens dessus-dessous ; le guet et la garde de Paris, en effet, patrouillaient depuis le Pont-Neuf jusqu'à la rue de la Barillerie au milieu d'un peuple agité. À l'entrée de la salle du Parlement, les Rohan, en grand deuil, saluaient les magistrats qui prenaient séance. Les *opinions*[1] furent longues, belles, véhémentes, parfois froides et circonstanciées, toujours vives et touchantes au point de tirer des larmes, même aux adversaires. C'est au sujet du cardinal que la bataille fut surtout livrée… Mais redonnez-moi de cette excellente limonade, je suis oppressé et j'ai une soif d'enfer !

— Il devrait se reposer, murmura la petite voix de Marion.

— Il faut dire que la cour fut attaquée ! Songez qu'un juge prétendit que les conclusions du procureur du roi avaient été inspirées par le ministère et non rédigées par le parquet ! On entendait voler une mouche, puis le murmure enfla. C'était la première fois que de telles assertions retentissaient dans l'enceinte de la justice. Il semblait que du sort d'un seul, fût-il coupable, dépendait le salut de tous et que les principes du droit devaient seuls l'emporter sur tout autre argument. C'est une révolution !

— Et le verdict ? demanda Louis avec l'impatience de la jeunesse.

— Pour la dame de la Motte-Valois, on se mit d'accord sur une peine *ad omnia citra mortem,* c'est-à-dire la plus forte avant la mort. À l'unanimité, elle a été condamnée à être fouettée nue par le bourreau, marquée comme voleuse de la lettre V, et enfermée pour le reste de ses jours à la Salpêtrière. Quant au mari, en fuite, aux galères perpétuelles. La fille Oliva, mise hors de cour, a cependant été blâmée pour s'être substituée à la personne sacrée de la reine dans une scène d'escroquerie. Et le mage Cagliostro est déchargé de toute accusation.

— Le bon apôtre ! Et le cardinal ? demanda Nicolas. Lui aussi avait participé à cette pantomime du bosquet.

— Apprenez que le cardinal-prince de Rohan a été déchargé de toute accusation à la majorité de vingt-six voix contre vingt-deux pour la mise hors de cour. Dans les deux cas, il était innocenté !

Épuisé, Noblecourt, soutenu par Catherine qui le gourmandait de son imprudence, remonta dans ses appartements. Tandis que Nicolas, pensif et redoutant une mauvaise suite de cette échappée imprudente, gagnait sa chambre, Louis, disert, contait les circonstances de ses fiançailles à Marion et Poitevin, émus par la nouvelle.

Depuis sa chambre, Nicolas percevait encore la rumeur de la capitale. Parfois des groupes excités passaient rue Montmartre et leurs cris montaient jusqu'à lui : « *Vive le Parlement, vive Monsieur le cardinal !* » Cet aboutissement l'emplissait de tristesse, et cela d'autant plus profondément qu'inutile Cassandre, il n'avait pas ménagé ses avertissements. Mais qui était-il pour penser parfois défier le destin ? Au fond, ce n'était pas l'escroquerie d'un collier de diamants qui aurait dû dominer le procès, mais bien le fait qu'un cardinal, grand aumônier de France, ait osé croire qu'un rendez-vous clandestin lui avait été donné par la reine de France, qu'il s'y était rendu, s'était jeté à ses pieds et en avait reçu une rose. C'était là le crime qui frappait de plein fouet le respect de la religion, des mœurs et de la majesté royale. De sombres pressentiments l'oppressèrent, alimentant les cauchemars d'une nuit agitée.

Jeudi 1er juin 1786

Au petit matin, il éveilla Louis. Il avait décidé d'aller à Versailles témoigner de sa fidélité à la reine. En outre cette visite s'imposait : Louis devait la remercier de sa nomination dans la première compagnie des gardes du corps. Il espérait aussi que leur présence le lendemain du jugement au Parlement apporterait un peu de soulagement à l'affliction prévisible de la souveraine.

À neuf heures, ils piquaient des deux, l'un sur Sémillante, l'autre sur Bucéphale, et se portaient rapidement au Château, singulièrement déserté. Dans l'antichambre vide, Nicolas obtint d'un garçon bleu qu'il appelât Mme Campan, première femme de chambre. Il la connaissait de longue main. Elle leur indiqua en pleurant que la reine, bien affligée, avait supprimé les petites entrées et qu'elle se tenait seule dans ses arrière-cabinets. Nicolas insista auprès de la bonne dame, faisant valoir que la présence de serviteurs fidèles ne pouvait que réconforter la reine. Elle se laissa convaincre et alla demander à la souveraine ses instructions. Au bout d'un court moment, elle les introduisit dans le salon de musique. Marie-Antoinette apparut en chenille, enveloppée dans un manteau de lit de taffetas blanc, pelotonnée dans un fauteuil. Nicolas et Louis s'agenouillèrent, tête baissée. Un long moment de silence s'écoula, puis la reine se leva, s'approcha et leur tendit les mains, qu'ils baisèrent.

— Ah ! Vous avez eu raison de forcer ma porte. Pour le *cavalier de Compiègne*, il y a toujours exception. Venez plaindre votre reine outragée.

— Que Votre Majesté veuille bien être assurée de notre fidélité.

— Relevez-vous, Messieurs. Voyez comme je suis peu entourée en ce jour si funeste. Que n'avons-nous suivi vos conseils ?

— Madame, je donnerais tout pour qu'ils aient été sans objet.

— Je le sais. Hélas, on ne peut se flatter de rien quand la perversité semble prendre à tâche de rechercher tous les moyens de froisser votre âme. Ce jugement est une insulte affreuse. Mais j'aurais tort de vous accabler de mes soucis. C'est une consolation bien vive de posséder des serviteurs si constants.

Elle soupira.

— Monsieur, dit elle s'adressant à Louis, j'aurai le bonheur de vous avoir près de moi.

— Que Votre Majesté soit persuadée de ma reconnaissance et de mon dévouement.

— Vous êtes le fils de votre père, c'est tout dire. Je conterai au roi que la famille de Ranreuil a été la première, sinon la seule, à venir me réconforter et m'apporter le tribut de sa fidélité.

Elle leur abandonna derechef ses mains et ils se retirèrent à reculons.

Nicolas regagna Paris, laissant à Versailles Louis qui souhaitait se présenter à son colonel et connaître la date à laquelle il devait prendre son service. Nicolas le mit en garde contre les embûches et chausse-trapes qu'il aurait à éviter, en tant que nouvel arrivant précédé de la rumeur d'une faveur royale. Son fils avait du caractère, il l'avait démontré fort jeune, mais il demeurait tendre et ouvert, souvent sans méfiance, à toutes propositions, y compris les plus mal disposées pour peu qu'elles s'enrobassent de séductions aimables.

Bourdeau l'accueillit par un sonore « Encore un ! » qui demandait un éclaircissement immédiat.

— Apprends une nouvelle étonnante. Au cours du tumulte de cette nuit par lequel le peuple a manifesté sa joie du jugement du Parlement, au point d'ailleurs que l'autorité a été obligée d'interdire qu'on illumine… Et pourquoi pas un *Te Deum* ? Pour un cardinal cela s'imposerait. Je disais donc…

— Oui, car tu as perdu le fil.

— … que plusieurs Parisiens pris de boisson sont tombés dans le fleuve et que, les recherchant, on a découvert près de l'île aux Cygnes, dans des arbustes de la rive, un cadavre nu, la tête écrasée. Averti de la chose, je l'ai fait porter à la basse-geôle.

En toute hâte ils descendirent dans les entrailles de la vieille forteresse. Les rites habituels furent respectés : Bourdeau alluma sa pipe et Nicolas prisa. Sanson les attendait. Un corps gisait sur la grande table de chêne. L'odeur était épouvantable et les servants du bourreau avaient disposé des poêlons où brûlait du soufre chargé d'assainir l'atmosphère. Les deux policiers s'approchèrent et constatèrent que le corps était très abîmé. La tête n'était plus qu'une épouvantable charogne de cheveux et de chairs corrompues.

— Mon cher Sanson, dit Nicolas, qu'avez-vous pu observer sur ces restes ?

— Je dirais, dit l'intéressé, prenant ce ton docte qui lui était familier lors des ouvertures, en dépit de l'état d'un corps qui a été plongé dans l'eau un certain temps, que la mort est intervenue depuis sept à trois jours. Un certain nombre d'observations, dont je vous épargnerai le détail, m'autorisent à conclure dans ce sens.

— Bien, reprit Nicolas, et qu'en est-il des causes de la mort ? D'évidence il n'est pas mort noyé.

— Non, il a été jeté à l'eau après le décès, la tête écrasée sans doute à l'aide d'un pavé. J'ai trouvé quelques traces de granit dans les restes, des pellicules de mica en particulier.

— Intéressants détails, mais la raison initiale de cette mort ?

— Je crois que la chose ne va pas laisser de vous intéresser. Une pointe effilée a traversé le cœur, blessure semblable à celle que nous avons décelée sur le cadavre de votre Halluin. Mais ce cadavre porte une autre blessure à l'épaule, que j'estime avoir été causée par une arme à feu. Oh ! Ce n'était qu'une éraflure, la balle n'avait pas pénétré les chairs. Je note toutefois que cette plaie était antérieure à la mort et déjà en voie de cicatrisation. Je résume donc : un homme d'une quarantaine d'années, poignardé par une pointe ad hoc, porteur d'une plaie plus ancienne et enfin la tête détruite. Voilà ce à quoi, Messieurs, je puis aboutir au mieux de notre science et de mes moyens.

— Merci, mon ami. Voilà une consultation d'une grande richesse. Une dernière question : un autre détail vous aurait-il frappé ?

— Dans l'état de votre enquête, avez-vous un boiteux dans votre jeu ?

Bourdeau et Nicolas se regardèrent interdits.

— Le pourquoi de cette question ?

— C'est que l'étude du corps a prouvé que la victime souffrait d'un défaut du pied droit, ou plutôt d'une jambe plus courte. J'ajoute que cette infirmité pouvait passer inaperçue par une modification du soulier ou par l'usage d'une semelle ou d'une talonnette.

De retour dans le bureau de permanence, les policiers manifestèrent leur incertitude.

— Une chose est assurée, remarqua Bourdeau, tout prouve que ce cadavre a un lien avec l'enquête en cours. Une seule certitude : l'homme a été tué de la même manière que l'inconnu du pont Notre-Dame. C'est un premier point acquis.

En second lieu, ajouta Nicolas, l'homme porte une blessure qui correspond à celle qu'aurait pu infliger le coup de feu tiré par le receleur Levail, presque sous nos yeux. Dernier point, la similitude de destruction des visages par l'écrasement de la tête.

— Et ce dernier détail que nous a livré Sanson, qu'en faire ?

Nicolas réfléchit un moment.

— Comme nous ignorons toujours qui est l'homme enterré au cimetière de Clamart, il faut poser comme une éventualité que le cadavre de l'île aux Cygnes pourrait être celui d'Halluin.

— Et ?

— Et ? Envoie Gremillon recueillir chez Halluin les souliers et chaussures qu'il pourra trouver. S'il existe des indications recoupant ce que nous a précisé Sanson, nous serons édifiés. Et en outre, qu'il recherche la brosse et le peigne d'Halluin. Sanson nous a parlé de vestiges de cheveux. Là, une comparaison peut être faite et nous apporter des nouvelles confirmations.

Nicolas se frotta les mains avec énergie.

— Je crois, mon cher Pierre, que nous avançons et que nous voilà sur une piste.

— Nous n'avons cessé d'en suivre d'innombrables, grommela Bourdeau, sans beaucoup progresser. Marche après marche, le mystère s'épaissit. Mais tu as raison sans doute : si nous parvenons à identifier l'un des cadavres, un pas essentiel sera franchi.

— Le tumulte s'est-il calmé dans la ville ? La chienlit a parcouru les rues cette nuit !

— Imagine : les harengères de la Halle ont couvert les magistrats de bouquets de roses et de jasmin. Rohan, qui sera élargi aujourd'hui, a été reconduit à la Bastille, rutilant dans sa pourpre romaine, par un flot populaire de plusieurs milliers de personnes qui vociféraient et se cassaient la voix en acclamations.

— Que croient-ils avoir gagné ?

— Ma foi, juste la satisfaction de leur haine et le sentiment illusoire d'une liberté conquise.

— Ils auraient mieux fait de se réjouir que la Tournelle vienne enfin de décharger la fille Salmon de toute accusation d'empoisonnement et de vol, elle qui avait failli être brûlée vive en 1782 ! Voilà une justice lente, mais juste, qui ne s'en remet pas à la fausse apparence. Quant au verdict d'hier, tu l'affirmes toi-même, il est illusoire. Cela fait longtemps que ces chats-fourrés et toute la séquelle d'Orléans s'opposent au roi et l'accablent de *remontrances* et ce serait fallace de penser que le peuple s'en trouvera mieux. Quant à la reine, c'est une pauvre femme accablée que tu plaindrais, car tu as bon cœur, si tu l'avais vue comme moi ce matin.

— Tu as fait ta cour en fin courtisan ? dit Bourdeau, ironique.

— Tu ne m'entraîneras pas dans un vain débat. Pour ta gouverne, Louis se devait de remercier la reine de sa nomination chez les gardes du corps. Et si cela peut te satisfaire, Versailles était désert et la reine bien abandonnée.

Cela fut dit si sèchement que Bourdeau n'insista pas.

En fin de soirée, Gremillon reparut avec un sac de souliers et un petit filet qui contenait une brosse et des peignes. Un rapide examen montra aussitôt que les premiers étaient pourvus au pied droit de talonnettes ou de semelles modifiées. Sanson monta de la basse-geôle avec un échantillon de cheveux du cadavre. Ils furent comparés avec ceux de la brosse et des peignes et, sans conteste, grisonnants, ils étaient identiques et appartenaient à la même personne.

— Ainsi, il y a apparence qu'il peut s'agir d'Halluin, mais alors, qui est celui que nous avons exhumé au cimetière de Clamart ?

— Et que n'avons-nous songé plus tôt, Pierre, à faire des comparaisons de cheveux ! Je crois qu'une bonne nuit nous portera conseil.

Rue Montmartre, une maisonnée inquiète était encore sous le coup du malaise qui avait saisi Noblecourt en fin d'après-midi. Il avait perdu connaissance et le médecin appelé avait craint un moment un accès de goutte remontée au cœur. Depuis il reposait, veillé par Catherine. Le docteur de Gévigland, que Nicolas trouva vieilli, tenta de le rassurer.

— Il semble que notre ami ait présumé de ses forces. C'était folie par ce temps chaud et orageux de courir la ville et se mêler à une foule énervée. Et que dire des émotions et de l'excitation de la séance du Parlement.

— Je l'avais trouvé fort cramoisi à son retour hier soir ; j'avais redouté un coup de sang.

— Je ne suis pas grand tenant de la saignée, mais, pour le coup, elle aurait sans doute évité la crise d'aujourd'hui. Je suis venu par amitié pour vous car je n'exerce plus. Je perds, hélas, peu à peu la vue. Je repasserai demain matin. Je regrette que cette seule occurrence ait permis de nous réunir.

Nicolas soupa légèrement et tenta de consoler Marion que l'angoisse tenaillait. Il se coucha, comme écrasé par les événements de la journée.

Vendredi 2 juin 1786

Le lendemain, Noblecourt se portait mieux. Gévigland, de retour, le constata et décida de ne pas accabler son patient de médecines et de potions, mais prescrivit une diète rigoureuse et un repos absolu dans la pénombre de sa chambre et, surtout, aucun souci qui le puisse agiter. Louis n'était pas revenu de Versailles, sans doute retenu par sa prochaine installation. Nicolas se rendit chez maître Clérambault, son notaire, pour faire préparer le contrat de mariage et qu'il prît langue avec son confrère chargé des affaires du comte de Mezay.

Au Grand Châtelet, les deux policiers retournèrent dans tous les sens la lancinante question de savoir qui était le cadavre du pont Notre-Dame. Ils avaient maintenant la certitude qu'Halluin avait été assassiné beaucoup plus tardivement qu'ils ne l'avaient cru. Ces constatations nourrissaient une énigme dans laquelle, Nicolas en était persuadé, Lessard jouait un rôle. Lequel ? Sa filature ne donnait rien. Les mouches qui en étaient chargées n'avaient pas observé de nouvelles escapades du suspect, qui poursuivait une existence régulière. Nicolas décida d'aller conférer avec Sartine. L'affaire qui les mobilisait, il ne l'oubliait pas, avait un lien direct avec la redoutable interrogation suscitée par des actes de trahison et par les avertissements sibyllins de Lady Charwel. De surcroît, la date de la visite du roi à Cherbourg approchait et rien ne permettait de deviner la nature des périls qui le menaçaient.

Sartine le reçut avec une chaleur inaccoutumée. Cette attitude indiquait qu'il était demandeur. Selon sa pratique, il avança aussitôt une pièce, marquant ainsi sa prétention de savoir tout des choses et des gens, à la cour comme à la ville.

— Vous avez vu la reine hier matin.

Ce n'était évidemment pas une question.

Comment prenait elle la chose ?

— Aussi tristement et dignement que possible. Sa Majesté est outragée et humiliée au-delà de l'imaginable…

— La chose a été tellement mal conduite qu'on ne pouvait s'attendre qu'à un désastre.

Je t'entends, songea Nicolas. Toi, aux affaires, tu aurais rondement réglé la question. Encore fallait-il que la reine fût convaincue de tes arguments.

À ce moment, on gratta à la porte et un vieux valet apporta un pli à Sartine qui le lut aussitôt et le rejeta avec colère sur son bureau.

— Et voilà, les bêtises continuent ! Après avoir livré à la publicité l'intrigue du collier et renvoyé l'affaire devant le Parlement, le roi, on m'en informe, vient de dépêcher Breteuil rue Vieille-du-Temple afin de remettre au cardinal une lettre de cachet qui l'exile en son abbaye de La Chaise-Dieu, en Auvergne. Il doit en outre se démettre de toutes ses fonctions et dignités à la cour. Le voici saint et martyr ! Enfin, passons. Qu'en est-il de notre enquête ? J'ai appris pour le cadavre de l'île aux Cygnes. Vous n'avez pas abandonné votre sinistre habitude de semer les morts derrière vous.

— Monseigneur !

— Allons, ne prenez pas la mouche, je plaisante.

— Je suppose que vous connaissez l'identité de ce cadavre-ci ?

Sartine se renfrogna, toussa et se mit, signe infaillible de son irritation, à procéder à des translations d'objets sur son bureau, la plume remplaça le crayon, et la tabatière, la paire de ciseaux.

— Est-ce important ? demanda-t-il avec la plus grande mauvaise foi. Un nom pour un autre ?

— Justement ! C'est Halluin dont il s'agit. Ce qui confirme nos doutes précédents sur le mort du pont Notre-Dame inhumé au cimetière de Clamart.

— Et donc ?

— Nous peinons à découvrir son identité. J'ai bien une petite idée, mais je dois encore vérifier quelques détails.

— Ne traînez pas en chemin, car tout se tient et le silence de Londres m'inquiète. J'espérais une reprise des messages de Lady Charwel. Mais rien, rien… Sa grandeur lui aurait-elle monté à la tête ?

Nicolas frémit, Antoinette était-elle en danger ? Que signifiait son silence ?

— On ne peut douter de sa loyauté…

— Oh ! Charmante candeur, c'est votre cœur qui parle. Moi, je réfléchis en raison. Mais vous n'avez sans doute pas tort. Après tant d'années, pourquoi se mettrait-elle à nous trahir ?

L'entretien s'acheva sur ces entêtantes questions.

Mardi 20 juin 1786

Juin allait sur sa fin, et aucun nouvel indice n'avait permis de relancer l'enquête. Un fait chiffonnait Nicolas : la montre et la chevalière aux armes des Gallaud d'Arennes trouvées dans un écrin chez le receleur Levail. Il se perdait en conjectures sur l'origine de ce dépôt. L'officier avait-il remis en garantie ce bijou pour obtenir de l'argent comptant ? La chose était possible, Levail devant pratiquer, outre sa coupable industrie, des opérations d'usure. Cette hypothèse se heurtait pourtant à une objection : pourquoi ces objets se trouvaient-ils dans un écrin noué de ce nœud si particulier qu'on retrouvait chez Halluin ? Par quel miracle étaient-ils en possession du conservateur du cabinet des monnaies ? Les avait-il volés à son maître chanteur, ou alors…

Louis, ayant reçu ses nouveaux uniformes des mains d'un maître Vachon admiratif de son propre talent, avait pris rang dans son régiment. Il logerait à Versailles avec ses camarades. M. de Noblecourt se rétablissait doucement et Nicolas s'attachait à distraire une demi-heure chaque jour de son emploi du temps afin d'accompagner son vieil ami, en lui donnant le bras pour la promenade qu'avaient prescrite feu Tronchin et le docteur de Gévigland. Quant à Aimée d'Arranet, elle s'obstinait dans un silence boudeur en dépit du truchement de l'amiral et d'une lettre que Nicolas lui avait adressée. Il en éprouvait une lancinante tristesse.

Ce mardi, Bourdeau, qui feuilletait les mains courantes qu'il collationnait chaque jour, poussa soudain une exclamation de surprise.

— Que t'arrive-t-il ? demanda Nicolas.

— Je viens de faire une étrange découverte. Tu sais que les hôtels des ministres étrangers sont étroitement surveillés.

— C'est bien le moins qu'on sache qui visite les ambassadeurs, surtout ceux dont nous sommes susceptibles de présumer l'hostilité. Et alors ?

— Alors, je remarque qu'à deux reprises un personnage inconnu, dont la description précise par notre mouche correspond, trait pour trait, à notre ami Lessard, est entré à la résidence de l'ambassadeur d'Angleterre…

Soudain intéressé, Nicolas se leva et vérifia la mention du registre que lui désignait Bourdeau.

— Voilà qui n'est pas banal !

Fébrilement, il consulta son petit carnet noir.

— À quelle date ce quidam a-t-il été repéré ?

Bourdeau consulta la main courante.

— Le 26 et le 30 mai.

— Ah ! Le filou ! s'écria Nicolas. Ces dates coïncident avec celles où Lessard a échappé à la filature de nos gens. Il n'y a aucun doute. Qu'a-t-il à faire avec les Godons ? Cela renforce encore de légitimes suspicions.

Nicolas attira à lui le registre et se plongea dans la lecture des mentions signalées par Bourdeau.

— Il n'y a pas à s'y tromper. C'est bien de notre homme qu'il s'agit. Et il semble être entré aisément chez le duc de Dorset, comme s'il était connu.

— Peut-être lui fait-il la barbe ? lança Bourdeau, goguenard.

— Mais je pense qu'il nous doit au moins une explication. Qu'on le rattrape sur-le-champ et qu'on nous le conduise ici.

— Que pouvons-nous en penser ?

— Peut-être Halluin l'avait-il initié à ses manigances. Qui nous dit qu'il n'a pas soustrait des documents dans le dossier que nous avons saisi à son logis ?

— Je l'ai toujours perçu comme un individu des plus louches. Il va falloir le retourner sur le gril. Il est sans doute, sous son aspect délicat, une redoutable canaille.

Ordre fut lancé d'avoir à appréhender Lessard de toute urgence. Les deux policiers attendaient le résultat de l'entreprise quand un commis de l'hôtel de police demanda Nicolas. M. de Crosne, lieutenant général de police, souhaitait recevoir le commissaire aussitôt que possible.

Nicolas fut mis en présence, dès son arrivée, d'un homme dont tout laissait entrevoir le désarroi et l'inquiétude. Il le salua, attendant qu'il lui expliquât les raisons de cette convocation inattendue.

— Monseigneur, me voici, à votre service.

— Ah ! Ranreuil, point de cérémonie entre nous. Vous me voyez tenaillé d'angoisse.

— Les raisons de votre souci ?

— Vous connaissez le verdict du procès concernant Mme de la Motte ?

— Certes.

— L'exécution de l'arrêt devait avoir lieu rapidement. On l'a repoussé plusieurs fois. Cela a encore manqué le 13 de ce mois. On a cru la chose imminente le 19. J'ai fait retarder la séance.

— Et pourquoi ?

— Pourquoi ? Une foule immense se pressait aux abords du Parlement. Les croisées des maisons voisines se louaient à des prix exorbitants. Cette masse populaire aux sentiments divers menaçait l'ordre public et risquait de tourner à l'émeute. L'exécution est donc remise à demain à cinq heures du matin, où, espérons-nous, il sera possible d'éviter les inconvénients constatés au cours de la journée du 19.

— Et que puis-je pour vous dans cette conjoncture ?

— Ranreuil, soyez présent au Palais demain et veillez au grain. Je vous sais expert dans les situations où l'émotion populaire risque d'emporter les limites. J'espère qu'à cette heure matinale les conséquences de cette séance seront moindres. Le cas échéant, prenez, en mon nom, toutes dispositions nécessaires au respect de l'ordre et à la solennité de la justice.

— Monseigneur, la chose est impossible : je dois accompagner le roi dans son voyage en Normandie.

— J'en ai fait mon affaire, Sa Majesté part de Rambouillet demain et l'exécution est prévue à cinq heures. Vous aurez le temps de rejoindre le roi au château d'Harcourt où il doit coucher.

— Comme il vous plaira. Le guet et la garde de la ville seront-ils informés de la haute main que j'aurai sur cette opération ? Seront-ils sommés d'obéir à mes ordres ?

— Vous avez carte blanche. Je donne les instructions afin que nul ne s'oppose à votre autorité.

Le lieutenant général de police se frottait les mains, soudain soulagé, comme si Nicolas s'était, de lui-même, proposé pour cette mission difficile. Mais celui-ci avait-il jamais eu le loisir d'écarter à son gré les ordres qui lui étaient signifiés ? De Crosne avait la manière, aimable au dernier degré, de se défausser élégamment de sa responsabilité. Si les choses se déroulaient sans accroc, il en recueillerait l'avantage ; dans le cas contraire, Nicolas en subirait le démérite. Peu importait, ce n'était pas la première fois qu'il monterait à la tranchée, sans préparation ni couverture. Il salua le lieutenant général et décida d'aller sur-le-champ examiner au Palais les lieux où Mme de la Motte subirait sa peine. Comme la chose était prévue sur les marches de l'escalier, il estima que la grande grille devait être obligatoirement close.

Quand il revint au Châtelet, Nicolas fut effrayé des mines consternées de Bourdeau, de Gremillon et de Rabouine. Il imagina le pire, l'état de santé de Noblecourt brutalement aggravé ou un accident survenu à Louis, lors d'une de ses folles chevauchées sur ses étalons. Il en éprouva un choc brutal et son cœur se mit à battre la chamade. L'inspecteur, le voyant pâlir, lui avança une chaise.

— Remets-toi, la chose est fâcheuse, mais sans doute réparable. On le retrouvera. Tout est mis en œuvre pour y parvenir.

— Mais à la fin des fins, de qui parlez-vous ?

— De Lessard dont nous avons perdu la trace.

— Comment est-ce possible ?

— À deux reprises, dit Gremillon, il avait échappé à notre surveillance sans qu'on comprît comment il avait pu s'y prendre. Nos gens sont pourtant des hommes d'expérience. Pour eux l'intéressé possède de la pratique ; il est habile et se faufile comme anguille.

— Vu ses relations, remarqua Bourdeau, on comprend qu'il y soit contraint !

— Je suis mortifié par votre impéritie. Comment tant d'énergies en chantier pour une aussi déplorable issue ! Dois-je tout faire par moi-même ? Faut-il que je charge l'inspecteur Bourdeau de vous tenir la main pour vous enseigner la méthode ?

Il était si rare que Nicolas prît la mouche et tançât ses subordonnés que ses propos, prononcés avec une froide énergie, les accablèrent bien davantage qu'une colère ouverte : Rabouine baissait la tête et Gremillon avait les larmes aux yeux. Quant à Bourdeau, épargné par le commissaire, il n'en prenait pas moins sa part de l'algarade.

— Enfin, conclut Nicolas avec un mince sourire, le vin est tiré. Prenons les mesures indispensables et, en particulier, qu'on renforce le contrôle aux barrières.

— J'ai déjà envoyé, murmura Bourdeau, les ordres et injonctions utiles aux responsables.

— Bien. Qu'on agite derechef toutes nos mouches et informateurs, et Tirepot par-dessus le marché. Il faut le retrouver. Et sur ce, Messieurs, serviteur, je vais marcher pour réfléchir.

Nicolas accomplit ce qu'il appelait *le grand tour* en marcheur obstiné qu'il était, une manière de rentrer en lui-même. Il avait observé combien cette rumination mentale et ces pensées inconscientes l'avaient parfois conduit à des solutions. Cette décantation laissait de côté le superflu pour révéler l'essentiel. Par le quai de la Mégisserie, il rejoignit le Pont-Neuf. Là, il s'accouda au parapet, admira le fleuve qui défilait, immuable et sans une ride, indifférent aux turpitudes humaines. Que ne le conduisait-il vers des horizons inconnus ! Il s'approcha de la statue équestre d'Henri IV. Il en admira la mâle figure, saisi soudain d'un tremblement sacré à l'idée, incroyable en vérité, qu'il se tenait sous l'effigie de son trisaïeul et qu'un peu du sang du cavalier de bronze coulait dans ses propres veines. Sur la rive gauche, par les quais Conti, Malaquais et des Théatins, il se porta au Pont-Royal qu'il traversa pour longer la Seine par les galeries du Louvre.

Soudain une voix, qui ne lui était pas inconnue, l'interpella. Il se retourna et reconnut Sébastien Mercier, écrivain et critique, avec lequel il avait devisé le jour où le cimetière des Innocents s'était effondré dans les caves des maisons avoisinantes.

— Alors, Monsieur le commissaire, il a fallu du temps pour assainir le champ des morts[2] !

— Monsieur Mercier ! Quel souci vous agite aujourd'hui ?

— Oh ! Même le philosophe sent s'affaiblir en son âme l'indignation que lui inspiraient les vices de la société à mesure qu'il les voit chaque jour se renouveler sous ses yeux, et qu'il cesse d'être si inexpérimenté !

— Vous voilà bien amer et bien désabusé.

— La populace hurle et bat le pavé d'une joie mauvaise pour une cause qui ne l'est pas moins.

— Vous évoquez une affaire…

— Une affaire mal jugée qui déshonore coupables, innocents, magistrats, et j'en passe ! Et que dire de la crasse des préjugés de ces têtes parisiennes, menées par la sottise la plus incurable. Le peuple mérite sa servitude.

— Je ne vous suivrai pas dans cette direction.

— J'imagine en effet que vous ne le pouvez pas. Serez-vous de la fête pour la punition de la dame de la Motte ? La chose a été plusieurs fois remise. On parle des prochains jours ; en savez-vous quelque chose ?

— Je l'ignore.

Mercier hocha la tête en souriant.

— Alors, à bientôt sans doute.

Pensif, il rejoignit la rue Montmartre. En dépit des protestations de Catherine, il refusa de souper et demanda qu'on le réveillât le lendemain matin à quatre heures au moment où, d'habitude, durant l'été, la cuisinière ranimait le potager. Il prépara son havresac et sortit son uniforme d'officier de marine porté au combat d'Ouessant. Allongé sur son lit, le regard perdu dans le vide, il médita longtemps avant de s'endormir.

XIV

HABITS ROUGES

> « Il n'existe pas sur terre de monarque plus heureux que celui des Français. Il n'a qu'à se montrer pour que cette grande nation l'idolâtre. »
>
> *Metternich, 1785*

Mercredi 21 juin 1786

À quatre heures sonnantes, Catherine, qui tressait ses nattes tout en marchant, vint éveiller Nicolas. Pendant qu'elle lui préparait son chocolat, il courut à la pompe où l'eau glacée le sortit des miasmes de la nuit. Il remonta s'apprêter et reparut dans l'office en robe noire de magistrat, la baguette d'ivoire à la main. Il avala sa tasse et croqua une brioche chaude qui venait d'être apportée par le mitron de la boulangerie.

Le Parlement n'était pas loin, mais il ne souhaitait pas déambuler dans les rues en tenue d'apparat, au risque d'alerter ceux qui le croiseraient et s'étonneraient de voir, de si bon matin, un commissaire du roi au Châtelet. Le même mitron courut donc lui chercher un fiacre au coin de l'église de Saint-Eustache. Nicolas ordonna au cocher d'emprunter un itinéraire compliqué qui le mènerait par quelques détours au Pont-Neuf puis, par le quai des Orfèvres, à la grande entrée du Parlement. Le soleil venait à peine de se lever[1] et les ruelles étroites figuraient d'obscurs défilés où, parfois, à la lumière des lanternes, apparaissaient d'étranges figures ; à son passage, elles s'enfonçaient dans la muraille. Quai des Orfèvres, un vent léger et encore frais soufflait, venant du fleuve, et les bâtiments de la rive gauche se nimbaient de délicates nuances de rose. Nicolas baissa sa glace pour profiter de l'air, mais déjà le fiacre prenait le virage et s'approchait du Palais.

Il se fit reconnaître par la garde et monta quatre à quatre le grand degré. Là il se retourna et constata, surpris, qu'une petite foule l'avait suivi et commençait à se rassembler devant l'édifice. Il vérifia une fois de plus qu'au-delà de deux personnes, il n'y avait plus de secret possible. Que des curieux s'agglutinent à une heure aussi matinale montrait qu'un ou plusieurs participants à cette exécution en avaient révélé le moment.

Peu de temps après son arrivée, Nicolas entendit une rumeur. Elle précédait l'apparition sur le seuil de la cour du Mai de la dame la Motte, vêtue d'un déshabillé de soie rayée blanc et brun et d'un casaquin de tissu décoré de roses, ainsi que de Sanson, en habit rouge de bourreau. La dame fut aussitôt saisie par les valets, liée et portée au bas du grand escalier. Le greffier du Parlement lui intima de s'agenouiller pendant la lecture de l'arrêt. Il parut à Nicolas qu'elle n'avait pas encore été informée du verdict la concernant. Comprenant soudain l'horreur du moment, elle se mit à débiter des injures, déchirer ses vêtements, s'agita furieusement et tenta de mordre ses bourreaux. Un coup de pied dans le jarret suffit à la mettre à genoux. Aux mots de « *fouettée* » et « *marquée* », elle hurla de plus belle.

— C'est le sang des Valois que vous traitez ainsi !

Elle poussait des cris si perçants qu'ils retentissaient dans tout le Parlement. Elle vomissait d'obscènes injures contre Rohan et surtout contre la reine, assurant que si elle avait avoué certaines choses, elle ne serait pas là. Elle voulait avoir la tête tranchée.

Les aides de Sanson furent contraints de couper ses vêtements et jusqu'à sa chemise, offrant ainsi un spectacle des plus indécents. On lui mit la corde au cou et les coups de verge s'abattirent sur ses épaules. Nicolas eut l'impression que Sanson n'insistait pas dans l'application de ce châtiment qui demeura ainsi quasi symbolique. Le pire allait venir, sans possibilité d'échappatoire. La condamnée se roulait sur le sol dans de terribles convulsions qui ne permirent pas au bourreau, le fer rouge à la main, de faire son office. À la fin, la Motte fut maintenue couchée à plat ventre sur les dalles de la cour, son jupon retroussé. Un garnement, qui s'était hissé le long des barreaux et s'accrochait aux écussons fleurdelisés, lançait de grasses injures. La lettre V s'imprima sur son épaule et la chair blanche fuma sous le fer rouge. Il fallait encore marquer l'autre épaule. La petite comtesse était entrée dans une atroce convulsion, ses yeux injectés de sang semblaient jaillir hors des orbites. Comme elle continuait à se contorsionner, la lettre fut appliquée, non sur l'épaule, mais sur le sein. Jeanne de Valois rua comme une bête frappée à mort et, dans un dernier soubresaut, réussit à mordre l'un des bourreaux.

Nicolas, après avoir salué Sanson qui lui apparut blême et la mâchoire serrée, remonta dans son fiacre, se fit conduire au Point-du-Jour d'où il contempla le panorama de la ville. Il ne pouvait se défendre d'un sentiment d'horreur après le spectacle auquel il avait assisté. Comment pouvait-on encore, dans ce siècle de progrès et d'humanité, traiter ainsi une jeune femme, pour coupable qu'elle eût été ? Son cœur se serrait à l'idée qu'il avait failli naguère céder à sa séduction et se perdre dans ses bras. Qu'en serait-il advenu ? Et pourtant cette jeune femme était perfide et avait entraîné dans sa chute le cardinal, tout exonéré qu'il fût par le Parlement, et accru, si c'était encore possible, l'impopularité de la reine. Il sentait que tout cela aurait des conséquences, ou plutôt que cette affaire, s'ajoutant à d'autres dérives, contribuerait à charger tragiquement le navire en perdition de la monarchie.

Il consulta sa montre et prit conscience qu'il lui restait peu de temps avant de partir pour la Normandie à la poursuite du cortège royal. Son retour au logis à une heure aussi inhabituelle intrigua M. de Noblecourt qui, assis dans un fauteuil, prenait l'air dans le jardin, surveillé par Mouchette qui, depuis son malaise, ne le quittait pas.

— Me serais-je trompé ? Notre promenade n'était-elle pas prévue à onze heures de relevée ?

D'évidence il avait oublié la mission de Nicolas. Elle lui fut rappelée. Nicolas s'assit sur la margelle du puits. Il eut une sorte de tremblement soupiré, le cœur débordant de sentiments inexprimés.

— Qu'y a-t-il, mon ami ? Vous semblez écrasé par de sombres soucis.

— Je viens d'assister à l'exécution de la peine de Mme de la Motte, au Palais. Le déroulement en a été atroce tant elle s'est rebellée contre ses bourreaux. Je n'ai pu me défendre d'un mouvement de pitié pour une femme que j'ai croisée naguère à plusieurs reprises. J'ai même soupé en sa compagnie et celle de Cagliostro chez notre ami La Borde. Elle voulait que je l'aide à approcher la reine. Bien m'en a pris de n'en rien faire !

Noblecourt le considérait avec un regard scrutateur.

— Mais il y a autre chose, n'est-ce pas ?

— Vous devinez toujours tout ! Vous savez que j'ai participé à l'instruction pour avoir été de service au château le jour de la fameuse entrevue du bosquet entre la fille Oliva et le cardinal.

— Mais il y a davantage ?

— On ne peut rien vous cacher. Depuis ce jour, et mon sentiment s'est accru au vu de ce que l'enquête a découvert, je ne peux m'empêcher de nourrir des doutes sur la nature de cette fameuse entrevue.

— Qu'est-ce à dire ?

— Que ce soir-là j'ai vu la fille Oliva monter dans un carrosse de cour. La chose m'a paru si extraordinaire que longtemps j'ai cru avoir rêvé.

— Et la conséquence de tout cela ?

— Que l'organisateur de la machination est peut-être demeuré inconnu. Je ne pousserai pas plus loin mes conjectures.

— Qui aurait voulu se moquer ainsi du cardinal ?

— Quelqu'un qui lui vouait une aversion absolue. Je n'ose m'avancer davantage.

— Est-ce l'horreur de l'exécution qui a suscité en vous de tels scrupules ?

— Non, ce sont plutôt les paroles proférées par Mme de la Motte... *Qu'elle ne serait pas sur cet escalier d'infamie si elle avait parlé et qu'on lui avait fait miroiter une autre issue que ce supplice.*

— Folies et espérances de femme haineuse ! Et le cardinal ?

— Vous ne savez pas ? Exilé à La Chaise-Dieu.

— Tout s'achève donc par ce qui aurait dû être le commencement.

— Oui, une action brutale qui aurait immédiatement coupé court au scandale.

— On va vous attendre au Châtelet et s'inquiéter de votre absence.

Nicolas regarda tristement le vieux magistrat : son malaise avait-il laissé des traces ?

— Je pars en Normandie.

— Oui, c'est vrai, où ai-je la tête ?

— Et d'ailleurs, il faut qu'ils s'y habituent, un jour je partirai. L'océan me manque et, maintenant que Louis se marie, je dois à ses intérêts de prendre plus de soin à la gestion de mes terres de Ranreuil.

— Et vous abandonnerez votre vieil ami. Il est vrai que je serai mort sans doute… Il me semble, mon ami, que vous ne m'avez présenté que la façade de ce qui, d'évidence, vous ronge.

— C'est possible, dit Nicolas avec un pauvre sourire.

Il se leva précipitamment.

— Où allez-vous donc ?

Encore ! Sans marquer d'impatience, Nicolas répéta à Noblecourt les raisons de son départ immédiat pour rejoindre le cortège du roi et les inquiétudes que ce déplacement inhabituel suscitait. Il avait réservé une chaise rapide qui devait le prendre avec son bagage à dix heures et le conduire, relais après relais, au château d'Harcourt.

— Je vous charge de prévenir Louis, s'il s'inquiète de mon absence.

— Et quelqu'une autre aussi ! dit Noblecourt en riant. Prenez garde à vous, mon cher Nicolas.

Nicolas monta dans ses appartements pour retirer sa robe de magistrat et revêtir son uniforme de lieutenant de vaisseau. Il constata avec satisfaction s'y sentir toujours à l'aise. Il ramassa son havresac et son épée, embrassa au passage Marion et Catherine, éperdues d'inquiétude de le voir en tenue militaire, et sauta dans la chaise qui stationnait rue Montmartre. Trois quarts d'heure plus tard, il se trouvait sur la route de Caen par un temps superbe. Il espérait, par Mantes, Dreux et Lisieux, rattraper dans la soirée le roi dont le cortège passerait par Dreux, Nonancourt, Verneuil, L'Aigle, Sainte-Gauburge, Nonant, Argentan et Falaise avant d'arriver le soir au château de Thury-Harcourt, possession du duc d'Harcourt, gouverneur de Normandie.

L'accueil des campagnes et les compliments prévisibles des notables retarderaient forcément l'avancée. Nicolas avait été associé à la préparation du voyage pour ce qui concernait la sûreté du souverain. Elle serait assurée par un détachement d'officiers des gardes du corps. Les garnisons et les milices bourgeoises ne feraient la haie que lors des entrées solennelles. Compte tenu de la longueur et de la fatigue du chemin, il avait aussi été recommandé aux municipalités d'éviter tout retardement *par des harangues et compliments superflus et de seulement présenter au roi les respects et sentiments des habitants avec la simplicité qui convenait à la vérité.*

La route par Dreux et Lisieux était plus rapide. Ballotté dans la voiture, Nicolas se laissa aller à une douce rêverie, le regard fixé sur les paysages qui défilaient. Dieu que la France était belle et paisible par ce jour de juin ! D'ondulants champs de blé et de seigle succédaient à des forêts coupées de prairies où paissaient de gras troupeaux. Il se rendit compte que, venant de la ville, la campagne s'offrait à lui comme une sorte de paradis bucolique, un pays idyllique à la Rousseau. Et pourtant, les villages et bourgs traversés, pour riant que fût leur aspect, révélaient, à bien y regarder, les mêmes misères, mendiants et pauvres enfants en haillons, pieds nus dans la poussière. Partout la richesse la plus extrême côtoyait la pauvreté la plus pitoyable.

Mais, en dépit de ces tristes constatations, Nicolas essayait de se persuader que le pire n'était pas le plus probable et que le royaume, même au bord de la banqueroute, trouverait au bout du compte, et derrière un roi bienveillant, la voie du salut et de la réforme. Comment y parvenir ? Lors de son dernier séjour à Ranreuil, il avait découvert, dissimulé dans la bibliothèque de son père, un vieil exemplaire interdit de la *Dîme royale* de Vauban. Il l'avait lu et relu et une phrase l'avait si bien frappé qu'il l'avait apprise par cœur : *Ce moyen consiste à faire contribuer un chacun selon son revenu aux besoins de l'État par une proposition dont personne n'aura lieu de se plaindre, parce qu'elle sera tellement répandue et distribuée que, quoi qu'elle soit également portée par tous les particuliers, depuis le plus grand jusqu'au plus petit, aucun n'en sera surchargé, parce que personne n'en portera qu'à proportion de son revenu.*

Noble, Nicolas n'éprouvait aucune réserve à l'idée que l'impôt pût être payé par tous. Il avait, tout au long de son existence, traversé tant de situations différentes où se mêlaient mépris et honneurs, connu tous les ordres de la société, que son jugement sur ces matières dépassait l'ordre auquel il appartenait. Son sentiment était davantage réglé par une réflexion exempte de tout orgueil et seulement pétrie d'une fraternelle générosité.

Les paysages changeaient. Les relais se multipliaient où, après le passage du cortège royal et de ses cinquante-six chevaux, il devait user de toute son autorité pour obtenir le nécessaire. Il dut plusieurs fois déployer, en tant qu'émissaire royal, le blanc-seing du roi auprès des maîtres de poste les moins bien disposés. Partout il recueillait l'écho de l'accueil triomphal réservé au roi. Des fleurs jonchaient encore le chemin et des arcs de triomphe ornaient l'entrée des villes. Une vieille femme encore émue lui conta qu'elle avait pu embrasser le roi. Tous les témoignages, qu'il recueillait avec émotion, montraient un souverain d'humeur joyeuse, simple, débonnaire, et affable avec tous ses sujets.

À L'Aigle, Nicolas préféra abandonner sa chaise rapide pour une monture qui lui permettrait d'accélérer sa marche. Alors que la nuit était tombée, il approcha au galop de Thury-Harcourt. Dans le lointain, un rouge flamboiement signalait un incendie dont le vent portait l'âcre fumée. Il s'en inquiéta et sa monture, un hongre gris moucheté pourtant placide, agita les oreilles, broncha et tenta de se dérober. En fait l'endroit était devenu un grand point de rassemblement. Il y avait peu de temps que le roi était arrivé et le chemin était rempli de peuple. Les arbres étaient encore couverts de jeunes gens qui acclamaient le nom du souverain. D'autres avaient allumé de grands feux de joie autour desquels des paysans dansaient en chantant. D'évidence, depuis des lieues à la ronde on était venu contempler et saluer le roi, pour participer à un événement sans précédent dont on relaterait longtemps les circonstances, le soir à la veillée.

Une grande allée, éclairée par des pots à feu, conduisait à un majestueux édifice, lui-même illuminé *a giorno* à toutes ses croisées par d'innombrables lumignons. Deux valets l'accueillirent, l'un prenant son cheval, l'autre se chargeant de son bagage et le dirigeant vers le monumental vestibule du château. Un majordome lui demanda son nom, vérifia une liste et s'inclina.

— Monsieur le marquis, voici la clé votre chambre au troisième étage. Permettez-moi de vous accompagner à la salle du souper qu'offre Madame la duchesse.

Il fut conduit dans une immense salle où était organisé un banquet d'une centaine de couverts. Il prit discrètement place. Il lui sembla que le roi avait remarqué son arrivée et le fixait en souriant. À ce moment, la duchesse d'Harcourt se leva et le silence s'établit.

— Sire, oserais-je solliciter Votre Majesté pour une cause qui me serre le cœur. Au fond d'une prison à Caen, six malheureux soldats déserteurs attendent d'être pendus. Grâce pour eux, Sire, grâce !

— Madame, dit le roi, d'une voix forte, je n'ai rien à vous refuser et je vous accorde bien volontiers une demande aussi aimablement présentée.

La salle entière se dressa en acclamations. Aux cris mille fois répétés de *Vive le bon roi Louis XVI !* Le roi répondit par un vibrant *Vivez vous-mêmes, mes enfants !*

Avant de prendre un court repos, Nicolas conféra avec le prince de Poix, capitaine des gardes, et avec ses officiers. Jusqu'à présent tout s'était déroulé dans les conditions les plus favorables, mais à partir du lendemain les circonstances seraient différentes avec l'entrée à Caen et l'afflux des populations tout au long du cortège. Comme convenu, Nicolas prendrait place dans le second carrosse derrière celui du roi. Après ce conciliabule, il se préoccupa du sort de sa monture et donna les instructions au palefrenier du château pour qu'elle soit ramenée au relais de poste le plus proche. Puis, le corps las de la fatigue du chemin, il partit à la recherche de sa chambre et se coucha pour sombrer dans un sommeil sans rêves.

Jeudi 22 juin 1786

Très tôt, un valet le réveilla en lui apportant de l'eau chaude. Il se lava et se rasa, revêtit son uniforme et, paré de ses ordres, descendit déjeuner dans la grande salle déjà nettoyée et débarrassée des vestiges du banquet de la veille. Le roi parut et chacun courut prendre sa place dans le cortège, qui dans les voitures, qui à cheval. À dix heures, on entra dans Caen pavoisée. Une foule immense ovationnait le roi qui, afin que le peuple le pût voir plus aisément, écarta l'escorte militaire et ordonna qu'on aille au pas. Le maire et les échevins lui présentèrent les clés de la ville. Puis on se remit en marche pour gagner Bayeux sous un soleil radieux, en harmonie avec le sentiment général. À Sainte-Croix-Grand-Tonne, le roi décida de s'arrêter dans une petite auberge et demanda des œufs frais, du beurre et du pain. Le tenancier tremblait de voir le souverain assis à sa table d'hôte et bientôt tout le village accourut. Le roi offrit une tournée générale. Il remarqua l'émotion d'une jeune femme et l'interrogea :

— Qu'avez-vous donc, jeune femme ?

— Monseigneur, dit-elle, d'une voix éteinte, je suis enceinte d'un garçon que ma mère me refuse pour mari. Daignez me l'accorder.

En pleurant, elle se jeta aux pieds du roi qui la releva.

— Votre état est blâmable, dit-il, mais votre demande est légitime. Je veux que vous soyez mariée pour mon retour et je vous dote.

En remontant dans sa voiture, le roi s'appuya sur le bras de Nicolas et lui parla à l'oreille :

— Pourquoi, Ranreuil, reçois-je ici des témoignages d'amour auxquels je ne suis point habitué ? Je crois qu'il faut qu'on m'ait fait une mauvaise réputation !

Faute de pont sur la Vire, c'est par Saint-Lô que le cortège gagna Carentan. Dans cette petite cité, au moment où le roi, debout devant son carrosse, répondait à la harangue du maire, le regard de Nicolas fut attiré par un reflet provenant du haut d'une maison. Il lui sembla discerner un homme tenant un objet long dirigé vers le souverain. Il se précipita, entra dans la maison, grimpa les cinq étages et arriva devant une porte entrouverte. Il entra et envisagea un homme assis dans un fauteuil, penché vers la rue, qui tenait un objet que sur le moment il ne reconnut pas. Il se jeta sur lui, le tira en arrière et le renversa à terre. Il y eut des cris et des gémissements et, à sa courte honte, Nicolas se rendit compte que sa proie était un vieillard infirme qui, à l'aide d'une longue-vue, tentait d'apercevoir le roi. Il le releva, se répandit en excuses, lui laissa quelques louis et rejoignit sa voiture en courant. Le cortège pendant ce temps était reparti, au pas, heureusement pour lui.

Partout se rencontraient le même enthousiasme et des Français éberlués jetant à pleins gosiers leur amour et leurs vivats. Pour ému et heureux que fût Nicolas de cette vague unanime, il connaissait trop la versatilité du peuple pour ne pas craindre que cet élan ne soit qu'un feu de paille qui s'éteindrait sitôt la visite achevée. Les attentions se multipliaient et du sable avait été répandu sur les chaussées, parfois arrosées pour éviter la poussière. À Bayeux, la réception fut identique et l'on prit la route de Cherbourg qui fut atteint sur le coup de dix heures et demie de relevée.

Les cloches de toutes les églises de la ville sonnaient à toute volée et l'affluence demeurait égale, en dépit de l'heure tardive. Les habitants s'étaient attachés à illuminer les rues en disposant de petits pots de suif ou de saindoux enflammés. Le roi et sa suite soupèrent dans les bâtiments sécularisés de l'abbaye Notre-Dame-du-Vœu où des logements étaient prévus. La nuit fut très courte, le roi ayant souhaité entendre la messe, qui fut dite à trois heures et demie dans l'église du monument, avant de se rendre au chantier afin de profiter de la marée montante et voir flotter le neuvième caisson conique qui allait être plongé en sa présence dans la rade.

Vendredi 23 juin 1786

Louis XVI avait revêtu un habit écarlate de lieutenant général brodé et parsemé de fleurs de lys. Lui et sa suite avaient abandonné la tenue de deuil, d'étiquette à Versailles depuis l'annonce de la mort du roi du Portugal. Devant la mer qu'il contemplait pour la première fois, il semblait ébloui. Au fond de la rade, l'escadre pavoisée, entourée de chaloupes, bricks et goélettes, que le soleil levant éclairait, offrait sur l'horizon une ligne sombre et mouvante. Des ingénieurs et des officiers furent présentés. Le roi avait été muni par Calonne de fiches sur chacun d'eux, ainsi ils eurent tous l'émouvante surprise de le voir au fait de leur carrière. Il embarqua dans un canot de vingt rameurs gantés de blanc. Le temps se couvrait peu à peu et la mer se formait.

Nicolas ne participait pas à cette partie de la visite. On avait jugé sa présence plus utile à terre, estimant que le monarque, au milieu de ses marins, ne risquait rien. Pensif, il regarda le canot qui s'éloignait sur une mer désormais houleuse. Il se tint un moment au bord de l'eau, observant au loin les opérations. Des salves d'artillerie tirées par les forts, les acclamations de la foule qui s'était peu à peu massée, le tout relayé par les vivats des équipages de la flotte, marquèrent le déroulement des opérations. Le roi, devant passer l'escadre en revue, avait dû embarquer sur *Le Patriote* qu'il visita de fond en comble avant de gagner un ancien cône immergé où il devait assister à la fin du travail et où serait servi un ambigu sous une tente au milieu des flots.

Nicolas erra longtemps dans Cherbourg, observant lieux et gens, puis il se fit conduire à l'extérieur de la ville pour y respirer plus librement l'air de l'océan. Il se retrouva dans un petit hameau qu'on lui dit s'appeler Octeville. Le vent qui s'était levé, la présence de granits et de schistes et, çà et là, des massifs d'ajoncs et de genêts en fleur lui rappelèrent sa Bretagne. Il s'approcha du rivage et interrogea un pêcheur qui réparait un filet, assis sur sa barque. À sa vue, l'homme se leva et, observant l'uniforme de Nicolas, le salua militairement en portant la main à son bonnet.

— Bonjour, mon ami, dit Nicolas. Auriez-vous été soldat ?

— C'est que j'avions été marin, mon officier.

— Et vous ne l'êtes plus ?

— On n'a plus voulu de moi.

— Et pourquoi, mon Dieu ?

L'homme entrouvrit sa chemise. Une longue cicatrice lui barrait la poitrine.

— Un méchant espar que j'avions pris par le travers.

— Et à quel combat ?

— Au combat d'Ouessant

— Alors, dit Nicolas lui tendant la main, nous sommes camarades car j'y étais aussi.

L'homme, ému, tira son bonnet.

— Quel vaisseau ? reprit Nicolas.

— *L'Amphion*, commandant Trobriand.

— Et moi sur *Le Saint-Esprit*.

Ils se perdirent un moment dans leurs souvenirs. Nicolas regardait la mer et une masse sombre sur un îlot pas très éloigné.

— Et cela ? demanda-t-il, désignant la forme au large.

— Ça, capitaine, c'est le fort de l'île Pelée. On dit que le roi ira le visiter. Grand bien lui fasse !

La précision figea Nicolas d'horreur. Ainsi le nom sibyllin fourni par Antoinette, repéré dans Euripide et Racine comme étant le père d'Achille, faisait en fait allusion à cet îlot perdu. Par quelle aberration personne n'y avait-il songé ? Trop de secret avait conduit à ce qu'un élément capital concernant la sûreté du roi au cours de sa visite en Normandie était passé inaperçu. Les craintes s'étaient concentrées sur le parcours terrestre au point que lui, chargé au premier chef de protéger le roi, avait été écarté de la partie maritime de la visite. Or, d'évidence, c'est là que résidait le danger. Il devait conserver son sang-froid et réfléchir à ce qu'il pouvait faire face à un péril qu'il pressentait imminent. Il avait entendu que le roi visiterait un fort de la rade mais cette information ne l'avait pas frappé. Maintenant il en mesurait toutes les implications. Il réfléchit rapidement : inutile de rejoindre Cherbourg. Il n'en aurait pas le temps. Il considéra la chaloupe du pêcheur. C'était la solution.

— Mon ami, dit-il, pouvez-vous me conduire sur cette île ?

— Quelle idée ! Vous allez à la pêche ? Vous allez prendre un boulet. C'te garnison n'est point facile !

— Il faut sauver le roi. Je crois qu'un complot se prépare pour le tuer.

— Et qui voudrait le tuer, le gros Louis ?

— Les Anglais, mon ami, les Anglais !

— Ah ! dit l'homme qui parut ébranlé, les Anglais. Mais pourquoi me mêler de cela ? Est-ce que le roi a pris soin de moi après ma blessure ?

— Je puis vous donner ma parole d'honneur que si vous m'aidez, vous ne le regretterez pas, c'est la pension à coup sûr.

— Parole d'honneur, c'est du vent.

Nicolas tira une bourse et l'offrit à l'homme qui l'ouvrit et demeura bouche bée devant les louis qui l'emplissaient.

— Bon, dit-il, savez-vous godiller au moins ?

Durant son enfance, Nicolas allait avec les gamins de Tréhiguier sur une plate relever les casiers à l'embouchure de la Vilaine. La godille, il connaissait.

— Si je vous demande cela, c'est qu'avec ma blessure je tiens par mer calme, mais aujourd'hui, regardez comme elle crête de blanc, elle grossit de plus en plus. C'est bien parce que vous étiez à Ouessant !

Ils tirèrent la barque vers le flot. Nicolas y monta pendant que le pêcheur entrait dans l'eau jusqu'à la taille et poussait l'esquif au-delà des vagues qui se brisaient sur le rivage. La mer était décidément formée et ils furent rapidement trempés par les embruns.

Il semblait que l'îlot, effet habituel en mer, s'éloignait au fur et à mesure qu'ils avançaient vers lui.

À peu près au milieu de la distance, le pêcheur, épuisé, passa la godille à Nicolas qui, ayant enlevé son uniforme, s'attacha à la manœuvre. Il retrouva sans peine les gestes qu'il n'avait pas faits depuis tant d'années. Maintenir le cap était malaisé en dépit de l'aide que procurait le marin avec un vieil aviron brisé. Les abords de l'îlot étaient d'autant plus dangereux qu'il était entouré d'écueils, de bancs de sable sur lesquels ils risqueraient de se fracasser ou de s'échouer. Un vaisseau de guerre portant le grand pavois apparut au mouillage à quelques brasses du fort. Nicolas jugea qu'il s'agissait du *Patriote.* Le roi était déjà à terre pour son inspection, ayant débarqué de son grand canot d'apparat. Nicolas nota l'agitation à bord du vaisseau et un ordre lancé au porte-voix lui intima de passer outre sur-le-champ. L'ordre ne fut pas respecté et une grêle de balles passa en miaulant au-dessus de leurs têtes. Nicolas remit son uniforme et se dressa en agitant les bras au risque d'être tué et surtout de faire chavirer leur frêle esquif. Sans doute fut-il observé à la longue-vue car les tirs s'arrêtèrent et un canot se détacha du *Patriote*, faisant force rames vers eux. Contact fut bientôt pris et un jeune enseigne demanda à Nicolas la raison de sa présence, avec le respect que lui imposaient le grade de Nicolas et les ordres qui décoraient son uniforme.

— Commandant, le pourquoi de cette arrivée surprenante ?

— Je n'ai guère le temps de vous expliquer la chose. Conduisez-moi à terre sur-le-champ, il y va de la vie du roi ! Et qu'on aide ce pêcheur à regagner la côte, il est épuisé. Ton nom, camarade.

— Lameur Jean, ancien de *L'Amphion*.

Les matelots le regardèrent avec respect et s'affairèrent à remorquer la barque. Nicolas fut conduit sur l'îlot où la plus extrême vigilance régnait à l'embarcadère. On vérifiait les noms des arrivants.

— Vite ! dit Nicolas. Je suis le marquis de Ranreuil, je fais partie de la suite du roi.

— Désolé, Monsieur. Gardes, saisissez-vous de cet homme.

— Que prétendez-vous faire ? dit Nicolas en se débattant.

— Le marquis de Ranreuil est arrivé avec le roi, vous êtes un imposteur et un espion.

Le temps pressait. Que faire en la circonstance ? Nicolas frémissait à l'idée de ce qui pouvait se produire. Il songea soudain à son blanc-seing. Les soldats le maintenaient et il ne pouvait faire un mouvement. S'adressant à l'enseigne qui, effaré, assistait à la scène, il lui demanda de prendre dans la poche de son uniforme le document en question. Le jeune homme obéit, déplia le document, soupira d'aise et le tendit au lieutenant qui avait arrêté Nicolas. L'autre le lut, le retourna, le relut et finit par donner l'ordre de lâcher Nicolas.

— Monsieur le marquis. Désolé, je ne pouvais imaginer. Mais l'autre alors, qui est-il ? Et où est-il ? Je l'ai vu, seul, ne pas suivre le cortège du roi et s'éloigner dans le sens contraire.

— L'homme en question n'a pu venir avec la suite du roi sous mon nom ; je n'étais pas prévu pour faire partie des cérémonies de ce matin !

Le lieutenant se frappa la tête.

— C'est vrai qu'il est apparu bien après que le cortège était monté vers les bastions. Il n'était pas sur la liste dont nous disposions. Mais il nous en a imposé ; devant son uniforme, nous n'avons eu aucun soupçon.

» Sa Majesté doit pour l'heure y examiner un récent type d'affût et assister à une nouvelle manière de chauffer les boulets.

— Et dans quelle direction cet inconnu est-il parti ?

— Vers les soutes, ce pourquoi il devait forcément passer devant nous.

— Que contiennent ces soutes ?

— L'armurerie, les réserves de boulets et l'approvisionnement de poudre.

— Mon Dieu ! Pourvu que…

— Vous croyez que…

— Je ne crois rien, je m'y rends. L'endroit est-il gardé ?

— Toujours, par une sentinelle. Voulez-vous une escorte ?

Nicolas secoua la tête.

— Il est préférable que je l'approche seul. Nous risquons le pire. Dessinez-moi le chemin sur le sable.

L'officier esquissa de la pointe de son épée un croquis que Nicolas mémorisa sur-le-champ.

— Dernière chose : peut-on aborder l'île de nuit ?

— Elle est très surveillée, mais c'est toujours possible par une nuit sans lune, surtout si le ciel est nuageux. Avec un grappin d'assaut, il serait alors aisé d'échapper à la vigilance des rondes, d'escalader le rempart et de se terrer ensuite dans quelque recoin en attendant le jour.

Et de profiter du désordre de l'arrivée du roi pour se mêler à tous ceux, connus ou inconnus, qui débarquaient.

Nicolas se précipita vers les souterrains du fort. Son cœur battait la chamade comme chaque fois qu'un danger menaçait. Son esprit énervé poursuivait plusieurs idées à la fois. Comment la chose lui avait-elle échappé ? Des excès de prudence rendaient-ils caduques toutes précautions ? Qui avait osé usurper son nom ? Un espion anglais, le doute n'était pas permis. Était-il donc surveillé et, peut-être, suivi pas à pas tout au cours de son périple depuis Paris ? Qui était derrière cette machination ? Lord Aschbury ? Certainement. Et que devenait Antoinette dont on n'avait toujours pas de nouvelles ? Y avait-il un lien entre son silence et le drame qui se profilait ?

Il était parvenu à l'entrée des soutes. Il descendit lentement les marches qui y menaient. La porte de chêne bardée de fer était entrouverte et la sentinelle, invisible. Il tira son sabre d'officier et d'un pied s'ouvrit le passage. Le jour entrant dans la galerie lui dévoila, après qu'une odeur métallique l'eut alerté, le corps d'un jeune soldat adossé à la muraille, gisant au milieu d'une flaque de sang, les yeux ouverts et la gorge tranchée. À ses côtés, sur le sol, il découvrit deux forts brodequins. Après un moment d'incertitude, il comprit, pour avoir navigué sur le *Saint-Esprit*, qu'on n'abordait jamais chaussé la Sainte-Barbe où étaient conservés les barils de poudre, les clous des semelles constituant un risque d'étincelles. Avec un sentiment de pitié et de colère pour cette jeune vie sacrifiée, il ferma les yeux de la sentinelle, puis quitta lui-même ses souliers.

Il descendit de nouvelles marches. Une odeur de salpêtre et de moisissures le saisit à la gorge. Il se retint de tousser. De nouveaux degrés se présentaient et, au-delà, un long couloir au fond duquel il crut apercevoir une lueur tremblotante. Il redoubla de prudence et avança sans bruit. Il approchait de la soute. Il se glissait le long de la muraille. Bientôt il perçut un souffle précipité, celui de la respiration d'un homme attelé à une tâche difficile. À l'entrée du caveau voûté, sans ouvertures, il vit un homme qui lui tournait le dos. À peine éclairé par une lanterne sourde, il s'attachait à répandre, à partir d'un petit tonnelet, des traînées de poudre qui reliaient ensemble les réserves de la soute. Avec horreur, Nicolas comprit le but de la manœuvre et que celle-ci touchait à sa fin. L'homme laisserait derrière lui un ultime ruisselet auquel il mettrait feu aussitôt sorti des soutes, ce qui lui assurerait peut-être la chance d'échapper à la formidable explosion qui résulterait de sa trame.

Que faire ? Tout mouvement était lourd d'éventuelles conséquences. S'il tirait avec son pistolet de poche, la catastrophe était assurée, avec une attaque au sabre tout autant, mais ce qui était un inconvénient majeur pour lui l'était également pour son adversaire. Il devait l'affronter à mains nues. Marchant sur ses bas, il ne faisait aucun bruit sur le sable qui tapissait le caveau. Il se baissa pour en ramasser une poignée, gagna quelques pas jusqu'à sentir l'odeur de l'homme et l'acidité d'une transpiration aigrie par l'angoisse. Soudain son mouvement, pourtant imperceptible, sembla alerter l'homme qui arrêta sa tâche, posa le tonnelet et, lentement, se retourna. Tout alors se déroula très vite. Nicolas jeta le sable dans les yeux de l'Anglais supposé, qui poussa un hurlement et se jeta sur lui, l'étreignant pour tenter de l'étrangler. Ses mains paraissaient dotées d'une force extrême et Nicolas commençait à étouffer. Il donna en ruant un fort coup de genou dans le bas-ventre de l'adversaire qui, avec un soupir de douleur, desserra son étreinte. Ce fut à Nicolas d'assurer une prise sur la gorge de l'homme tout en essayant de le faire tomber afin de l'écraser de son poids. Il lui crocha une jambe pour le déséquilibrer. Au moment où il pensait avoir pris le dessus, l'homme dégaina un poignard et le frappa à la poitrine. Il sentit la pointe de l'arme heurter une côte et la douleur aussitôt l'envahit. Dans un ultime mouvement de défense, il parvint à tordre le bras qui tenait l'arme et, après un terrible effort, à la retourner contre son agresseur et à la lui enfoncer à son tour dans la poitrine. Il vit vaguement les yeux qui se révulsaient et un flot de sang jaillissant de la bouche. L'Anglais réussit à faire quelques pas en avant, repoussant Nicolas sur lequel il finit par s'affaler. Celui-ci trébucha et tomba en arrière contre la muraille, son pied glissant dans le sable. Sa tête heurta la pierre avec violence. Sa vision se troubla, il perdit connaissance au moment où une sourde explosion retentissait dans le lointain du fort Pelée.

Lundi 26 juin 1786

La pointe qu'il souhaitait depuis longtemps atteindre s'éloignait de nouveau. Tout s'obscurcissait et pourtant il ressentait un étrange bien-être, un état dans lequel rien ne le pouvait toucher. L'océan était proche ; il en entendait le doux ressac. Il tenta d'ouvrir les yeux. Son cœur se serra : il ne voyait rien. Était-il devenu aveugle ? Il sentit qu'une main lui soulevait la tête et déroulait un tissu. Peu à peu sa vision revenait. Il se trouvait dans une chambre élégamment décorée. Une religieuse se penchait sur lui et parlait à un homme qu'il ne distinguait pas.

— Je crois qu'il a repris connaissance.

Une main saisit son poignet.

— Son pouls est régulier. La crise semble surmontée.

— Qu'on cesse de parler de moi comme d'un objet, dit Nicolas que sa propre impatience étonna.

— Il s'irrite, c'est bon signe. Il faut prévenir le gouverneur.

La religieuse s'effaça et Nicolas, tournant la tête, découvrit un homme âgé en perruque et habit noir.

— Monsieur, dit-il, à qui ai-je l'honneur ? Et que m'est-il arrivé ?

— Charles Hérouard, chirurgien de marine, attaché à l'hôpital de Cherbourg. Vous avez été conduit à l'hôtel du gouverneur et êtes demeuré inconscient depuis deux jours.

— Deux jours ! Le roi…, dit Nicolas en tentant de sortir du lit.

— Il a quitté Cherbourg ce matin pour Caen. Tenez-vous tranquille, vous n'êtes guère en état de vous lever. Pas encore, après une telle commotion.

Nicolas porta la main à sa tête et sentit des pansements. Ce mouvement déclencha une douleur intense à son côté droit.

— Bosse ouverte à la tête, reprit le chirurgien, et coup de poignard au niveau des côtes, dont une paraît froissée. Heureusement pour vous la lame n'a touché aucun point noble, mais il s'en est fallu de peu. Pour le reste, j'ai instruction de ne rien vous dire. Le colonel du Mouriez, gouverneur de Cherbourg, souhaite vous rencontrer dès votre réveil. Je vais le prévenir qu'il vous peut visiter.

Peu à peu la mémoire lui revenait. La barque, l'arrivée sur l'île Pelée, sa lutte avec l'inconnu, une explosion et plus rien. Au bout d'un moment un pas rapide se fit entendre et un petit homme nerveux en uniforme de colonel, au visage énergique et aux cheveux poudrés, entra dans la chambre et d'un geste vif en fit sortir les occupants.

— Monsieur le marquis, je suis le colonel du Mouriez, gouverneur de Cherbourg.

— Et l'inspirateur des grands travaux de la rade, m'a-t-on dit. Où suis-je, Monsieur ?

— Chez moi en mon hôtel, rue des Bastions. Notre hôpital est si délabré que j'ai préféré vous recevoir ici. Sa Majesté a envoyé son médecin prendre de vos nouvelles et demandé qu'on ait de vous le soin le plus extrême. Ce que j'ai à vous confier doit demeurer sous le sceau du secret le plus absolu.

Nicolas fit un geste d'assentiment.

— Savez-vous, Monsieur, que vous avez sauvé la vie du roi, de sa suite, et la mienne à l'occasion ? Cet homme que vous avez surpris et tué dans la soute aux poudres était sur le point de faire sauter la forteresse.

— Mais j'ai entendu une explosion avant de perdre connaissance.

— C'est que, Monsieur, à cet instant précis, Sa Majesté a mis le feu à un gros mortier, donnant ainsi le signal à une décharge générale. C'est cela que vous avez entendu.

— Et l'homme ?

— Nous ignorons son identité. Est-il anglais comme on pourrait le supposer ? Est-ce un traître français ? D'après un de mes lieutenants, il parlait sans accent. Tout est possible. Monsieur de Sartine est arrivé hier de Paris pour enquêter.

— Sartine est à Cherbourg !

— Oui, et il viendra vous visiter. Sur l'homme, on a trouvé un document, un plan précis du fort de l'île Pelée.

Du Mouriez le tendit à Nicolas après l'avoir extrait de sa tunique d'uniforme.

— Monsieur, c'est étrange mais ce papier me semble appartenir à un ensemble saisi à Paris.

Il lui raconta succinctement l'enquête sur la mort d'Halluin et les rencontres des Champs-Élysées. Il lui expliqua aussi les raisons qui l'avaient conduit à aborder l'île Pelée dans d'aussi aventureuses conditions.

— A-t-on récompensé, ajouta-t-il, le pêcheur qui m'a aidé ?

— L'enseigne du *Patriote* a rapporté l'événement à M. de Rioms, son commandant, qui en a informé le roi. Le soir on a fait quérir ce Jean Lameur qui, ne sachant ce qui lui arrivait, craignait les galères. À sa grande surprise, il s'est trouvé soudain en présence du roi, qui l'a remercié et lui a accordé une pension de six cents livres.

Du Mouriez[2] demeura longtemps avec Nicolas et, pour le distraire, lui raconta sa déjà longue et aventureuse carrière. Ingénieur, diplomate, agent du Secret sous le feu roi, il avait servi après la paix avec l'Angleterre en Espagne et au Portugal, puis en Corse. Il avait été chargé de missions secrètes en Pologne et en Suède par Broglie. À la mort du roi, Aiguillon l'avait fait emprisonner à la Bastille et c'est Louis XVI qui lui avait rendu son grade de colonel et l'avait nommé à Cherbourg.

— Pour en revenir à cet épouvantable complot, tout, et ce que vous m'avez confié y ajoute encore, laisse deviner, quelle que soit l'identité du coupable, la main de l'Angleterre, furieuse de nous voir ériger une aussi imposante rade navale.

— Et ils ne nous pardonneront jamais l'aide apportée aux Américains.

— C'est pourquoi Sa Majesté souhaite ne pas donner le moindre relief à cet attentat. Toute publicité jetterait un trouble incertain sur sa sûreté et sur la sécurité de nos places fortes. Le tout doit être, comme l'a justement exprimé M. de Sartine…

— … Environné de ténèbres.

— Je vois que vous le connaissez bien. Monsieur le marquis, je vais maintenant vous quitter en vous assurant que ma femme et moi-même sommes à votre entière disposition. Et quant à moi, j'espère, un jour peut-être, vous être utile. Je suis votre débiteur et obligé.

Fatigué par la conversation, Nicolas, apaisé par ce qu'il venait d'apprendre, s'assoupit. Le soir il soupa gaillardement d'un bouillon et d'un poulet qu'il engloutit presque entièrement sous les yeux effarés de la religieuse qui le veillait et renouvelait ses pansements. Une tisane apaisante le replongea dans un sommeil profond.

Mardi 27 juin 1786

Au matin, Nicolas se sentait mieux et le docteur Hérouard constata que la plaie au côté avait bon aspect et qu'elle commençait à cicatriser. Il lui recommanda de faire quelques pas et de se nourrir légèrement. Nicolas lui demanda s'il connaissait le docteur Semacgus. Il l'avait croisé une fois lors de l'escale commune de leurs vaisseaux à Madras. La sœur vint le panser, avec encore plus de ménagement en apprenant que son patient avait une sœur religieuse. Puis Mme du Mouriez se présenta, lui apportant son uniforme nettoyé et reprisé. Elle lui sembla délaissée par son mari et devisa avec lui un bon moment. Il dînait lorsque Sartine se glissa dans sa chambre et ferma la porte avant de pousser un fauteuil près du lit.

— Alors, on a failli nous fausser compagnie et filer à l'anglaise ! Enfin, pour une fois, je ne vous accuserai pas d'avoir semé des cadavres. Dieu m'est témoin que, pour le coup, je m'en félicite et vous en remercie.

— Venez-vous d'arriver ?

L'ancien ministre prit un air finaud, qui lui plissa les yeux.

— Le pensez-vous ? Je ne suis pas, moi, un *cavalcadeur* de votre acabit ! Non, j'étais venu plus tôt, benoîtement à petits pas, avant l'arrivée du roi. Présent pour voir incognito les préparatifs, respirer l'ambiance… Enfin, je redoutais qu'un événement ne se produisît. Où ? Quand ? Comment ? Je l'ignorais. Mais, mon cher Nicolas, j'étais persuadé que vous y pourvoiriez.

— C'était là me faire bien grand crédit, Monseigneur. Il s'en est fallu de peu, et de quelques lignes, que le service soit manqué !

— Au vrai, Nicolas, l'affaire est grave. Sans vous, l'État était décapité. Je n'ose imaginer les conséquences… Un dauphin mineur et malade, une reine déconsidérée. Et Provence en régent ! Pensez dans ces horreurs le royaume éperdu… Et j'oublie le duc d'Orléans en embuscade ! Et le Parlement, les babines retroussées ; il a pris le goût du sang.

— Je pense que le danger est passé pour le roi.

— Certes, c'est aussi mon avis. Et cette visite a montré que le roi demeure populaire et, ce qui est plus décisif, qu'il est capable à l'occasion de faire les gestes nécessaires. Que ne multiplie-t-il ce type de voyage dans toutes les provinces du royaume ! Il étranglerait ainsi le poison parisien et pourrait s'appuyer sur un unanime mouvement d'amour et de confiance pour ressaisir les rênes d'un pouvoir qui s'effondre.

Il secouait la tête et soupirait, révélant soudain dans ses traits affaissés la vieillesse qui approchait. Puis, il se reprit, se redressa et considéra Nicolas.

— Mon cher, j'ai vu votre chirurgien : vous êtes en mesure de voyager. Pas aujourd'hui, non, mais demain sans doute. Je vous ramène à Paris dans mon carrosse, à petites étapes. J'ai un valet fort expert qui refera vos pansements. En attendant, prenez du repos et songez à ce Lessard introuvable. Votre tâche n'est pas encore achevée.

Mercredi 28 juin 1786

Nicolas fut confortablement installé dans le carrosse de Sartine sur une montagne de coussins et d'oreillers. L'ancien ministre s'avéra un compagnon de voyage charmant et prévenant. Ils se perdirent dans de longues conversations, touchant la musique, l'opéra et la littérature. Souvent, lorsqu'ils relayaient, Nicolas observait de mystérieux cavaliers, qui surgissaient à l'improviste et remettaient des billets à l'homme du Secret. Il supposa que c'était un système pour se tenir informé de tous les événements susceptibles de toucher aux intérêts du royaume. Au relais de Dreux, Sartine remonta dans la voiture et se frotta les mains.

— Mon cher Nicolas, votre Lessard, travesti en femme, a été arrêté alors qu'il tentait de quitter Paris. Il vous attend au Grand Châtelet. Fouette cocher.

XV

COMPRENDRE

« De la vérité espérant quelque appui. »

Chénier

Samedi 1er juillet 1786

L'arrivée du carrosse de Sartine rue Montmartre ferait événement. On vit un seigneur coiffé d'une perruque aux queues interminables aider, en le soutenant, un Nicolas pâle et affaibli. Ce furent ensuite les cris et déplorations de Marion et de Catherine. Sartine donna à cette dernière, ancienne cantinière, les recommandations sur les soins à prodiguer au convalescent puis, saluant l'assemblée, se retira. Catherine accompagna Nicolas à sa chambre. Il mit un doigt sur ses lèvres, signifiant par ce geste qu'il ne voulait pas qu'on alarmât M. de Noblecourt. Il en fut pour son vœu, car le remue-ménage de son arrivée avait alerté le vieil homme que Poitevin monta rassurer tant les coups de canne sur le plancher se faisaient véhéments.

Il fut décidé à l'office d'appeler le docteur de Gévigland, qui devait d'ailleurs examiner Noblecourt le même jour. On courut d'urgence le chercher.

Nicolas ne lui dit que le juste nécessaire pour expliquer ses blessures, que le médicastre examina avec la plus grande attention.

— À vrai dire, il n'y a rien de grave ; sauf qu'il était imprudent de voyager dans votre état. Les cahots du chemin ne sont jamais favorables à une blessure de poitrine. Mais, ma foi, elle a bon aspect. Seulement la cicatrice sera plus grossière et apparente que si vous étiez demeuré sagement au lit. Quant à la tête, la croûte est formée. Tout est sain, n'y touchez pas.

Il se tourna vers Catherine, attentive.

— Du bouillon de poule et la viande du pot. Un peu de vin rouge coupé d'eau. Le pansement changé chaque jour. Pas d'agitation et de contrariétés. Et surtout, ne le laissez pas sortir, juste quelques pas dans le jardin. Du repos et du calme.

Puis il rejoignit l'appartement de Noblecourt qui, à ses dires, se rétablissait sans séquelle de son malaise. Il n'éprouvait plus de ces trous de mémoire qui avaient tant inquiété Nicolas.

Le soir tombé, une ombre se glissa dans la chambre qui s'emplit soudain d'une délicate odeur de jasmin. Il devina la visiteuse qui s'allongea près de lui sur son lit. De petits baisers légers se posèrent sur son visage avant que des lèvres ne trouvent sa bouche.

— Mon amour, soupira Aimée, me pardonnerez-vous un regrettable mouvement d'humeur ? Injuste, je le sais. Il tenait à l'attachement que je vous porte. Mon père m'a tout éclairé. Je me suis fort mal conduite.

— Oublions tout cela, mon amie.

La chaleur pesait sur la ville et il s'était dénudé pour se rafraîchir. La main d'Aimée glissait comme un souffle sur tout son corps. Il lui confia à mi-voix qu'il ne pouvait guère bouger. Elle éprouva son émoi, le quitta un instant pour se déshabiller. Dans une attente heureuse il entendait le froissement soyeux des vêtements qui tombaient. Enfin, elle s'étendit à nouveau près de lui. La mort avait approché Nicolas de si près que, vaincue, elle multipliait son désir. Aimée s'anima et fit en douceur le nécessaire pour ne le pas blesser. Il la maintenait de son bras valide, l'écrasant contre lui, les reins en mouvement. La vigueur de cette étreinte fut telle que les deux amants gémirent de plaisir au même instant. Ils reposaient quand Catherine surgit soudain dans la chambre, un plateau à la main.

— Yo, yo, dit-elle, savez-vous que vous faites trembler les murs et fuir les souris ! Foilà de quoi vous ragaillardir, mes colombes. Le docteur l'a mis au bain sec, mais moi je fous dis qu'un bon rebas le rétablira plus fite que toutes les panades.

Aimée s'était dissimulée sous le drap et riait sans pouvoir s'arrêter.

— Tu as dérangé ton bansement. Je me demande bien bourquoi.

Et elle s'affaira d'une main experte à changer l'emplâtre au côté de Nicolas. Elle donna une petite tape sur le drap où se cachait Aimée.

— Va falloir être sage, ma betite dame, et ne bas trop fatiguer le cavalier. Pour le reste, des aiguillettes de canard à la bigarade bien rafraîchies dans leur gelée, des fraises à la crème et une bonne bouteille de vin d'Anjou que vous envoie Monsieur de Noblecourt, avec ses compliments. Sur ce, vieille pécasse, tu t'en vas, tu n'as que trop jasé, vieille coquine !

Et Catherine sortit sur la pointe des pieds, tout à l'inverse de sa tonitruante arrivée. La nuit s'écoula dans une douce langueur coupée de tendres étreintes. À l'aube, Aimée s'enfuit pour aller reprendre son service à Montreuil chez Madame Élisabeth, qui avait beaucoup de mal à se passer de sa présence.

Dimanche 2 juillet 1786

Noblecourt, qui, décidément, se portait mieux, se fit conduire à Saint-Eustache pour entendre l'office du dimanche. Nicolas descendit dans le jardin pour y faire quelques pas. Il alla parler tendrement à Sémillante, salua Bucéphale qui le reconnut et manifesta sa bonne humeur à la vue de son sauveur. Au moment où il allait regagner sa chambre, Bourdeau arriva. Il considéra Nicolas avec une sorte d'émotion rentrée, n'osant d'évidence le prendre dans ses bras.

— J'ai appris, dit-il, ce qui était arrivé.

Et les mots pour le dire sortaient avec difficulté.

— Rien. En fait, deux écorchures dont je me remets au mieux.

— Sartine m'est venu entretenir, il m'a tout révélé en me demandant le secret.

— Alors il n'y a que toi et moi qui connaissons le vrai de l'aventure.

— Où tu as failli perdre la vie…

La voix de Bourdeau se cassa.

— L'essentiel est d'avoir évité ce qui était sur le point de se produire. Sa Majesté est-elle rentrée ?

— Oui, et on le proclame fort satisfait de l'amour de ses peuples. Quant à la reine, elle continue à être vilipendée. Les propos tenus par les plus grands à la cour et à la ville, et tout haut, sont bien éloignés du respect et de la soumission que devrait inspirer la souveraine. Paris n'est pas Cherbourg, Caen ou Le Havre. Et chacun constate aussi que le contrôle général est devenu un mauvais lieu, le rassemblement des fripons et des catins de Paris.

— Soit. Je suppose que tu espères une réforme de tout cela. Qui te contredirait ?

— Une réforme ? Non, Nicolas, une révolution.

— Nous en reparlerons. Et Lessard ?

— Il est au frais par ce temps de canicule !

— Dès demain j'irai au Châtelet pour l'interroger.

— Crois-tu qu'il soit bien sage d'interrompre ton repos ?

— Je veux au plus vite mettre un terme à cette affaire. Lessard est le seul acteur encore en vie. De lui seul, la vérité peut jaillir.

Bourdeau fut retenu à dîner par Noblecourt qui revenait de la messe. Il n'avait pas encore vu Nicolas et fut heureusement surpris de le trouver debout et gaillard. Au cours du repas, il tenta sans succès d'obtenir des informations sur le mystère des blessures de Nicolas, mais, perspicace, il comprit assez vite que les deux amis étaient d'évidence tenus par un secret d'État. Nicolas raconta par le menu les détails de la visite du roi à Cherbourg, demeurant plus discret sur la fin du périple. Vers deux heures, il prit congé et gagna sa chambre pour se reposer, accueilli par Mouchette que la présence d'Aimée avait révulsée et éloignée de son maître. Pluton apparut aussi et se coucha au pied du lit. Nicolas s'endormit, veillé par ses deux bêtes fidèles.

Lundi 3 juillet 1786

Lavé, rasé, pansé et flageolant encore sur ses jambes, Nicolas, appuyé sur une canne prêtée par Noblecourt, montait à dix heures dans la voiture que lui avait envoyée Bourdeau. Tout au long du parcours qui le mena au Châtelet, il éprouva un malaise à retrouver Paris, sa chaleur et ses remugles. Son voyage en province et, surtout, la mer qui avait de nouveau exercé sur lui sa puissante attraction continuaient à lui imposer des images de regret et de nostalgie. Ranreuil lui manquait. Les vieilles tours du château, ses douves pleines de roseaux, les marais avoisinants, les dunes et la grève aux horizons illimités face au libre océan… Il ferma les yeux pour les posséder par la pensée. Quand donc le vent salé de son pays lui fouetterait-il à nouveau le visage ? La porte du fiacre s'ouvrit et une voix connue le tira de sa rêverie.

— Alors, Nicolas, te revoilà ! Sais-tu que l'homme a été découvert et reconnu grâce à mes gredins ?

C'était Tirepot qui l'accueillait aux marches de la vieille forteresse, l'air réjoui et bienveillant.

— Merci à toi et à eux. Je veillerai à la récompense.

Tirepot plongea dans une comique courbette.

— Te voilà-t-y estropié, mon gars ?

— Un rien, un petit accident de cheval.

— C'est que tu n'es plus tout jeune. Tu dois prendre garde.

— Merci pour le conseil ! dit Nicolas, froissé par la remarque.

Il s'engouffra sous le porche de la forteresse et tenta d'en gravir rapidement les degrés. En fait, il se hissa avec effort jusqu'au premier étage où il arriva à bout de souffle, sous les regards inquiets du père Marie, de Rabouine et de Gremillon.

— Le premier… qui s'inquiète… de moi… tâtera… de ma canne, c'est… bien entendu ? murmura-t-il, mi-figue mi-raisin.

Il ne parvenait pas à reprendre sa respiration. Le père Marie se précipita dans sa loge et en revint avec un gobelet dans la main.

— Bois un peu de mon cordial, tu sais combien il est requinquant.

Le breuvage, affreux à boire, fit pourtant son effet habituel et procura à Nicolas le coup de fouet nécessaire. Bourdeau, atterré, le vit entrer dans le bureau de permanence.

— Quelle imprudence, dans ton état ! La faculté ne t'avait-elle pas recommandé le repos ?

— Plus un mot sur ma santé. Déjà ces trois pendards m'ont regardé comme si j'étais un revenant ! Je me porte au mieux et, seule, un peu d'activité facilitera ma convalescence. Au lieu de quoi je devrais vaticiner sur ma couche, en me rongeant les sangs d'impatience !

— Tu n'as peut-être pas tort, répondit Bourdeau, conciliant. Cela ne serait pas conforme à tes humeurs impatientes et les conséquences seraient à l'opposé du but recherché.

— Ceci réglé, il nous faut interroger Lessard et le faire en toute connaissance de cause, relater en précision les faits, indices, présomptions et soupçons qui émaillent cette affaire. Donc…

— Voilà qui me convient tout à fait ! s'écria Sartine qui venait d'entrer.

Il tira une chaise et alla s'asseoir près de Nicolas après avoir adressé un salut gracieux à l'inspecteur.

— J'aime à vous voir si vite rétabli, Nicolas, et déjà à la tranchée. Mais je vous ai interrompu, et, voyez-vous, je suis friand moi-même d'un résumé bien tempéré d'une affaire si compliquée. J'ai confiance dans la clarté de votre exposé, vous dont le feu roi, notre maître, disait que vous étiez le meilleur conteur du royaume. Nous vous écoutons, mon ami, en nous réservant toutefois le privilège de parfois vous interrompre pour affiner votre propos.

— À mon retour d'une mission à Rome, je fus saisi par vous, Monseigneur, du souhait de M. Le Noir, aujourd'hui directeur de la Bibliothèque du roi, de me consulter. Je me rendis donc rue de Richelieu où je trouvai l'intéressé dans un évident état de trouble. Je vous passe les détails, car tout ne me fut pas dit sur-le-champ. Il m'expliqua le danger de sa position, détesté par Monsieur de Breteuil pour être intervenu à la marge en faveur du cardinal de Rohan…

— L'imprudent ! Le bonhomme peut souvent être d'une rare insouciance. Il devrait pourtant savoir, mieux qu'un autre, qu'il est périlleux de frayer avec les frelons !

— D'abord, il ne s'est agi que de la disparition de Thomas Halluin, conservateur au cabinet des médailles. Cependant Le Noir me sembla si gêné aux entournures que je pressentais autre chose. Il m'avoua recevoir des lettres de menaces. Il se disait haï par beaucoup du fait des réformes qu'il envisageait…

— Ah ! Les réformes. Il ne faut jamais dans ce pays avancer ce mot-là.

— … afin de rendre plus efficace un département où, selon lui, tout allait à vau-l'eau. Il finit, chaque propos en entraînant un autre, par m'avouer que ces envois anonymes dénonçaient des vols dont Halluin serait responsable. Les questions posées sur le caractère du personnage montraient un être sérieux, sans défauts ni vices apparents, mais cependant énigmatique. La visite que Bourdeau et moi effectuâmes au domicile dudit Halluin fut, par contre, très éloquente sur la nature réelle du conservateur. Tout laissait entrevoir une double vie. Hardes de travestissement et maquillage de femme, auxquels s'ajoutait le témoignage, certes haineux, de sa portière. Des sommes d'argent importantes étaient découvertes, ainsi qu'un plan mystérieux et des débris de cire.

— De chandelles ?

— Non point, de sceaux ou de moulages. Ces trouvailles et le mode de vie dissimulé d'Halluin suggéraient de fâcheuses présomptions. Il me semblait aussi que le bon Le Noir me dissimulait quelque chose. La découverte d'un cadavre, travesti et à la tête écrasée, dans une maison en voie de démolition du pont Notre-Dame aurait pu demeurer sans explication. Cependant la facture d'un marchand gantier de notre connaissance, recueillie dans le trou de la doublure de la robe, permettait de supposer qu'il s'agissait d'Halluin. Le moment était venu d'aller plus loin avec Le Noir. Poussé dans ses retranchements, il m'avouait s'être placé en position difficile en refusant à la reine une médaille antique qu'elle souhaitait voir orner la nouvelle commode qu'elle avait commandée à Riesener. Le directeur de la Bibliothèque du roi avait obtenu l'appui de Calonne et, même, celui de Sa Majesté, pour résister à ce caprice.

— Mais qu'allait-il faire en cette galère ?

— Je crains qu'il ne sache rien refuser à ses amis ni, non plus, céder quand il le faudrait. Donc je retournai le voir pour lui annoncer la mort d'Halluin. Il m'avoua avoir racheté chez un receleur une médaille identique à l'une de celles conservées au cabinet des médailles. Un faux mouvement découvrit la supercherie. Dans la vitrine, les médailles étaient des faux, des copies. Je demandai alors de voir à nouveau le bureau d'Halluin que j'avais examiné lors de ma première visite.

— Vous y appliquâtes sans doute ces méthodes de chien d'arrêt où vous excellez ?

— Et qui donnèrent, remarqua Bourdeau, tant d'excellents résultats.

— Je le veux bien concéder, dit Sartine, décidément suave. Et, inspecteur, vous faites partie du compliment.

— … Cette seconde visite fut riche d'enseignements. Il apparaissait qu'un meurtre avait été commis dans ce lieu. Il n'y avait aucun doute à ce sujet. La piste du chat avait parlé !

— De quel chat s'agit-il ? D'un de ceux décrits par M. Montcrif ?

— Point, dit Nicolas en riant, ni de celui de Mme de Maurepas, jadis *escopetté*, par le roi depuis la terrasse du château. Non, celui du département, chargé par l'administration de faire fuir la gent ratière et souricière. Ce raminagrobis n'est lâché que la nuit et il avait laissé des traces sanglantes vers un escalier dérobé. Cette constatation indiquait le moment où le meurtre avait été perpétré. De là, le corps avait été porté à l'extérieur et des témoins nous préciseront les conditions de son arrivée au pont Notre-Dame.

— De quelle nature ?

— Un homme offrant l'apparence de raccompagner à son logis en la soutenant une amie prise de boisson, tout simplement. L'ouverture du corps…

— Fi, fi ! Épargnez-moi le détail de vos horribles boucheries, dit Sartine, agitant un mouchoir qui emplit la pièce d'une délicate fragrance de santal.

— … s'est faite là où le corps avait été découvert, en raison de son état. Il faut que vous sachiez, la chose est d'importance, que le mort avait été poignardé au côté droit à l'aide d'une fine lame. Après cette découverte, l'intérêt de l'enquête s'est alors concentré autour de la figure tout aussi ambiguë de Lessard, garçon barbier et élève à l'École de chirurgie. Qu'était-il pour Halluin, la question se posait. Un quelconque *frater*, un valet habilleur, un confident, un ami, ou plus ? Les réponses ne s'imposent pas. Lorsqu'on lui annonça la mort d'Halluin, il manifesta un désespoir.

» Or nous avons appris depuis qu'à ce moment-là, Halluin était toujours vivant. Lessard le savait-il ou feignait-il son chagrin ? Sa présence rue des Mathurins devant le domicile d'Halluin ne pouvait, en l'état, être mise en son discrédit. Dans le cadre de cette enquête, il s'avérait qu'Halluin avait fabriqué des répliques en cire des médailles à partir d'empreintes en plâtre. D'autre part, informé par Le Noir du nom du receleur, Levail, chez qui avait été rachetée l'une des médailles dérobées, nous nous portâmes pour l'interroger dans son officine, rue des Fossés-Saint-Victor. Ce Levail finit par nous indiquer qu'un grand était le fomentateur du vol de cette médaille, laquelle lui avait été confiée par une femme inconnue. Il nous avoua tout à demi-mot, refusant absolument de pousser outre et de dénoncer l'instigateur.

— Permettez, permettez, mon cher Nicolas, je possède sur ce point particulier quelques lumières qui pourraient vous intéresser. À qui profite le crime ? N'oublions jamais ce vieil adage. Dans cette ténébreuse affaire de médaille, qui tient tout autant du crime que de la politique la plus infâme, qui, selon vous, pouvait avoir intérêt à compromettre Le Noir ? Qui pouvait estimer insupportable que ce dernier favorise au Parlement les intérêts des Rohan ? Quel puissant personnage pouvait tolérer l'amitié portée par Le Noir à Calonne ? Devinez-vous à qui je fais allusion ?

Il acheva en jetant un regard à Bourdeau qui valait avertissement d'avoir à tenir sa langue. Avec un sourire complice à l'inspecteur, Nicolas feignit l'ignorance.

— Vous ne voulez pas dire que Breteuil… C'est impossible !

— Allons, abattez ces murailles de candeur et de bienveillance qui vous troublent l'esprit. Vous sous-estimez la haine qu'il porte à Rohan depuis que celui-ci lui a succédé comme ambassadeur à Vienne[1]. Et pour cause, la vérité c'est que le poste avait été promis à

Breteuil par Choiseul et que la disgrâce de celui-ci avait empêché cette désignation. C'est Rohan qui fut nommé. De là aussi l'aversion qui anime la reine à son égard. Tout, hélas, se conjugue et vient de nous conduire au pire par la tenue de ce procès au Parlement.

— Mais enfin…

— Il n'y a pas d'objection qui tienne. Je ne dis pas que Breteuil a organisé le vol. Des personnages troubles entourent toujours les ministres. Ils saisissent au vol des propos qu'ils traduisent à leur façon et le ministre, trop heureux de leurs suggestions, susurre une acceptation ambiguë du genre *Avisez au mieux* ou *Faites le nécessaire*. Croyez-moi, j'ai de l'expérience…

Bourdeau approuvait, l'air dépréciateur, et Nicolas, à part lui, savait que Sartine, maître ès intrigues, connaissait mieux que personne ce qu'il évoquait aussi crûment.

— Mais que dire de la suite ? À peine avions-nous quitté l'officine de l'usurier que des coups de feu éclataient. Nous le trouvions mort et sans doute avait-il réussi à blesser son agresseur. Dans le logement voisin, une vieille femme nous avait indiqué la porte de l'appartement de Levail. Nous courons l'interroger. Nous partons, un détail me revient en mémoire. J'entraîne Bourdeau. Nous ne la retrouvons pas, seulement des effets de femme et des souliers d'homme.

— Comment, je vous prie, expliquer l'usage de cet appartement ?

— Le commissaire du quartier nous a par la suite indiqué que le garni avait été loué pour quelques jours. Le receleur, d'évidence, était surveillé.

— Reprenez, je vous prie.

— À cet instant le drame s'installe dans un autre décor. Un papier découvert chez Halluin est reconnu par Gremillon être un plan des Champs-Élysées.

— Le sergent que j'ai connu, je ne sais plus quand… Étais-je encore aux affaires ou plus tard ?

— Lui-même, Monseigneur. Federici, le garde des Champs-Élysées, confirme la chose et nous décrit une scène étrange. Mais désormais vous êtes vous-même acteur de l'affaire et nous sommes tous précipités dans les arcanes d'un complot étranger qui menace les intérêts du royaume et la vie du roi. Le drame réside dans le fait que chacun avance masqué sans prévenir l'autre…

— Et pour cause, il convenait que ces matières demeurassent environnées de ténèbres.

— … et que cette erreur commune, ou cette précaution, aboutit au quiproquo du dernier rendez-vous aux Champs-Élysées : j'envoie un faux Halluin qui rencontre un faux espion dépêché par vous-même. Un nouveau cadavre surgit, retrouvé près de l'île aux Cygnes, la tête écrasée. Nous sommes attentifs, car un point particulier nous intrigue : un nœud compliqué retrouvé à plusieurs reprises nous a fait douter que le cadavre trouvé au pont Notre-Dame et enterré au cimetière de Clamart soit celui d'Halluin.

— Et l'homme de l'île aux Cygnes ?

— Lors de l'ouverture, il apparaît qu'il souffrait d'une malformation de la jambe.

— Un boiteux, en quelque sorte ?

— Oui, et nous allons vérifier le fait en examinant les chaussures d'Halluin dans lesquelles ont été trouvées des talonnettes. En outre, une autre constatation emporte certitude : l'homme a été blessé à l'épaule. Tout concourt donc à estimer que c'était bien Halluin qui avait été frappé par la balle tirée par le receleur Levail.

— Et Lessard, que devient-il, votre *merlan* ? Était-il bon mon conseil ?

— Il est mis au frais au Châtelet jusqu'au moment où, pour deux raisons, je décide de le libérer. *Primo* il n'y a aucune charge contre lui, *secundo*, soumis à filature, il peut nous conduire à d'intéressantes découvertes. D'autres éléments entrent en ligne de compte. Grâce aux informations de Restif et à des bijoux retrouvés chez le receleur…

— Ah ! Le Hibou a toujours été un informateur du dessus du panier.

— … Une chevalière, grâce à l'aide des d'Hozier, nous met sur la trace du traître du département de la Marine, un officier nommé Gallaud d'Arennes, qui manipulait Halluin, en prenant appui sur sa passion, je dirais sur son vice, le jeu. Il en fait son instrument, son intermédiaire avec l'espion étranger…

— Anglais, vous pouvez l'affirmer ; je suis bien placé pour le savoir. Le vrai, arrêté aux Champs-Élysées, l'était.

— … Nous ne parviendrons pas à mettre la main dessus, il a disparu. À ce moment de l'enquête, la filature de Lessard laisse apparaître des interruptions de surveillance inquiétantes…

— Qu'en termes galants ces choses-là sont évoquées. Ce n'est pas de mon temps que pareilles erreurs auraient été commises !

— Elles l'étaient tout autant, vous pouvez m'en croire, car nos gens sont toujours les mêmes. Seulement à l'époque, Monseigneur, vous ne saviez pas tout. On vous épargnait, sachant votre peu de goût pour la cuisine des enquêtes.

Cela fut dit d'un ton si sévère que Sartine ne répondit pas.

— Ces disparitions sont d'autant plus inquiétantes qu'elles correspondent, jour et heure, à l'entrée d'un quidam, ressemblant à Lessard, dans la résidence du duc de Dorset, ambassadeur du roi George à Paris. Nos informateurs sont formels sur ce point. Là-dessus Lessard disparaît jusqu'au moment où il est arrêté, travesti en femme, nouvelle que vous m'annoncez au cours de notre retour de Cherbourg. C'est en ce port qu'un document appartenant à la liasse que Lessard conservait sous la paille d'une chaise a été retrouvé.

Sartine s'agita, remuant les mains comme s'il chassait des mouches. Oubliait-il qu'il avait révélé les dessous du voyage de Cherbourg à Bourdeau, exigeant de lui le secret le plus absolu ? Il se tourna vers ce dernier, le fixa avec sévérité, considéra la porte avec inquiétude et, soudain se souvenant sans doute d'avoir confié la chose à l'inspecteur, il s'apaisa et, d'un geste, invita Nicolas à poursuivre.

— Voilà, Monseigneur, en toute honnêteté, ce que je peux dire en résumé de cette enquête. C'est la base sur laquelle doivent désormais s'échafauder nos conjectures et nos hypothèses. Je ne vous dissimulerai pas que je nourris certaines certitudes qui, malheureusement, ne sont recoupées par aucune preuve. Selon moi, Lessard, seul survivant des acteurs connus de ce drame, est coupable d'un ou deux crimes. Le *modus operandi* ne saurait tromper et l'usage d'une lancette de barbier est éloquent. Il reste désormais à l'amener à nous avouer sa culpabilité. Or je le juge capable d'une force d'âme et d'un sang-froid d'autant plus fermes qu'il sait que nos présomptions ne s'appuient sur rien. Que peut-on en effet lui reprocher ? En regard de trois meurtres perpétrés, que des peccadilles : travestissement et tentatives de fuite.

— Comme vous y allez, mon cher ! Détention de documents d'État qui ont servi à un complot étranger et relations suspectes avec une ambassade, c'est bien suffisant pour le conduire, ce drôle, à *saluer le pont*

Vert[2]. Et pourquoi ne pas, aussi, lui faire rencontrer certains de mes gens habiles à délier les langues les plus nouées ?

Bourdeau fit entendre un grondement réprobateur que Nicolas réprima d'un regard.

— Je ne doute pas qu'ils y parviennent, mais je n'en serais ni fier ni satisfait et suis persuadé, Monseigneur, que le procédé vous répugnerait tout autant qu'à moi. Vous savez que la torture n'a jamais prouvé qu'une chose : que l'aveu ne tient qu'à la résistance du corps.

— Soit, soit, je n'en disconviens pas. Mais le moyen d'obtenir un aveu quand on manque de preuves ? Comment pensez-vous y parvenir ?

— En l'entraînant dans mon propos et en le piégeant au détour d'une phrase. Dans une affaire aussi complexe, ce serait bien le diable qu'il ne se coupât point.

— Nicolas, une dernière question. Quelle était la vérité des relations entre Halluin et Lessard ?

— L'ambiguïté y préside. D'un côté l'intérêt domine et de l'autre un attachement qui tutoie l'interdit. L'équilibre s'est sans doute maintenu un temps et a fini par s'effondrer à la suite de la lassitude de l'un ou des exigences de l'autre. Je n'en juge pas autrement.

— Alors, que comparaisse le suspect !

Bourdeau intervint, inquiet des gouttes de sueur qui perlaient au front de Nicolas.

— Monseigneur, vu l'état du commissaire qui devrait être alité, il serait préférable de reporter à demain l'interrogatoire de Lessard.

Sartine regarda Nicolas et hocha la tête en signe d'assentiment.

— Ce serait sage, en effet. Il faut avoir l'esprit frais pour affronter un pareil adversaire. À demain donc, à la même heure.

— Non, Monseigneur, dit soudain Nicolas. À bien y réfléchir, plutôt en fin d'après-midi, vers cinq heures de relevée. Après la méridienne, la chaleur commencera à tomber.

— Soit, je comprends qu'il vous faut du repos.

Sartine salua et sortit.

Il semblait qu'il fût redevenu le lieutenant général de police, charge qu'il avait illustrée et dont il conservait la nostalgie bien davantage que des fonctions ministérielles qui ne lui avaient laissé que chagrins et déconvenues.

— Tu es las, je le conçois, mais je te pratique depuis si longtemps que je soupçonne autre chose derrière ce report de l'interrogatoire.

Nicolas sourit et frappa affectueusement l'épaule de l'inspecteur.

— On ne peut rien te cacher. Tout en parlant, une autre partie de mon esprit travaillait. Il me murmurait qu'avec un personnage aussi dangereux et déterminé que Lessard, il serait quasi impossible de le faire vaciller…

— Et donc ? Tu songes à un subterfuge ?

— Il y a diverses manières de briser la résistance d'un suspect. Il faut savoir plaider le faux pour connaître le vrai et, parfois, plaider le vrai pour savoir le vrai, pour convaincre le coupable.

— Là, je ne te suis plus !

— Réfléchis. Imagine que je présente à Lessard une confession qu'Halluin, inquiet des menaces qui pesaient sur lui, aurait laissée, dans laquelle le merlan serait mis en cause.

— Il n'est pas fou, il prétendra que c'est un faux et soupçonnera une basse manœuvre.

— Je le répète, il faut trouver un moyen de le briser, quel qu'il soit, et le pousser au désespoir, sans recours ni échappatoires.

Nicolas demeura un moment la tête entre les mains.

— C'est dommage que Mesmer ait quitté Paris.

— Ce charlatan ! Le roi avait nommé une commission de grands savants, Jussieu, Franklin, Bailly et Lavoisier, pour juger de ses méthodes. Le moins que l'on puisse dire, c'est que les avis furent partagés et qu'ils jugèrent que sa doctrine n'avait aucun fondement scientifique.

— Ce sont justement ses méthodes de charlatan et sa rapacité qui ont compromis les réelles découvertes de ses théories. Il y a deux ans j'ai soupé chez mon ami La Borde avec un officier d'artillerie, le marquis de Puységur. C'est un adepte de Mesmer. Il nous avait expliqué comment, usant des passes magnétiques de Mesmer, il avait endormi un de ses paysans malades et avait eu la surprise de le plonger dans un état second proche du somnambulisme. Au cours de cette séance, l'homme avait révélé des choses cachées. On aurait pu tenter l'expérience avec Lessard.

— Oui, dit Bourdeau sceptique, on pourrait aussi quérir Mme Paulet. Elle nous ferait le grand jeu au tarot devant le suspect, qui s'effondrerait devant tant de science !

— Dommage que Puységur soit en garnison à Strasbourg, je l'aurais consulté et tu te trouverais mal d'un pareil stratagème. Mais j'y songe, il a un disciple à Paris qui était présent au souper de La Borde, un certain Deleuze, assistant naturaliste de Jussieu au Muséum. Semacgus doit le connaître. Bourdeau, tu dois m'aider…

— Tu sais bien que…

— Je suis trop fatigué. Tu prends une voiture pour aller à Vaugirard. Tu ramènes Semacgus. Tu lui expliques la situation. Vous joignez Deleuze, vous le convainquez, et qu'il soit demain présent à l'heure prévue. Non, à dix heures du matin, il faut le préparer à l'interrogatoire.

Bourdeau allait répondre, mais Nicolas leva la main et fit un geste de négation

— Pas d'objection. Je compte sur toi. Je suis sûr que c'est la seule porte de sortie possible dans cette affaire.

Rue Montmartre, il surprit Noblecourt endormi sur une chaise longue sous un arbre du jardin. Un joyeux aboiement de Pluton éveilla le vieil homme. Nicolas s'assit sur un banc.

— Est-ce prudent, mon ami, de sortir si tôt ?

— C'est que les affaires en cours ne sauraient attendre. Et à ce sujet je souhaiterais recueillir votre conseil.

— Oh, oh ! C'est que la chose est grave. Il me faut au préalable connaître le tableau pour affirmer mon propos, choisir ma brosse et répondre à votre souhait.

Au vu des circonstances, Nicolas décida de dévoiler la suite entière des derniers événements. Noblecourt frémit d'émotion au récit des risques affrontés dans le combat des souterrains du fort Pelée. Il lui fut expliqué la situation paradoxale d'un suspect sur lequel la justice ne pouvait appesantir sa main que par des accusations marginales. Le vieux magistrat réfléchit un moment.

— Cette femme n'avait pourtant rien de particulier. Elle était vieille, sale, pauvrement vêtue. Elle entrait chaque jour dans mon cabinet pour balayer. Cela m'agaçait toujours, mais je n'avais pas le courage de la renvoyer. Après tout, elle accomplissait la tâche qu'on lui avait commandée.

Nicolas s'inquiéta. Que signifiait cette vaticination ? Noblecourt l'avait accoutumé à des propos contournés, mais pour le coup le récit tenait de la bizarrerie la plus invraisemblable. Il essaya d'interrompre le cours de cette parole étrange sans y parvenir.

— Et, poursuivait Noblecourt, il y avait là un suspect accusé d'un meurtre horrible. J'allais me résoudre, à l'époque c'était la pratique, à préconiser la question quand soudain mon homme, voyant cette pauvre femme, se mit à pleurer, se jeta à genoux et confessa d'un trait ses forfaits. J'étais fort satisfait de cette conclusion, mais très curieux de savoir ce qui s'était passé dans sa tête. Il était redevenu doux comme un agneau, comme retourné en enfance. Il m'avoua que la vieille femme ressemblait à sa mère et que sa vue l'avait jeté dans un mouvement irrésistible de contrition. Je vous ai observé… Vous vous disiez, inquiet, « *notre ami ne s'est pas remis de son malaise, le voilà qui perd la tête* ». Je le comprends.

Nicolas sourit, l'air coupable.

— Vous êtes par trop sagace. C'est étrange, ce que vous venez de suggérer recoupe très précisément une idée qui m'est venue et que je désirais vous soumettre.

— Je vous écoute.

Mouchette, qui boudait Nicolas – étaient-ce ses absences répétées ou une jalousie à l'égard d'Aimée –, sauta sur les genoux de Noblecourt, tournant ostensiblement le dos à son maître. Celui-ci développa son idée d'utiliser les progrès de la science afin d'améliorer les méthodes de la police. Déjà les ouvertures et la recherche des indices constituaient autant de pas en avant dans l'investigation. Depuis son entrée dans la carrière d'enquêteur, il avait vu se transformer les pratiques au profit de la recherche essentielle des preuves. Le recours au *sommeil lucide* induit par le magnétisme parviendrait-il à abattre les défenses de Lessard et résoudrait-il l'énigme soumise aux policiers ?

Noblecourt médita l'exposé de Nicolas et caressa longuement la tête de Mouchette qui ronronnait.

— Comme c'est ingénieux, Nicolas ! Voilà qui me passe et me rend tout songeur. Votre idée peut conduire à une crise où le prévenu dans cet état second sera conduit à répondre sincèrement aux questions que votre opérateur posera. De même mon homme, sous le coup de l'émotion d'imaginer la figure de sa mère, a brisé ses défenses et, dans l'émotion, a laissé échapper la vérité. C'est une expérience qu'il faut, en dernier recours, tenter et le pari peut être gagné.

La conversation se poursuivit sur les risques et aléas de la méthode. Si elle échouait, il faudrait en revenir aux recettes habituelles, toujours par trop aléatoires.

Nicolas, épuisé, alla prendre un peu de bouillon, monta dans sa chambre et se coucha. Quatre heures sonnaient à Saint-Eustache. Il dormit jusqu'au petit matin.

Mardi 4 juillet 1786

Quand Catherine lui apporta son déjeuner, Nicolas, pour la première fois depuis le combat de Cherbourg, se sentit parfaitement dispos et l'esprit clair. Il s'apprêta avec soin, remarquant avec satisfaction que son visage amaigri par les épreuves le rajeunissait. Il se reprocha aussitôt cette remarque de vieux barbon. Sa blessure au côté se cicatrisait, lui procurant les tiraillements habituels, signes de guérison. Il ne comptait plus les traces des blessures anciennes que, souvent, Aimée parcourait d'une bouche amoureuse. Il ouvrit la fenêtre et respira profondément l'air frais du matin. Un rouge-gorge familier s'envola, soudain pris de panique, d'un cerisier proche.

Les affres et tourments des jours précédents avaient disparu, laissant la place à une tranquillité d'âme restaurée. Pourtant la journée risquait d'être difficile. Non qu'il doutât du bien-fondé de la solution choisie, mais son principe insolite serait-il accepté par Sartine, et aboutirait-il au but recherché ? Il pourrait toujours exciper du sentiment de Noblecourt, autorité respectée par l'ancien ministre auquel le liaient des liens maçonniques étroits. Il descendit à l'office deviser avec Marion et Poitevin. Catherine était partie aux Halles faire son marché ; il annonça que, rétabli, il reprendrait, le lendemain, ses habitudes de déjeuner à l'office. Il en aimait l'atmosphère et la chaleur et se prêtait toujours avec plaisir aux échanges amicaux avec de vieux serviteurs qu'il avait, après tant d'années, toujours considérés comme sa famille. Il fit appeler un fiacre, impatient de savoir l'aboutissement des démarches de Bourdeau.

Une petite assemblée l'attendait au Châtelet. Semacgus lui présenta un petit homme modestement vêtu dont le visage était déparé, sous une perruque roussâtre mal ajustée, par un nez disgracieux et une curieuse différence entre les deux yeux. Il se confondit en politesses avec l'air de quelqu'un qui s'interrogeait encore sur les raisons de sa présence.

— Monsieur le commissaire, j'ai cédé aux exhortations de mon collègue le docteur Semacgus, si considéré dans le monde savant par ses travaux botaniques, mais je me demande si j'ai eu raison de le faire. Serai-je en effet en mesure de vous être utile ?

Il secouait la tête, indécis.

— Monsieur, dit Nicolas, je vous remercie d'être ici et suis sensible à vos scrupules. Nous les partageons et nous comprendrions que vous renonciez à une expérience si extraordinaire. Elle n'a d'autre but, en désespoir de cause, que d'éclairer la justice sur un cas particulier dans lequel toutes les présomptions accusent le prévenu sans qu'il soit possible d'asseoir l'accusation sur aucune preuve tangible.

— Soit, Monsieur, je me livre à votre sollicitation. Qu'attendez-vous de moi ?

— Mon ami Semacgus a dû vous expliquer que nous espérions utiliser la méthode du marquis de Puységur. Il s'agirait de placer l'accusé dans une sorte de transe au cours de laquelle il serait à même de répondre en sincérité à nos questions.

— J'ai, en effet, étudié cette étrange capacité du magnétisme que le docteur Mesmer avait illustrée. Cependant, pour pratiquer cette expérience sans précédent, encore me faut-il un minimum d'informations pour nourrir ce que je demanderai à votre accusé.

Nicolas déroula point à point le récit de l'enquête. Deleuze prenait des notes en se faisant préciser certains détails. Pour finir, le commissaire affirma avec force son intuition, appuyée sur des faits et des indices recueillis durant une longue enquête, que Lessard était l'auteur des meurtres d'Halluin et sans doute de Gallaud d'Arennes. Il conviendrait aussi de déterminer la part de responsabilité de Lessard dans la préméditation et la responsabilité des actes criminels en question.

Le groupe réfléchit ensuite sur les conditions de l'audition du prévenu.

— Je suppose, observa Semacgus, qu'un trop grand nombre de témoins pourrait gêner la séance.

— Cela risquerait de troubler une attention qui exige d'être uniquement concentrée sur celui qui interroge. Toute ingérence briserait le lien fragile qui se crée entre les deux acteurs de cette action magnétique qu'on pourrait nommer méthode *hypnotique*, comme conduisant au sommeil. De la même manière, il y a deux siècles, Ambroise Paré parlait de *médicament hypnotique.*

— J'entends bien, dit Nicolas. Il vous faut être seul avec le patient. Comment procéder ?

— Il ne faut pas oublier, remarqua Bourdeau, que les paroles, produites au cours de l'échange, doivent être dûment recueillies en procès-verbal. Et alors une autre question se pose, que vaudraient des aveux ainsi obtenus ?

— En tout état de cause, ils nourriraient une inquisition habituelle, lui apportant les éléments de preuve manquants.

— Je propose, dit Bourdeau, que la salle d'audience du tribunal du lieutenant général de police soit utilisée et préparée de manière que le prévenu ait le sentiment qu'il est seul avec M. Deleuze. Des paravents seraient disposés derrière lesquels nous pourrions nous tenir, moi-même transcrivant les questions et les réponses.

— Une certaine obscurité me semblerait utile, une chandelle suffira.

— Instructions seront données de rabattre les contrevents.

L'assistant au Muséum fut longuement mis au courant des subtilités du dossier afin de pouvoir préparer ses questions en toute connaissance de cause. Nicolas le remercia ainsi que Semacgus, leur donnant rendez-vous pour la fin de l'après-midi, et se retrouva en tête à tête avec Bourdeau.

— Avons-nous évalué toutes les données du problème ?

— Et Sartine ? demanda Bourdeau.

— J'en fais mon affaire. Au pire, il n'a plus autorité en ces lieux, mais je ne souhaite pas en venir à cette extrémité. En revanche, je dois au préalable informer M. de Crosne, lieutenant général de police en titre. J'y cours de ce pas.

— Et s'il ne consent pas ?

— *Ultima ratio*, j'ai le blanc-seing du roi !

Nicolas reprit sa voiture pour l'hôtel de police où il fut reçu sur-le-champ. Il fut écouté avec une sourcilleuse circonspection par un homme qui d'évidence ne souhaitait pas mettre les mains dans une affaire aussi sombre et périlleuse. La proposition d'avoir recours à une pratique nouvelle l'effara, l'évocation de Sartine l'inquiéta, la lettre de la main du roi le subjugua ; Nicolas avait le champ libre.

Il alla dîner avec Bourdeau chez le pays de celui-ci, rue du Pied-de-Bœuf, près du Châtelet. Dans la fraîcheur de la taverne, Nicolas se sentait dispos et affamé. Un salmigondis de ris d'agneaux, de rognons de conins, de crêtes de coqs sautés au potager avec des lardons, des échalotes et de petits aillets[3], le tout était déglacé d'un trait de vinaigre de vin et servi sur une salade de l'espèce *améliorée* dont la fraîche amertume enchantait Nicolas. Un pot de Bourgueil arrosa ces agapes qui marquaient la résurrection du commissaire.

Nicolas évoqua le prochain mariage de Louis dont le contrat serait signé par le roi. Il informa Bourdeau que Louis souhaitait le voir présent à Versailles à cette occasion. Mme Bourdeau et son époux seraient conviés aussi à toutes les cérémonies et réceptions du mariage prévu au cours de l'été. L'inspecteur en rougit de plaisir. Nicolas lui confia ensuite son angoisse au sujet d'Antoinette dont on désespérait de recevoir des nouvelles. Il se perdit en conjectures sur les possibles raisons de son silence. À trois heures, ils revinrent à pied au Châtelet, Nicolas appuyé sur l'épaule de Bourdeau. Ils furent satisfaits des dispositions prises dans la salle d'audience où un petit carré, délimité par des paravents, accueillerait les témoins de la séance.

À quatre heures, le carrosse de Sartine s'arrêta devant le porche de la vieille forteresse ; le soleil étincelait dans sa perruque jaune d'or, qui laissa bouche bée les vas-y-dire qui traînaient sur la place. Nicolas l'accueillit dans le bureau de permanence et lui présenta le plan qui avait été envisagé. Il n'insista pas sur l'aspect extraordinaire de la suggestion, glissant adroitement mention de l'approbation enthousiaste de M. de Noblecourt. À sa grande surprise et après un instant d'hésitation, Sartine donna son *nihil obstat* à la proposition.

— Le monde change, il faut suivre, conclut-il.

À la demie de quatre heures, dans une salle obscure, qui semblait déserte, Lessard était conduit devant M. Deleuze assis à une petite table et éclairé d'une unique chandelle.

ÉPILOGUE

« Vous vous abandonniez au crime en criminel. »

Racine

Nicolas, comme Sartine, Bourdeau et Semacgus, observait l'étrange mise en scène par un des interstices pratiqués dans les paravents disposés pour les dissimuler. La lueur tremblotante de la chandelle n'éclairait qu'un étroit halo autour de la table où M. Deleuze et Lessard se faisaient face. Le commissaire s'inquiétait un peu de la timidité apparente du praticien : ne serait-elle pas un frein à l'efficacité du traitement ? Et, surtout, le prévenu céderait-il aux appels des sirènes ? Deleuze toussota pour s'éclaircir la voix, souleva le chandelier pour le placer au centre. Lessard ne manifestait aucun étonnement. Il avait été décidé de ne pas commenter les conditions de cet étrange entretien ; Deleuze avait été annoncé comme un adjoint du lieutenant criminel, chargé de son interrogatoire.

— Veuillez, Monsieur, dit-il d'une voix douce, me regarder et m'écouter. La prison ne vous est pas trop dure, j'espère ?

Lessard secoua la tête.

— Je la supporte comme une victime innocente.

— Certes, Monsieur, j'en éprouve pour vous une compassion extrême. Mais rassurez-vous, la vérité finira par éclater et nous allons tous deux y contribuer. D'après le dossier, il n'y a rien qui puisse peser sur vous gravement. Ce sont les détails qui pêchent et que nous devons éclaircir, car ils intriguent la justice. Mais elle est bonne fille et se laissera convaincre, j'en suis persuadé.

Deleuze tendit les mains à Lessard qui les saisit sans hésiter. Nicolas admirait la façon utilisée pour amener peu à peu le prévenu à un état de sérénité. Le praticien s'était penché vers lui, le fixait dans les yeux, continuant d'user d'une voix monocorde et persuasive.

— Vous dormez peu, je présume. Votre bonne conscience vous agite. Voyez cette flamme jaune, sa clarté nous attire, vous attire. Elle emplit peu à peu toute votre vision, toute votre vision. Serrez mes mains ! Encore plus fort ! Vos paupières s'alourdissent. La lumière recouvre tout, vous y plongez. Plus rien ne vous trouble, vous vous abandonnez au courant. Vous vous sentez apaisé, apaisé, les tourments s'estompent et vous retrouvez un état ancien, un doux repos.

Lessard dodelinait de la tête, les yeux fermés. Sartine poussa Nicolas du coude et lui parla à l'oreille.

— Cet homme, qui ne paye pas de mine, est d'une habileté diabolique ; il l'a bel et bien circonvenu. J'en rendrai rapport à mes *frères*. Voilà une victoire des lumières du siècle !

— Ne nous réjouissons pas prématurément ; attendons la suite, elle seule nous intéresse.

— Le sommeil vous enveloppe, tout n'est plus que douceur, tranquillité, suavité et bonheur. Reposez-vous et écoutez-moi. Vous allez répondre à mes questions.

Lessard avait lâché les mains de Deleuze. La tête affaissée, tout laissait croire qu'il s'était endormi.

— Mais s'il dort, il ne répondra à rien ! susurra Sartine. J'ai eu tort de vous écouter ; l'échec est patent ! Nous voilà quinauds !

Bourdeau, qui s'apprêtait à prendre les notes en vue du procès-verbal, mit un doigt sur ses lèvres, l'air excédé.

— Un peu de patience, Monseigneur, tout va commencer : c'est du sommeil apparent que vont jaillir des paroles non altérées.

— Des paroles sincères, ajouta Semacgus, auxquelles aucune barrière ne saurait s'opposer tant elles proviennent du tréfonds de l'âme.

L'ancien ministre, sceptique, haussa les épaules. C'était trop beau, se dit Nicolas, il doit regretter son premier mouvement ; l'idée ne venait pas de lui et il y avait cédé, endoctriné par l'approbation de Noblecourt.

— Comment vous nommez-vous ?

Une voix aiguë surprit les assistants. Elle glapissait comme celle d'un enfant geignard.

— P'tit Tristan, p'tit Tristan, pas mal… Oh, non, pas mal…

Il se mit à hurler, replié sur lui-même, les genoux remontés, puis ce furent des sanglots. Deleuze les laissa s'épuiser.

— Revenez vers nous. Quel est votre âge ?

— Trente ans.

Nicolas nota la première différence avec les précédentes déclarations de Lessard. Il doutait que cela eût de l'importance, mais c'était instructif quant à la sincérité de ses précédentes déclarations.

— Et la ferme ?

À nouveau la voix se fit plaintive, effrayée :

— Non, non ! Pas le fouet !

— Et après ?

— Paris… J'ai froid, la neige… Les chiens ! Monsieur, un abri.

— Et la boutique du barbier ?

— *Tu as volé les pratiques, petite teigne, hein ? Et maintenant tu fais le fendant, hein ? Tu as aussi plongé tes sales mains dans la caisse, hein ? Tu essayes de raccrocher le client, hein ? Raclure, barbet, tu as le mal chevillé au corps ! À la rue, au ruisseau, et vite ou je te fous la pelle au cul !*

La voix était celle d'un homme âgé et, aussitôt, Lessard reprit la sienne, furieuse, dans une sorte de dialogue revécu.

— Vieille carogne, je me vengerai ! Vous verrez, je brûlerai la boutique.

— Il avait été recueilli par un maître barbier, murmura Nicolas à Sartine.

— Vous m'en direz tant !

— La lumière, Tristan, fixez la lumière.

Lessard s'agitait, comme s'il se débattait dans une sorte de combat intérieur.

— Voilà Thomas Halluin, reprit Deleuze. Le voyez-vous ? Il vous sourit et vous appelle.

— Non, non, pas lui !

Il tendait les mains en avant, repoussant une imaginaire silhouette.

— Mais c'est votre ami, votre ami Thomas. Celui qui vous aide.

Le visage de Lessard avait pris une expression perverse.

— Non, bas les pattes, Thomas ! Tu as beau dire avec tes belles promesses, je refuse. Je suis trop coûteux pour toi. J'ai d'autres clients.

— Son nom est *légion*, soupira Nicolas.

— La partie s'engage, vous aviez raison, murmura Sartine.

— Un bureau, la nuit dans un grand bâtiment, c'est celui d'Halluin. Le voyez-vous ? Qu'y faites-vous, Tristan ?

L'homme semblait se débattre, ses mains se tordaient ou se tendaient dans le vide comme pour repousser une vision insupportable.

— *Tu dois m'aider*, dit-il d'une voix différente, *il devient par trop dangereux, il le faut supprimer. Nous allons l'attirer à la Bibliothèque du roi. Il doit me remettre des papiers... Je ne veux pas poursuivre, mais il me tient. Tu m'aideras, Tristan, tu m'aideras.*

Sartine s'agitait et semblait perdu. Nicolas se pencha vers lui

— C'est Halluin qui parle par sa voix.

Deleuze avait repris les mains de Lessard pour en maîtriser les mouvements.

— Qu'avez-vous fait ?

Lessard respirait à grand bruit ; il s'était à demi dressé sur sa chaise, Deleuze se levait pour suivre son mouvement.

— Il le fait asseoir, l'officier, ils parlent. Thomas marche de long en large, puis passe derrière la chaise et l'immobilise d'un bras. Il m'appelle. Je suis dissimulé derrière le rideau, je bondis et frappe d'un coup sûr, oui, un coup sûr et précis. La lancette au bon endroit. Ah ! Ah ! Je suis un bon barbier, hein ? Un *frater* d'exception, un chirurgien en herbe. Ce n'est pas le premier, non pas le premier ! Il y en a eu d'autres, personne ne le sait. Mais moi, moi, moi...

— Mon Dieu, dit Sartine, en aurait-il dépêché d'autres ?

— C'est probable. Parmi ses *clients*, sans doute.

— Et le corps, demanda Deleuze, qu'en avez-vous fait ?

— On l'a dépouillé de son uniforme, on lui a arraché sa chevalière et sa montre, on l'a revêtu d'une robe dans laquelle il a placé un papier lui appartenant…

— Appartenant à qui ?

— À Halluin. Il craignait qu'un vol de médailles fût découvert et d'en être accusé ; il souhaitait disparaître. Ainsi, le crâne écrasé, on penserait que c'était lui qui avait été assassiné.

— Le cadavre de l'officier ?

— On l'a traîné au-dehors par un escalier dérobé et porté jusqu'au pont Notre-Dame, enfin à proximité, et Thomas l'a déposé dans une maison en démolition.

Tous ces détails étaient énoncés d'une voix morne.

— Respirez, dit Deleuze, plongez en vous-même. Vous vivez à nouveau des moments révolus, vous souhaitez les décrire, car vous en éprouvez une douce consolation, un apaisement, un retour vers ce qu'il y a de meilleur en vous, un remède aux souffrances de votre conscience malheureuse…

— Peste, dit Sartine, sarcastique, il y a du frocard chez votre homme ! Foin du sermon ! Qu'il pousse la poste, que diable, et qu'on avance !

— Il ameublit la viande et adoucit la sauce, dit Bourdeau.

— Deleuze a raison de le modérer, conclut Semacgus. Poussé par trop dans ses retranchements, il finirait par décrocher et par s'éveiller. J'ai assisté à une séance similaire un jour à Saint-Louis du Sénégal, pour découvrir un voleur et…

— Qu'on se taise ! chuchota Nicolas, impérieux. Il va finir par nous entendre.

— Et, Tristan, qu'est-il advenu ensuite ?

Lessard esquissa une sorte de sourire, puis se mordit le poing.

— *Tu vas*, dit-il avec, derechef, l'autre ton de voix, *porter la chevalière et la montre chez Levail, l'usurier. Il les soldera discrètement. En outre, il me doit autre chose : tu lui réclameras le reliquat.*

— Ce qu'obéissant, vous avez accompli ?

Et toujours le même rictus cruel chez Lessard.

— Oui, il a pris ce que je lui apportais, mais a refusé de payer ce qu'il devait à Thomas et de rendre la chevalière et la montre.

— Et alors ?

— Alors ? Il a décidé de le punir, oui de punir... Toujours punir... P'tit Tristan, pas mal ! Oh, non ! Pas mal, pov' p'tit !

Lessard murmurait d'une voix dolente. Il avait incliné la tête sur ses mains jointes et se balançait en gémissant. À nouveau, Deleuze lui desserra les mains et déplaça lentement la chandelle de droite à gauche.

— Vous écoutez Thomas, que dit-il ?

— Il est cruel comme moi...

— Édifiant aveu ! soupira Sartine.

— Il s'est mis en colère et a décidé de punir, toujours punir... Encore et encore ! Il est revenu blessé. Il avait tiré sur Levail, ce dernier avait répliqué et une balle l'avait touché à l'épaule.

— Dites-moi, après le meurtre de l'officier, Halluin disparaît. Où se cache-t-il ?

— Au début, chez moi, puis ensuite cette fouine de commissaire a paru. Alors il a loué une soupente, rue Traversière, près les Enfants-Trouvés. Enfants trouvés, c'est moi, pov' p'tit...

— Et que faisait-il ?

— Il se terrait et ne sortait que vêtu en femme.

— Et pourquoi vous êtes-vous montré à plusieurs reprises rue des Mathurins ?

Lessard parcourut du regard la salle d'audience, s'attachant un moment à fixer les paravents, comme s'il avait pressenti soudain le piège dans lequel il était tombé. Nicolas frémit : on était encore loin du dénouement.

— Thomas ne pouvait plus se montrer : il était censé être mort. *Tu iras déterrer les médailles dissimulées dans les pots de fleurs.* Quand j'ai trompé la surveillance de cette vieille pie, les objets avaient disparu. Il m'avait promis monts et merveilles, nous partirions tous deux en Italie… Il avait joué et perdu de l'argent dérobé à l'officier. Il ne lui restait, m'a-t-il confié, qu'une carte, un document subtilisé parmi ceux qu'il était chargé de transmettre aux Champs-Élysées. La police m'avait arrêté, puis relâché.

Nicolas constatait que Lessard s'était calmé. Il parlait comme s'il était conscient. Quant à Deleuze, il poursuivait, imperturbable, le plan qu'il s'était tracé alors qu'il se pénétrait des arcanes de l'affaire. Comment allait-il aborder la mort d'Halluin et quelles seraient les réactions de Lessard ?

— En tout état de cause, dit Sartine qui semblait suivre le même raisonnement, nous disposons de suffisamment d'éléments pour le pendre.

— Et Thomas ?

La mention de ce seul prénom par Deleuze déclencha aussitôt une sorte de crise chez Lessard dont tous les membres se mirent à trembler. Il écuma et prononça des mots confus d'une voix transformée, puis, de plus en plus, distincts. Le phénomène rappela à Nicolas de très mauvais souvenirs[1].

— Il a paru surpris quand la lancette l'a pénétré. Il me regardait avec son regard de chien. Non, je ne veux plus le voir… Ces yeux, je les veux arracher. Il fallait qu'ils disparaissent… Oui, les effacer à tout jamais. Lui, non, je ne voulais plus le voir, jamais. Il ne m'était plus d'aucun intérêt. Oui, un poids dangereux, un gêneur.

— Et pourquoi l'île aux Cygnes ?

— Ah ! Comme il était crédule : il croyait tout, venant de moi. Je l'ai entraîné de nuit, disons pour une promenade. Il vivait cloîtré : il a été aisé de le convaincre. J'ai pris mon temps pour trouver l'endroit propice, désert à cette heure, le long du fleuve. Veine, un dépôt de pavés. Ah ! La chance. Mon sang s'est allumé. Ce fut un plaisir de le tuer, oui un vrai plaisir ! Et ensuite, crac sur la tête !

— L'abominable petite canaille ! dit Sartine. Il n'est avilissement dans lequel il ne s'est vautré.

— Je lui ai écrasé la tête, il n'existait plus, j'étais libre, libre ! Et ensuite, j'ai tiré l'échelle. La police me filait. La fouine croyait me démasquer ; j'avais discerné ses soupçons.

Autant pour vous, mon cher, dit Sartine, accompagnant son propos d'un coup de coude sur la blessure de Nicolas qui faillit crier de douleur et en perdit le souffle un moment.

— Je m'en battais les flancs, échappant à ses mouches autant qu'il me plaisait. Me suis-je amusé ! Oui, vraiment !

— Et l'ambassade anglaise ?

— Bien accueilli, je puis l'assurer, et bien payé.

Il éclata d'un rire aigrelet.

— J'avais de quoi les convaincre de m'offrir ce que je désirais pour quitter la France, en échange d'un authentique uniforme d'officier de marine et du plan d'un îlot perdu au large de Cherbourg.

Ce détail fit sursauter Nicolas. Il revit l'homme qu'il avait tué et qui, grâce à cet uniforme, avait réussi à se faire passer pour lui.

M. Deleuze prit le chandelier et le promena devant le visage de Lessard.

— Écoutez-moi attentivement, vous m'entendez ? Vous êtes au Grand Châtelet et peu à peu vous vous éveillez. Tristan Lessard, regardez-moi.

Le jeune homme ouvrit les yeux qu'il avait tenus le plus souvent fermés au cours de la séance et considéra Deleuze comme s'il le découvrait. Qui n'aurait pas entendu sa confession n'aurait pu présumer de son apparence que candeur et innocence. Sa surprise non feinte éclata lorsque les panneaux des paravents repliés laissèrent apparaître les quatre auditeurs que Deleuze, épuisé, rejoignit. Bourdeau héla un geôlier et ordonna que le prévenu fût à nouveau entravé.

— Tristan Lessard, dit Nicolas d'une voix solennelle, levez-vous et prenez connaissance du procès-verbal qui vient d'être dressé à partir de vos propos.

Le prévenu secoua la tête, l'air arrogant et sûr de lui.

— Qu'aurais-je pu avouer, vous ne m'avez rien demandé ?

Mais déjà Bourdeau, d'une voix monotone, commençait l'interminable lecture.

— A comparu le 4 juillet de l'an 1786, le nommé Tristan Lessard, soupçonné d'homicides et de haute trahison. À la question… a répondu… À la question… a répondu…

Au fur et à mesure que s'égrenaient les phrases et répliques décisives, l'accusé pâlissait et, soudain, il tenta de se jeter sur Bourdeau qui recula. Il se mit à vomir d'atroces injures, puis, d'un coup, il tomba à la renverse le corps arqué, la bave aux lèvres. Semacgus se précipita pour lui porter aide. On l'emporta, inanimé.

— Une atteinte du haut mal, sans aucun doute.

— Quelle affaire, mes amis ! dit Sartine. Combien ai-je eu raison de tenter cette expérience. J'en suis très satisfait.

— N'est-il pas sur le point de grappiller dans notre vigne ? demanda Bourdeau à l'oreille de Nicolas.

— Il en boit le vin nouveau.

Sartine remerciait Deleuze qui se retira, appuyé sur Semacgus.

— Une belle enquête aboutie, dit Sartine. Vous l'emportez sur terre et sur mer ! Et j'ajouterai que vous êtes allé au fond des choses.

— Je n'en suis pas assuré, nous n'avons sondé que la surface des cœurs.

— Ceux-là sont impénétrables, croyez-moi. Ah ! Au fait, nous avons reçu des nouvelles de Lady Charwel…

Inquiet, le souffle court, Nicolas attendait la sentence que Sartine tardait à dessein à lui confier.

— Imaginez, mon cher, qu'elle pêche le saumon avec son mari dans leurs terres écossaises, du côté du loch Lomond. A-t-on idée de nous lanterner ainsi !

Nicolas reprit sa voiture. Une foule nombreuse occupait les rues. Il se pencha à la portière pour s'enquérir auprès d'un gagne-denier des raisons de cette affluence.

— C'est c'te fameux Poulailler, ce hardi voleur qu'on vient de pendre à la porte Saint-Antoine. N'a point montré de fermeté à la potence. Fi, le pleutre !

Il songea avec tristesse que Lessard n'y échapperait pas. Le mal se dissimulait sous les visages les plus aimables et Halluin n'y avait pas pris garde, tout coupable qu'il fût lui aussi. Il sentit la lassitude s'emparer de lui et aspira à la nuit, au sommeil et à l'oubli.

*
* *

Le dimanche 23 juillet, ses preuves ayant été examinées par le généalogiste de la cour, Julie de Mezay, en présence de son père, du marquis de Ranreuil et du vicomte de Tréhiguier, fut présentée à la reine, introduite par la comtesse de Juigné, dame du palais et sa lointaine cousine. Émue et tremblante, elle avait revêtu le grand habit de cour à panier et à queue. Elle exécuta à merveille les trois révérences d'étiquette, ôta le gant de sa main droite et saisit le bas de jupe de la reine pour la baiser. La reine lui dit quelques paroles obligeantes et la salua en révérence. C'était le signe qu'il fallait se retirer et la nouvelle *présentée* s'y évertua à reculons, en s'efforçant de pousser de côté, par d'adroits coups de pied, la queue du grand habit. Le roi et toute la famille royale reçurent les mêmes hommages.

Le contrat de mariage fut signé le même jour par le couple royal et par Provence, Madame Élisabeth, le duc de Penthièvre et tous les amis des Ranreuil. Le roi appela ensuite Nicolas dans son cabinet et lui remit la grand-croix de l'ordre de Saint-Louis. Il ne fit aucune allusion aux événements de Cherbourg, marquant simplement, avec cette affection bourrue qu'il lui portait, que *cette distinction insigne était celle des braves*. Le soir, Julie parut au jeu de la reine. Elle pouvait désormais, comme son père, son futur beau-père et son fiancé, monter dans les carrosses du roi et de la reine et souper dans les petits appartements.

Trois jours après, Lessard était pendu, place de Grève. Nicolas conservait de cette enquête l'impression d'un mystère non éclairci. L'interrogatoire mené par l'habile Deleuze laissait entendre que d'autres meurtres avaient été commis. Ils demeureraient inconnus. Il ressortait aussi des paroles de Lessard que son enfance avait été marquée de violences. Lesquelles ? Nicolas s'interrogeait : pourquoi et comment le mal choisissait-il ses proies ? Les horreurs du passé excusaient-elles celles du présent ?

Un soir d'août, Nicolas prenait le frais aux Tuileries à l'heure où le serein se lève. Il se remémorait l'effarante succession d'événements qu'il venait de vivre : révélation de ses origines, retrouvailles avec Antoinette, devenue Lady Charwel, mariage de Louis et, toujours présente, la mort, encore une fois tutoyée de près. Tous ces événements avaient fait vaciller beaucoup de ses certitudes. La vue des feuilles d'un marronnier, qui commençaient à jaunir, accentua sa mélancolie. Le royaume roulait à l'abîme sous un roi bienveillant et encore populaire, mais accablé et indécis. Pour le commissaire aux affaires extraordinaires, la tentation du retrait demeurait vive et, seuls, le sentiment du devoir et sa fidélité le retenaient d'y céder. Ce n'était pas encore le moment de regagner les grèves battues par les vents de sa Bretagne natale. Celles-ci l'attendraient encore un peu.

La Bretesche,
janvier-juin 2015

NOTES

I.

1. 1,93 m, semble-t-il, taille considérable pour l'époque.
2. Chambre de cérémonie.
3. Cf. *Le sang des farines.*
4. Cf. *L'enquête russe.*

II.

1. Cf. *L'année du volcan.*
2. Cf. *L'enquête russe.*

III.

1. À l'époque le terme « *garde* » était utilisé et l'équivalent de *conservateur.*
2. Officier celte qui s'était proclamé empereur des Gaules.
3. Pour des raisons évidentes, ces détails appartiennent au romanesque et ne correspondent à aucune réalité.
4. *Pétuner* : action de priser ou de fumer du tabac.
5. En 1780.
6. Aujourd'hui rue Champollion.
7. Cf. *La pyramide de glace.*

IV.

1. *Monsieur* : Monsieur, comte de Provence, frère du roi, futur Louis XVIII.
2. Cf. *L'enquête russe.*
3. Cf. *Le eantôme de la rue Royale.*

V.

1. Cf. *L'honneur de Sartine.*
2. Cf. *L'année du volcan.*

VI.

1. Je pressens l'étonnement du lecteur. Il reste que l'imaginaire rejoint ici la vraisemblance, le comte de Toulouse ayant eu plusieurs enfants naturels avant son mariage.
2. On venait de changer le titre or du louis.
3. Le *vociferator* criait les nouvelles sur le forum de Rome.

VII.

1. Cf. *L'enquête russe.*
2. Ainsi se nommait le géranium qui n'était à l'époque que du pélargonium.
3. *Scrupulus* : en latin, petit caillou blessant le pied.

VIII.

1. *Diane* : réveil militaire au clairon ou au tambour.

IX.

1. *Aigre de cèdre* : sirop de cédrat.
2. *Marquis de Castries* : maréchal de France, ministre de la Marine.

X.

1. *Brelan* : lieu d'assemblée d'un jeu.
2. *Cocange* : tricherie au jeu.
3. *Asmodée* : démon cité dans la Bible.

XI.

1. Louis XVI avait supprimé la question.
2. *Corbillon* : petit panier.

XII.

1. Ancienne abbaye Sainte-Geneviève qui abritait la chasse de la sainte. Aujourd'hui détruite, des vestiges subsistent au lycée Henri IV.

2. Dans laquelle fut assassiné le roi Henri IV.

XIII.

1. On opinait pour ou contre.

2. Cf. *L'honneur de Sartine.*

XIV.

1. 4 h 27 exactement.

2. Dont le lecteur a compris qu'il s'agit du futur vainqueur de Valmy et de Jemmapes.

XV.

1. Cf. *La guerre des farines.*

2. Situé face à la Grève où avaient lieu les exécutions capitales.

3. *Aillet* : ail nouveau.

Épilogue.

1. Cf. *Le fantôme de la rue Royale.*

REMERCIEMENTS

Mon affectueuse gratitude va tout d'abord à Isabelle Tujague qui, avec un soin exceptionnel, continue de procéder à la mise au point du texte, en dépit d'une écriture qui ne s'améliore pas.

À Monique Constant, conservateur général honoraire du patrimoine, pour ses conseils et ses encouragements au cours de ces treize aventures.

À Pascale Arizmendi et Miquèl Ruquet pour leur minutieuse relecture, leur tâche considérable d'animation du site **www.nicolaslefloch.fr** et leur amitié.

À mon éditeur et à ses collaborateurs pour leur confiant et amical soutien.

À mes lecteurs si fidèles, qui observeront que j'ai tâché, cette fois-ci, de diminuer leur légitime attente.

TABLE DES MATIÈRES

MIXTE
Papier issu de
sources responsables
FSC® C003309

10/18, une marque d'Univers Poche,
est un éditeur qui s'engage pour
la préservation de son environnement
et qui utilise du papier fabriqué à partir
de bois provenant de forêts gérées
de manière responsable.

Imprimé en France par CPI

N° d'impression : 3017872
Dépôt légal : octobre 2016
X06890/01